【臺灣現當代作家
研究資料彙編】76

張 默

國立台灣文學館
出版

部長序

　　從歷史的角度檢視特定時代的文學表現，當代作家及作品往往是研究的重心；而完整的臺灣文學史之建構，更有賴全面與紮實的作家及作品研究。臺灣文學自荷蘭時代、明鄭、清領、日治、及至戰後，行過漫長的時光甬道，在諸多文學先輩和前行者的耕耘之下，其所累積的成果和能量實已相當可觀；而白話文學運動所造就的新文學萌芽，更讓現當代文學作品源源不絕地誕生，作家們的精彩表現有目共睹。相應於此，如何盤整研究資源、提升無論是專業學者或一般大眾資料查找的便利性，也就格外重要。

　　由國立臺灣文學館規畫、籌編的《臺灣現當代作家研究資料彙編》，即可說是對上述問題的最好回應。本計畫自 2010 年開始啟動，五年多來，已然為臺灣文學史及相關研究打下厚重扎實的基礎。臺文館不僅細心詳實地為作家編選創作生涯中的重要紀錄，在每一冊圖書中收錄豐富的作家照片、手稿影像，並編寫小傳、年表，再由學有專精的學者撰寫研究綜述、選刊重要評論文章，最後還附有評論資料目錄。經過長久的累積和努力，今年，已進入第六個年頭，即將完成總共 80 位作家的研究資料彙編。在本階段所出版的作家，包括詹冰、高陽、子敏、齊邦媛、趙滋蕃、蕭白、彭歌、杜潘芳格、錦連、蓉子、向明、張默、於梨華、葉笛、葉維廉、東方白共 16 位，俱為夙負盛名的重量級作者，相信必能有助於臺灣文學的推廣與研究的深化。

　　這套全方位的臺灣現當代文學工具書，完整呈現了臺灣作家的存
在樣貌、歷史地位與影響及截至目前的相關研究成果，同時也清晰地
勾勒出臺灣文學一路走來的變貌與軌跡，不但極具概覽性，亦能揭示
當下的臺灣文學研究現況並指引未來研究路徑，可說是認識臺灣作家
與臺灣文學發展的重要讀本依據，相信必能為臺灣文學研究奠定益加
厚實的根基；懇請海內外關心及研究臺灣文學之各界方家不吝指正，
以匯聚更多參與及持續前行的能量。

文化部部長　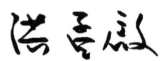

館長序

　　時光荏苒，「臺灣現當代作家研究資料彙編」第五階段已接近尾聲，16 冊圖書的出版，意味著這個深耕多年的計畫，又往前邁進一步，締造了新的里程碑。

　　「臺灣現當代作家研究資料彙編計畫」乃是以「臺灣現當代作家評論資料目錄」（2004～2009 年）為基礎，由其中所收錄的 310 位作家、十餘萬筆研究評論資料延展而來。為了厚實臺灣文學史料的根基，國立臺灣文學館組織了精實的顧問群與編輯團隊，從作家的出生年代、創作數量、研究現況……等元素進行綜合考量，精選出100 位作家，聘請最適合的專家學者替每位作家完成一本研究資料彙編。圖書內容包括作家生平重要影像、文學活動照片、手稿或文物影像、作家小傳、作品目錄和提要、文學年表；另有主編撰寫的作家研究綜述，再從龐雜的評論資料中挑選具有代表性的評論文章，並附上完整的作家評論資料目錄。這套叢書不僅對文學研究者而言是詳實齊全的文獻寶庫，同時也為一般讀者開啟平易可親的文學之窗，讓大家可以從不同角度、多面向地認識一位作家的創作、生平與歷史地位。

　　本計畫自 2010 年啟動，截至目前為止，以將近六年的時間，完成了 80 位臺灣重量級作家的研究資料彙編，在本階段將與讀者見面的有詹冰、高陽、子敏、齊邦媛、趙滋蕃、蕭白、彭歌、杜潘芳格、

錦連、蓉子、向明、張默、於梨華、葉笛、葉維廉、東方白共 16 人。這是一場充滿挑戰的馬拉松，過程漫長艱辛，卻也積聚並見證了臺灣文學創作與研究的能量。為了將這部優質的出版品推介給廣大的讀者，發揮其更大的影響力，臺文館於 2015 年 8 月接續推動「臺灣文學開講——臺灣現當代作家研究資料彙編行銷推廣閱讀計畫」，透過講座與踏查，結合文學閱讀、專家講述、土地探訪，以顯影作家創作與生活的痕跡，歡迎所有的朋友與我們一同認識作家、樂讀文學、親炙臺灣的土地，也請各界不吝給予我們批評、指教。

國立臺灣文學館館長　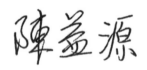

編序

◎封德屏

緣起

　　1995 年 10 月 25 日，在臺灣師範大學教育大樓的 201 室，一場以「面對臺灣文學」為題的座談會，在座諸位學者分別就臺灣文學的定義、發展、研究，以及文學史的寫法等，提出宏文高論，而時任國家圖書館編纂張錦郎的「臺灣文學需要什麼樣的工具書」，輕鬆幽默的言詞，鞭辟入裡的思維，更贏得在座者的共鳴。

　　張先生以一個圖書館工作人員自謙，認真專業地為臺灣這幾十年來究竟出版了多少有關臺灣文學的工具書，做地毯式的調查和多方面的訪問。同時條理分明地針對研究者、學生，列出了十項工具書的類型，哪些是現在亟需的，哪些是現在就可以做的，哪些是未來一步一步累積可以達成的，分別做了專業的建議及討論。

　　當時的文建會二處科長游淑靜，參與了整個座談會，會後她劍及履及的開始了文學工具書的委託工作，從 1996 年的《臺灣文學年鑑》起始，一年一本的編下去，一直到現在，保存延續了臺灣文學發展的基本樣貌。接著是《中華民國作家作品目錄》的新編，《臺灣文壇大事紀要》的續編，補助國家圖書館「當代文學史料影像全文系統」的建置，這些工具書、資料庫的接續完成，至少在當時對臺灣文學的研究，做到一些輔助的功能。

　　2003 年 10 月，籌備多年的「臺灣文學館」正式開幕運轉。同年五月《文訊》改隸「財團法人台灣文學發展基金會」，為了發揮更大的動能，開

始更積極、更有效率地將過去累積至今持續在做的文學史料整理出來，讓豐厚的文藝資源與更多人共享。

於是再次的請教張錦郎先生，張先生認為文學書目、作家作品目錄、文學年鑑、文學辭典皆已完成或正在進行，現在重點應該放在有關「臺灣現當代作家評論資料目錄」的編輯工作上。

很幸運的，這個計畫的發想得到當時臺灣文學館林瑞明館長的支持，於是緊鑼密鼓的展開一切準備工作：籌組編輯團隊、召開顧問會議、擬定工作手冊、撰寫計畫書等等。

張錦郎先生花了許多時間編訂工作手冊，每一位作家的評論資料目錄分為：

（一）生平資料：可分作者自述，旁人論述及訪談，文學獎的紀錄。

（二）作品評論資料：可分作品綜論，單行本作品評論，其他作品（包括單篇作品）評論，與其他作家比較等。

此外，對重要評論加以摘要解說，譬如專書、專輯、學術會議論文集或學位論文等，凡臺灣以外地區之報刊及出版社，於書名或報刊後加註，如中國大陸、香港、新加坡等。此外，資料蒐集範圍除臺灣外，也兼及中國大陸、香港、新加坡、日本、韓國及歐美等地資料，除利用國內蒐集管道外，同時委託當地學者或研究者，擔任資料蒐集工作。

清楚記得，時任顧問的學者專家們，都十分高興這個專案的啟動，但確定收錄哪些作家名單時，也有不同的思考及看法。經過充分的討論後，終於取得基本的共識：除以一般的「文學成就」為觀察及考量作家的標準外，並以研究的迫切性與資料獲得之難易度為綜合考量。譬如說，在第一階段時，作家的選擇除文學成就外，先考量迫切性及研究性，迫切性是指已故又是日治時期臺籍作家為優先，研究性是指作品已出土或已譯成中文為優先。若是作品不少而評論少，或作品評論皆少，可暫時不考慮。此外，還要稍微顧及文類的均衡等等。基本的共識達成後，顧問群共同挑選出 310 位作家，從鄭坤五、賴和、陳虛谷以降，一直到吳錦發、陳黎、蘇

偉貞，共分三個階段進行。

「臺灣現當代作家評論資料目錄」專案計畫，自 2004 年 4 月開始，至 2009 年 10 月結束，分三個階段歷時五年六個月，共發現、搜尋、記錄了十餘萬筆作家評論資料。共經歷了三位專職研究助理，近三十位兼任研究助理。這些研究助理從開始熟悉體例，到學習如何尋找資料，是一條漫長卻實用的學習過程。

接續

「臺灣現當代作家評論資料目錄」的專案完成，當代重要作家的研究，更可以在這個基礎上，開出亮麗的花朵。於是就有了「臺灣現當代作家研究資料彙編暨資料庫建置計畫」的誕生。為了便於查詢與應用，資料庫的完成勢在必行，而除了資料庫的建置外，這個計畫再從 310 位作家中精選 50 位，每人彙編一本研究資料，內容有作家圖片集，包括生平重要影像、文學活動照片、手稿及文物，小傳、作品目錄及提要、文學年表。另外每本書分別聘請一位最適當的學者或研究者負責編選，除了負責撰寫八千至一萬字的作家研究綜述外，再從龐雜的評論資料中挑選具有代表性的評論文章，平均 12～14 萬字，最後再附該作家的評論資料目錄，以期完整呈現該作家的生平、創作、研究概況，其歷史地位與影響。

第一部分除資料庫的建置外，50 位作家 50 本資料彙編（平均頁數 400 ～500 頁），分三個階段完成，自 2010 年 3 月開始至 2013 年 12 月，共費時 3 年 9 個月。因為內容充實，體例完整，各界反應俱佳，第二部分的 50 位作家，接著在 2014 年元月展開，第一階段出版了 14 本，此次第二階段計畫出版 16 本，預計在 2016 年 3 月完成。

首先，工作小組必須掌握每位編選者進度這件事，就是極大的挑戰。於是編輯小組在等待編選者閱讀選文的同時，開始蒐集整理作家生平照片、手稿，重編作家年表，重寫作家小傳，尋找作家出版品的正確版本、版次，重新撰寫提要。這是一個極其複雜的工程。還好這些年培養訓練出

幾位日漸成熟的專案助理，在《文訊》編輯部同仁的協助之下，讓整個專案延續了一貫的品質及進度。

成果

　　雖然過程是如此艱辛，如此一言難盡，可是終究看到豐美的成果。每位編選者雖然忙碌，但面對自己負責的作家資料彙編，卻是一貫地認真堅持。他們每人必須面對上千或數百筆作家評論資料，挑選重要或關鍵性的評論文章，全面閱讀，然後依照編選原則，挑選評論文章。助理們此時不僅提供老師們所需要的支援，統計字數，最重要的是得找到各篇選文作者，取得同意轉載的授權。在起初進度流程初估時，我們錯估了此項工作的難度，因為許多評論文章，發表至今已有數十年的光景，部分作者行蹤難查，還得輾轉透過出版社、學校、服務單位，尋得蛛絲馬跡，再鍥而不捨地追蹤。有了前面的血淚教訓，日後關於授權方面，我們更是如臨深淵、如履薄冰，希望不要重蹈覆轍，在面對授權作業時更是戰戰兢兢，不敢懈怠。

　　除了挑選評論文章煞費苦心外，每個作家生平重要照片，我們也是採高標準的方式去蒐集，過世作家家屬、友人、研究者或是當初出版著作的出版社，都是我們徵詢的對象。認真誠懇而禮貌的態度，讓我們獲得許多從未出土的資料及照片，也贏得了許多珍貴的友誼。許多作家都協助提供照片手稿等相關資料，已不在世的作家，其家屬及友人在編輯過程中，也給予我們許多協助及鼓勵，藉由這個機會，與他們一起回憶、欣賞他們親人或父祖、前輩，可敬可愛的文學人生。此外，還有許多作家及研究者，熱心地幫忙我們尋找難以聯繫的授權者，辨識因年代久遠而難以記錄年代、地點、事件的作家照片，釐清文學年表資料及作家作品的版本問題，我們從他們身上學習到更多史料研究可貴的精神及經驗。

　　但如何在規定的時間內，完成每個階段資料彙編的編輯出版工作，對工作小組來說，確實是一大考驗。每一冊的主編老師，都是目前國內現當

代臺灣文學教學及研究的重要人物，因此都十分忙碌。每一本的責任編輯，必須在這一年多的時間內，與他們所負責資料彙編的主角——傳主及主編老師，共生共榮。從作家作品的收集及整理開始，必須要掌握該作家所有出版的作品，以及盡量收集不同出版社的版本；整理作家年表，除了作家、研究者已撰述好的年表外，也必須再從訪談、自傳、評論目錄，從作品出版等線索，再作比對及增刪。再來就是緊盯每位把「研究綜述」放在所有進度最後一關的主編們，每隔一段時間提醒他們，或順便把新增的評論目錄寄給他們（每隔一段時間就有新的相關論文或學位論文出現），讓他們隨時與他們所主編的這本書，產生聯想，希望有助於「研究綜述」撰寫的進度。

在每個艱辛漫長的歲月中，因等待、因其他人力無法抗拒的因素，衍伸出來的問題，層出不窮，更有許多是始料未及的。譬如，每本書的選文，主編老師本來已經選好了，也經過授權了，為了抓緊時間，負責編輯的助理們甚至連順序、頁碼都排好了，就等主編老師的大作了，這時主編突然發現有新的文章、新的資料產生：再增加兩三篇選文吧！為了達到更好更完備的目標，工作小組當然全力以赴，聯絡，授權，打字，校對，重編順序等等工作，再度展開。

此次第二部分第二階段共需完成的 16 位作家研究資料彙編，年齡層較上兩個階段已年輕許多，因此到最後的疑難雜症，還有連主編或研究者都不太清楚的部分，譬如年表中的某一件事、某一個年代、某一篇文章、某一個得獎記錄，作家本人絕對是一個最好的諮詢對象，對解決某些問題來說，這是一個好的線索，但既然看了，關心了，參與了，就可能有不同的看法，選文、年表、照片，甚至是我們整本書的體例，於是又是一場翻天覆地的大更動，對整本書的品質來說，應該是好的，但對經過多次琢磨、修改已進入完稿階段的編輯團隊來說，這不啻是一大挑戰。

1990 年開始，各地縣市文化中心（文化局），對在地作家作品集的整理出版，以及臺灣文學館成立後對日治時期作家以迄當代重要作家全集的

編纂，對臺灣文學之作家研究，也有了很好的促進作用。如《楊逵全集》、《林亨泰全集》、《鍾肇政全集》、《張文環全集》、《呂赫若日記》、《張秀亞全集》、《葉石濤全集》、《龍瑛宗全集》、《葉笛全集》、《鍾理和全集》、《錦連全集》、《楊雲萍全集》、《鍾鐵民全集》等，如雨後春筍般持續展開。

經過近二十年的努力，臺灣文學的研究與出版，也到了可以驗收或檢討成果的階段。這個說法，當然不是要停下腳步，而是可以從「臺灣現當代作家評論資料目錄」所呈現的 310 位作家、10 萬筆資料中去檢視。檢視的標的，除了從作家作品的質量、時代意義及代表性去衡量外，也可以從作家的世代、性別、文類中，去挖掘有待開墾及努力之處。因此這套「臺灣現當代作家研究資料彙編」，大部分的編選者除了概述作家的研究面向外，均有些觀察與建議。希望就已然的研究成果中，去發現不足與缺憾，研究者可以在這些不足與缺憾之處下功夫，而盡量避免在相同議題上重複。當然這都需要經過一段時間去發現、去彌補、去重建，因此，有關臺灣文學的調查、研究與論述，就格外顯得重要了。

期待

感謝臺灣文學館持續推動這兩個專案的進行。「臺灣現當代作家評論資料目錄」的完成，呈現的是臺灣文學研究的總體成果；「臺灣現當代作家研究資料彙編」的出版，則是呈現成果中最精華最優質的一面，同時對未來臺灣文學的研究面向與路徑，作最好的建議。我們可以很清楚的體會，這是一條綿長優美的臺灣文學接力賽，我們十分榮幸能參與其中，更珍惜在傳承接力的過程，與我們相遇的每一個人，每一件讓我們真心感動的事。我們更期待這個接力賽，能有更多人加入。誠如張恆豪所說「從高音獨唱到多元交響」，這是每一個人所期待的。

編輯體例

一、本書編選之目的，為呈現張默生平、著作及研究成果，以作為臺灣文學相關研究、教學之參考資料。

二、全書共五輯，各輯內容及體例說明如下：

輯一：圖片集。選刊作家各個時期的生活或參與文學活動的照片、著作書影、手稿（包括創作、日記、書信）、文物。

輯二：生平及作品，包括三部分：

1.小傳：主要內容包括作家本名、重要筆名，生卒年月日，籍貫，及創作風格、文學成就等。

2.作品目錄及提要：依照作品文類（論述、詩、散文、小說、劇本、報導文學、傳記、日記、書信、兒童文學、合集）及出版順序，並撰寫提要。不收錄作家翻譯或編選之作品。

3.文學年表：考訂作家生平所進行的文學創作、文學活動相關之記要，依年月順序繫之。

輯三：研究綜述。綜論作家作品研究的概況，並展現研究成果與價值的論文。

輯四：重要文章選刊。選收國內外具代表性的相關研究論文及報導。

輯五：研究評論資料目錄。收錄至 2016 年 1 月底止，有關研究、論述臺灣現當代作家生平和作品評論文獻。語文以中文為主，兼及日文和英文資料。所收文獻資料，以臺灣出版為主，酌收中國大陸、香港、日本和歐美國家的出版品。內容包含三部分：

1.「作家生平、作品評論專書與學位論文」下分為專書與學位論文。

2.「作家生平資料篇目」下分為「自述」、「他述」、「訪談」、「年表」、「其他」。

3.「作品評論篇目」下分為「綜論」、「分論」、「作品評論目錄、索引」、「其他」。

目次

【輯五】研究評論資料目錄

輯一◎圖片集

影像◎手稿◎文物

1947年6月，張默在南京成美中
學時期的大頭照。（張默提供）

1958年春，與軍中文友合影於左營海軍播電臺前。左起：張默、瘂弦、彭邦楨、洛夫。
（張默提供）

1959年春，與文友接待南下到訪的紀弦，攝於高雄大業書店。左起：
張默、方艮、紀弦、瘂弦、施明正、吹黑明。（張默提供）

1960年冬，與文友接待來訪的鄭愁予，攝於高雄左營。
右起：張默、瘂弦、鄭愁予、章斌。（張默提供）

1960年春，張默與瘂弦（左）擔任軍聞記者，同時參加
一項軍事演習，現場實地採訪。（張默提供）

1961年夏，與文友合影於高雄鳳山司馬中原家附近的操場。前排為司馬中原的兒子吳融庵（左）、吳融戈（右）；後排左起：方艮、張默、司馬中原、陳爾靖、瘂弦。（張默提供）

1966年5月，第二屆現代藝術季，參展人合影於臺北耕莘文教院。前排右起：黃德偉、碧果、辛鬱；後排右起：舒凡、秦松、張默、羊令野、傅神父、林綠、張拓蕪。（張默提供）

1970年3月，張默與夫人陸秉川結婚照，攝於澎湖。（張默提供）

1975年6月15日，第二屆中國現代詩獎頒獎會場，全體評委與主持人、得獎人合影於臺北中山堂。前排左起：蓉子、吳晟、王世宜、施友忠、管管、紀弦；後排左起：羊令野、洛夫、張默、羅門、瘂弦、商禽、林亨泰、辛鬱。（張默提供）

1976年4月，擔任《中華文藝》主編的張默，與李瑞騰（左）、向陽（右）同遊桃園慈湖。當時李瑞騰每月為《中華文藝》撰寫詩評，向陽發表散文、詩作。（張默提供）

1970年代中期，旅港小說家徐訏與詩友小集。前排為朱嘉惠；後排右起：張默、辛鬱、羅門、徐訏、洛夫、瘂弦。（張默提供）

1976年11月，臺灣詩人應韓國詩人許世旭之邀，赴漢城（今首爾）參訪七日，攝於韓國民俗村。前排右起：方心豫、羊令野、洛夫；中排右起：張默、菩提、商禽；後排右起：梅新、辛鬱、羅門、許世旭。（張默提供）

1980年代初期，與文友同遊高雄。左起：張默、端木野、張拓蕪、碧果。（張默提供）

1981年6月，女詩人林泠返臺，與「創世紀」詩人於臺北衡陽路陸羽茶室小聚。前排左起：張默、辛鬱、劉菲、管管；後排左起：季紅、洛夫、林泠、瘂弦、碧果。（張默提供）

1983年3月，爾雅年度詩選編委雅集，攝於二二八和平紀念公園。前排左起：張默、隱地、向明；後排左起：蕭蕭、向陽、李瑞騰、張漢良。（張默提供）

1984年5月4日，馬博良夫婦訪臺，與創世紀同仁合影於二二八和平紀念公園。前排左起：管管、羅英、洛夫、馬博良夫婦、張堃、瘂弦；後排左起：商禽、辛鬱、張默、碧果。（張默提供）

1984年5月，畫家丁雄泉來臺，與創世紀文友小聚。前排右起：張默、丁雄泉、洛夫；後排立者為張漢良。（張默提供）

1986年8月，與訪臺的比利時詩人杰曼‧卓根布魯特（Germain Droogenbroodt）餐敘，商討臺灣詩外譯問題。左起：向明、張默、洛夫、杰曼‧卓根布魯特、余光中、羅青、白萩。（張默提供／徐少時攝）

1987年2月3日，臺灣詩人團訪菲律賓，於美堅利堡（美軍公墓）合影。右起：張默、蕭蕭、白萩、白凌、月曲了。（張默提供）

1988年9月，與詩友連袂回大陸探親，旅遊北京拜訪九葉派詩人陳敬容。左起：張默、陳敬容、辛鬱、洛夫。（張默提供）

1990年2月，張默離家40年，首度回到家鄉南京八卦洲過農曆春節，與母親在家門前的雪地上合影。（張默提供）

1992年4月，張默由大陸詩人董培倫（右）
陪同，拜訪寓居杭州的湖畔詩人汪靜之
（中）。（張默提供）

1992年6月，九歌文教基金會策畫舉辦「詩歌文學的再發揚」
座談會，同時展出由張默提供約九百冊的「臺灣現代詩集
大展」，張默與麥穗（左）合影於展示現場。（張默提供）

1993年3月15日，臺灣詩人訪美巡迴朗誦，活動期間造訪詩人羅登堡
（Jorome Rothenberg）寓所，攝於美國聖地牙哥。左起：羅登堡夫人、
向明、張默、管管、羅登堡、洛夫、葉維廉、陳瓊芳。（張默提供）

1996年6月,《中央日報》在臺北舉辦「百年來中國文學學術研討會」,海內外重量作家與會,三岸文友合影於國立中正紀念堂。左起:張默、向明、碧果、羅門、佚名、大荒(後)、尹玲、劉登翰(後)、朵思、辛鬱、謝冕、高行健、外國女作家。(張默提供)

1997年5月24日,與詩友在楊柏林的畫室小敘,攝於臺北士林。左起:張默、辛鬱、朵思、碧果、楊柏林、楊平。(張默提供)

1997年中期，與文友於《聯合報》副刊會議室，進行87年度詩選編輯委員會議。前排右起：辛鬱、張默、向明、瘂弦、商禽；後排右起：陳義芝、白靈。（張默提供）

1999年9月，中國詩人暨詩評家沈奇訪臺，與文友合影於國立歷史博物館。左起：辛鬱、碧果、沈奇、張默、大荒。（張默提供）

2000年5月，集議於新世紀之始，交棒「年度詩選」的主編工作予中生代詩人。右起：白靈、張默、辛鬱、余光中、向明、焦桐。（張默提供）

2001年6月10日，創世紀詩雜誌社舉辦「為這一代詩人造像」活動，與詩友們合影。右起：
張默、郭楓、葉笛、李魁賢。（創世紀詩雜誌社提供／柯錫杰攝）

2003年2月8日，張默（右四）應佛光大學當代詩學中心主任孟樊（左三）之邀，為該中心研
究生講述專題「創世紀與臺灣現代詩」，並接受同學們的提問，會後在教室內留影。（張默
提供）

2003年10月29日，與辛鬱（左）應邀訪韓，出席韓國文人協會主辦的第五屆海外文人文學講演會，與韓國文人協會會長申世薰（中）合影。（張默提供）

2004年7月14日，黃明川（坐者右）帶領工作團隊，至內湖與張默（坐者左）進行「臺灣詩人一百影音計畫」的採訪錄製，張默自誦詩作十多首，由李志薔（立者右三）主訪，攝於張默寓所。（張默提供）

2008年5月6日，應邀出席由澳門大學、北京大學、首都師範大學、暨南大學、北京師範大學珠海分校、當代詩學會聯合舉辦的第二屆「當代詩學論壇暨張默作品研討會」，攝於澳門大學。左起：白靈、熊國華、陳仲義、張默、沈奇、李瑞騰、辛鬱、張詩劍。（張默提供）

2008年9月7日，中國學者陳祖君（左）應中央大學文學院之邀訪臺，與數次來臺研究臺灣文學的劉俊（右）相偕拜訪張默，餐敘中暢談兩岸文學，攝於臺北。（張默提供）

2012年2月21日，為臺北催生文學館，捐贈每卷長三公尺、高45公分，共200卷的手抄現代詩予「未來的臺北市文學館」，由紀州庵文學森林館長封德屏代為收藏。左起：封德屏、方明、麥穗、隱地、徐瑞、落蒂、林煥彰、張默、張騰蛟、管管、丁文智、紫鵑、辛鬱。（文訊文藝資料中心）

2013年12月3日，鼓勵文訊雜誌社維繫其蒐藏臺灣作家作品、雜誌、剪報、照片、手稿、評論及研究資料的「文藝資料中心」，為「《文訊》30週年——作家珍藏書畫募款展覽暨拍賣會」捐贈二十餘件珍藏書畫，於第二次拍賣活動的「捐贈作家感恩酒會暨貴賓預展」現場留影。右起：封德屏、張默、楊濟賢、黃天才、王榮文。（文訊文藝資料中心）

2014年10月9日，《創世紀》創刊一甲子，應邀出席由文訊雜誌社、紀州庵文學森林聯合主辦，創世紀詩雜誌季刊社、臺灣詩學季刊社協辦「穿越一甲子‧橫跨兩世紀——創世紀60週年封面及詩人手稿特展」，與文友合影於紀州庵文學森林。左起：管管、墨韻、古月、瘂弦、張默、徐瑞、辛牧、封德屏、龔華。（文訊文藝資料中心）

2014年10月18日，「創世紀60週年社慶雅集」於財團法人張榮發基金會國際會議中心舉行，創社元老宣布交棒。左起：李進文、辛鬱、張默、辛牧、汪啟疆、瘂弦、洛夫、落蒂。（文訊文藝資料中心）

2014年10月20日，由瘂弦帶領《創世紀》同仁，到高雄左營展開尋根之旅，回訪60年前詩夢的起源地，攝於「四海一家」餐廳。左起：徐瑞、古月、張默、葉維廉、墨韻、張堃、瘂弦、管管、龔華。（趙文豪提供）

2015年12月5日，張默獲海南兩岸詩會桂冠詩人獎，手持硨磲貝殼寶石獎座，與辛牧（左）、落蒂（右）在文訊雜誌社合影。（文訊文藝資料中心）

《創世紀》第1～10期為32開，第11期革新號擴版為20開大本，這次改變讓《創世紀》與《現代詩》、《藍星》三者並立。（文訊文藝資料中心）

駝鳥

遠遠地
靜悄悄地
開闢在地平線最陰暗的一角
一把撐開的黑雨傘

張默

1974年10月，張默發表於《創世紀》第38期詩作〈駝鳥〉手稿。（翻攝自《張默自選集》，黎明文化公司）

1985年春，張默水墨畫。以瘂弦詩句題字，創作於無塵居。（國立臺灣文學館提供）

1991年6月21日，張默發表於《中華日報》副刊詩作〈不如歸去，黃鶴樓〉手稿。（國立臺灣文學館提供）

1999年8月，張默詩作〈嗨！草原，請席捲我〉手稿。（國立臺灣文學館提供）

1999年9月1日，張默發表於《中國時報・人間副刊》詩作〈郵筒四式〉手稿。
（國立臺灣文學館提供）

2003年9月，張默「當代詩人速寫・1」、「當代詩人速寫・2」手稿，為《創世紀》第136期「當代詩人顯像」專題之文字內容，此專題由張國治為現代詩人攝影，張默執筆人物速寫。（文訊文藝資料中心）

2011年6月，張默發表於《文訊》第308期詩作〈致無塵詩屋〉手稿。（文訊文藝資料中心）

2014年5月，張默重抄〈再會，左營〉、〈澎湖風櫃〉、〈長頸鹿〉等詩作，以毛筆一點一撇草成長卷手抄作品「寫給臺灣的詩」，於2015年10月贈藏文訊雜誌社。（文訊文藝資料中心）

詩畫小集

　　　　張默之圖

眾彩低飛

筆尖紅藍綠褚色如何交錯
筆尖怎樣加減成是題風景
畫者當下一揮筆
似乎莉迤普畫幅首谷達的出生

紅，情兩親密一些
綠，情兩遠去一些
藍，情兩流浪一些
褚，情兩瀟灑一些
·
我靜靜雕著一刻睡袋，無視堆外芒秋

渾圓迤邐

橫直或許是渾圓的初貌
參差或許是渾圓的情人
氣勢或許是渾圓的釣桿
料峭或許是渾圓的上菜

賴著，熊著，哎著
影一幅幅青青嫩嫩的枝柯
悄悄爬進某些熊者內心的私密
無喜無我復無垠
不斬捍那一刹迤邐的鮮美

2016年1月，張默發表於《文訊》第363期之「詩畫小集」作品，水墨無為系列畫作與詩作〈眾彩低飛〉、〈渾圓迤邐〉手稿。（文訊文藝資料中心）

輯二◎生平及作品

小傳◎作品◎年表

小傳

　　張默，男，本名張德中，籍貫安徽無為，1931 年 2 月 7 日（農曆民國 19 年 12 月 20 日）生，1949 年 3 月來臺。

　　中華民國陸軍軍官學校 24 期畢業，革命實踐研究院（今國家發展研究院）講習班結業，1994 年獲世界藝術文化學院頒授榮譽文學博士學位。曾任海軍政治指導員、民事官、新聞官與《創世紀》總編輯、《水星》詩刊、《中華文藝》月刊、《榮光周刊》主編。1954 年與洛夫、瘂弦創辦《創世紀》詩刊，獲文壇譽為「創世紀鐵三角」；1970 年詩宗社成立，張默為其中主流人物之一，以「現代詩歸宗」為主張，強調「傳統文化回歸」；1971 年與管管創《水星》詩刊，主要以發掘、培育年輕新秀詩人為宗旨。曾獲國軍新文藝長詩金像獎、文復會全國優良文藝雜誌主編獎、新聞局金鼎獎圖書類獎、中山文藝獎新詩獎、五四獎文學編輯獎、中國文藝協會詩歌類榮譽文藝獎章、國軍新文藝四十年特別貢獻獎、海南 2015 兩岸桂冠詩人獎。

　　張默創作文類以詩為主，兼及評論與散文。其詩作風格可略分為四期，第一期（1950～1956 年）作品充滿青年的浪漫情懷，主題涉獵海洋、藝術、哲學等範疇，透過大量暗示、隱喻、象徵手法，詮釋內在生命，代表作如〈關於海喲〉。第二期（1957～1969 年）作品受到現代主義、超現實主義影響，詩風知性，語言晦澀，意象繁複，具有虛無和神祕色彩，如

〈假面與迴旋〉、〈群讚〉、〈門之探險〉等。第三期（1969～1979 年）則以《無調之歌》為分野，探討生命以及死亡的主題，詩風轉為深沉澄明。詩作〈夜〉、〈與夫曠野〉、〈露水以及〉、〈無調之歌〉等，表現出「在穩定詩的秩序當中體會生命的情志」，詩中可見其沉靜的特質，風格鮮明，且極富可誦性。第四期（1979 年以降）詩作逐漸回歸傳統，繫以古典，期與現實結合，為其創作顛峰，如〈長城，長城，我要用閃閃的金屬敲醒你〉、〈家信〉、〈白髮吟〉、〈包穀上的眼睛〉等作，在古典與現實的交會中，散發真摯悠靜的情思。

　　在創作之餘，亦從事詩評及新詩史料的蒐輯、整理與研究。主編的《臺灣現代詩編目──一九四九～一九九五）》，著作《飛騰的象徵》、《當代大陸新詩發展的研究》、《臺灣現代詩筆記》等，從詩的語言、意象、節奏各方面評析當代詩作，並詳實梳理臺灣與大陸現代詩的發展情況。亦曾策畫組成爾雅版「年度詩選」六人編輯委員會，並擔任九歌版《中華現代文學大系‧詩卷》及《新詩三百首（1917—1995）》主編，精心編輯詩選、大系二十餘種，對臺灣新詩史料的彙整，頗有貢獻。蕭蕭描述張默：「正是一個詩痴：為詩痴狂，為詩廢寢忘食，為詩典當衣褲、典當青春，四十年猶未已」。此外，在散文創作方面，透過個人獨特的遣詞用語，口語化的寫作方式，反映 1930 至 1940 年代的生長背景，抒發個人鄉愁情懷，如《雪泥與河燈》。

　　歷經七十年創作生涯，張默從小我出發，秉持著「做事向前衝，做人往後退」的人生哲學，傾其一生推動詩運、創辦詩刊、編輯文學刊物、培養文學新人，以生命輻射成詩，如瘂弦所言，早已入「抒無我之情」的境界。其畢生耕耘，牽引詩壇動向，故向陽稱其人為：「一個現代詩壇的行動派，一個把一生奉獻給現代詩，為現代詩的傳播與傳承從不遺餘力的可敬詩人。」

作品目錄及提要

【論述】

現代詩的投影

臺北：臺灣商務印書館
1967 年 10 月，48 開，192 頁
人人文庫 476

本書結集作者創作於 1959～1967 年的詩觀與詩論文章。全書分二輯，收錄〈現代詩的技巧〉、〈初論詩人的內心造型〉、〈談詩的語言〉等 26 篇。正文前有王雲五〈編印人人文庫序〉、張默〈泛論存在（代序）〉，正文後有張默〈後記〉。

飛騰的象徵

臺北：水芙蓉出版社
1976 年 9 月，32 開，243 頁
水芙蓉書庫 83

本書為現代詩評論集。全書收錄〈略論詩的建構〉、〈論詩的壓縮〉、〈詩的隨想〉等 22 篇。正文前有水芙蓉出版社〈作者簡介〉、張默〈關於詩的批評——代序〉。

無塵的鏡子

臺北：東大圖書公司
1981 年 9 月，25 開，258 頁
滄海叢刊

本書結集作者創作於 1967～1981 年的論述文章，內容包含詩史回顧、詩的語言、意象、節奏、當代詩作析論，以及個人創作心得的表述。全書收錄〈現代詩的回顧與前瞻〉、〈淺談現代詩的欣賞〉、〈現代詩的語言──反省與檢討〉等 22 篇。正文後有張默〈《無塵的鏡子》後記〉。

小詩選讀

臺北：爾雅出版社
1987 年 5 月，32 開，282 頁
爾雅叢書 197

本書為張默編著作品，以詩人年齡為序，選讀從覃子豪到陳斐雯，共 68 家的小詩作品，為臺灣第一本為單一詩類作導讀的現代詩評集。全書收錄〈覃子豪／追求〉、〈紀弦／雕刻家〉、〈周夢蝶／天窗〉、〈詹冰／五月〉、〈陳秀喜／思春期〉等 68 篇。正文前有李瑞騰〈序〉、張默〈晶瑩剔透話小詩〉，正文後有張默〈後記〉、〈張默寫作年表〉、〈張默編選書目〉。

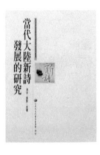

當代大陸新詩發展的研究（與洛夫合著）

臺北：行政院文建會
1996 年 6 月，18.7×25.3 公分，172 頁
大陸地區文學概況調查研究系列叢書 3

本書為張默與洛夫合著論集。全書計有：1.當代大陸新詩發展概述（1949—1976）；2.朦朧詩的崛起；3.一股不可抗拒的詩歌洪流；4.近十年來的大陸現代主義詩歌；5.對大陸第三代詩人的觀察等八章。正文前有林澄枝〈序〉，正文後附錄「當代大陸新詩期刊書影集錦」與〈有關大陸新詩出版物的參考資料〉。

臺灣現代詩概觀

臺北：爾雅出版社
1997 年 5 月，32 開，366 頁
爾雅叢書 36

全書分「卷上・綜論」、「卷下・個評」二卷，收錄〈前瞻・
回顧・省思——臺灣新詩發展小探〉、〈臺灣現代詩概觀——
一九七〇到一九八九〉、〈寫在大陸版《臺灣青年詩選》卷
前〉等 28 篇。正文前有〈卷前說明〉，正文後附錄〈本書鑑
評之詩人生年、籍貫、著作引得〉、〈本書未收入之詩論評單
篇篇名索引〉、〈關於本書作者〉。

夢從樺樹上跌下來：詩壇鉤沉筆記

臺北：爾雅出版社
1998 年 6 月，25 開，337 頁
爾雅叢書 324

本書結集作者發表於《聯合文學》「詩壇鉤沉筆記」的專欄
文章，以事實數據為經，感性抒情為緯，描繪詩人櫛風沐雨
耕耘詩壇的足跡。全書收錄〈每片草葉都是你一條血管——
洛夫的詩生活〉、〈把螢抹在臉上的傢伙——管管的詩生
活〉、〈處處在在，化為微波——瘂弦的詩生活〉等 16 篇，
每家文前附有詩話、手稿與照片數幀。正文前有張默〈卷前
的話〉，正文後有蕭蕭〈回首，日月在我的眉睫間舞踊——
張默的詩生活〉。

臺灣現代詩筆記

臺北：三民書局
2004 年 1 月，新 25 開，369 頁
三民叢刊 260

本書為作者以評論、史料並重的方式，析論臺灣新詩發展的
多元面貌。全書分「綜合論述」、「詩人專論」、「詩集、詩作
選評」、「附錄」四卷，收錄〈誦明月之詩，歌窈窕之章——
從「兩大報新詩獎」談起〉、〈語近情遙話小詩——為「兩岸
詩學交流研討會」而寫〉、〈詩：穿越虛與實之間——《一九
九六臺灣文學年鑑》詩選目導言〉、〈夢想與現實拔河——當
代詩人以「橋」為素材的觀察筆記〉等 31 篇。正文前有封
德屏〈建構詩領域的雄偉建築〉、〈卷前說明〉。

【詩】

紫的邊陲／楊志芳繪

左營：創世紀詩社
1964 年 10 月，14.5×25.5 公分，35 頁
創世紀詩叢

本書為紀念版，印量僅 500 冊，封面分深灰與淺紫兩種顏色。全書收錄〈拜波之塔〉、〈默想與沉思〉、〈最後的〉等 13 首。正文前有李英豪〈從拜波之塔到沉層〉，正文後有張默〈自記〉。

上昇的風景

臺北：巨人出版社
1970 年 10 月，32 開，135 頁

全書分四輯，前三輯收錄〈假面與迴旋〉、〈群讚〉、〈門之探險〉、〈窗之嬉〉等 31 首，第四輯收錄由陳慧樺英譯的 "Beethoven"、"Hair and Mast—for my wife"、"War. Accident" 等四首。正文前有〈關於本書〉，正文後有大荒〈橫看成嶺側成峰──論張默的四「峰頂」〉、張默〈後記〉。

無調之歌

臺北：創世紀詩社
1975 年 6 月，25 開，99 頁
創世紀詩叢

本書結集作者發表於 1969～1975 年的詩作，風格明朗且具可誦性。全書收錄〈詠鳥〉、〈與夫曠野〉、〈露水以及〉、〈無調之歌〉等 39 首。正文前有〈並非閑話（代序）〉，正文後有「作者生活照片集錦」與〈作者年表〉、〈本集創作年表〉、〈張默著作一覽〉。

張默自選集

臺北：黎明文化公司
1978 年 3 月，32 開，300 頁
中國新文學叢刊 48

全書分「紫的邊陲」、「無調之歌」、「靈之雕刻」、「五官體
操」四卷，收錄〈陽光頌〉、〈蜂〉、〈拜波之塔〉、〈默想與沉
思〉、〈攀〉等 72 首。正文前有作者素描畫像、生活照片、
手跡、〈年譜〉、張默〈泛論存在（代序）〉，正文後附錄李英
豪〈從拜波之塔到沉層〉、劉菲〈五湖煙景有誰爭〉、金風
〈詩人張默訪問記〉、〈作品書目〉、〈作品評論引得〉。

陋室賦

臺北：創世紀詩社
1980 年 3 月，25 開，96 頁
創世紀詩叢

本書結集作者創作於 1976～1979 年的詩作。全書分五部
分，收錄〈我是一隻沒有體積的杯子〉、〈動物詩四帖〉、〈天
馬〉、〈五官初繪〉、〈春，肌膚一樣的流著〉等 51 首。正文
前有蕭蕭所撰的張默簡介與張默〈前記〉、陳義芝〈張默印
象記〉，正文後有〈有關本書作者批評及專訪索引〉。

愛詩——張默詩選

臺北：爾雅出版社
1988 年 7 月，32 開，232 頁
爾雅叢書 227

本書結集作者創作於 1950～1988 年的詩作。全書分「關於
海喲」、「死亡，再會」、「飲那絡蒼髮」、「遠方」、「晚安，水
墨」五輯，收錄〈藍色之謎〉、〈海與星群〉、〈蜂〉、〈關於海
喲〉、〈黃臉〉等 98 首，各輯前分別有一篇張默小評，依序
為洛夫〈豐沛與淨化〉、鍾玲〈動感的詩篇〉、張漢良〈自然
的流露〉、淡瑩〈真誠的披瀝〉、李瑞騰〈整合與汲取〉。正
文前有作者照片、瘂弦〈為永恆服役——張默的詩與人〉，
正文後有張默〈後記〉、〈張默寫作年表〉。

光陰・梯子

臺北：尚書文化出版社
1990 年 6 月，25 開，253 頁
尚書詩典 004

本書結集作者創作於 1974〜1989 年的詩作。全書分「機槍與蜜蜂」、「無所謂幽暗」、「一行行泥土」三卷，收錄〈罈子〉、〈機槍與蜜蜂〉、〈五官體操〉、〈黑之誕生〉、〈幕〉等 96首。正文前有蕭蕭〈他鄉與家鄉——序張默《光陰・梯子》〉、張默自傳詩〈光陰・梯子〉，正文後有張默〈後記〉。

落葉滿階

臺北：九歌出版社
1994 年 10 月，32 開，222 頁
九歌文庫 373

全書分「莫非柳絲日日搖曳」、「俳句小集及其他」、「轟然，這些線條」、「一滴流浪的眼淚」四輯，收錄〈鵝毛大雪落在我家麥稭的屋頂上〉、〈在朔風唰唰中訪太白樓〉、〈在濛濛煙雨中登醉翁亭〉、〈不如歸去，黃鶴樓〉、〈臨風三上岳陽樓〉等 95 首。正文前有張默〈自序〉，正文後附錄熊國華〈在時間之上旋舞——評張默長詩〈時間，我繾綣你〉〉、沈奇〈生命・時間・詩——論張默兼評其新作〈時間，我繾綣你〉〉、〈張默著作、編選書目〉。

張默精品

北京：人民文學出版社
1996 年 10 月，14.1×20.2 公分，180 頁

本書結集作者創作於 1950〜1995 年的詩作。全書分「關於海喲」、「三十三間堂」、「時間，我繾綣你」三卷，收錄〈藍色之謎〉、〈蜂〉、〈關於海喲〉、〈哲人之海〉、〈三月，我們的默想是澄明的〉等 118 首。正文前有作者照片與手跡，正文後附錄〈張默小傳〉、〈張默寫作年表〉。

遠近高低──張默手抄詩集

臺北：創世紀詩社
1998 年 5 月，16.1×25.4 公分，220 頁
創世紀詩叢 35

本書結集作者 1994～1998 年詩作，一筆一畫，以手抄方式
呈現詩的意境與美感。全書分「削荸薺十行」、「白千層之
旅」、「犁耙，鏟子」、「獨步，嘉峪關」四卷，收錄〈呢喃十
行〉、〈鞦韆十行〉、〈稻穗十行〉、〈歷程十行〉、〈書齋十行〉
等 69 首。正文前有「張默抽象水墨小品」、「張默生活照片
剪輯」與向明〈遠近高低各不同──讀張默的詩和人〉、渡
也〈近看張默〉、秀陶〈給張默的信〉，正文後有「附錄・舊
作出土」、「袖珍詩評六家」，分別收錄張默〈一絕集〉與蕭
蕭〈〈遠近高低各不同〉小評〉、向明〈〈鞦韆十行、稻穗十
行〉小評〉、辛鬱〈〈白千層之旅〉小評〉、瘂弦〈〈豁然，歷
史的銅門〉小評〉、朵思〈〈臥佛小記〉小評〉、碧果〈〈一把
椅子〉小評〉，並有張默〈後記〉、張默〈本書創作年表〉、
張默〈張默著作（含編選）書目〉、張默〈張默近年詩生活
之旅小記〉、張默〈張默歷年出版詩集序評文章一覽〉。

張默・世紀詩選

臺北：爾雅出版社
2000 年 4 月，25 開，141 頁
爾雅叢書 506

本書以作者已出版的詩集分卷，另加一卷以域外旅行詩為主
題的「集外篇」。全書分「紫的邊陲」、「上昇的風景」、「無
調之歌」、「張默自選集」、「陋室賦」、「愛詩」、「光陰・梯
子」、「落葉滿階」、「張默精品」、「遠近高低」、「集外篇」11
卷，收錄〈關於海喲〉、〈攀〉、〈擲出一把星斗〉、〈戰爭，偶
然〉、〈門之探險〉等 74 首。正文前有作者手跡及蕭蕭〈「世
紀詩選」編輯弁言〉、〈張默小傳〉、〈張默詩話〉、李瑞騰
〈序〉，正文後有〈張默著作・編選書目〉、〈張默詩作評論
書目〉。

張默短詩選／犁青主編；陶忘機等譯

香港：銀河出版社

2003 年 7 月，12.6x17.7 公分，87 頁

中外現代詩名家集萃・詩世界叢書系列 12

本書為中、英對照詩選集。全書收錄〈我是一隻沒有體積的杯子〉、〈楓葉〉、〈露水以及〉等 24 首。正文前有〈出版前言〉、〈作者簡介〉。

無為詩帖

臺北：創世紀詩雜誌社

2005 年 3 月，25 開，59 頁

無塵詩集系列 1

本書詩作以作者對人與土地的感知為主題，書中穿插數幀與詩作內容相關的照片，以及外孫女映堤的畫作。全書分「鄉情／無為詩帖」、「親情／映堤微雕」、「詩情／拾貳希聲」、「閑情／燈鳥藤貝」四卷，收錄〈老屋，蛙聲四溢〉、〈天窗，莊周的蛺蝶〉、〈獨輪車，汗水淋漓〉、〈簑衣，腳趾讀著〉等 45 首，第一、三、四卷末有〈本卷小記〉。正文後有張默〈卷末小跋〉。

獨釣空濛

臺北：九歌出版社

2007 年 7 月，25 開，380 頁

九歌文庫 792

本書結集作者的旅遊詩與攝影作品，每首詩附有與詩作相關的照片。全書分「臺灣詩帖」、「大陸詩帖」、「海外詩帖」三卷，收錄〈荒徑吟〉、〈謁海軍將士紀念塔〉、〈再會，左營〉、〈半屏山，讓我陪你走一段〉、〈我站立在大風裡〉等 134 首，各卷末分別有一篇導讀，依序為向陽〈融時空於一心——導讀「臺灣詩帖」〉、須文蔚〈從憂國懷鄉到超時空漫遊——導讀「大陸詩帖」〉、蕭蕭〈燦亮的心靈・明亮的調子——導讀「海外詩帖」〉。正文前有白靈〈山的疊彩，水的樂音——張默的旅遊詩〉，正文後有葉維廉〈五官來一次緊急集合——略談張默的旅遊詩〉、〈張默旅遊詩作相關評論篇目〉、〈張默旅遊繫年（簡編）〉、張默〈跋〉。

張默詩選
北京：作家出版社
2007 年 10 月，32 開，227 頁

全書分「戰爭偶然及其他」、「城市風情及其他」、「初臨玉山
及其他」、「鞋子筆記及其他」、「無為詩帖及其他」、「時間水
沫小札」六卷，收錄〈戰爭，偶然〉、〈門之探險〉、〈死亡，
再會〉、〈貝多芬〉、〈夜宴王勃〉等 108 首。正文前有〈卷前
說明〉，正文後有〈張默寫作年表〉。

張默集／丁旭輝編
臺南：國立臺灣文學館
2008 年 12 月，25 開，137 頁
臺灣詩人選集 18

全書收錄〈給贈十四行〉、〈髮與檣桅〉、〈我站立在風裡〉、
〈陋室賦（一）〉、〈陋室賦（二）〉等 82 首。正文前有作家
照片與黃碧端〈主委序〉、鄭邦鎮〈騷動，轉成運動〉、彭瑞
金〈「臺灣詩人選集」編序〉、〈臺灣詩人選集編輯體例說
明〉、〈張默小傳〉，正文後有丁旭輝〈解說〉、〈張默寫作生
平簡表〉、〈閱讀進階索引〉、〈張默已出版詩集要目〉。

張默小詩帖（1954—2010）
臺北：創世紀詩雜誌社
2010 年 5 月，25 開，190 頁
創世紀詩叢 35

本書為張默創作一甲子以來的首部小詩集。全書分「人文燭
照」、「生活刺繡」、「組詩淅瀝」、「人物箋註」、「臺灣拾
穗」、「大陸浮雕」、「海外滄浪」七卷，收錄〈荒徑吟〉、〈西
片一景〉、〈阡陌〉、〈無調之歌〉、〈橫〉等 247 首。正文前有
廖咸浩〈時間就寢，小詩復活——讀《張默小詩帖》〉、陳義
芝〈毫芒雕刻的焠鍊——讀《張默小詩帖》〉，正文後有張默
〈編後小記〉、〈張默小詩有關評論選目〉。

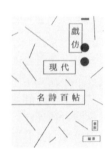

戲仿現代名詩百帖

臺北：九歌出版社
2014 年 10 月，25 開，301 頁
九歌文庫 1170

本書戲仿詩主要以小詩為對象，逐首附原作對照，互映其趣。全書收錄〈探索——仿覃子豪名詩〈追求〉〉、〈鷹的放歌——仿紀弦名詩〈狼之獨步〉〉、〈飽滿——仿吳瀛濤名詩〈空白〉〉、〈永恆——仿周夢蝶名詩〈剎那〉〉、〈給蚊子取個榮譽的名稱吧——仿陳千武名詩〈給蚊子取個榮譽的名稱吧〉〉等 134 首。正文前有魯蛟〈詩的海埔新生地——讀張默新著《戲仿現代名詩百帖》〉、羅任玲〈挑戰之必要，妙趣之必要〉，正文後有張堃〈攀登戲仿詩的高峰——讀張默編著《戲仿現代名詩百帖》並略談戲仿詩的創作〉、張默〈延伸名詩突兀虛實之美〉。

張默的詩

南京：江蘇鳳凰文藝出版社
2015 年 3 月，13.8×20.1 公分，292 頁
創世紀詩叢

本書結集作者創作 60 年間（1952～2012 年），各時期不同風格的重要詩作。全書按年代序分六卷，收錄〈海的故事〉、〈戀的構成〉、〈無調之歌〉、〈空無的鳥籠〉、〈鵝毛大雪落在我家麥稭的屋頂上〉等 147 首。正文前有作者照片與張默〈張默詩話（代序）〉、張默序詩〈未來四姿〉，正文後有張默〈跋〉、〈張默寫作年表〉。

水汪汪的晚霞

臺北：印刻文學生活雜誌出版公司
2015 年 6 月，25 開，232 頁
印刻文學 445

全書分「無為的翅膀」、「夢想的立方」、「阿里山獨白」、「群山不翼而飛」、「為月光打鼓」、「時間水沫小札」、「詩・發芽變奏」七輯，收錄〈天窗，莊周的蛺蝶〉、〈老屋，蛙聲四溢〉、〈簑衣，腳趾讀著〉、〈獨輪車，汗水淋漓〉、〈磨墨，步履遲遲〉等 87 首。正文前有蕭蕭〈張默，水汪汪的晚霞水汪汪的晨曦〉，正文後有「附錄・贈詩及評文」，收錄沈臨彬

〈午安，少校〉、洛夫〈入山〉、辛鬱〈黑是來時路〉等七首贈詩，李進文〈當詩都躲起來，他卻大喊抓到了〉；並有張默〈代後記——並非閒話〉、〈作者簡介——張默〉。

【散文】

雪泥與河燈
臺北：中華日報社
1980 年 5 月，32 開，225 頁
中華日報甲種叢書 77

本書作品以懷憶鄉土為主題。全書收錄〈最先與最後〉、〈蒼髮與跫音〉、〈酒罈與垂柳〉等 28 篇。正文前有洛夫〈序之一——飲我以醉人的鄉愁〉、張拓蕪〈序之二——觸鼻的泥香〉、菩提〈序之三——純鄉土的獨白〉、姜穆〈序之四——詩之餘〉，正文後有張默〈後記〉。

回首故園情
臺北：黎明文化公司
1984 年 8 月，32 開，240 頁

全書收錄〈酒罈與垂柳〉、〈舞踊與梆聲〉、〈天井與磨坊〉、〈紡車與楓葉〉等 32 篇。正文前有洛夫〈序之一——飲我以醉人的鄉愁〉、姜穆〈序之二——詩之餘〉。

【兒童文學】

魚和蝦的對話／董心如繪
臺北：三民書局
1997 年 4 月，21.4×24.2 公分，51 頁
兒童文學叢書・小詩人系列

本書為張默的童詩集，取材自日常生活，透過親切的人事物，引發奇想，為兒童描繪一則則關於土地與生命的啟示圖象。全書收錄〈夜晚的星星呀〉、〈夢遊桃花源〉、〈一把小小

的裁紙刀〉等 20 首。正文前有〈詩心・童心——出版的話〉、張默〈飛吧！想像的翅膀〉，正文後有〈寫詩的人〉、〈畫畫的人〉。

【書畫集】

臺灣現代詩手抄本
臺北：九歌出版社
2014 年 1 月，23×17 公分，380 頁
九歌文庫 1148

本書為作者歷時五個月，以毛筆宣紙一點一撇的草成，手抄老、中、青四代詩人 186 家詩作，每家篇首蓋有特別製作的閑章，紅黑相間，井然有序，綻放潺潺不絕的抒情之美。全書分「A 編・創世紀同仁卷」、「B 編・創世紀摯友卷」、「C 編・年度詩選編委卷」、「D 編・現代女詩人卷」四卷，收錄張默〈澎湖風櫃〉、洛夫〈金龍禪寺〉、瘂弦〈秋歌〉、季紅〈蘆葦花〉、葉笛〈火和海〉等 630 首。正文前有李瑞騰〈張默抄詩——《臺灣現代詩手抄本》卷前小語〉、張默〈以毛筆浮雕臺灣現代詩的風景〉。

水墨無為畫本：精選現代詩人名句 104 帖
臺北：創世紀詩雜誌社
2015 年 12 月，19×24 公分，117 頁
創世紀藝叢 1

本書跨界現代詩、抽象畫及毛筆書藝，結集張默為現代詩人名句 104 帖所作的畫作。全書分「A・視覺詩試作」、「B・彩墨實驗」、「C・水墨滄浪」、「D・水墨無為」四部分，收錄各時期畫作 104 幅。正文前有張默〈橫豎皆空非抽象——從「視覺詩」到「水墨無為系列」〉，正文後有張默與外孫汪宇非在內湖書屋的合影照片與「畫家墨寶・老畫家陳庭詩書贈張默『嵌字聯』」、「藝術交流・大陸河南詩人馮傑繪贈畫作兩幀」、楊宗翰〈沒了創世紀，還有張德中〉、〈作者簡介〉、〈謝帖〉。

文學年表

1931 年	2 月	7 日（農曆民國 19 年 12 月 20 日），生於安徽省無為縣孫家灣的農村，父張上壽，母孫玉蓮。本名張德中，兄弟三人，排行老二。
1936 年	本年	六歲上私塾，每天早晨磨墨 40 分鐘，習寫大小楷，下午讀古文、唐詩，打下國學根基。幼年與青少年時期，在家鄉就讀私塾、縣立簡易師範學校，受舅父孫國相啟蒙最多；後就讀南京成美中學時，國文老師虞詩舟經常在班上介紹新詩，因此詩眼初開。
1949 年	3 月	自南京經上海乘中興輪來臺。
1950 年	10 月	開始在左營海軍陸戰隊服役，並開始習作寫詩。
1951 年	6 月	詩作〈海洋之戀〉發表於《半月文藝》第 3 卷第 34 期。
1954 年	7 月	時任海軍陸戰隊砲兵連隊輔導長，與同任輔導長的洛夫，因參加陸戰隊司令部舉辦的三民主義講習班結識，兩人因熱愛新詩，初次碰面即一見如故，張默於暢談中提議一同創辦詩刊。
	8 月	講習班結束後，致信洛夫，向其說明為詩刊取名為「創世紀」，並詢問意見，洛夫回信，表示對詩刊名「創世紀」非常認同。
	10 月	與洛夫於左營創辦創世紀詩社，出版《創世紀》創刊號，瘂弦於同年 11 月加入，三人獲文壇稱譽為「創世紀鐵三角」。以「〈藍色之謎〉外三章」為題，集結詩作〈藍色之謎〉、

〈十月素描〉、〈雨、大地〉、〈歸來序曲〉發表於《創世紀》創刊號。

1955年　2月　以「海洋詩輯」為題，詩作〈貝殼與童年〉、〈兩峰之間〉、〈海上夜〉、〈老水手〉、〈醉歌〉發表於《創世紀》第2期。

　　　　6月　以「臺灣，復興中國的城」為題，集結詩作〈一個偉人的故事〉、〈四月海島的禮讚〉、〈海上勝利圓舞曲〉，並有〈《紫色的歌》讀後〉發表於《創世紀》第3期。(《紫色的歌》為葉笛所著詩集。)

　　　10月　以「宣戰篇」為題，詩作〈九月之歌〉、〈致詩人們〉、〈向現實宣戰〉發表於《創世紀》第4期。

1956年　3月　以「〈醉後〉及其他」為題，詩作〈醉後〉、〈水手・曼波〉、〈歸航的遐想〉發表於《創世紀》第5期。

　　　　6月　以「海的故事」為題，詩作〈海圖〉、〈歡迎舞曲〉、〈海的故事〉發表於《創世紀》第6期。

　　　　9月　以「海兩章」為題，集結詩作〈珊瑚吟〉、〈海祭，最後的〉，並有〈關於詩的民族性〉發表於《創世紀》第7期。

　　　11月　詩作〈陽光頌〉發表於嘉義《商工日報・副刊》。

1957年　3月　以「〈當潮，在我的窗前閃光時〉外二首」為題，集結詩作〈當潮，在我的窗前閃光時〉、〈日出序曲〉、〈冬青樹〉，並有〈詩人之理性與創造〉、〈論中國詩中應有的感性〉發表於《創世紀》第8期。

　　　　6月　以「〈前線夜〉及其他」為題，集結詩作〈前線夜〉、〈號角〉、〈紀念塔〉，並有〈洛夫的氣質與詩風〉發表於《創世紀》第9期。

　　　　　　詩作〈蜂〉發表於《今日新詩》第6期。

1958年　4月　以「〈果樹園〉及其他」為題，集結詩作〈果樹園〉、〈無題之冬〉、〈想像〉，並有〈新民族詩型之特質〉發表於《創世

紀》第 10 期。

12 月　詩作〈拜波之塔〉、〈摩娜‧麗莎〉發表於《文學雜誌》第 5 卷第 4 期。

1959 年　4 月　以「詩人 AND 和諧的世界」為題，集結詩作〈現代的聲音〉、〈默想與沉思〉、〈關於海喲〉，並有〈中國詩壇兩位最具威脅性的詩人 季紅和瘂弦〉發表於《創世紀》第 11 期。

7 月　詩作〈最後的〉、〈攀〉發表於《創世紀》第 12 期。

10 月　以「〈敲擊著〉1959 年的神鐘呵」為題，詩作〈敲擊著〉、〈追逐著〉發表於《創世紀》第 13 期。

1960 年　2 月　〈現代詩藝術的潛在面〉發表於《創世紀》第 14 期。

5 月　詩作〈少女之書〉發表於《創世紀》第 15 期。

1961 年　1 月　與瘂弦合編《六十年代詩選》，由高雄大業書店出版。

9 月　詩作〈管不住的風〉發表於《筆匯》第 2 卷第 11 期。

11 月　詩作〈神祕之在〉發表於《詩‧散文‧木刻》第 2 期。

1962 年　6 月　詩作〈囚我的髮束〉、〈囚我的眼睛〉發表於《野火》第 2 期。

8 月　詩作〈假面與迴旋〉發表於《創世紀》第 17 期。

9 月　詩作〈拜波之塔〉收錄於胡品清編譯 *La Poésie Chinoise Contemporaine*，由巴黎 Seghers 出版。

1963 年　3 月　詩作〈戀的構成〉發表於香港《好望角》創刊號。

4 月　詩作〈三月，我們的默想是澄明的〉發表於香港《好望角》第 4 號。

6 月　以「〈哲人之海〉及其他」為題，集結詩作〈哲人之海〉、〈給贈十四行〉，並有〈論壓縮的詩〉發表於《創世紀》第 18 期。

7 月　詩作〈擲出一把星斗〉發表於香港《好望角》第 12 期。

1964 年　1 月　詩作〈沉層〉發表於《創世紀》第 19 期。

詩作〈貝多芬〉發表於宜蘭《青年雜誌》。

4 月　詩作〈期嚮〉發表於香港《文藝》第 9 期。同年 6 月發表於《創世紀》第 20 期。

10 月　處女詩集《紫的邊陲》由左營創世紀詩社出版。

12 月　詩作〈虛無之歌〉發表於《創世紀》第 21 期。

1965 年　3 月　詩作〈門之探險〉發表於《這一代》。

6 月　詩作〈恆寂的峰頂〉、〈曠漠的峰頂〉、〈繆斯的峰頂〉、〈峰頂的峰頂〉發表於《創世紀》第 22 期。

1966 年　1 月　詩作〈窗之嬉〉,〈試釋瘂弦、管管的詩〉發表於《創世紀》第 23 期。

3 月　受《現代文學》、《劇場雜誌》、《笠》之邀,參加於西門町舉辦「現代詩畫展」,詩作〈默想與沉思〉以手稿發表於《幼獅文藝》第 148 期。

4 月　〈五十五年 新春讀詩隨記 從鄭愁予的「旅程」開拔〉發表於《創世紀》第 24 期。

8 月　〈史芬克司的震顫——剖論白萩的「風的薔薇」〉發表於《創世紀》第 25 期。

1967 年　2 月　與瘂弦合編《中國現代詩選》,由左營創世紀詩社出版。

6 月　〈白色的火鳥——試論大荒的詩〉發表於《創世紀》第 27 期。

7 月　由左營調任軍職至澎湖海軍第二軍區。

9 月　與洛夫、瘂弦合編《七十年代詩選》,由高雄大業書店出版。

10 月　《現代詩的投影》由臺北臺灣商務印書館出版。

1968 年　5 月　詩作〈我站立在風裡〉發表於《創世紀》第 28 期。

1969 年　1 月　詩作〈浮運的水妖〉,〈喃喃的悸動——試釋沈臨彬的〈浮蘭德〉〉發表於《創世紀》第 29 期。

　3 月　　與洛夫、瘂弦合編《中國現代詩論選》，由高雄大業書店出版。

　5 月　　與洛夫合編「大業現代文學叢書」，由高雄大業書店出版。

12 月　　主編《現代詩人書簡集》，由臺中普天出版社出版。

1970 年　3 月　　與陸秉川女士在澎湖馬公結婚。

10 月　　詩集《上昇的風景》由臺北巨人出版社出版。

11 月　　詩作〈我站立在風裡〉等五首，收錄於葉維廉編譯 *Modern Chinese Poetry*，由美國愛荷華大學出版。

1971 年　1 月　　與管管於左營創辦《水星》詩刊，主要以培育年輕新秀詩人為宗旨。

　　　　詩作〈嬰兒車〉發表於《水星》創刊號。

　7 月　　長女張靈靈出生。

10 月　　主編《心靈札記》、《世界文學家側影》，由臺中藍燈出版社出版。

12 月　　詩作〈誰說妳不是你的〉發表於《山水》第 3 期。

1972 年　1 月　　與管管合編《從變調出發──現代詩批評》、《從流動出發──現代小說批評》、《從深淵出發──日記、隨筆、詩話》、《從真摯出發──現代作家訪問記》、《從燃燒出發──札記、寓言、批評》、《從反叛出發──現代電影導讀專論》、《從表現出發──現代藝術散論》、《從感性出發──現代散文選》、《從精鍊出發──現代短篇小說選》、《從輕柔出發──現代女詩人作品集》，由臺中普天出版社出版。

　3 月　　詩作〈露水以及〉、〈擊鼓咚咚〉、〈一溜煙之翩翩〉發表於《詩宗》第 5 號。

　6 月　　調任軍職於臺北海軍總部政二處，遷家至臺北內湖。

　9 月　　以「〈詠鳥〉及其他」為題，集結詩作〈詠鳥〉、〈硯〉、〈昨夜的哲學〉、〈阡陌〉、〈西片一景〉、〈無調之歌〉、〈失題〉，

並有〈情緒火焰之消滅〉發表於《創世紀》第30期。

《創世紀》詩刊復刊，擴大為同仁詩誌，繼任執行編輯。

12月　以「〈我是硬漢〉」為題，集結詩作〈樹〉、〈某些眼睛〉、〈對決〉、〈我是硬漢〉，並有〈孤鷲與野煙　關於辛鬱〉發表於《創世紀》第31期。

次女張謎謎出生。

1973年　3月　詩作〈雪之謎〉發表於《創世紀》第32期。

　　　　5月　以少校官階自海軍總部退役。

　　　　6月　以「辭海」為題，集結詩作〈麼里麼里春〉、〈殘句一〉、〈殘句二〉、〈辭海〉，並有〈遙遠的鼓聲——讀大荒的詩有感〉發表於《創世紀》第33期。

　　　　9月　詩作〈死亡，再會〉、〈月正當中〉發表於《創世紀》第34期。

　　　11月　12日，應邀出席於臺北圓山大飯店舉辦的第二屆世界詩人大會。

詩作〈腳步〉、〈飛躍之歌〉發表於《創世紀》第35期。

應邀參加由國立歷史博物館舉辦的「中國現代詩畫聯展」，展出詩作〈無調之歌〉。

　　　本年　旅越詩人吳望堯倡議設置「中國現代詩獎」，應邀擔任詩獎評審委員及執行祕書。

1974年　1月　詩作〈我在大地的背脊上撒泡尿〉、〈西門町〉、〈嬰思〉發表於《創世紀》第36期。

　　　　3月　應聘至華欣文化事業中心任職，主編《中華文藝》月刊。

　　　　7月　〈詩的隨想〉發表於《創世紀》第37期。

　　　10月　詩作〈長頸鹿〉、〈鴕鳥〉、〈豹〉發表於《創世紀》第38期。

1975年　1月　詩作〈與夫曠野〉發表於《創世紀》第39期。

3 月	與管管、朱沉冬、沈臨彬合編青年詩選《新銳的聲音》，由高雄三信出版社出版。
4 月	詩作〈我區區的巨掌怎樣慢吞吞地拍擊著〉發表於《創世紀》第 40 期。
6 月	詩集《無調之歌》由臺北創世紀詩社出版。
7 月	詩作〈罈子〉發表於《創世紀》第 41 期。
12 月	詩作〈機槍與蜜蜂〉發表於《創世紀》第 42 期「詩劇專號」。

1976 年	1 月	以「素描六題」為題，詩作〈面顏〉、〈信〉、〈楓葉〉、〈窗〉、〈蘆葦花〉、〈鴕鳥〉發表於《詩人季刊》第 3 期。
	3 月	詩作〈五官體操〉發表於《創世紀》第 43 期。
	5 月	詩作〈五官初繪〉發表於《詩人季刊》第 4 期。
	9 月	詩評集《飛騰的象徵》由臺北水芙蓉出版社出版。
	10 月	詩作〈依稀鬢髮，輕輕滑過時間的甬道〉發表於瘂弦主編《詩學》第一輯。
	11 月	25 日，應許世旭邀請，與羊令野、洛夫、羅門、辛鬱、楚戈、商禽、菩提、梅新、方心豫組成現代詩人訪問團，至韓國漢城（今首爾）訪問一週，並赴板門店 38 度線，瞭望北韓，返國後創作數首與此次行旅的相關詩作。

1977 年	1 月	10 日，詩作〈蒼茫的影像——旅韓詩鈔之一〉發表於《聯合報・副刊》。
		17 日，詩作〈搖著我們的鄉愁——旅韓詩鈔之二〉發表於《詩隊伍》。
		31 日，詩作〈春川踏雪——旅韓詩鈔之三〉、〈鐵馬，想開——旅韓詩鈔之四〉發表於《詩隊伍》。
	2 月	14 日，詩作〈我歌我唱，那中國的雪——旅韓詩鈔之五〉發表於《詩隊伍》。

　　　　　主編《現代詩人散文選集》，由臺北源成文化圖書供應社出版。

3 月　詩作〈板門店再記〉發表於《創世紀》第 45 期。

7 月　與辛鬱、管管、張漢良、菩提合編《中國當代十大詩人選集》、《中國當代十大小說家選集》、《中國當代十大散文家選集》，由臺北源成文化圖書供應社出版。

12 月　以「〈無所謂幕〉等等」為題，詩作〈垂釣・日出〉、〈無所謂幕〉、〈夜與眉睫〉、〈黑之誕生〉、〈夜在斜斜的降落〉發表於《創世紀》第 46 期。

1978 年　3 月　詩集《張默自選集》由臺北黎明文化公司出版。

5 月　詩作〈喜怒哀樂〉發表於《創世紀》第 47 期。

8 月　詩作〈溪頭拾碎〉發表於《創世紀》第 48 期。

12 月　16 日，詩作〈飲那絡蒼髮——遙念母親〉發表於《中國時報・人間副刊》。

　　　詩作〈陋室賦〉、〈內湖之晨〉發表於《創世紀》第 49 期。

1979 年　4 月　14 日，詩作〈埔頭街上〉發表於《臺灣日報・副刊》。

5 月　詩作〈陋室賦〉發表於《創世紀》第 50 期。

7 月　2～6 日，應邀出席於韓國首爾舉行的第四屆世界詩人大會，詩作〈死亡，再會〉選入大會特刊 *Friends: Foreign Poetry 1979 4th World Congress Of Poets*。

12 月　主編之《中華文藝》月刊，獲國家文藝基金會優良文藝雜誌獎。

1980 年　3 月　詩集《陋室賦》由臺北創世紀詩社出版。

　　　詩作〈夜戲王勃〉發表於《創世紀》第 51 期。

5 月　散文集《雪泥與河燈》由臺北中華日報社出版。

6 月　以「五月詩鈔」為題，詩作〈沒有落幕的啟幕式——寄贈韓國女詩人申東春〉、〈水的意思〉發表於《創世紀》第 52

期。

9月　詩作〈月光曲〉、〈月是故鄉明〉發表於《創世紀》第 53
　　期。

12月　以「歲末餘稿」為題，詩作〈家信〉、〈落日〉、〈美之詮
　　釋〉、〈尋〉、〈上升的鷹架〉、〈空無的鳥籠〉、〈垂釣〉、〈我的
　　硯臺裡有一個港灣〉發表於《創世紀》第 54 期。

1981 年　3月　詩作〈誰說我不是內湖派〉發表於《創世紀》第 55 期。

4月　30 日，詩作〈碑〉發表於《臺灣日報・副刊》。

6月　主編《剪成碧玉葉層層——現代女詩人選集》，由臺北爾雅
　　出版社出版。

　　〈安安靜靜的巍峨——談向明的〈煙囪〉及其他〉發表於
　　《創世紀》第 56 期。

9月　詩評集《無塵的鏡子》由臺北東大圖書公司出版。

12月　詩作〈孟宗竹的天空——再訪溪頭〉發表於《創世紀》第 57
　　期。

1982 年　4月　22 日，以「溪頭小品」為題，詩作〈夜〉、〈銀杏林〉、〈晨〉
　　發表於《聯合報・副刊》。

6月　詩作〈葫蘆瓢〉，〈創世紀春秋〉、〈中國現代詩壇卅年大事記
　　補遺〉發表於《創世紀》第 58 期。

9月　主編《感月吟風多少事——現代百家詩選》，由臺北爾雅出
　　版社出版。

10月　詩作〈戲繪詩友十二帖〉，〈彩羽作品筆談——從繁富到寧
　　靜〉發表於《創世紀》第 59 期。

11月　23 日，詩作〈廣場〉發表於《中央日報・副刊》。

本年　應隱地之邀，與蕭蕭、向明、李瑞騰、張漢良、向陽組成年
　　度詩選六人編委會，自 1982 年起，每人輪流主編一本年度
　　詩選。

1983 年　1 月　詩作〈鳥事二三〉、〈七十一年詩壇大事記〉發表於《創世紀》第 60 期。

　　　　3 月　主編《七十一年詩選》，由臺北爾雅出版社出版。

　　　　5 月　以「〈無所謂幽暗〉」為題，集結詩作〈無所謂幽暗〉、〈某一畫像跋〉，並有〈汪啟疆作品筆談——從開展到約制〉發表於《創世紀》第 61 期。

　　　　7 月　〈感覺與夢想齊飛——試評席慕蓉《無怨的青春》〉發表於《文訊》創刊號。

　　　　8 月　〈「創世紀」春秋三十年〉發表於《文訊》第 2 期。

　　　10 月　〈張堃作品筆談——從青澀到圓融〉、〈「三十年來全國新詩期刊縱橫談」補述〉、〈三十年來全國新詩期刊縱橫談——從《新詩週刊》到《春秋小集》〉發表於《創世紀》第 62 期。

1984 年　6 月　詩作〈深圳‧在打鼾〉發表於《創世紀》第 64 期。

　　　　8 月　〈從繁富到清明——六十年代的新詩〉發表於《文訊》第 13 期。

　　　　　　　散文集《回首故園情》由臺北黎明文化公司出版。

　　　10 月　以「〈煙聲無聲〉」為題，集結詩作〈煙聲無聲〉、〈武陵夜宿〉，並有〈《創世紀》的發展路線及其檢討〉、〈三十年的滄桑——執編《創世紀》三十年小記〉發表於《創世紀》第 65 期。

　　　12 月　應臺北新象藝術中心之邀，參加「中、義視覺詩聯展」。

1985 年　2 月　〈金軍的《碑》〉發表於《文訊》第 16 期。

　　　　4 月　以「短詩三帖」為題，詩作〈林〉、〈碑〉、〈二九九九年〉發表於《創世紀》第 66 期。

　　　　　　　〈李英豪的《批評的視覺》〉發表於《文訊》第 17 期。

　　　　8 月　〈從青澀到圓融——《阿米巴詩選》讀後〉發表於《文訊》第 19 期。

	10 月	〈風雨前夕訪馬朗——從《文藝新潮》談起〉發表於《文訊》第 20 期。
	本年	開始全力投入水墨畫創作。
1986 年	1 月	應高雄御書房藝廊之邀，舉行首次彩墨個展。
	6 月	與辛鬱、白萩、洛夫、商禽、楚戈、管管、碧果、瘂弦、杜十三應環亞藝術中心之邀，參加「視覺詩十人展」。
	8 月	〈現代詩壇鈎沉錄〉連載於《文訊》第 25～27 期。
	10 月	〈四海情懷總是詩——記比利時詩人卓根布魯特〉發表於《文訊》第 26 期。
	9 月	詩作〈潑墨篇〉、〈別了！親愛的酒罈〉發表於《創世紀》第 68 期。
	12 月	詩作〈光陰・梯子〉發表於《創世紀》第 69 期。
1987 年	2 月	1 日，應邀出席菲律賓千島詩社、辛墾文藝社、耕園文藝社、王國棟文藝基金會聯合主辦之「菲華現代詩學會議」，與會詩人有洛夫、管管、向明、辛鬱、白萩、張香華等。
	4 月	詩作〈初訪「美堅利堡」〉發表於《創世紀》第 70 期。
	5 月	編著《小詩選讀》由臺北爾雅出版社出版。
	8 月	詩作〈走進一片蒼翠〉、〈故事兩帖〉，〈詩散文　定義篇〉發表於《創世記》第 71 期。
	12 月	詩作〈表白十三行——讀舒暢短篇小說〈○〉有感〉，〈從小我出發〉發表於《創世紀》第 72 期。
1988 年	5 月	8 日，詩作〈驚晤〉發表於《中國時報・人間副刊》。
	7 月	詩集《愛詩——張默詩選》由臺北爾雅出版社出版。
	8 月	〈多樣，真摯，開闊——淺談大陸詩人的詩〉發表於《創世紀》第 73、74 期合刊本。
	9 月	與洛夫、辛鬱、碧果、管管、張堃等六位詩人赴大陸訪問，訪復旦大學、北京大學以及詩刊社，舉辦多次座談與朗誦。

1989 年	2 月	主編《七十七年詩選》，由臺北爾雅出版社出版。
	4 月	詩作〈蘇堤、蘇堤〉、〈網師園四句〉、〈訪寒山寺〉發表於《創世記》第 75 期。
	5 月	主編《中華現代文學大系・詩卷》（共二冊），由臺北九歌出版社出版。
	8 月	以「城市素描三帖」為題，集結詩作〈電話亭〉、〈肯德基〉、〈飛吧！摩托車〉，並有詩作〈向天安門出發〉發表於《創世紀》第 76 期。
	11 月	詩作〈三十三間堂〉發表於《創世紀》第 77 期。
	12 月	17 日，詩作〈寒枝〉、〈天窗〉、〈落葉滿階〉、〈生日卡〉發表於《聯合報・副刊》。
1990 年	1 月	30 日，詩作〈誰是紅鬃烈馬〉發表於《中國時報・人間副刊》。
		〈掛在青天是我心——側寫端木野〉發表於《文訊》第 51 期。
	2 月	〈菊殘猶有傲霜枝——側寫朵思〉發表於《文訊》第 52 期。
		於農曆除夕年返南京八卦洲，與母親過節，此為張默離家 40 年首次回家鄉過春節，返臺後撰寫不少相關詩文。
	3 月	11 日，詩作〈鵝毛大雪落在我家麥稭織成的屋頂上〉發表於《聯合報・副刊》。
		詩作〈在濛濛煙雨中登醉翁亭〉，〈飛越感覺極限——讀羅任玲詩集《密碼》〉發表於《創世紀》第 78 期。
		〈一具空空的白——側寫周鼎〉發表於《文訊》第 53 期。
	4 月	〈「我的書名就叫書」——側寫隱地〉發表於《文訊》第 54 期。
	5 月	12 日，詩作〈翻書〉、〈雪意〉發表於《中央日報・副刊》。

〈一顆不肯認輸的靈魂──側寫姜穆〉發表於《文訊》第 55 期。

6 月　〈獨白‧孵岩居──側寫碧果〉發表於《文訊》第 56 期。

詩集《光陰‧梯子》由臺北尚書文化出版社出版。

7 月　〈呼籲籌設「現代詩特藏室」〉、〈笑靨遠了──悼老友沉冬〉、〈從〈賭徒〉到〈窗上夜〉〉發表於《創世紀》第 79 期。

〈美是絕對的風景──側寫沈臨彬〉發表於《文訊》第 57 期。

8 月　〈揚蹄前奔，那騾子──側寫向明〉發表於《文訊》第 58 期。

9 月　〈觀情‧參禪及其他──側寫舒暢〉發表於《文訊》第 59 期。

10 月　詩作〈我在寬大的方塊字裡奔走〉、〈見林見樹讀《河悲》〉發表於《創世紀》第 80、81 期合刊本。

〈誰是流浪的鑼聲──側寫大荒〉發表於《文訊》第 60 期。

11 月　〈在冷與熱之間巡弋──側寫辛鬱〉發表於《文訊》第 61 期。

12 月　〈人在東瀛，心繫寶島──側寫葉笛〉發表於《文訊》第 62 期。

本年　詩集《光陰‧梯子》獲新聞局優良著作金鼎獎。

1991 年　1 月　詩作〈昂首，燕子磯〉、〈臺灣近四十年出版現代詩選集書目初編（1949～1991）〉發表於《創世記》第 82 期。

2 月　主編《十句話（第四集）》，由臺北爾雅出版社出版；主編《臺灣青年詩選》，由北京人民文學出版社出版。

4 月　詩作〈在朔風喇喇中訪太白樓〉、〈捉住鳥聲啾啾的寂靜──

楊平詩集《空山靈雨》隨想〉發表於《創世紀》第 83 期。

6 月　21 日，詩作〈不如歸去，黃鶴樓〉發表於《中華日報・副刊》。同年 7 月發表於《創世紀》第 84 期。

7 月　母親病危，趕回南京送終。

10 月　〈臺灣近四十年現代詩論評集書目初編（一九四九──一九九一）〉發表於《創世記》第 85、86 期合刊本。

12 月　10 日，詩作〈榆樹上的蟬聲──焚寄老母〉發表於《中華日報・副刊》。

28 日，詩作〈再回轉身來看你一眼〉、〈莫非柳絲日日搖曳〉、〈棺槨，你輕輕的睡吧〉發表於《聯合報・副刊》。

1992 年　1 月　以「長安三帖」為題，詩作〈兵馬俑〉、〈無字碑〉、〈大雁塔〉發表於《創世紀》第 87 期。

2 月　詩作〈把一綑空白扔給淚眼迷濛的大地〉發表於《海鷗》第 2 期。

4 月　與詩友赴大陸普陀山、寧波、西湖、黃山、九華山等地遊覽，並於 5 月 1 日至南京八卦洲為母親上墳。

以「花式隱句十三行」為題，詩作〈或曰寫實或曰抽象都在一條線〉、〈一輪紅通通落日被囚在筆記裡〉、〈我以夢的翅膀拍擊李賀的箜篌〉、〈兩岸水聲無端驚起連天的泡沫〉、〈何謂遊戲就是像這樣的大風吹〉、〈怎麼今年的陽光彷彿是溼溼的〉、〈渡船與河的關係猶之石柱青苔〉、〈嗨王勃媵王閣請你今夜來抓狂〉、〈我在母親墳前翻了一個大筋斗〉、〈長江在我眼簾打一個轉又回頭〉發表於《創世紀》第 88 期。

5 月　主編《臺灣現代詩編目（一九四九──一九九一）》，由臺北爾雅出版社出版。

6 月　5 日，應邀出席由九歌文教基金會策畫舉辦的「詩歌文學的再發揚」座談會，為同時展出的「臺灣現代詩集大展」提供

約九百冊詩集。

7 月　以「黃山四詠」為題，詩作〈晨遊始信峰〉、〈飛來石一瞥〉、〈排雲亭小立〉、〈初眺夢筆生花〉發表於《創世紀》第89 期。

10 月　詩作〈時間，我纏繞你〉發表於《創世記》第 90、91 期合刊本。

1993 年　3 月　3～28 日，應邀赴美進行巡迴朗誦詩作，同行者有洛夫、管管、向明、梅新、葉維廉。

4 月　3～7 日，應邀參加《華夏詩報》與惠州市合辦的「南國西湖之春」首屆國際詩會，與會者有洛夫、管管、綠原、向明、犁青、杜國清等兩岸詩人。

詩作〈夜與宇宙二帖〉，〈從聖地牙哥到羅德島——臺灣現代詩人旅美巡迴朗誦剪影〉發表於《創世紀》第 93 期。

6 月　與向明合編《八十一年詩選》，由臺北現代詩季刊社出版。

8 月　詩作〈再見，遠方——舊金山「紅木林」偶得〉、〈鋼的自白——紐約「蘇活區」拾穗〉發表於《香港文學》第 104 期。

9 月　1 日，詩作〈轟然，這些線條——讀羅丹青銅雕塑〉發表於《聯合報・副刊》。

12 月　以「俳句小集」為題，詩作〈圖釘〉、〈茶壺〉、〈稿紙〉、〈剪刀〉、〈硯臺〉、〈紙扇〉、〈椅子〉、〈私章〉、〈鏡子〉、〈電話〉、〈手杖〉、〈墳墓〉、〈鋤頭〉、〈壁燈〉、〈鈕釦〉、〈書籤〉、〈牙刷〉、〈餐桌〉、〈照片〉、〈門〉、〈鐘〉、〈橋〉、〈手電筒〉、〈米達尺〉發表於《創世紀》第 95、96 期合刊本。

1994 年　1 月　與隱地合編《當代臺灣作家編目（爾雅篇）1949～1993》，由臺北爾雅出版社出版。

6 月　〈放手同語言一搏——《大陸當代女詩人小集》跋〉發表於《創世紀》第 99 期。

	9月	蕭蕭主編《詩痴的刻痕：張默詩作評論集》，由臺北文史哲出版社出版。

9月　蕭蕭主編《詩痴的刻痕：張默詩作評論集》，由臺北文史哲出版社出版。

與張漢良合編《創世紀四十年總目 1954—1994》，由臺北創世紀詩雜誌社出版。

詩作〈為詩神把脈〉發表於《創世紀》第 100 期。

10月　詩集《落葉滿階》由臺北九歌出版社出版。

11月　接受世界藝術文化學院院長鍾鼎文頒授榮譽文學博士學位。

詩集《落葉滿階》獲第 29 屆中山文藝獎。

12月　詩作〈書齋十行〉、〈遠近十行〉發表於《創世紀》第 101 期。

1995年　4月　28 日，應邀出席彰化師範大學主辦之「詩學中心的建構與詩學經驗的傳承」座談會，與會者有向明、洛夫、白萩、康原等。

應邀出席由文訊雜誌社主辦的「臺灣現代詩史研討會」，擔任「詩選的性質與功能」座談引言人。

6月　詩作〈一把椅子〉,〈愛之賦，歷久彌新──讀碧果詩集《一個心跳的午後》〉發表於《創世紀》第 103 期。

〈誰來綜理新詩史料〉發表於《文訊》第 116 期「搶救文學史料」專題，談當前文學史料整理的現況與問題。

8月　詩作〈搖頭擺尾‧七層塔──大雁塔巡禮〉發表於《詩世界》創刊號。

9月　〈為新詩寫史記──《新詩三百首》跋〉發表於《創世紀》第 104 期。

應邀參加國軍新文藝詩歌研究會主辦之「抗戰勝利 50 年詩歌朗誦會」。

與蕭蕭合編《新詩三百首（1917—1995）》（共二冊），由臺北九歌出版社出版。

	10 月	詩作〈鴕鳥〉獲選為「臺北公車詩」。
	12 月	詩作〈野渡無人舟自橫〉發表於《創世紀》第 105 期。
1996 年	1 月	20～21 日，應邀出席文訊雜誌社主辦，佛光大學籌備處協辦之「臺灣文學出版研討會」，發表論文〈新詩集自費出版的研究（1949—1995）〉。

主編《臺灣現代詩編目——一九四九～一九九五》，由臺北爾雅出版社出版。

　　　　3 月　應《聯合文學》總編輯初安民之邀，撰寫「詩壇鈎沉筆記」專欄，至 1997 年 9 月止，後結集為《夢從樺樹上跌下來》出版。

詩作〈鵲鳥與丘壑〉發表於《創世紀》第 106 期。

　　　　6 月　與洛夫合著《當代大陸新詩發展的研究》，由臺北行政院文建會出版。

詩作〈內湖之晨〉獲選為「臺北公車詩」。

　　　　7 月　詩作〈雞毛撢子〉、〈秤鉈〉發表於《創世紀》第 107 期。

　　　10 月　詩集《張默精品》由北京人民文學出版社出版。

詩作〈風衣〉、〈「現代詩社」和「現代派」是兩碼子事〉、〈關於詩人徐志摩的生年〉發表於《創世紀》第 108 期。

　1997 年　1 月　詩作〈酩酊的石雕〉發表於香港《詩雙月刊》第 32 期。

　　　　4 月　童詩集《魚和蝦的對話》由臺北三民書局出版。

　　　　5 月　《臺灣現代詩概觀》由臺北爾雅出版社出版。

　　　10 月　〈梅新，你怎能走得那樣快〉發表於《創世紀》第 112 期。

　　　11 月　15 日，應邀與東方畫會合作，參加「東方現代備忘錄——穿越彩色防空洞」聯展，展期至 1998 年 1 月 18 日止。

　　　12 月　12 日，詩作〈血誓〉發表於《聯合報‧副刊》。

28 日，應邀出席《聯合報‧副刊》於南華管理學院舉辦之「文學創作與出版座談會」，與會者有瘂弦、馬森、焦桐、

黎活仁等。

1998 年	3 月	以「〈獨步，嘉峪關〉及其他」為題，詩作〈天池一瞥〉、〈鳴沙山速寫〉、〈初履高昌故城〉、〈詠莫高窟九層樓〉、〈臥佛小記〉、〈火焰山偶得〉、〈獨步，嘉峪關〉發表於《創世紀》第 114 期。
	5 月	詩集《遠近高低——張默手抄詩集》由臺北創世紀詩社出版。
	6 月	詩作〈輕輕踩著，一株斜斜的輝煌〉發表於《創世紀》第 115 期。
		《夢從樺樹上跌下來：詩壇鉤沉筆記》由臺北爾雅出版社出版。
	9 月	詩作〈多寶格拱門〉，〈《創世紀》歷年發表彩羽詩作篇目彙編・一九五四——一九九八〉、〈從〈破象〉到〈鄂爾多斯〉——試論彩羽的詩〉發表於《創世紀》第 116 期。
	12 月	詩作〈破鞋〉、〈旗幟〉、〈碑碣〉發表於《創世紀》第 117 期。
1999 年	3 月	以「布拉格詩抄」為題，詩作〈雪中銅雕〉、〈誰是卡夫卡〉、〈初訪查理士橋〉發表於《創世紀》第 118 期。
	5 月	23 日，中國文藝協會改選常務理、監事，當選擔任監事。
	6 月	詩作〈屋頂上的眼睛〉、〈蒼穹・玫瑰・石頭〉發表於《創世紀》第 119 期。
	7 月	13 日，詩作〈草原落日〉發表於《聯合報・副刊》。
		〈從破書塵紙到珍稀史料——麥穗《詩空的雲煙》〉、〈展現個人智慧的詩話集——向明《新詩後 50 問》〉發表於《文訊》第 165 期。
	8 月	〈臺灣新詩大事紀要（一九〇〇～一九九九）〉發表於《文訊》第 166 期。

9月　1日，詩作〈郵筒四式〉發表於《中國時報・人間副刊》。

詩作〈與大荒同宿蒙古包〉發表於《創世紀》第 120 期。

10月　14日，應邀出席中華民國新詩學會主辦之「詩與人生詩學研討會」，於會中發表論文及心得。

12月　〈怎樣揉捏詩的藍土壤〉發表於《創世紀》第 121 期。

2000年　2月　26日，詩作〈雙叟，在冷雨中怦然閃爍〉發表於《聯合報・副刊》。同年 3 月發表於《創世紀》第 122 期。

3月　與白靈合編《八十八年詩選》，由臺北創世紀詩雜誌社出版。

4月　詩集《張默・世紀詩選》由臺北爾雅出版社出版。

5月　應邀出席文訊雜誌社主辦之「五四文藝雅集」，獲頒第三屆五四獎「文學編輯獎」。

與辛鬱、余光中、向明集議於新世紀之始，交棒「年度詩選」主編工作予白靈、陳義芝、焦桐等中生代詩人。

6月　〈回首叫雲飛起〉發表於《聯合文學》第 188 期。

8月　10日，詩作〈再見，玉門關〉發表於《聯合報・副刊》。

9月　7日，〈金鎖關〉發表於《中國時報・人間副刊》。

12日，以「華山二帖」為題，詩作〈擦耳崖〉、〈下棋亭〉發表於《中央日報・副刊》。

12月　詩作〈一首混沌初開的詩——寫給映堤〉，〈夢想與現實拔河——當代詩人以「橋」為素材的觀察筆記〉發表於《創世紀》第 125 期。

本年　與辛鬱、尹雪曼一同捐贈著作與相關文物予國立文化資產保存研究中心籌備處（今國立臺灣文學館），同時舉辦了捐贈文物展。

2001年　3月　詩作〈歷史，冷冷的回眸——讀洛夫長詩〈漂木〉隨想〉發表於《創世紀》第 126 期。

4 月　1 日，詩作〈紅樓獨語〉發表於《聯合報・副刊》。

6 月　詩作〈東海岸馳思〉發表於《創世紀》第 127 期。

8 月　6 日，以「無為詩帖」為題，詩作〈老屋，蛙聲四溢〉、〈天窗，莊周的蛺蝶〉、〈獨輪車，汗水淋漓〉、〈簑衣，腳趾讀著〉、〈水車，一格格春天〉發表於《聯合報・副刊》。

9 月　2～23 日，應邀出席聯合文學主辦的臺北國際詩歌節。

詩作〈登滕王閣遇滂沱大雨〉、〈天橋〉、〈三疊泉〉、〈瘦西湖〉發表於《創世紀》第 128 期。

主編《臺灣現代詩集編目：一九四九～二○○○》，由臺北市文化局出版。

10 月　26 日，應江蘇哲學社會科學聯合會之邀，與臺灣詩人作家十餘人，赴南京等地采風，至 11 月 3 日止。訪問期間，應東南大學華文詩歌研究所之邀前往該校進行誦詩活動。

2002 年　1 月　27 日，詩作〈在閱江樓上，誦詩〉發表於《聯合報・副刊》。

3 月　以「兩岸二樓偶得」為題，詩作〈登金陵閱江樓〉、〈淡水紅樓小寐〉發表於《創世紀》第 130 期。

5 月　19 日，詩作〈爬過古芝地道——訪越戰遺跡偶得〉發表於《臺灣日報・副刊》。

6 月　詩作〈高第，夢想的煙囪〉、〈題米羅「男人」〉發表於《創世紀》第 131 期。

8 月　詩作〈磨墨，步履遲遲〉、〈插秧，彎彎的兒歌〉、〈稻草人，吱吱喳喳〉、〈土地廟，矮矮的燈海〉發表於《聯合文學》第 214 期。

9 月　6 日，以「西藏采風三帖」為題，詩作〈布達拉宮〉、〈扎什倫布寺〉、〈羊卓雍聖湖〉發表於《臺灣新聞報・西子灣副刊》。同月以「西藏速寫三帖」為題，發表於《創世紀》第

132 期。

12 月　13 日，詩作〈老子，一勺勺清淚〉發表於《聯合報・副刊》。同月發表於《創世紀》第 133 期。

〈龍門石窟〉、〈白居易墓〉，〈惆悵隱逸的落花時節——讀邱平的詩筆記〉發表於《創世紀》第 133 期。

詩作〈白髮吟〉、〈殘酷的凌遲——在塞維亞看鬥牛〉發表於《臺灣詩學季刊》第 39 期。

2003 年　1 月　15 日，詩作〈船帆石隨想〉發表於《臺灣日報・副刊》。

3 月　詩作〈白鷴鴒，渾然忘我的唱吧〉發表於《創世紀》第 134 期。

4 月　應宜蘭明池山莊之邀，出席「曲水流觴宴」活動，於開幕式現場自誦八行小品詩作〈明池小詠〉。

6 月　詩作〈明池小詠〉、〈蕭蕭神木之旅〉發表於《創世紀》第 135 期。

主編《現代百家詩選（新編）1952—2003》，由臺北爾雅出版社出版。

7 月　犁青主編；陶忘機等譯《張默短詩選》由香港銀河出版社出版。

8 月　〈做一名小小的提燈人〉發表於《文訊》第 214 期「文學史料的蒐集與典藏」專題。

9 月　詩作〈莫斯科，早安！〉發表於《創世紀》第 136 期。

10 月　29 日，與辛鬱應邀訪韓，出席韓國文人協會主辦的第五屆海外文人文學講演會。

12 月　詩作〈致托爾斯泰〉、〈致果戈里〉、〈致杜思妥也夫斯基〉、〈致普希金〉，〈當代詩選大系收錄大荒詩作篇目初編〉發表於《創世紀》第 137 期。

2004 年　1 月　《臺灣現代詩筆記》由臺北三民書局出版。

	3 月	詩作〈嫩嫩開花的線條——看外孫女汪映堤童畫偶拾〉發表於《創世紀》第 138 期。
	5 月	4 日，獲中國文藝協會詩歌類榮譽文藝獎章。
	6 月	詩作〈驚見吳哥窟〉發表於《創世紀》第 139 期。〈雨花楓草馬蹄聲〉發表於《文訊》第 224 期。
	7 月	14 日，黃明川工作室到內湖張默宅進行「臺灣詩人一百影音計畫」的採訪錄製，由李志薔主訪。
	9 月	獲國軍新文藝四十年特別貢獻獎。
	10 月	28 日，〈追風戲浪 50 年——《創世紀》詩雜誌發展概說〉發表於《聯合報・副刊》。
2005 年	1 月	5 日，詩作〈班達亞齊，請別偷偷的哭泣〉發表於《聯合報・副刊》。
	2 月	27 日，詩作〈詠臺北燈海隧道〉發表於《聯合報・副刊》。
	3 月	詩集《無為詩帖》由臺北創世紀詩雜誌社出版。詩作〈繩結，新象之再生〉、〈手套，立體之漂泊〉，〈別把老友當「棋子」〉發表於《創世紀》第 142 期。
	5 月	28 日，詩作〈用腳眉批喀納斯〉發表於《聯合報・副刊》。詩作〈在孫家灣的酒罈，輕輕撈起一把詩〉發表於《掌門詩學》第 40 期。
	6 月	詩作〈草千里〉、〈金鱗湖〉、〈豪斯登堡〉、〈趵突泉小引〉、〈巴戎廟小立〉、〈摩埃石巨像〉、〈「平衡岩」一得〉、〈驚豔，下龍灣〉、〈雲堂，你在那裡〉、〈仰光，臥佛〉、〈打哈欠的貝殼〉發表於《創世紀》第 143 期。
	7 月	詩作〈題映堤近作〉發表於《秋水詩刊》第 126 期。〈映堤微雕〉發表於《文訊》第 237 期。
	8 月	〈逍遙怫鬱的旅者〉發表於《掌門詩學》第 41 期。
	9 月	23 日，應邀參加文訊雜誌社主辦之「親情圖：作家用照片說

故事展」，與其他百位文友展出生命記憶中珍貴及值得緬懷的影像圖片，展期至 10 月 2 日止。

〈創世紀・左營打樁・內湖開花——為臺北市文化局舉辦譽揚活動而寫〉，詩作〈婆羅浮屠之繪〉發表於《創世紀》第 144 期。

11 月	3 日，臺北市文化局於內湖碧湖公園涼亭內設置「創世紀詩盒」，舉辦《創世紀》發行逾 50 年譽揚活動，張默應邀出席並與詩友雅集朗誦創世紀詩作。
12 月	8 日，詩作〈石雕巨柱 134 之嘆〉發表於《聯合報・副刊》。

2006 年　　5 月　30 日，詩作〈告別的方式〉發表於《聯合報・副刊》。

31 日，詩作〈時間水沫——童年七帖〉發表於《中華日報・副刊》。

6 月　18～22 日，赴廣州南沙參加紅三角詩會。

詩作〈超感覺的幽眇——首訪泰姬瑪哈陵〉、〈《創世紀》，永遠的大植物園〉、〈意象撲面如滄浪〉、〈《創世紀》歷年刊登葉笛詩作、評論、翻譯篇目〉發表於《創世紀》第 147 期。

7 月　16 日，詩作〈震耳欲裂的水聲〉發表於《中國時報・人間副刊》。

〈擊穿現實，獨釣傳統——簡述彩羽的詩〉發表於《文訊》第 249 期。同年 9 月發表於《創世紀》第 148 期。

8 月　7 日，〈新詩工程跨世紀〉發表於《聯合報・副刊》。

9 月　23～28 日，與詩友應邀同赴山東棗庄，出席棗庄政協、棗庄學院和《臺港文學選刊》、《北京文學》、《十月》雜誌社共同籌辦的「兩岸文學藝術高端論壇」。

詩作〈樂山大佛〉、〈紅三角素描〉發表於《創世紀》第 148 期。

10 月　20 日，詩作〈眾木已槁，我是唯一的青松——敬悼女詩人胡

品清〉發表於《聯合報・副刊》。同年 12 月發表於《創世
紀》第 149 期。

12 月　　詩作〈微山湖散詠〉、〈小美人魚〉、〈巧遇 Kappeli 咖啡屋〉、
〈人生柱，展翅想飛〉發表於《創世紀》第 149 期。

2007 年　3 月　　〈從〈寫給臺灣的詩〉說起〉，詩作〈今夜，海在域外嚎
叫〉發表於《創世紀》第 150 期。

主編《小詩・牀頭書》，由臺北爾雅出版社出版。

4 月　　〈從手抄〈臺灣新詩長卷〉說起〉發表於《文訊》第 258
期。

6 月　　〈從〈美麗的市聲〉到〈波浪啊〉〉，詩作〈時間水沫小札〉
發表於《創世紀》第 151 期。

7 月　　旅遊詩與攝影合集《獨釣空濛》由臺北九歌出版社出版。

9 月　　詩作〈九曲溪泛舟異想〉發表於《創世紀》第 152 期。

10 月　　詩集《張默詩選》由北京作家出版社出版。

12 月　　詩作〈天書——福建泰寧一景〉，〈抽樣看《南北笛》到《無
根草》——海內外九種報刊有關特輯探微〉發表於《創世
紀》第 153 期。

傅天虹編《狂飲時間的星粒——臺灣著名詩人張默評論集》
由北京作家出版社出版。

2008 年　1 月　　以「三行小集」為題，詩作〈鐘〉、〈門〉發表於《乾坤詩
刊》第 45 期。

3 月　　23 日，詩作〈端硯，夜釣〉發表於《聯合報・副刊》。
〈世界微塵裡，吾寧愛與憎？——讀舒暢新詩集《焚詩祭
路》筆記〉發表於《創世紀》第 154 期。

5 月　　4～7 日，應邀出席澳門大學中國文學系主辦之第二屆當代詩
學論壇暨張默作品研討會。

6 月　　詩作〈時間翹嘴〉發表於《創世紀》第 155 期。

〈綻放稚拙素樸之美——臺灣早期新詩集封面構成採微〉發表於《文訊》第 272 期。

8 月　〈臺灣新詩英譯之必要——簡說《中國新詩選》到《臺灣短詩選》〉發表於《文訊》第 274 期。

10 月　以「偶然五行小集」為題，詩作〈臥龍〉、〈水墨狂草〉、〈三聯畫宅〉、〈染色體〉、〈磊落〉、〈觀察者〉發表於《創世紀》第 156 期。

以「新作四帖」為題，詩作〈行走的椅子〉、〈圓的，直的〉、〈好大的雨啊！〉、〈一坨坨的影子〉發表於《乾坤詩刊》第 48 期。

11 月　帶領「創世紀」九人編輯小組合編《創世紀・創世紀：1954—2008 圖像冊》，由臺北創世紀詩雜誌社出版。

12 月　詩作〈大清早七行〉，〈從與季紅初晤談起〉發表於《創世紀》第 157 期。

丁旭輝編《張默集》由臺南國立臺灣文學館出版。

2009 年　2 月　詩作〈石雕人像之最〉發表於《文訊》第 280 期。

以「旅遊詩兩首」為題，詩作〈初訪阿蒙神殿〉、〈我，高舉著吳哥窟〉發表於《文學人》第 17 期。

3 月　以「偶然五行小集（二）」為題，集結詩作〈敞地〉、〈山脊之屋〉、〈建築農場〉、〈曖昧〉、〈迴旋之屋〉，並有〈從《秋・看這個人》到《畫冊》〉、〈個人寫作、編輯祕辛〉發表於《創世紀》第 158 期。

以「悠然六行小集」為題，詩作〈卡巴多奇亞之頌〉、〈巴特農神殿之嘆〉、〈階梯金字塔之奇〉、〈石雕巨柱之驚〉發表於《新地文學》第 7 期。

4 月　2 日，詩作〈勃然四行小集〉發表於《聯合報・副刊》。

6 月　獲年度詩選編委會頒贈 2008 年度詩獎。

以「燦然二行小集」為題，集結詩作〈無題一〉、〈無題二〉、〈無題三〉、〈無題四〉、〈無題五〉，並有〈從一張泛黃的簽名紙說起〉發表於《創世紀》第 159 期。

7 月　以「卓然九行二帖」為題，詩作〈裂隙開花〉、〈懷素假寐〉發表於《文訊》第 285 期。

9 月　〈創發「聲、色、意」的新景〉、〈詩貓同枕不覺曉〉，詩作〈詩，張開海藻般嫩嫩的翅膀〉發表於《創世紀》160 期。

11 月　9 日，詩作〈魚鱗〉、〈日曆〉發表於《聯合報・副刊》。

16 日，詩作〈詩，叮噹拍擊歲月的裂痕〉發表於《自由時報・副刊》。

12 月　詩作〈第一次捧讀青海的水〉、〈潑墨狂草，坎布拉〉、〈昌耀詩歌館采風〉發表於《創世紀》第 161 期。

2010 年　5 月　《張默小詩帖（1954—2010）》由臺北創世紀詩雜誌社出版。

與魯蛟、辛鬱合編《文協 60 年實錄（1950—2010）》，由臺北普音文化公司出版。

6 月　30 日，詩作〈偶成掇拾悼商禽〉發表於《聯合報・副刊》。

詩作〈詠楊柏林銅雕〉發表於《創世紀》第 163 期。

7 月　詩作〈白髮獨語〉發表於《文訊》第 297 期。

8 月　3 日，〈回應〈二十八宿，自在歸天〉一文〉發表於《聯合報・副刊》。（〈二十八宿，自在歸天〉為鄭愁予所著文章。）

9 月　4 日，詩作〈荒徑吟〉發表於《國語日報》。

詩作〈空白之頌——題丁雄泉作畫之瞬間〉、〈誰敢跨越 38 度線——悼老友許世旭〉、〈井然有序，拍拍拍〉發表於《創世紀》第 164 期。

10 月　詩作〈窗，無為的翅膀〉發表於《文訊》第 300 期。

12 月	1 日，應邀出席明道大學主辦之「張默八十壽慶學術研討會」，與會者有辛鬱、落蒂、陳素英、白靈、陳義芝等。

30 日，詩作〈晨曦‧被東方啃著〉發表於《聯合報‧副刊》。

2011 年	3 月	詩作〈俺要把閻王老爺淹死〉、〈跟黃昏說，再見〉、〈群山不翼而飛〉、〈旋轉光影的年輪〉、〈花樹枝枒向他靠攏〉、〈披麻皴，井然有序〉發表於《創世紀》第 166 期。

5 月　蕭蕭、羅文玲主編《生命意象的霍霍湧動──張默新詩論評集》由臺北萬卷樓圖書公司出版。

6 月　詩作〈裸照彩繪青春──焚寄老友楚戈〉發表於《創世紀》第 167 期。

詩作〈致無塵詩屋〉發表於《文訊》第 308 期。

7 月　主編《現代女詩人選集（新編）1952—2011》，由臺北爾雅出版社出版。

9 月　詩作〈覓食瞬間〉發表於《人間福報‧副刊》。

〈精緻、曠達、滄浪──《現代女詩人選集》新編本序〉，詩作〈我的夢，不在海的耳裡〉、〈獨白，獨白〉、〈流水，被落葉捧著〉、〈水汪汪的晚霞〉、〈月光，掉進井裡〉、〈不堪堅挺的赤裸〉發表於《創世紀》第 168 期。

12 月　〈悠然躑躅於有無之間〉發表於《金門文藝》第 45 期。

詩作〈俺是嫩嫩的天籟〉、〈題某幅水墨畫〉、〈瞿然，不動聲色的帆〉、〈歷史，攬鏡回眸〉、〈防波堤〉、〈語言，饑餓的獅子〉、〈然則，擎天的耳語〉發表於《創世紀》第 169 期。

2012 年	2 月	21 日，捐贈兩百卷手抄現代詩予「未來的臺北市文學館」，由紀州庵文學森林館長封德屏代為收藏，催生臺北文學館。

8 月　〈獻給愛詩人──手抄「現代詩名篇 200 卷」彙編〉發表於《文訊》第 317 期。

	9 月	19 日,〈忘我的出擊〉發表於《中國時報・人間副刊》。

手抄辛鬱、碧果、魯蛟、丁文智詩作,發表於《創世紀》第172 期。

2013 年　3 月　詩作〈出塵的夢想〉發表於《創世紀》第 174 期。

　　　　　7 月　捐贈溥儒、溥忻、丁雄泉、李錫奇、楚戈等人所作字畫二十餘件,參與「《文訊》30 週年——作家珍藏書畫募款展覽暨拍賣會」。

　　　　12 月　戲仿詩作〈探索〉、〈風景 2〉、〈開窗〉、〈片思〉、〈小詩詠〉、〈非夢的小調〉、〈閑愁〉、〈窗口的硯臺〉、〈米芾體〉、〈霧裡的素描〉、〈花屋〉、〈雪〉、〈舞〉、〈月上柳梢〉、〈瞬間〉、〈垂柳〉、〈觀硯飛句〉、〈魚尾紋〉、〈黃昏〉、〈雨中的荷花池〉、〈晨寫陶潛〉、〈致歷史〉、〈原野之房間〉、〈問答〉、〈柿子〉發表於《創世紀》第 177 期,後結集為《戲仿現代名詩百帖》出版。

2014 年　1 月　手抄詩集《臺灣現代詩手抄本》由臺北九歌出版社出版。

　　　　　2 月　24 日,臺北紀州庵文學森林以「張默與創世紀」為主題,舉辦「生命意象霍霍湧動—84 歲的張默・60 歲的創世紀」詩畫展,展出張默 20 幅水墨畫與 20 幅毛筆手抄詩,展期至 3 月 2 日止。

　　　　　6 月　詩作〈歎息〉、〈白色〉、〈夢的立方〉發表於《創世紀》第 179 期。

詩作〈詩,別痴心玄想,拐杖會扛起你〉發表於《文訊》第 344 期。

　　　　　7 月　〈從《小詩・牀頭書》說起〉發表於《文訊》第 345 期。

　　　　　9 月　〈擒風釣雨六十年——《創世紀》詩雜誌簡述〉、〈兩岸論,讓臺灣中生代攀上奇萊——本書卷前小語〉,詩作〈詩・喋喋不休的獨步〉發表於《創世紀》第 180 期。

10月　9 日，應邀出席文訊雜誌社與紀州庵文學森林聯合主辦，創世紀詩雜誌季刊社、臺灣詩學季刊社協辦之「穿越一甲子·橫跨兩世紀——創世紀 60 週年封面及詩人手稿特展」開幕式，約有百位詩人作家及觀眾與會，展期至 10 月 26 日止。

18 日，出席於財團法人張榮發基金會國際會議中心舉行的「創世紀 60 週年社慶雅集」，於社慶後宣布詩社社務完全交棒予汪啟疆等人。

20 日，與瘂弦帶領《創世紀》同仁，於高雄左營展開尋根之旅，回訪 60 年前詩夢的起源地，包括左營廣播電臺，以及為催生《六十年代詩選》，和瘂弦住了一個月的四海一家餐廳。

〈揮汗浮雕一甲子〉發表於《文訊》第 348 期「穿越一甲子·橫跨兩世紀——創世紀詩刊 60 週年」專題。

詩集《戲仿現代名詩百帖》由臺北九歌出版社出版。

12月　詩作〈詩，重量以及騷味〉發表於《創世紀》第 181 期。

2015 年　3 月　水墨無為系列畫作 16 幅，配以管管、碧果、汪啟疆、蕭蕭、麥穗、辛鬱、落蒂、辛牧、徐瑞、陳素英、紫鵑、龔華、朵思、古月、初安民、須文蔚等詩人之名句，發表於《創世紀》第 182 期。

以「詩畫二題」為題，水墨無為系列畫作二幅與詩作〈水墨是矛〉、〈抽象安在〉發表於《文訊》第 353 期。

詩集《張默的詩》由南京江蘇鳳凰文藝出版社出版。

5 月　以「詩畫小集」為題，水墨無為系列畫作二幅與詩作〈落葉如歌〉、〈輕敲滄浪〉發表於《文訊》第 355 期。

6 月　〈從一封信到歷歷在目的往事——悼念老友辛鬱瑣談〉發表於《文訊》第 356 期。

詩集《水汪汪的晚霞》由臺北印刻文學生活雜誌出版公司出

版。

7 月　以「詩畫小集」為題，水墨無為系列畫作二幅與詩作〈情繫何處〉、〈地北天南〉發表於《文訊》第 357 期。

10 月　12 日，國家圖書館舉辦「張默先生手稿捐贈儀式」，館長曾淑賢主持，感謝張默捐贈 280 餘件書畫作品，與會者有管管、魯蛟、碧果、辛牧、朵思、古月、紫鵑、喬林、落蒂、尹玲、龔華、徐瑞、綠蒂、杜秀卿等；國家圖書館同時於閱覽大廳展出「張默先生手稿展」，展期至 11 月 8 日止。

11 月　以「詩畫小集」為題，水墨無為系列畫作二幅與詩作〈讓皺折嘆息〉、〈叫彩墨早起〉發表於《文訊》第 361 期。

12 月　5 日，應邀出席兩岸詩會於海南省歌劇院舉辦的「詩意中國」兩岸音樂詩會暨桂冠詩人頒獎禮，獲頒桂冠詩人獎。

〈橫豎皆空非抽象——《水墨無為畫本》的出版因緣〉發表於《文訊》第 362 期。

《水墨無為畫本：精選現代詩人名句 104 帖》由臺北創世紀詩雜誌社出版。

2016 年　1 月　以「詩畫小集」為題，水墨無為系列畫作二幅與詩作〈眾彩低飛〉、〈渾圓迤麗〉發表於《文訊》第 363 期。

參考資料：

・〈作者年表〉，《無調之歌》，臺北：創世紀詩社，1975 年 6 月。

・〈張默寫作年表〉，《愛詩——張默詩選》，臺北：爾雅出版社，1988 年 7 月。

・〈張默寫作年表〉，蕭蕭主編《詩痴的刻痕：張默詩作評論集》，臺北：文史哲出版社，1994 年 9 月。

・〈張默寫作年表〉，《張默精品》，北京：人民文學出版社，1996 年 10 月。

・〈張默寫作生平簡表〉，丁旭輝編《張默集》，臺南：國立臺灣文學館，2008 年 12 月。

輯三◎
研究綜述

詩壇總管張默

◎渡也

作詩的張默‧做事的張默

　　張默，本名張德中，安徽省無為縣人，1931 年 2 月 7 日生，父張上壽，母孫玉蓮，兄弟三人，排行老二。1949 年 3 月由南京來臺，1950 年 10 月投筆從戎，加入海軍行列。1954 年 10 月，與洛夫在左營創辦《創世紀》詩刊，同年 11 月瘂弦應邀參加。此後三人同心協力經營詩刊，史稱「創世紀鐵三角」。創刊初期，洛夫、瘂弦職務先後異動，離開左營，所以很長一段時間，詩刊大大小小的事皆由張默一肩扛起，無怨無悔。

　　張默是道地的「詩壇行動派」，瘂弦〈為永恆服役〉一文指出：「張默沒學過美術，但他的版面設計卻有專業美工的水準，而且可以在一個晚上趕出一期詩刊的版樣；張默沒學過會計，可是他對發行、帳目，都處理得有條有理；雜誌社的瑣碎事情非常多，張默卻編、校、發行全都包了。《創世紀》35 年的歷史，至少 25 年是他一個人編的，這種耐力、持續力，少有人能及。」瘂弦此文寫於 1988 年。而「渾身帶電的人物」，則是瘂弦多年前對張默戲讚的神來之筆。

　　張默對詩、對文藝之推動，可謂不遺餘力，「張默也是個熱心的文藝運動者，辦詩社、擬宣言、發通知、找會場、辦伙食，樣樣都來；掃地、抹桌子是他的事，當主席、坐上席讓給別人。……主編《中華文藝》以後，張默更把他的全部精神投注在這份全國性文學雜誌的編輯工作上，他寫信、打電話之勤，是朋輩中少有的，而許多年輕人就在他的鼓勵、培養

下，成長為今天文壇上的重要作家……」（〈為永恆服役〉）此外，數十年來他編了許多書，早年所編的《六十年代詩選》、《中國現代詩選》、《七十年代詩選》、《中國現代詩論選》、《現代詩人書簡集》、《新銳的聲音》、《中國當代十大詩人選集》、《剪成碧玉葉層層》、《感月吟風多少事》等，近三十年所編的《小詩選讀》、《中華現代文學大系‧詩卷》、《臺灣青年詩選》、《臺灣現代詩編目》、《當代臺灣作家編目》、《新詩三百首》等，以及諸多年度詩選，對文壇貢獻良多，影響深遠，洛夫曾誇讚：「作為一個詩運的推動者，張默更是傾其一生，作忘我的投入，同時他似乎有著他一動，整個詩壇也跟著動的魔力。」（〈無調的歌者──張默其人其詩〉）此乃 36 年前所言，如果再加上張默近三十餘年的事功而論，評價必定更高！張默也因此有贏得「詩壇總管」、「詩壇火車頭」的雅號。

　　雖然工作繁瑣，張默新詩創作並未減產，至今已出版 20 本詩集；拼命為藝文界「做事」之餘，「作詩」也很拼命。《創世紀》一開始標榜新民族詩型、東方風格、中國味的路線，數年後急轉彎，改走世界性、獨創性、超現實性、純粹性的途徑。張默的詩當然亦如此。由於受到現代主義、超現實主義影響，如《紫的邊陲》（1964 年）、《上昇的風景》（1970 年）兩本詩集，某些詩作在形式上呈現「翻轉」、「變形」，在內容上表達孤獨、虛無、焦慮、失落。與更早期張默浪漫的、直白的詩迴異。張默對此有一段自白：「有些詩人一開始創作，即燦然發光；而我的實驗期，自 1964 年出版處女詩集《紫的邊陲》以後，才稍稍獲得解脫。一度『現代主義』的『主知』之強調，由於個人體驗不深，而受害不淺，致使那一時期某些詩作（如〈曠漠的峰頂〉、〈沉層〉等），晦澀混沌，表現不夠完整。直到 1969 年以後，個人才勇於超越一切的羈絆，毅然邁開創作的步伐，努力試圖建立自己真正的聲音。」（《落葉滿階‧自序》）誠然，漸漸跳脫晦澀、羈絆之後，張默的詩風逐步趨向明朗。來臺之初開始寫詩，迄今已有 66 年詩齡，漫漫長長的詩路之旅，大致可分幾個階段或時期：

> 回首過往十分崎嶇的來時路，個人歷經歌詠海洋的浪漫時期，擁抱現代主義的實驗時期，回歸傳統的反省時期，抒發鄉愁的惆悵時期，以及追求澄明的晚近時期。
>
> ——《落葉滿階・自序》

這篇〈自序〉寫於 1994 年，所謂「晚近時期」應是指前此數載。自此至今，張默尚有新的突破、新的開展，例如大量旅遊、地誌詩的發表。總言之，張默詩作最少可分為六個時期，足見張默在創作上不斷嘗試，不斷求新求變。而其詩作特色，最重要者有海洋詩、贈友人詩、小詩、鄉愁詩、旅遊詩、臺灣地誌詩（如〈太魯閣浮雕〉、〈花蓮縱谷小札〉、〈坪林包種微笑〉、〈龍騰斷橋〉等）。了解各個階段，掌握幾個文類，張默詩作之輪廓即清晰可見矣！

張默自述・張默他述

紫鵑和陳文發先後訪問過張默，訪問內容特殊而又深入，難能可貴的是，談了些未為人所知的祕辛。紫鵑〈開著動力火戰車的詩人〉一文談到《創世紀》草創、開展、變革的過程。如何確定詩刊開數及版樣、經費來源、停刊因素，詳細敘述。至於詩刊介紹西方文學新知，灌溉臺灣文壇，以及和大陸、外國往來、互動，開疆拓土，廣結善緣等，甚至詩刊 50 週年慶始末，娓娓道來，皆珍貴史料也。凡此種種，張默咸瞭如指掌，蓋幾乎每件事他都參與。此外值得一提者，即張默針對《創世紀》詩刊與「世界性」、「西化」、「超現實主義」的關係，做了一番解說與澄清：

> 這「世界性」講起來帽子很大，但只是個理想，雖然登了很多好詩與評論，根本還談不上「超現實主義」。只是我們從 11 期開始大量介紹外國詩，像季紅翻譯英國女詩人雪脫維爾的詩論，葉泥譯介里爾克、梵樂希的詩……。我不認為我們是「超現實主義」的實踐者，只是運用「超現

　　實」的手法罷了！

　　繼紫鵑之後，隔了六年，陳文發訪問張默，訪問稿〈承先啟後，再
「創世紀」〉所提的問題和紫鵑有些不同，如《六十年代詩選》出版之詳
情。即使有兩三個問題稍微相似，但張默答覆得似乎較詳細，如《創世
紀》創辦初期之編務。張默在這次訪談中透露詩刊創辦至民國六十幾年，
此期間有四位貴人相助，或出錢，或出力，或贈送資料，或提供稿件。葉
笛在詩刊創辦初期惠賜一個月薪水及翻譯稿、蘇武雄夫婦從詩刊第 30 期起
慷慨金援，香港的編輯兼文學理論家李英豪、詩人兼翻譯家葉泥在資料、
稿件上的支援，在在令張默感動，至今難忘！《創世紀》之所以援助不
斷，起碼有兩個主因，其一是豪爽、坦誠的張默做人成功，其二是贊助者
認為《創世紀》辦得很好，可圈可點。張默一直都很謙虛，不提此二因
素。《創世紀》創刊號的版樣原來是參考民國 43 年 5 月出版的《現代詩》
第 6 期——楊喚紀念專號，張默鉅細靡遺道出一段祕辛。1961 年，張默、
瘂弦主編的《六十年代詩選》出版，也是參考了彭邦楨、墨人合編的《中
國詩選》，而這兩本詩選的原始構想人即高雄大業書店的陳暉老闆。此外，
侃侃談出早年如何和香港詩人馬朗、崑南、李英豪聯繫。紫鵑的訪問挖到
寶，陳文發則不讓紫鵑專美於前。從這兩篇訪問稿可見張默對詩壇幾乎無
所不知，無怪乎他擁有「詩壇活字典」之稱。

　　張默的詩路漫漫長長，伊始、轉變、突破、發展之複雜歷程，熊國
華、洛夫的論文有深入、精要的分析。熊國華〈回歸傳統，融匯中西——
論張默的詩路歷程〉分三大階段論述張默之詩路：一、曲折的歷程。二、
回歸傳統。三、中西融匯的詩美。第一階段，1950 年代末，《創世紀》的
宗旨、立場出現一些轉變，從創刊初期的浪漫情調轉為晦澀艱深，從傳統
轉為反傳統；由一開始的「確立新詩的民族路線」（見〈創世紀的路向——
代發刊詞〉）、「新民族詩型」（參《創世紀》第 5 期〈建立「新民族詩型」
之芻議〉）到 1950 年代末期轉為倡導世界性、超現實性、獨創性、純粹性

的「超現實主義」，張默的詩路亦隨之曲折、轉變。1970 年代，張默詩作才逐漸由晦澀轉趨明朗，由西方轉趨東方，即所謂「回歸傳統」階段。這一階段中的 1979 年，得知大陸 76 歲（渡也按：張默於 1979 年輾轉得知闊別 30 年的母親依然健在，據張默所述，母親時年應為 78 歲。）老母依然健在，讓他無比震撼，激動萬分。情動於中，而形於言，言之不足，故嗟嘆之，嗟嘆之不足，故詠歌之，山洪爆發似的寫了大量懷念母親、歌詠中國的作品。上述曲折的歷程與不同理念的創作經驗，固然崎嶇坎坷，所幸張默能化險為夷，從而截長補短，去蕪存菁，因此第三階段的作品臻及中西融會貫通之境。熊國華舉了幾首詩印證張默詩作「在語言和意境上是東方風味古典情調，在句式和手法上卻具有西方現代派的超越和灑脫，展現出一種新的風貌。」

　　《創世紀》另一位創辦人洛夫〈無調的歌者──張默其人其詩〉，題目乃是從張默名作〈無調之歌〉（亦為詩集書名）變化而來，全文扣住副標題的兩個重點：人、詩。首先針對張默長期為詩刊、文壇做事，吃苦耐煩，任勞任怨，不計名利，平易近人，有很真實感人的敘述。孟子曰：「頌其詩，讀其書，不知其人，可乎？是以論其世也。」是以洛夫花了不少篇幅論張默「其人」。然後再論「其詩」，以民國 67 年 3 月出版的《張默自選集》為對象，列舉〈露水以及〉、〈素描六題〉、〈旅韓詩鈔〉、〈菊花之癖〉以及「靈之雕刻」、「五官體操」系列詩作來分析，精要有力，見解獨到。張默詩作優點不少，例如洛夫表示：「尤其是近年來的作品，語言漸趨單純，意象中也加了定影液，較以往準確而明晰，失之於思想的深致，卻得之於詩境的淨化。」而對於老友詩作的缺失，洛夫亦不諱言：「……〈機槍與蜜蜂〉，就因為未能為讀者提供一個思索或靈視的焦點，而在結構上流於散漫，在題旨上陷於晦澀。」

　　以上兩篇專訪、兩篇綜述，前者為「張默自述」，後者為「他人論述」，大體皆係針對張默的人、事、詩而發，十分珍貴，頗具價值。不過，對於 1950 年代張默主張西化，遣用現代主義、超現實主義技巧，導致詩作

晦澀，如此持續了很長的一段時期，其主因乃當年政治上的高壓政策使然，這四篇皆無一語述及，為美中不足之處也。

詩評與書評

　　數十年來，詩論家及詩人大多知道張默的詩非常重視音樂性，張默自己也常在文中提到，例如在《無調之歌》的〈代序〉表示他熱中朗誦，所以諸多詩篇皆具有音樂風與朗誦效果。惜乎罕有人論及其詩作的音樂、節奏。陶保璽〈對西方現代詩和東方古典詩的雙重逼近——論張默詩歌形式建構的妙諦及其音樂美〉和筆者〈論張默新詩節奏〉，是筆者所知道「唯二」通篇專論張默新詩音樂、節奏的論文。而一篇論文中即使僅幾百字篇幅討論張默新詩音樂、節奏者亦不多見，《創世紀》三巨頭之一的瘂弦〈為永恆服役〉一文特別深究張默新詩的音樂，極具創見，擲地有聲；該文中瘂弦使用一千六百字討論音樂，丁旭輝〈《張默集》解說〉一文則使用七百餘字討論。龍彼德〈永遠遨遊在蒼翠裡——論張默的詩歌藝術〉一文大約以四千字篇幅探究，既具體又透徹。此外，論文中討論張默新詩音樂者，大多簡單幾筆帶過，可見此研究議題尚待努力開拓。

　　殆近四十年前，筆者就讀研究所碩士班時，即已關注此一議題。

　　當年筆者拜讀旅美學者高友工、梅祖麟合撰的論文，文中透過聲韻學羅馬「擬音」法標注杜甫〈秋興〉八首的音韻，藉以探討這組詩的節奏，十分特殊、科學、詳細、正確，折服之餘迺仿效之，以此方式記錄張默〈無調之歌〉每一個字的音值，進而分析、探索張默此詩節奏強烈的原因。全文分三小節：1.類疊。2.元音。3.停頓。第一節又分文字的類疊和聲韻的類疊，後者即可透過筆者所做的擬音中的「音素」（語音中最小最基本的單位）來統計此詩聲韻重複的狀況。第二節即統計每一個字的「元音」（vowel）的數量，從聲情和響度（sonority）判斷此詩所暗示的時空之大小和響度之高低。第三節則從 16 個主要「停頓」處的「音素」特色，例如陽聲鼻韻字居多，來斷定此詩所含的感情（例如：激昂的感情）和意義

（例如：廣袤遼闊的空間）。統計、調查、分析結果，充分證明此詩非但不是「無調」，而是「有調」，且是「非常」「有調」，的確是一首音韻和詩情、詩意臻及最完美的呼應與結合之「歌」！

張漢良在 1970、1980 年代勤於發表新詩論述，他常用的理論為結構主義與符號學，〈詩為情感的自然流露——析張默〈蒼茫的影像〉〉一文即是。〈蒼茫的影像〉有一段背景故事：民國 65 年 11 月 30 日，韓國女詩人金良植假漢城某餐廳宴請包括張默在內的「中國現代詩人訪問團」。席間金良植朗誦其詩〈噢，朋友們〉表示歡迎之意。此詩大意說她知道大家來自湖南、浙江、安徽和天津，但是現在大家無法回去，她送每人一條手帕，擦乾淚水，相信有一天大家一定會回去的。張默有感而寫了這首扣人心弦的詩，回贈金女士。張漢良認為此詩在結構上首尾呼應，第一、四段皆遣用故鄉安徽意象，皆使用擬人法寫故鄉。而中間第二、三段皆使用異國韓國意象。進而闡釋此詩之所以感人乃緣於「我從安徽來」和「手帕」這兩個意象，配合「新羅」、「漢城」、「鴨綠江」異國意象，安排十分巧妙：「這個異國意象作為三、四段的過渡，引導出末段的手帕意象與鄉愁主題，正如一段的故鄉轉呼出現後，引導出二段首的異國意象『新羅』，此一設計，加上前後段呼應，結構非常嚴謹，他接著說：「基於交錯配列法（Chiasmus）：一、四段對位，二、三段對位，這個看法甚至可由詩行的排列方式佐證。」

數十年來分析張默單篇詩作的論文頗多，筆者與張漢良的論述，一篇以聲韻學的學理分析詩之「音樂結構」，另一篇則以結構主義、符號學的學理分析詩之「意義結構」，提供了新的角度、新的策略。

在諸多探索張默詩集的論文中，蕭水順〈現實思維後的空間詩學——論《張默小詩帖》的虛實對應與融攝〉極其特殊，透過「空間」及「對應」理論來研究《張默小詩帖》的美感。小詩的創作與推廣，可說是張默一生重要工作之一。他不但寫小詩，出版小詩集，也編集《小詩選讀》，還特別為小詩撰寫一篇長達 42 頁題為〈晶瑩剔透話小詩〉的論述。張默的小詩非但未「因小失大」，反而頗能「以小見大」，蕭水順（蕭蕭）發現其小

詩在空間之表達方面極特殊，且往往採用兩兩對應式，如熱、動與靜對應，虛與實對應，自然與人文對應，大與小對應等等。進而言之，有些對應其實是相容的。此文鞭辟入裡，新見時出！從頭到尾緊緊扣住「空間詩學」，架構相當嚴密，堪稱論文章節布局的典範。第一節從張默小詩的熱與動探索靜，第二節從靜之中探索詩的空間，然後從空間探討現實思維，第四節接著探討現實思維中的虛實，第五節進一步在虛實相互對應中發現相互融攝現象。通篇一節承接一節，一節轉出一節，環環相扣，首尾呼應，十分縝密，非高手無法達到此境。而透過如此綿密、圓熟的結構，以及正反推論，讓讀者驚見張默小詩的佳妙之處與鑽石光芒！

　　除上述蕭水順論文之外，筆者另挑選兩篇，一篇為大陸學者李元洛〈繁英在樹──讀張默詩集《落葉滿階》〉。《張默小詩帖》清一色是小詩，早在此詩集之前，《落葉滿階》中已有不少小詩、俳句，餘則為行數較多之詩作。所謂小詩，張默認為篇幅「以十行為小詩的上限」（參張默〈晶瑩剔透話小詩〉）。李元洛此文先論小詩，後論長詩。他讚美「張默的小詩，抒寫的是現代人的生活和現代人的審美體驗，藝術上表現的卻是中西交融的特徵：在句式與章法上有西方詩的自由瀟灑，在字句與意境上卻仍是東方的言短意長，含蓄深遠。」此外還提到張默小詩「題材廣泛」，及其俳句的優點：「他將日本俳句和中國絕句的優點結合起來，而創作出具有中國特色和他自己的藝術個性的小詩。」這兩段卓見，針對張默小詩來源、特色的分析，深中肯綮。然後評騭長詩，亦有獨到之處。長詩如〈在濛濛煙雨中登醉翁亭〉、〈不如歸去，黃鶴樓〉、〈哦……巫峽，請你等一等〉、〈臨風三上岳陽樓〉、〈鵝毛大雪落在我家麥稭的屋頂上〉、〈時間，我繾綣你〉等，李元洛有感性而又言之有理的好評：「正是由於詩人有豐富的對於人生和世界的體驗，有中型抒情詩的創作演練，有不知老之將至的日新又新的藝術精神，好像長途跋涉的激湍終於一瀉而為飛流直下的瀑布，如同不遠千里的江河終於一匯而為波瀾浩闊的大湖。」這些既長又優的長詩中，詩論家公認長達 240 行的〈時間，我繾綣你〉為最傑出。大陸詩評家沈奇給予甚

高的評價：「組詩的結構，史詩的氣韻，大詩的儀式，既保留了短詩簡潔、典雅的品質，又具整體架構所蒸騰的恢宏氣勢。」此詩以時間為描述、吟詠對象，頗具深度，氣勢磅礴，李元洛誇讚說：

> 整首長詩以時間為經，以人生、社會、民族、歷史、宇宙為緯，編織成為內蘊頗為豐富深廣的詩的織錦，充分表現了一位流浪海島的嚴肅的現代詩人生命與美學的探求，全詩洋溢的是令人心魂飛越的文化感、歷史感、民族感，以及近乎陳子昂式的前不見古人後不見來者的宇宙滄桑之感。

　　另一篇屬於張默詩集評論文章：〈表述的視角——張默《獨釣空濛》中「物我」視角的開展〉。作者劉益州將小說理論「人稱」、「視角」（亦稱「敘述觀點」）轉用在旅遊詩分析上，不但具創意且有所斬獲。例如第二節探討張默詩中以第一人稱「我」所觀察、描繪的旅遊空間有哪些狀況？其一為「張默的詩並不會刻意讓旅遊中風景平面化、客觀化，反而以『我』的情感意識凸顯『我』對於旅遊空間所開展的情感意識，使旅遊所見事物『生命化』、『情感化』，為作者張默『我』的意識所充實，所強調的並不是旅遊中的景色空間，而是『我』與旅遊景色空間的關係。」透過移情作用、擬人化，以及「我」與景色空間的對話，如〈我站立在大風裡——追憶澎湖〉、〈一襲稻香的田埂〉等詩，「我」和旅遊空間「物我合一」，或者產生諸多關係；詩因此更加生動活潑、情意豐富！又如第三節申論「我」的複數「咱們」在〈欣見蒼坡村〉、〈溪頭拾碎〉等詩作中和空間的關係，劉益州表示「張默樂於與他人分享自我的視角。在現象學中，胡塞爾用『移情法』來從自我的立場跳躍出來，而投入他人的意識流中，用他人的觀點，立場來觀看事物」更進一層而言，不論人稱是「我」或「咱們」、「我們」，張默詩中對空間的敘述常含有時間性。張默《獨釣空濛》旅遊詩「人稱」最特殊的是「你」。張默以「你」來指涉旅遊空間，也就是將旅遊

空間「擬人化」的詩不少，在《落葉滿階》中即屢見不鮮。第四節所探討者不僅僅是「我」和「擬人化」的空間對話，也和旅遊空間有關的人物，諸如杜甫、嚴子陵、白居易、普希金、托爾斯泰等在古代時間之流裡的名人互動，由「可見的」視野、景色轉為「不可見的」意識，使詩擁有更多、更奇妙的想像空間，這種特異現象在其他詩人作品中罕見。在諸多研究張默詩作的論文中，這是具有新的探討角度的優異論文。

詩壇總論張默

以下所要談的皆是「總論」張默作品的論文。李瑞騰〈《張默‧世紀詩選》序〉、丁旭輝〈《張默集》解說〉等文，表面上是論述一本「詩集」，其實不然，而是論述一本「詩選集」，此與前述蕭水順、李元洛、劉益州的論文迴異，所以，未在上一節「詩評與書評」介紹。2008 年 12 月國立臺灣文學館出版《張默集》，書中 82 首詩作乃是編者丁旭輝自張默 13 本詩集（包括九本單行本與四本選集）中爬梳剔抉者，它與一般詩集顯然不同。

丁旭輝此文抓住張默數十年詩創作的優點和主要詩類，要言不煩地解說。有些優點前面所介紹的論文業已述及，例如脫離現代主義的技巧、思想，找到自己的路，發出「自己的聲音」；又如推展小詩運動，並身體力行，長期創作小詩。茲不贅述。丁旭輝對張默以詩為兩岸詩人素描寫真，有深入之看法：「……在他的詩作中，描寫詩人的詩作數量之多，恐怕少人可比；而這些詩作出之以他資深編輯的提綱挈領與洞見概括的功力，便如一張張的炭筆素描，三言兩語中，詩人的風神畢現，輪廓盡出。」筆者以為「少人可比」應是「無人可比」，至少至目前截止確實如此。張默詩中鄉愁濃厚，除了書寫第一故鄉——大陸，當然也記錄第二故鄉——臺灣；對於前者，丁旭輝說：

尤其 1978 年以後，因為輾轉得知闊別 30 年的 80 歲老母親尚在人世，……鄉愁之作、念母之篇便逐日增多。……兩岸開放探親之後，張

默多次回鄉探訪，解除了空想之苦後，鄉愁之作變得開朗而具體，部分
轉而成為遊記旅思、寫景弔古之詩，部分則成為童年的回憶，溫馨取代
了悲苦。

這段評論亦發前人所未發。而更精彩的是「在過往的土地裡，張默沉
湎於鄉愁的抒發；在當下的土地裡，張默詩中滿滿的是生活的實感。⋯⋯
對過往的土地只是懷想，對當下的土地則是眷念。在土地的過往與當下
中，我們看到張默的深情。」數語中的，誠可謂張默之知音也！

大陸學者龍彼德〈永遠遨遊在蒼翠裡──論張默的詩歌藝術〉剖析張
默幾個重點：時間、音樂、小詩、矛盾及其解決之道。龍彼德談到張默早
就關注時間主題，早年的文章和詩篇已屢屢言及時間，其中最值得一提者
是〈時間，我繾綣你〉一詩，從 40 個方面、角度將時間意象化。時間與空
間、故土、政治、戰爭、生命、自我、藝術、詩、宗教、語言俱有關聯。
張默想法特殊，發人深省，而龍彼德析理入微，令人讚佩。關於音樂的議
題，已有一些評論家論及，然龍彼德從另一角度切入談張默詩作的音樂
性，別開生面，很有見地。他特別提到張默早年常撰文強調音樂性，如
1967 年出版的《七十年代詩選》序文。無怪乎張默力作〈貝多芬〉在技巧
表達上音樂性極其濃厚，在主題呈現上揭示了音樂的奧祕。而〈無調之
歌〉、〈夜〉、〈尋〉等詩的音樂性亦經營得悅耳動聽！光是就這觀點來看，
龍彼德堪稱張默另一位最佳「聽」眾。最後他提到張默漫長寫作旅途中多
次陷入困境卻又能突圍而出。張默固然曾經在東方與西方之間徘徊，在感
性與理性之間擺盪，在澄明與晦澀之間掙扎，在情趣與嚴肅之間拿捏，所
幸最終皆能作出正確的選擇，抵達美好的目標！

解昆樺〈早期創世紀詩人的語境焦慮及開解──以張默為主的討論〉
則從西方「焦慮」理論切入，討論張默數十年創作生涯所遭遇的多種焦慮
及化解的方法。張默如何發現不只一種的焦慮，進而一一面對焦慮、超越
焦慮，此文闡釋綦詳。1954 年 10 月創辦的「創世紀」，宗旨之一即是「確

立新詩民族路線」提倡「新民族詩型」，用意甚佳，可惜自《創世紀》詩刊第 11 期之後，由於政治上的高壓、禁忌，詩人感到焦慮，遂轉向西方，擁抱西方，吸收現代主義、超現實主義技巧（自動語言、切斷聯想系統）及存在主義思想（孤獨、失落、死亡），久之發生狀況，陷入困擾。然後，《創世紀》詩人面對西方理論、思潮所帶來的新的焦慮、第二種焦慮，苦思如何化解時代存在語境焦慮之道。而張默的解決之道，解昆樺表示策略之一是在詩中製造一個安身的空間，第二個策略是以詩的音樂療癒焦慮的情緒，使情緒得到「淨化」（Katharsis）。不過，對於後者，筆者持懷疑的態度。如果說張默當年學音樂來化解寫詩的焦慮，會比較合理；光是詩中的音樂性即足以化解生活、創作上的焦慮，此說法筆者不敢苟同。何況詩的音樂與樂器或歌唱所流露的音樂，旋律、感覺、功效截然不同。應該說，音感或音樂性僅僅有益於詩的表達而已，與化解焦慮無關。

解昆樺接著論及語言明朗、不再過度使用西方技巧為化解第二個焦慮之道。從《陋室賦》詩集開始，張默脫離早年的晦澀，且回到傳統，回到「新民族詩型」，焦慮於是逐漸消除。再者，抒發鄉愁亦屬解決焦慮之良方。

這篇論文讓吾人了解張默不斷地逢凶化吉，一而再再而三遇險脫困。「凶」或「險」、「困」，其實便是前述龍彼德大文中「東方與西方」、「感性與理性」、「澄明與晦澀」、「情趣與嚴肅」的「西方」、「理性」、「晦澀」。解昆樺此文從頭到尾緊緊扣住「焦慮」而論，劍及履及，條分縷析，真知灼見，通篇層層推進，頗具學術價值！

瘂弦是張默數十年的老友，卻未嘗為張默寫過評論，1988 年為《愛詩》詩集寫序：〈為永恆服役〉，是瘂弦一生首度為張默寫的評論文章。此文雖非學術論文，但深入淺出，頗有可觀之處，以下只舉舉大者介紹。

此文述及法國超現實主義移植臺灣後經過調整、修正，洛夫說此乃「中國的超現實主義」。而對於超現實主義的運作，瘂弦表示「洛夫偏重語言的密度，張默偏重氣氛的經營，我則偏重感覺的延伸。」講得恰到好

處。瘂弦將張默 1950 年至 1988 年的作品區分為四期：

> 第一期（1950～1956）的白描手法（比較浪漫）
> 第二期（1957～1969）的意象時期（比較晦澀）
> 近期的澄明詩風（比較深沉）

「近期」之後復有「經過了人生的大悲痛，張默的詩風變得更為冷凝而玄學，加上他近年醉心繪事和書藝，他的作品表面上看起來規模小了、色彩淡了、遣詞用句也簡化了，但是作品的內在卻更緊密。……張默的創作可以說已經進入『抒無我之情』的境界。」這應該亦可視為另一期。瘂弦頗有文學史家的洞見！前文提到談張默詩中音樂性的文章鮮少，而這篇文章使用約四頁的篇幅分析音樂性，瘂弦指出張默「在嘗試一種流動的語言風格，一種類似音樂的形式」，喜用賦格及複疊的句式。瘂弦特別舉〈變奏曲〉詳細分析，十分精闢。筆者認為「複疊」存在於修辭技巧「類疊」，而在「對仗」、「排比」、「層遞」等技巧中亦有之。張默常遣用這幾個修辭技巧，論者似可就此繼續深入發揮。

　　李瑞騰〈《張默・世紀詩選》序〉和瘂弦這篇性質有些相近：都不是嚴肅的學術論文，都採取如話家常的方式書寫。易於吸收，可讀性高。此文作為中央大學授課教材，用意在於帶領學生進入、遊歷張默詩中的天地，從這角度看來，李瑞騰確是很好的導遊。此文呈現幾個重點，以下一一作摘要。首先，針對張默早年誤入現代主義陷阱，至 1969 年以後始逐漸脫困，不過，儘管如此，張默早年詩作還是可解。李瑞騰提出一些閱讀要領，並導讀〈拜波之塔〉、〈關於海喲〉等詩作為示範。進而表示自《上昇的風景》始，張默所用心地經營的「贈友人詩」，在《無調之歌》、《陋室賦》、《愛詩》、《光陰・梯子》中均有之。筆者發現後來出版的《落葉滿階》、《遠近高低》、《無為詩帖》亦有「贈友人詩」，尤其 2005 年 3 月出版的《無為詩帖》中，此類詩甚至占了四分之一本詩集以上的分量。李瑞騰

頗有先見之明，呼籲「這一類建立在詩友關係及讀詩體會的基礎上的作品，頗值得深入探索。」1980 年，《陋室賦》出版之後，張默詩產量源源不斷，諸體兼備，題材多樣，旨意更深，是一個極可喜極特異的現象。李瑞騰化繁為簡，扼要「畫」張默大陸書寫、臺灣地誌諸詩，隨意點染，《陋室賦》之後二十餘載張默詩作畫面輪廓於焉呈現讀者眼前！

誠如前述，張默詩作有數大宗：小詩、贈友人詩、旅遊詩等，白靈〈山的疊彩，水的樂音──張默的旅遊詩〉即以其旅遊詩「文類」為觀察對象。這篇文章乃是《獨釣空濛》的序，應該視作為張默詩集而寫，然由於此詩集係旅遊詩選，有些作品早已選入其他詩集，所以筆者未將此文列入「詩評與書評」一節。

白靈此文觀點特殊、言之有物、推論嚴謹、深沉有力，由於他捨棄純學術語言，泰半使用詩的語言及感性的文字，因而較一般學術論文更能撼動人心！讓讀者既聞到張默詩的芬芳，復聞到白靈論文的芬芳！論文主要重點分四節：美的包紮與拆解、遠方是會流逝的鮮脆、遠方隱藏的奧府、遠方的重組與再造。一開頭即以感性的詩的語言談對張默而言的旅行的意義與異義，深沉的意義和與眾不同的異義。對幾十年不能回家的張默來說，旅行就是尋找家的一種形式，旅行就是家！張默一直「拎著家去旅行」，而他的行囊就是家，這是何等沉痛的現實和事實！旅行看似美麗浪漫，卻是鮮血淋漓！張默一直處於這種矛盾狀況之中。因此，他筆下的旅遊往往充滿熱烈、昂揚、吶喊的情緒！

白靈看詩、論詩輒能發人所未發，他發現張默漂流來臺，且受制於種種及禁忌，旅行遂成了一種出路，對遠方的追尋；遂成了一種自由，對囚禁的反抗！在「美的包紮與拆解」一節，他舉〈我站立在大風裡〉、〈西門町三帖〉解說張默表達了「從現實逃脫的欲望」以及「其實際的行動力仍深受拘束，反映的是全島嶼的人的共同困境」。在「遠方是會流逝的鮮脆」一節，則舉〈荒徑吟〉為例詳細詮釋，如剝筍似的一層一層剝開詩的內在意義與異義，以「荒徑」自喻，「荒徑」不但是過去的我、現在的我，也是

未來的我。白靈的論文經常引用西方很多學科的理論，在「遠方隱藏的奧府」一節卻再三援引《莊子》、《文心雕龍》印證「遠方」就是創作的材料，觸動張默的心靈，引發張默的文思，進而和外在景物互動、對話。最後一個重點的討論，張默常將詩中的「遠方」——旅行的目的地，經過重組與再造，經過超現實、後現代技巧處理，由靜態變成動態，產生嶄新的意義與異義，如〈搖頭擺尾・七層塔——大雁塔巡禮〉、〈登金陵閱江樓〉、〈再見，玉門關〉等詩。

筆者認為〈荒徑吟〉將荒徑擬人化，既擬為「你」，亦擬為「我」，張默認同「荒徑」，希望修葺之，整頓後再航行。在〈再見，遠方——舊金山紅樹林偶得〉亦出現張默認同紅樹林，自比紅樹林的現象，此種技巧古已有之，在唐朝詩人元結、柳宗元的作品屢見不鮮，然於現代詩作中則不多見。

結語

筆者才疏學淺，無法精確指出這 15 篇面向各異的論文的妙處，誤解或者遺漏，在所難免，懇請作者包涵。筆者從高中時即蒙張默先生指點、提攜，嗣後常相往來，至今已 45 載矣。此番由於編書之故，大量閱讀有關他的數十篇論述，有些許感想與建議，提供給詩壇同好參考：張默幾種重要文類，如小詩、贈友人詩、旅遊詩等，固然已有學者專家研究，然仍有值得關注之處，希望來日能出現令人耳目一新之論述。音樂乃是張默念茲在茲者，期待有人接續探究，後出轉精。張默先後撰寫《現代詩的投影》、《飛騰的象徵》、《無塵的鏡子》、《臺灣現代詩概觀》、《臺灣現代詩筆記》等新詩評論，然探討者鮮矣，盼有人能發張默詩學之幽光。此外，詩壇編詩選最多者，非張默莫屬，從這些書籍可管窺諸多現象，例如詩壇之風氣、編者之觀念及編書時詩之方向、詩之優劣，確有鑽研之必要。再者，「詩壇活字典」雅稱，張默當之無愧，是以有識之士宜及早透過不斷地訪談、記錄，完成《張默傳》，此傳記應側重數十年來張默所知之文壇、作家

點點滴滴，將來若出版，諒必是絕佳之文學史料也！

輯四◎
重要評論文章選刊

開著動力火戰車的詩人

專訪詩人張默

◎紫鵑[*]

　　緣起：1954 年，有三位前輩詩人分別是張默、洛夫及瘂弦，他們秉持對詩的熱愛及憧憬，合力創辦經歷 53 個年頭的《創世紀》詩雜誌。其中幾經變遷之後，當年《創世紀》三位創辦人，僅剩下張默一個人獨挑大樑，並與其他詩友們，繼續為下一個 50 年的《創世紀》詩雜誌邁進。今天很高興專訪到張默先生，讓他來跟大家分享一個愛詩人如何執著他的熱愛，以及辦《創世紀》的甘苦。

　　紫：我想張默是一個十分精算的人，當年若不是因為軍人的關係，也許今天可能是企業家大老板，像郭台銘那樣也說不定。您辦事太有效率了！任何細節都逃不過您的眼睛，您將《創世紀》當成企業在經營。《創世紀》對臺灣詩壇而言是一項很重要的貢獻，因為它不時在創新、在進步。請教您如何在不同的年代中引領風潮？請問您在什麼時候開始，就認定《創世紀》能成為臺灣詩壇的一個座標？您抱持什麼意念？

　　默：半個世紀以前，我和洛夫及瘂弦都是海軍陸戰隊的少尉軍官。當初辦《創世紀》從 1954 到 1958 年之間，第一期到第十期是 32 開小本。這時期是《創世紀》的草創階段，我們拿紀弦《現代詩》做樣本，《現代詩》最大的敗筆就是沒有目錄，所以《創世紀》也沒有目錄，直到第十期開始才有目錄。

　　雖然詩壇朋友給予我們很大肯定，基本上還談不上什麼成就，經過幾

[*]本名許維玲，詩人。發表文章時為《乾坤詩刊》主編，現為《乾坤詩刊》社務委員。

期學習下來，編輯技巧也成熟了，真正進入軌道是從 1959 年 4 月第 11 期開始。當時洛夫在臺北，我和瘂弦在左營，我們把《創世紀》改成 20 開本，內文只有四十幾頁，雖然很薄，內容卻很豐富。有翻譯、詩論，有《藍星》、《現代詩》一些詩友的詩，大家反應非常好。

那時在中廣，有一位言曦（邱楠），他看到了《創世紀》第 11 期有幾句詩句，那就是余光中的：「在下午與夜的可疑地帶」，敻虹的：「用晨雲金的瓶水供養」，因此在《中央日報》寫了一篇〈新詩閑話〉，做出批評，隨即引發新詩大戰。後來《創世紀》在第 14 期出版詩論專輯，登了白萩的文章，從〈新詩閑話〉到〈新詩餘談〉，批評言曦的觀點。

這時洛夫就將《創世紀》寄給王鼎鈞，王鼎鈞給言曦一本《創世紀》，言曦看了之後，就對王說，往後再也不對新詩發表評論了。因為言曦在他的文章中說：「中國新詩是象徵派的末流。」他罵新詩，並認為：「新詩一定是可誦、可讀、可歌的」。這想法每個人都可以說，但不一定正確。

《創世紀》開始只有三個人在編輯，11 期以後編輯陣容擴大，《藍星》、《現代詩》許多重要的詩人都進入《創世紀》。從 11 期到 29 期，1969年 29 期之後，停刊三年。後來 1972 年在臺北重新出發，一直到現在。這中間有很多變革，很多人將《創世紀》分了幾個階段，但我們並不想分。從 30 期到 65 期，《創世紀》經歷 12 年，那是 1984 年，從那以後，《創世紀》不再延期出刊。我沒什麼特別想法，只希望刊登好詩、好的理論、好的批評、公開、認真把它編好，如此而已。

紫：在評論中，許多學者都將 1959 年做為《創世紀》重要的分界點，因為當時正處於三個詩社鼎立的時代。除了《創世紀》之外還有《現代詩》、《藍星》詩刊。那時不再強調 1956 年由洛夫所提倡的「新民族詩型」，是因為詩刊互相較勁的關係嗎？還是《創世紀》感受到危機？而後轉型強調「世界性」、「獨創性」、「超現實性」、「純粹性」。其中為何又以「超現實主義」最為風行？請您說明。

默：在《創世紀》第五、六期小開本時代，提倡「新民族詩型」，強調

東方風格、中國味，多少跟紀弦創辦的「現代派」有些關係。但 1959 年以後，我們不再強調「新民族詩型」，而改提倡「世界性」、「獨創性」、「超現實性」、「純粹性」。這「世界性」講起來帽子很大，但只是個理想，雖然登了很多好詩與評論，根本還談不上「超現實主義」。只是我們從 11 期開始大量介紹外國詩，像季紅翻譯英國女詩人雪脫維爾的詩論，葉泥譯介里爾克、梵樂希的詩，葉笛譯介波特萊爾的散文詩等等……，在當年詩壇產生很大的影響。我不認為我們是「超現實主義」的實踐者，只是運用「超現實」的手法罷了！

紫：《創世紀》這群老兵朋友主張「超現實主義」，與另一幫學院寫詩朋友有不一樣想法，他們認為中文詩不該放棄中國的傳統文化。您現在回過頭再看當時的爭論，有什麼新的看法？

默：紀弦認為中國新詩是「橫的移植」，而「超現實主義」只是《創世紀》的一種手法，引進西方嶄新的技巧。你不可能把中國固有方塊字的美，把它全面刪除掉，《創世紀》從來就沒有這樣的意圖，只能將它融合在一起。一首詩沒有節奏，沒有形、音、意三種融通的美感，沒有氣氛、沒有格調，還算是詩嗎？

紫：請問當時常爭論嗎？

默：爭論是必然的現象。那時有一百多個現代詩人，實際說得上是真正的現代詩人並沒有幾個。像林泠的外文能力很好，他寫的〈四方城〉（打麻將），是非常叫好的作品。1960 年那個年代，我們盡量刊出好作品給大家分享，並未排斥《笠》或是《現代詩》的作者，雖然表面上看來爭論不休，但私底下大家都是朋友。當時詩壇很荒蕪，像商禽抄了很多國外「超現實主義」的詩，到左營找瘂弦，瘂弦再將這些詩抄到手抄本上，我們再把這些詩放到《創世紀》介紹給大家，那是一個文學養分極為貧乏的年代。

紫：《創世紀》於 1969 年停刊過一次，除了經費問題之外，請問您還有其它因素嗎？在您記憶中《創世紀》曾經經歷過幾次困境？

默：那時洛夫到越南當軍事顧問。瘂弦在臺北，我在澎湖，工作較忙，詩寫得少，三個人不在一起，經費有限，所以《創世紀》不得已停刊。

其實從 11 期到 16 期，我、瘂弦、季紅、洛夫、葉泥，每個人每期都要拿出兩百多塊錢，這對我們而言很困難啊！編第 16 期時，我們都沒錢，正好編的《六十年代詩選》出版，而《創世紀》第 16 期刊出里爾克〈旗手〉，但我們沒錢，放在印刷所兩個月拿不回來，搞得大家很尷尬。後來 17 期有個聚會，就又重新出發。講一句實在話，《創世紀》每一次出刊都很辛苦，因為經費真的有問題，每次賣出的詩刊很難把錢收回來。

紫：1970 年時，您還參加過「詩宗社」，標榜「講道理的批評，不講道理的創作」。與「仙人掌」出版社合作出版詩集。請問「詩宗社」後來發展為何？

默：1970 年洛夫從越南回來，瘂弦、羊令野、洛夫、葉泥、彭邦楨、商禽等就辦了一個「詩宗社」，當時我在澎湖，開幕時沒參加。「詩宗社」一年只出四期小本詩集，它不過是一個過程，所以很快就夭折，總共只出了五期。但是標榜「講道理的批評，不講道理的創作」這個宗旨是不錯的，因為詩本來就不講道理。「詩宗社」很單純，各門各派的詩人都有，編得不錯，也辦過詩獎，首屆由楊牧獲得。

紫：您在 1971 年創辦了《水星》詩刊，當時是因為對《創世紀》的不捨，對詩的不捨才創辦的嗎？而後為什麼短短九期之後就停刊呢？那時已醞釀要讓《創世紀》再復刊嗎？

默：我在 1970 年 3 月結婚，然後我調回臺北，《創世紀》就復刊了。

那年我為「普天」編了一套書，《從流動出發》等書，其中有一本《幼獅文藝》上刊登過的詩人訪問記，因此瘂弦對我很不高興，這當然是我的疏失。《水星》為何停刊，主要是經費不足。

紫：1980 年代是民歌盛行時期，請問您曾將詩歌與音樂做結合嗎？

默：那是余光中跟楊弦合作的民歌時期，我們沒有。《創世紀》只辦朗

誦詩活動，與民歌沒有關係。在「耕莘文教院」辦了很多次，每一次都吸引三、四百人參加。那時文壇有活動，總能夠吸引很多年輕人參加。《創世紀》20 週年慶，也在耕莘，約五百人參與，詩論得獎人是張漢良與蕭蕭，詩創作得獎人是季野與蘇紹連。由施友忠博士頒獎，現場有紀弦等十位詩人朗誦詩，的確很壯觀動人。

紫：一份雜誌汰換許多主編，是雜誌掌控素質及屹立不搖的原因。為何《創世紀》從老一輩詩人開始，間隔 30 年後，在 1985 年時才有年輕一代侯吉諒、張漢良、沈志方、江中明、杜十三等新血注入？

默：《創世紀》是同仁雜誌，每一期都是成員自掏腰包，不是不要年輕人，因為年輕人剛創業，環境又不是很好。當年侯吉諒編了以後，他告訴我先墊了 12 萬元，我請大家一定要支持他，就設法把錢帶過去。所以經費是支持一個詩刊社團很重要的因素，年輕人要融入這環境，也要有相當的覺醒。找主編要找適當的人選，總不能編了兩期，就說不做了吧？年輕人在編詩刊時心胸要寬廣，還要有藝術細胞，最主要要有持久的信念，不是輕而易舉就能勝任。

紫：須文蔚主編時期，企圖將《創世紀》行銷化，利用媒體及多元接觸的觀念，曾帶給您怎樣的衝擊？

默：須文蔚主編那段時期是「唐山」發行，他利用媒體及多元接觸的觀念這是沒話說的，但問題是詩刊銷售始終沒有起色。現在換了「高見」當發行，《創世紀》一次印 1200 本，給「高見」400 本，給大陸兩百多本，臺灣三百多本加上給圖書館及文建會的，就差不多 1200 本了。但賣出去的不多，這是詩刊長久以來的宿命與隱憂。

紫：1987 年抗戰早就過去了，那年為什麼在國軍英雄館舉辦「從詩歌創作看抗戰精神」？

默：「從詩歌創作看抗戰精神」這是當時國軍詩歌研究會召集人辛鬱臨時選擇的議題。當時為了幫詩歌隊做點事情，因此就找了一個與軍中相關的議題。

紫：除了詩刊本身，您也辦過詩獎與許多詩活動，並造就許多優秀詩人。《創世紀》一直是詩歌的搖籃。在 50 週年《創世紀》140～141 特輯當中，您將過去重要的特集、《創世紀》編年大事紀，乃至同仁進出名錄、詩獎得獎人、到經費帳目，都鉅細靡遺記載。這些活動帶動哪些實質上的意義？這對《創世紀》社團效益如何？外界如何看待？

默：一本詩刊辦 50 年不容易，要不是我們幾個老傢伙命長，還真是辦不到。好不容易撐過 50 年，我們當然想將特大號出刊得厚實一些。同時歷屆得獎人、帳目等等都詳細交待清楚。因為 50 年很長，我覺得應該讓別人知道《創世紀》歷久彌堅的過程，所以全部公開讓大家知道《創世紀》的實際狀況，也可讓後人做為參考。

至於外界如何看，2004 年 10 月 30 日 50 週年慶開完會，第二天一早，張健曾打電話說：「昨天 50 年盛會，到那麼多人，這是非常難得的現象。」當然說來也要感謝全國各大報紙《聯合報》、《中國時報》、《民生報》、《自由時報》大幅度報導。實際請帖只發 160 張，結果那天來了兩百多人，很多人站在外面沒辦法進來。另外有許多海外的朋友不高興，說怎麼沒邀他們寫稿，沒請他們回來？因為我們不想增加太多篇幅，只是堅持多刊好詩、翻譯、評論等給大家分享。

紫：今年五月在澳門舉辦「第二屆當代詩學論壇暨張默作品研討會」，所有學者們都認為您為詩壇貢獻頗多，備受肯定，您的想法為何？

默：我非常感謝朱壽桐、傅天虹兩位很熱心辦理此次的研討會。還有六所大學參與，臺灣這邊也有好幾個贊助單位，如：文訊、中央大學、鶴山 21 世紀國際論壇等。這個會辦得很好，共有兩岸三地詩論家發表對拙作的評論二十餘篇，各個都有見地。特別是閉幕時，謝冕、孫玉石對本人詩作、活動的肯定，真是感激良多。

紫：每年都有年度詩選，以一位編者而言，您對年度詩選看法為何？

默：年度詩選已經有二十幾年歷史，現用《臺灣詩選》我同意，因為強調臺灣的獨特性，沒有什麼不好。每一年各報紙、詩刊，總共有四、五

千首詩，編選的人要從四、五千首找出 50～60 首出來，也不是容易的事，必須將報紙、詩刊全看過一次。但問題是中生代有些人很忙，是不是把全部的詩作都確實過濾一次，這我就不敢說了。基本上他們呈現多種面貌，年輕人比例也都列入考慮，但有時也可能偏頗，所以我建議編選者多看、多思索、多考量、多用心。

紫：請您談談《創世紀》與大陸及海外交流的情形？

默：我們跟大陸交流從未間斷，每一期約有兩百多本寄給大陸大學、詩人、學者。海外就難以估算了，過去也曾做過日本、越南、泰華、新加坡、馬來西亞、韓國、菲律賓等專輯。最近我們做國內，下期做校園，大陸專輯也做過好幾期，難以細說。

紫：請問您《創世紀》編務狀況為何？

默：我們每一期除了企畫編輯以外，就是希望版面乾乾淨淨、很典雅，內容多樣，每次都要校對、看大樣。有時錯字根本一時很難校對出來，盡量減少錯字。還有《創世紀》有一個很大的特色就是介紹新書的版面很醒目，詩人是弱者，出一本詩集很不容易，為他們服務是應該的。

紫：可否談談《創世紀》在 54 週年時即將發行的圖文誌《創世紀‧創世紀》？

默：現在還在編輯階段，是 16 開本，預估將有 480 頁左右，彩色、黑白跳印。內文有〈臺灣篇〉介紹詩人及週年慶、詩的星期五活動照片；〈大陸篇〉有咱們與詩友去大陸參訪的照片；〈海外篇〉參加國際詩會交流的照片；〈真相大白篇〉有早期平溪的詩人裸照和配合一些詩友詩作或攝影、繪畫等的照片；最後〈面面俱到篇〉抽樣介紹各期封面和同仁合編詩選大系的封面。本書清晰刊登八百多張各時期的照片，記錄《創世紀》54 年的艱苦歷程點滴，讓大家回味細品。

紫：您對《創世紀》未來的發展及期許為何？

默：希望《創世紀》老而彌堅，向 60 年邁進。雖然離現在還有六年，我今年 78 歲，到那個時候我已經 84 歲了，真希望到那個時候，咱們這一

群老傢伙還健在。謝謝！

——2008/07/07

——選自《文學人》第 15 期，2008 年 8 月

承先啟後，再「創世紀」

記寫一段張默先生

◎陳文發*

　　午後滂沱大雨中，騎車抵達張默先生居所樓底，在大樓旁樹下停好機車，天空落下的雨也停了，將裡外溼透了的雨衣，脫下捏擠成糰，直接塞進座墊底的置物箱。一陣風襲來，搖落葉尖上的水滴，樹底又下了一場陣陣的風雨。進入未上鎖的大門，搭電梯直上四樓，從鐵門欄杆縫隙間，見他已在客廳中等我到來。

　　認識張默先生十多年來，已忘了來過他家客廳多少回，但每次去訪對話的坐位，都固定在同一個方位與角度。我坐在面對陽臺的沙發上，他坐在我右手邊對過，擺有電話機的小茶几旁的沙發上。坐定位後，轉過頭去，見他依然在我後方餐桌上，拿起一壺泡好的濃茶，將深黃的茶水倒入白瓷單耳的水杯中，再以透明滾燙的熱水稀釋。張默將調好濃淡適中帶有香氣的茶水，端來前方桌面上，要我先喝口茶水。

　　拿起杯喝口茶同時，張默問我：《中華日報》專欄還繼續在寫？臺北買不到報紙，所以也看不到。我回說：還持續在寫。他看了看我，又接著問：你今年三十幾？我尷尬的笑著說：怎麼可能才三十幾？都已四十幾了。他回說：你有四十幾？我以肯定且上揚的語氣說：有啊！為避免一直處在尷尬場面，當他再度要向我發問前，我隨即搶先發問，以轉移話題：再過幾個月，《創世紀》將陸續舉辦 60 週年活動，您近來一定相當忙碌？他說：最近這幾個月，我太太脊椎骨折，沒特別重要的事，我不大出門。

---

*攝影家、專欄作者。

現在情況不一樣，她現在不能提重物，我必需為她穿衣、煮飯、洗衣、打掃，她每個月去醫院回診，每三個月去打一針，她相當痛苦，但也沒辦法，不能有怨言，我只能陪她一步步的做復健。

張默接著說：工作是做不完的，去年毛筆字寫得多，今年就少了。最近剛完成一篇關於 60 週年的文章，但不能先讓你看，以免影響到你的採訪。我九月份會出版一本詩集《戲仿現代名詩百帖》，搞了十幾個月才剛完成交給出版社，我選擇三行至二十行以內的詩作，戲仿的詩作與原作字數、行數、標點、行距都一樣，每首詩以兩個 page 對照，呈現原作與戲仿後的兩種樣貌。我問：60 週年有甚麼計畫？張默起身到書房取來一張 A4紙，比劃著上頭依序排列的活動計畫，他說：除了社慶活動，明道大學也為我們舉辦 60 週年研討會，還計畫出版六本書，九歌已出版《現代詩手抄本》，其它五本是《創世紀六十年詩選》、《創世紀同仁詩選》、《臺灣中生代詩人十六家》、《創世紀六十年研討會論文集》，還有你拍的詩人、詩評家《詩人‧論家的一天》專輯，每人以六個 page 呈現。

我問：您當初與洛夫、瘂弦創辦《創世紀》，有曾想過會持續至半世紀以後？他說：當初想法很單純，因南部沒有詩刊，就想辦一個小小的詩刊，給新詩多添個園地而已，根本沒想過會幹那麼久，60 年的時間很長啊！我們創刊三老都還健在，新詩壇元老覃子豪、鍾鼎文、紀弦都已相繼謝世，我們的同仁季紅、沙牧、周鼎、楚戈、商禽、大荒等人也陸續走了。詩刊會辦那麼久，誰也不知道，我想是因緣際會，是一種緣份，中間有很多因素，一下也講不清楚。不是我們想幹多少年就能幹多少年，是跨過種種艱難，一步步走過來的。我說：可以請您談談，您如何與洛夫相遇？以及《創世紀》的草創經過？張默回想了一會說：那得要回到六十多年前說起，其實報刊媒體報導過很多回，你有《創世紀 1954—2008 圖像冊》吧？可以參考上面的資料。

民國 43 年，張默與洛夫在左營海軍陸戰隊當輔導長。七月份，陸戰隊司令部在桃子園大禮堂舉辦三民主義講習班，兩人各自從原單位帶著小板

発去聽講習，當時他倆都已在《海訊日報》、《海洋生活》上發表詩作，互相知道對方，但並不相識，因參加同一場講習班而巧合碰在一塊。因彼此都熱愛新詩，初次碰頭即一見如故，張默在與洛夫聊天中，提議一同辦詩刊的念頭，洛夫也附和贊同。講習班結束後，張默從左營寫信給在大貝湖的洛夫，告知洛夫，他為詩刊取名為「創世紀」，是否有其它想法？洛夫回信，表示對「創世紀」這詩刊名的認同。兩個月後，《創世紀》，在左營正式創刊。

　　張默回憶那段創刊前，從未有編輯經驗的往事，他如同往常機關槍似的說話方式，不間斷地對我開槍：那是一個揮汗如雨的夏夜，在部隊裡我苦思著如何編出一本詩刊，當時對編輯根本毫無概念，我手邊剛好有一本紀弦主編的《現代詩》第 6 期──楊喚紀念專號，它是我手邊唯一能取得的參考範本。我一邊翻它，一邊思索如何編出與它不同風格的版型，總不能照單全收。我用紅墨水筆在白紙上拼湊打稿，花了四、五個小時，把創刊號 30 頁內文的版型給畫好。隔天我帶著 32 開的版型，到桃子園海軍印刷所去排印，當時我對宋體、楷體等字形，完全「莫宰羊」，所以也當面請教印刷所的排字工人。經過 20 天排版，終於拿到初校稿，我還記得拿到初校稿當下，內心是十分激動的。經過三次仔細校對後，才想到封面還沒有著落，於是我當夜疾書給大貝湖的洛夫，請他提供些想法，三天後，洛夫回信，告知已電請當時在左營海軍出版社服務的畫家牟崇松，協助設計封面，不久即收到他的設計稿，封面以清爽的水藍色為底，「創世紀詩刊」五個大字的刊頭下方，還有一幅極為細緻的木刻版畫作品。國慶日前夕，我到印刷所迎接準備出世的創刊號，雙手捧著剛出爐的《創世紀》，不禁熱淚盈眶，幾乎不能自己，那年我 24 歲，洛夫 26 歲。

　　張默接著說：創刊號出刊後，我們寫信給《青年戰士報》副刊主編潘壽康先生，請他幫忙發一則《創世紀》創刊的訊息，不久從臺灣各地寄來的稿件，如雪片般飛來。《創世紀》一開始就只談作品，不分本省外省，只要是好作品我們就刊用。省籍問題是後來政治人物搞出來的。我好奇的問

張默，創刊號印刷費花了多少錢？他說：排版、印刷共花 400 元，是我當時三個多月的軍餉。我一開始跟洛夫提議要辦詩刊，我並未向他提到錢的問題。我找了三個人，打了一個 400 元的會，把印刷費付清。第五、六期，因我到鳳山受訓，由洛夫主編，印刷費也是由他自己想辦法湊出來的。我不是大方，早年大家生活都很艱苦，我們的合作，不是半斤八兩，辦任何事，總是有人要犧牲奉獻，辦同仁刊物不是每個同仁都會交錢，總會有些人不交錢，那就只好自己想辦法。我認為藝術是需要犧牲奉獻的精神，我從不禱告，我是身體力行的實踐者。

張默談到草創初期，讓他想起已辭世的詩人葉笛，他說：民國 40 年左右，我在程大城先生主編的《半月文藝》上發表詩作，進而與本省籍詩人葉笛通信成為終生好友。我記得民國 45 年，《創世紀》創辦初期，當時葉笛在屏東大橋旁的國小教書，有一天下午我去找他，他下課後帶我去他姑媽家吃晚餐，兩人對飲清酒，享用他姑媽上好的日本料理手藝。離開前，葉笛從口袋中取出 200 元遞給我，說是要捐給《創世紀》的，那是他當時教員的月薪。民國 48 年，葉笛在金門服役，他在兩岸砲擊四射的戰火下，還持續為《創世紀》提供〈波特萊爾散文詩抄〉等譯稿，我至今想起仍感動不已，他可說是《創世紀》的第一個貴人。

我臨時想到一個詩壇經常會對《創世紀》發出的疑問：曾聽聞有人在軍中辦詩刊而進了監牢，不知您是否也有類似經驗，或有特殊背景，倖免於難？張默再度啟動機關槍，朝著我開槍：我曾聽過外頭說法，因為彭邦楨是當時左營軍中廣播電臺的臺長，也是洛夫、瘂弦的直屬長官，而使得《創世紀》有所庇護，其實不然，我們同在海軍服役，也是寫詩的文友。那個年頭，我們是一群無家可歸的人啊！大家都沒錢，也沒地方可登記註冊，剛開始通訊地址是使用我服役的砲兵中隊信箱「左營凱旋路 0547 附 9 之 4 號」，再轉至左營軍中廣播電臺「左營明德新村 40 號」，而後把通訊處寄放在詩友，畢加與朵思夫婦在左營自治新村家中。那個年頭是戒嚴時期，在軍中創辦詩刊確實不容易，雖然部隊裡並沒有明文禁止，但一不小

心就隨時可能出事。在創刊號上，我們已表明了宗旨與立場「1.確立新詩的民族路線，掀起新詩的時代潮流，2.建立鋼鐵般的詩陣營，切忌互相攻訐，製造派系。3.提攜年輕詩人，徹底肅清赤色、黃色流毒。」所以我們堅持不搞政治議題，那是要關人的，開玩笑！

　　談到這裡，張默忽然想到甚麼似的，嘴角微微上揚，笑著說：我們三人在左營的確是有一起被關進禁閉室的經驗，但並非辦詩刊的問題，至於是甚麼原因，我就不多說。他接著說：民國 51 年，因葉維廉的關係，我們結識了香港《好望角》的主編李英豪，他是繼馬朗主編的《文藝新潮》之後，點燃臺港兩岸文壇火炬的引燃者，當時他經常從香港寄來厚厚的文藝資料到我部隊來，我就曾因此事，被有關單位找去盤問。李英豪是個有才情有義氣的朋友，如果那時沒有他的大力支援，《創世紀》可能早就夭折了，他可說是我們的第二個貴人。

　　張默不停的在客廳與書房之間來回走動，搬出他即時講到的書籍與刊物，補充資料攤了一地。他打開一白色大信封套，取出一疊創刊最初前幾期 32 開本的《創世紀》，又打開另一封套取出改版後沿用至今的 20 開本《創世紀》。我輕輕拿起那書背上已貼補過釘的創刊號，深怕一不留神把老古董給翻得碎裂，邊翻看內文，邊跟張默說：原來您早年使用本名「張德中」。他說：第二期就開始使用「張默」至今。我再往後翻到一張插圖說：哇，裡面還有陳其茂的木刻版畫。他狐疑的從我手中接過創刊號，仔細的看了看那張版畫說：我都忘記了。

　　我拿起改版後的 20 開本與 32 開本的創刊號，兩種尺寸比對，問張默說：當時是在甚麼情況下改版，您還記得嗎？他說：民國 47 年，洛夫到臺北大直外語學院受訓，他在臺北忙於交際，進而與現代派的紀弦、藍星的覃子豪、羅門、余光中等人交朋友，正好《現代詩》停刊，我與瘂弦在南部快速決議改版成 20 開本。張默接著說：洛夫在臺北拉稿，我與瘂弦、季紅在左營負責苦思改版的編務。後我和瘂弦在海軍印刷所整整罰站了三天，緊盯著排字工人排版，絕不能稍出差錯。民國 48 年 4 月，第 11 期擴

版號出刊後，引起臺灣詩壇一陣騷動，那是《創世紀》跨出去很重要的一大步，從那時開始，不分門戶派別，都把最好的詩作交給我們發表，那真是人才濟濟，目不暇給的盛況。他補述說：如果那次沒改版成功，應該就此打烊！

張默在第 11 期〈編輯人手記〉上寫到：「差不多我們沉默一年了——這恍如一個世紀的痛苦的一年。我們時常地想，總是在想，那一天能夠出一本分量重量重得像樣的比較大型一點的詩刊呢？這不是夢想，可是殘酷的現實告訴我，你能突破那像冰島一般的重重厄困嗎？直到今天我才有勇氣仰首望一望窗外早起的春陽，心頭有說不出的無限酸甜苦辣的感覺。」「畢竟現實沒有把我們壓扁，而且又讓我們抬了頭，是的，抬了頭，這下子我們焉能不兢兢業業謹慎將事呢？《創世紀》決定改版，那是今年二月間的事，當我把這個消息，告訴了遠在臺北的洛夫，他的確雀躍一陣子，於是便分頭進行徵集詩稿，一切都很順利——詩神繆斯給帶來的順利。這期內容之充實，將是我們認為最誇耀的一期，從這裡我們實在可以預示一個非常令人興奮的特徵，那就是自由中國寫詩的朋友們都在默默地進步著，而且有些人進步之神速，簡直是大得驚人的。」

我問：您們三人在編務上如何一起合作？是在甚麼樣的因素下《創世紀》停刊了三年？張默說：我們一起編過，也各自編過，像我去鳳山受訓，就由洛夫主編，瘂弦在左營期間參與編輯至 16、17 期，他到臺北去之後，就未再參與編輯工作。張默接著說：從第 12 期開始，葉泥特別南下加入我們編輯的行列，除了金錢的付出之外，第 12 期「法國詩人梵樂希逝世 14 週年紀念號」、第 13 期「德國詩人里爾克紀念號」，所有的文稿皆出自他手，葉泥可說是《創世紀》的第三個貴人。實際上《創世紀》死而復甦不只一次。民國 56 年至 59 年，的確是停刊了三年，當時我從左營被調往澎湖海軍第二軍區，洛夫被派往越南任翻譯官，瘂弦到美國愛荷華大學寫作坊進修。三年中我們各人搞各人的，民國 59 年洛夫從越南回臺後，與彭邦楨，在臺北把「創世紀」、「現代詩」、「南北笛」、「詩隊伍」的部分成員

組織起來，以「詩宗社」之名，與仙人掌、晨鐘、環宇出版社，合作出版「叢書型詩刊」，出版了《風之流》、《花之聲》、《雪之臉》、《月之芒》等。民國 60 年，我與管管在左營創刊《水星》，那是報紙型式的詩刊，共發行九期，主要以「發掘新人」為宗旨。民國 60 年，我到臺北來之後，隔年九月，在蘇武雄醫師夫婦經援下，《創世紀》第 30 期在臺北復刊，卷首社論〈一粒不死的麥子〉，由洛夫執筆，他寫道：「麥子不死，是因為它曾死過一次」。蘇武雄夫婦經援期間，不時在三更半夜接到恐嚇、辱罵電話，要他們不要再支持《創世紀》，但他們並不向惡勢力低頭。他們的付出，在當時足足可在臺北買上一間五、六十坪的房子。蘇武雄夫婦，可說是我們的第四個貴人。

　　他講到此段落後，再度將白瓷杯拿到後方添上茶水，我隨手拿起他從書房搬出來的書堆中的《六十年代詩選》，向他發問：這本是您與瘂弦合編的詩選，您們皆是「創世紀詩社」的成員，這本詩選是否也可說是以「創世紀」的立場所編出來的詩選？是在甚麼機緣下編選的？他說：的確可以說是「創世紀」所編選出來的詩選。民國 49 年，一個夏季的夜晚，我同瘂弦騎腳踏車到大業書店看書，那時期我們經常去看免費的書，那天老闆陳暉先生要我們到書店後方聊聊天，他問我們是否願意幫大業編一本詩選，一開始我們也搞不清楚，於是我們回去考慮了一個月後，再度騎腳踏車到書店，告訴陳老闆我們決定以《六十年代詩選》為書名編詩選，陳老闆同意後，那名單怎辦呢？我們找來三年前，大業書店出版的彭邦楨與墨人合編的《中國詩選》作參考，再找季紅一起研究編選名單，那時瘂弦與葉維廉已有通信，由他介紹在香港青年詩人馬朗、崑南的詩作，也選入傑出的本省籍詩人錦連、林亨泰、白萩、黃荷生、敻紅、薛柏谷等 26 家詩作。

　　張默從我手中取去《六十年代詩選》，邊翻內頁圖文邊向我解釋：七月發出邀請函，等詩稿到齊後，我與瘂弦在四海一家租了一間房，我們每天帶很多書去工作，作者提供的小傳，我們下了很多功夫修稿，甚至於在詩作前，編上與詩人的詩作最貼合的一句話，搞了一個月才完成，那時洛夫

剛好從金門回左營，序言就由他提筆完成。封面與內頁的詩人畫像由馮友
蘭的姪兒，畫家馮鍾睿所繪製，前後的蝴蝶頁以保羅克利的線條畫為主視
覺。十月交稿，隔年元月出版轟動一時。出版後，瘂弦將書寄給覃子豪，
他回信上寫道「感謝啊！感謝啊！編得太好了，我看到詩選以後，就好像
大熱天，一大清早出門，給人迎面潑了一盆涼水似的」。我問：這本詩選出
版是否也曾引起爭議？他說：的確是引起一些異議，當時我們編這本詩選
是相當大膽的，你看羅門、蓉子、辛鬱、向明等很多人都未被選進去。多
年前向明還拿當時我與瘂弦具名的信讓我看，那是一封我們為沒被入選的
詩人，表示遺憾的致歉信，我都忘記有發過此信。

　　他又說：當時在尉天驄主編的《文學季刊》上，有人撰文〈青澀的果
實〉公開大罵，我們選入的碧果詩作，因為看不懂碧果在寫甚麼！張默翻
到碧果詩作那輯，要我看看：你看看，看不懂啊！但他六十年如一日，就
是搞那個調調，那是他的創意啊！當時季紅非常欣賞他的作品，所以我們
決議把碧果的詩作編入。我們不是選說理的，是憑感覺的。有人罵我們
《創世紀》都是「關門的」幹，我們從不關門，我們是大植物園主義、百
花齊放、百鳥爭鳴，我們編詩選，當然同仁或許會多編一點，但有些詩社
編詩選，只選同仁，非同仁根本不會被選入。

　　我問張默：之前曾聽您說，60 週年後，要將大量書籍資料捐出，請您
談談捐出的動機？他說：像我這些東西，一般孩子不喜歡，我曾聽說有文
友辭世兩個禮拜後，有人去那文友家中問文友身後所留下的東西，得到的
答案是，弄走了，通通被垃圾車弄走了，我經常講，不要一再的算計，沒
有用的，有錢，走了也帶不走。文訊義賣畫作募款，不是我大方啊！那畫
不是我個人的，我不可能私自賣掉，要捨得啊！

　　張默又從書房拿出一捲，他昨日才去沖洗店洗好的大照片，他將那張
一百多公分長度的大照片，攤展開來，對我說：最近「時空藝術會場」問
我們是否要在 60 週年舉辦個活動？我還要跟同仁開會再決定展出內容，你
看這張楚戈、商禽、洛夫、辛鬱年輕時的裸體照，也可以展出啊！還有李

英豪的《好望角》、《陳其茂版畫集》都可以展，不是甚麼特別珍藏的東西，在史料上有其珍貴的意義，我將展擬名為「不二展」。碧果說他想在這展上講話，他大致要講的是「我個人六十年如一日，就搞這玩意兒，你們懂不懂那是你們的事，我是創作者」。接著張默語氣有些激昂，像似又舉起機關槍對準我：我也會在展出現場講講我的身後事「生不帶來，死不帶去，來空空，走也空空，我走後不給任何人發一封訃聞，燒了以後就樹葬，完啦！」

　　在我們閒聊中，張默還是對他與歷年同仁一起帶大的《創世紀》，未來有所期許，他說：我們都會走的，我們希望年輕人起來，《創世紀》是為臺灣新詩、為華人新詩，我們不是為自己啊！未來就交給年輕人，承先啟後，再繼續的幹下去吧！

──選自《創世紀》第 180 期，2014 年 9 月

──2016 年 1 月修訂

回歸傳統，融匯中西
論張默的詩路歷程

◎熊國華*

　　20 世紀 90 年代第一個夏天，臺灣著名詩人張默出版了他的第七部詩集《光陰‧梯子》。詩人對於時間總是十分敏感的，在長達四十多年的創作生涯中，張默在詩的險峰上不斷攀登，身後留下了一長串的「階梯」——詩集《紫的邊陲》（1964 年）、《上昇的風景》（1970 年）、《無調之歌》（1975 年）、《張默自選集》（1978 年）、《陋室賦》（1980 年）、《愛詩》（1988 年）；詩評集《現代詩投影》（1967 年）、《飛騰的象徵》（1976年）、《無塵的鏡子》（1981 年）、《小詩選讀》（1987 年）；還編有《六十年代詩選》、《七十年代詩選》、《中國現代詩論選》、《中國十大詩人選集》、《剪成碧玉葉層層》、《感月吟風多少事》、《中華現代文學大系‧詩卷》、《臺灣現代詩編目》[1]等十餘種。他集詩人、詩評家、詩選家於一身，將全生命輻射的光和熱無私地奉獻給詩神，對臺灣現代詩運作忘我的卓有成效的投入，在臺灣素有「詩壇總管」和「詩壇火車頭」之稱。探討這樣一位與臺灣現代詩運息息相關的詩人的創作歷程，對大陸現代詩的健康發展有著十分重要的借鑑意義。

一、曲折的歷程

　　張默，本名張德中，1931 年生於安徽省無為縣。1949 年 3 月，從南京

---

*發表文章時為廣東教育學院中文系講師，現為廣東第二師範學院中文系教授。
[1]該書已於 1992 年 5 月由臺灣爾雅出版社刊行，收 1949～1991 年期間在臺灣出版的所有中文個人詩集、詩評論集或主編的詩選集，同時列有「詩刊編目」、「詩論評參考篇目」、「詩壇大事簡編」等，是一部研究臺灣新詩的最佳工具書。

經上海乘中興輪去臺灣。次年在海軍服役，利用業餘時間從事詩歌創作，作為一個剛從內地來到四面環海的島嶼上的青年，他懷著對大海的驚奇和禮讚，寫下了一系列充滿浪漫情調的豐富想像的海洋詩，流露出年輕詩人對生活的熱愛和宇宙的哲思。1954 年 10 月，張默、洛夫、瘂弦三人，繼紀弦的「現代詩社」和覃子豪、余光中的「藍星詩社」之後，在臺灣南部的左營成立了「創世紀詩社」。創刊號上發表了〈創世紀的路向──代發刊詞〉，明確提出要「確立新詩的民族路線，掀起新詩的時代思潮」。接著，1956 年 3 月《創世紀》第 5 期，又以社論形式發表了〈建立「新民族詩型」之芻議〉。張默在回憶這篇文章時認為「新民族詩型」的基本要素有二：「1.藝術的──非純理性的闡發亦非純情緒的直陳，而是美學上直覺意象之表現，我們主張形象第一，意境至上。2.中國風的東方味的──運用中國文字之特異性，以表現東方民族生活之特有情趣。」[2]這些觀點，是對紀弦的「現代派六大信條」所主張的「新詩乃是橫的移植，而非縱的繼承」的一種反動；而「非純情緒的直陳」，又與「藍星」所強調的抒情性大異其趣。就是我們今天來看這些觀點，也是極有見地的，可惜張默等人並沒有按照「新民族詩型」的路向繼續走下去。

1950 年代末期，《現代詩》和《藍星》曾一度相繼衰落。《創世紀》則在張默的大力操持下，從 1959 年 4 月第 11 期起擴大版面，異軍突起。並吸收了「現代派」和「藍星」的一些重要的詩人，一躍而成為臺灣現代詩壇上舉足輕重的詩歌社團。不過，這時他們拋棄了「新民族詩型」的主張，轉而大力倡導詩的世界性、超現實性、獨創性和純粹性的「超現實主義」。瘂弦曾指出：「《創世紀》11 期以後，張默的詩觀產生重大的變化，最主要的是他受到了現代主義、超現實主義的感染。所謂『自動語言』和『切斷聯想系統』，主張知性、反對浪漫的抒情等等的觀念，也在他的詩作中鮮明的表現出來。」[3]張默在〈黃臉──題一幅抽象畫〉中寫道：「什麼

---

[2]張默，〈「創世紀」的發展路線及其檢討〉，《現代文學》第 46 期（1972 年 3 月）。
[3]瘂弦，〈為永恆服役──張默的詩與人〉，見張默，《愛詩》（臺北：爾雅出版社，1988 年版）。

是性，什麼是東方的傳統／我們將不再是嚮往著一片／抒情的雲，傍晚的陽光以及風」。從此，張默由主張傳統走反向傳統，詩風也由浪漫抒情轉向晦澀艱深，強調表現「自我」的「心的宇宙」。〈貝多芬〉、〈期嚮〉等詩，即是這一時期的產物。在這些詩中，張默雖然改進了早期創作中泛濫激情、語言與詩思詩情不平衡的缺點，但由於大量運用暗示、象徵、隱喻、變形、錯位、切斷、通感、歧義、自動語言等西方現代派技巧和手法，加上主題抽象，意象繁複，帶有虛無和神祕色彩，超越了大多數讀者審美心理和審美經驗，因而顯得晦澀難懂。

　　1950 年代末期和 1960 年代臺灣現代詩的「超現實主義」傾向，究其原因，主要是受到「惡性西化」的強烈衝擊和影響，是臺灣政治經濟對西方國家的嚴重依賴性在文學藝術上的反映；其次，由於特殊的歷史原因和地理環境，使臺灣文化與中國傳統文化形成了一個斷層，與故土和傳統相隔離的現實境況，致使張默這些由大陸到臺灣後成長起來的詩人，不得不放逐自己的靈魂去西方漫遊和探險；另外，1960 年代臺灣當局在思想文化上的專制禁錮政策，也迫使作家和詩人們採取比較隱晦曲折的表達方式。臺灣現代詩內容上的虛無和形式上的晦澀，1950 年代末和 1960 年代就遭到言曦、寒爵等人的非議；至 1970 年代初，關傑明和唐文標連續發表一系列文章，對現代詩「一味西化」的弊病進行了激烈的批評，引起了關於現代詩的論爭，促進了現代詩向回歸民族傳統、關注社會現實的方向發展。張默經過嚴肅的回顧與反思，詩風也隨之起了明顯的變化，逐漸由晦澀艱深轉向澄明曉暢，並在理論上提出「現代詩歸宗」的口號，主張現代詩人要歸向中國傳統文學的列祖列宗。瘂弦認為，這「一方面說明他自己詩觀的成熟，另一方面，也是因為逐漸邁入中年，對生命自然，都有更深的領悟，人生的得、失、順、逆，也都能夠得到哲學的紓解，而走向東方和中國，是必然的結果。」[4]尤其是張默近期的作品，詩境益趨淨化，情感益趨

---

[4]瘂弦，〈為永恆服役──張默的詩與人〉，見張默，《愛詩》。

摯誠，語言益趨純樸，「不論就人生境界或藝術層面而言，都有著驚人的提升」。[5]

二、回歸傳統

　　張默向傳統文化回歸，突出地表現在大量思親懷鄉之作和對中國歷史文化的歌詠讚歎之中。這些詩或真摯親切，或傷感纏綿，或莊重深沉，體現出一種東方式的民族感、鄉土感、生命感和歷史感。他 1970 年代以前的詩作，大部分是寫海洋、音樂、繪畫、死亡、哲理等題材，極少涉及鄉愁。在西方世界的精神漫遊中，他終於醒悟到那只是「空虛而沒有腳的地平線」（〈無調之歌〉），是「一大片一大片沒有根的原野」（〈與夫曠野〉）。於是，「從離騷的背上，鄉愁一朵朵地攀升著」（〈死亡，再會〉）。他筆下的〈楓葉〉：「數理著一條條鮮紅的脈絡／……眸子一直朝向北方／朝向我家我鄉的老屋／烹飪著我鮮紅的瞭望」。殘酷的現實，使詩人思考著「究竟怎樣才能飛渡／那些重疊的窒息的無助的／塗抹歷史的辛酸的陰影」（〈長城，長城，我要用閃閃的金屬敲醒你〉）。

　　隨著海峽兩岸關係的緩和，張默 1979 年得知大陸 76 歲老母依然健在的音訊。「這消息像霹靂一樣震撼了他的心靈，他的鄉愁突然擴大，愛恨的糾結，變得犀利而強烈，最後是帶來另一次的創作高潮期。」[6]他壓抑了三十多年的鄉愁，終於像火山一樣爆發出來！飄泊的遊子，四處找「一條齾齾饕饕的回鄉路」（〈然則，望鄉〉）；他喊道：「縱使你在千山千水之外／迢迢亦如望不斷的鄉關／我那耽擱了三十年滿布塵埃的翅膀／還是要鼓起餘勇／一頭闖進你疙疙瘩瘩的丘壑」（〈尋〉）。那「剪不斷理還亂的鄉愁」（〈夜與眉睫〉）和詩化記憶中「夢裡的山水」（〈遠方〉），竟使詩人在「母親節」前夕恍惚看到。「從梧桐細雨的深處，她巍顫顫地走著／我以極度且近乎窒息的狂喜／希冀撫觸她每一寸乾澀的肌膚／三十八載未曾落淚的眼

---

[5]洛夫，〈豐沛與淨化──張默小評之一〉，見張默，《愛詩》。
[6]瘂弦，〈為永恆服役──張默的詩與人〉，見張默，《愛詩》。

睛／一下子匯集成滔滔不絕的洪水／今夜，我習慣飄泊的靈魂已經回家」（〈驚晤〉）。一顆赤子之心，至愛之情，躍然紙上，感人至深。

這一時期的作品，還包括〈家信〉、〈飲那絡蒼髮〉、〈白髮吟〉、〈包穀上的眼睛〉、〈風飄飄而吹衣〉、〈哭泣吧！肖像〉、〈蒼茫的影像〉、〈春川踏雪〉等佳作。這是張默感情最真摯，風格最澄明，語言最樸實的一個時期，也是他一生創作的高峰期。他以自己的理智和高超的詩藝，將熾熱的感情轉化為冷凝的悲愴，將鄉土親情的炙戀沉澱為淨化的詩境，將個人命運的悲劇昇華到歷史悲劇的高度，融「小我」於「大我」之中，從而具有撼人心靈的藝術魅力和較高的美學價值。

1988 年 9 月，詩人終於回到大陸與 87 歲高齡的母親團聚，實現了四十年來所追尋的夢。久別回家的滄桑之感，真摯深沉的鄉土之戀，以及對民族傳統文化的思慕之情，使詩人寫下了〈黃昏訪寒山寺〉、〈蘇堤、蘇堤〉、〈蘭亭初履〉、〈網師園四句〉、〈滄浪小立〉和組詩「故居雜抄」等一系列回鄉之作。在姑蘇城外的寒山寺，詩人行吟徘徊，「突然發現自己／竟是小徑那頭，一尊不言不語的化石」。這個「四十年才回去一趟的遊子」，發誓「要睡它一個千載難逢的午寐」（〈三壠頭・老掉牙的舊屋〉）。跪在這片「生我育我撫我的土地」（〈我跪在繁星哈腰的包穀下〉），詩人從心裡感到「終於，我又撿回了自己」（〈好一幅一望無垠的平疇〉）。這批回鄉之作，富於東方情趣和古典韻味，鄉土氣息與生活氣息都很濃厚，蘊含著一種「少小離家老大回」的滄桑之感和身世之歎。他的詩語樸實，情感激越，酣暢淋漓。但情感的抒發略嫌直露，缺乏內在的積澱，在詩境的淨化和詩思的深度上，似乎都沒達到回鄉之前那批作品所達到的水準。

張默向傳統文化的回歸，還明顯表現在對中國優秀詩歌傳統的縱的繼承上。他的詩風獨特，不摹仿別人，別人也很難摹仿他。「富於顫弦般的節奏」，被認為是構成「張默風」的主要因素之一，實為繼承了中國古典詩詞富於吟唱性和音韻美的特點，而且往往通過排比、複疊等傳統而古老的技巧表現出來。例如〈飲那絡蒼髮〉：

　　　讀著，讀著，深深地讀著

　　　您的七十六歲的肖像

　　　那眼角兩側長而細的魚尾紋

　　　那滿頭的白雪

　　　流溢著幾多的思念和滄桑

　　　……

　　　哦！母親

　　　不管歲月如何無情的消逝

　　　不管現在我們怎樣的蒼老

　　　也許我們能活過一百歲

　　　也許五十年後

　　　　　我們的屍首比嚴冬的霜雪更冷澈

　　　然而，母親。您永遠，永遠是

　　　　　　輕拂我們墳前的蕭蕭的白楊

詩人運用一系列富於變化、層出不窮的排比和複疊句式，把對母親的思念委婉曲折、纏纏綿綿地表現出來，輕快的調子和詠歎式的節奏，流露出淡淡的哀傷。這種「以樂景寫哀」的手法，比傾瀉無餘的悲憤吶喊，更具震撼人心的藝術力量，呈現出高度淨化的詩美。再如他那首有名的小詩〈駝鳥〉：

　　　遠遠的

　　　靜悄悄的

　　　閒置在地平線最陰暗的一角

　　　一把張開的黑雨傘

用的也是傳統的白描手法，在構圖上是一條橫線，加上一根直線支撐的半

圓弧形，與王維的「大漠孤煙直，長河落日圓」有異曲同工之妙，頗具「詩中畫」的意味。另外，全詩的重心和意象的最後完成，都落在末句，這又是唐人絕句的典型筆法。至於古詩中的鍊字、鍊句、比興、象徵、渲染、鋪陳、用典、誇張、點化、對比、雙關、意象並列、時空變化、借景抒情、矛盾語法、平中見奇等等手法，在張默的詩中隨處可見，俯拾皆是。甚至現代詩人不屑為之的「贈友詩」、「題畫詩」和「仿詩友詩」等酬唱之作，在張默的筆下也一再出現。對於最具民族文化特色的水墨山水和書法藝術，張默更是酷愛成癖，還曾舉辦過個人畫展。經過時間的沉澱，張默這位曾經高叫著反傳統的現代詩人，無時無處不顯露出傳統文人的性格特徵和文化修養。

三、中西融匯的詩美

　　正如辯證法的「否定之否定」規律揭示了事物發展的普遍規律一樣，臺灣現代詩也經歷了由「背離」傳統，到「回歸」傳統的過程。現代詩為了尋求發展和創新，在一定程度上背離傳統應當是允許的，沒有背離就沒有回歸。但回歸並不等於倒退，也不是回到原點的起點，而是帶有新質意義的回歸，是迂迴前進、波浪式發展。張默的回歸後的優秀詩作，常常在東方風味和中國意境中融入西方現代派手法和技巧，呈現出一種中西融匯的詩美。例如〈夜讀〉：

夜　漸漸地　　　靜了
　　　　　　　　涼了
　　　　　　　　深又深了

案頭上橫躺著一具大字足本線裝的莊子
睒著惺忪的雙眼
向四壁頻頻追問

你要　逍

還是　遙

第一節寫夜的情境。暮色降臨，夜開始是漸漸地「靜了」；跟著氣溫下降，
又慢慢變得「涼了」；最後，隨著時間的推移而「深又深了」。詩人抓住夜
在變化過程中的特點，運用與內容相適應的字句排列形式，層層推進，步
步深入，創造了一個萬籟俱寂、清幽寧靜而略帶幾分神祕的境界。第二節
曲寫現代人夜讀古代《莊子》時的變異感受，以及在快節奏的工業社會中
欲逍遙而不得逍遙的矛盾心態。「案頭上橫躺著一具大字足本線裝的莊
子」，一語雙關，發揮了中國文字易於產生歧義的特點。在詩人筆下，古老
的線裝書竟然可以變成人，死去二千二百多年的古代哲人莊周，彷彿在
「不知周之夢為蝴蝶，與蝴蝶之夢為周」[7]的酣夢中醒來，「向四壁頻頻追
問／你要逍／還是遙」。詩人採取了超現實主義手法和弗洛伊德的精神分析
學說，運用幻覺和夢境所產生的效果使人復活，與今人交談，維妙維肖地
刻畫了詩人夜讀《莊子》時入癡入迷的心態，貌似荒誕而愈見真實。「四
壁」暗指環境對人限制和對自由的障礙。「逍遙」源自《莊子・逍遙遊》，
意味著「順萬物之性，遊變化之塗」（郭象注），超然物外，不受任何限制
的絕對自由的精神境界。著名詩評家李元洛評道：「這是寫現代詩人在緊張
生活中的失落心態，局處四壁之內，無法作暢心快意的逍遙遊？還是表現
現代人於工業社會中渴望返璞歸真而回到大自然的情懷？抑或是別的什
麼？詩中只有具象與暗示，而沒有陳述與說明，正因為如此，才分外刺激
讀者的審美期待慾。」[8]這首詩用古代題材抒寫現代人的生活體驗和審美感
受，在語言和意境上是東方風味古典情調，在句式和手法上卻具有西方現
代派的超越和灑脫，展現出一種新的風貌。再如〈春川踏雪〉的最後一
節：

---

[7]〈齊物論〉，《莊子》。
[8]李元洛，〈「為永恆服役」的選手〉，見《名作欣賞》1990 年第 3 期。

> 正當我小心數著
>
> 自己踩過來的深深的雪印
>
> 猛地回首
>
> 只見一個鶴髮的長者巍然佇立
>
> 去垂釣異國夢裡的寒江

1976 年 11 月，張默一行十人應邀訪問南朝鮮，曾去漢城附近的春川小鎮踏雪。異國冬天的景致，自然又勾起了詩人的家國之思。「雪印」一句，虛實相生，亦象徵著生命的歷程。結尾兩句，如夢似幻，意趣超拔，空靈澄澈，境界極佳，化用柳宗元「孤舟蓑笠翁，獨釣寒江雪」的詩意，而又自然灑脫，翻出新意，把去國離鄉的遊子情懷寫得深婉感人。如果說，柳宗元在漁翁這一形象中寄寓了自己清峻高潔、傲岸獨立的人格理想；那麼，這位「垂釣異國夢裡的寒江」的「鶴髮長者」，何嘗又不可視為詩人未來「超我」的老年形象的「自我」塑造呢？張默把遊子思鄉的傳統題材和超現實手法巧妙結合，打破了日常邏輯和理性的常規束縛，超越意識與潛意識、現實與夢幻、過去與未來、時間與空間、生與死、物與我的界限，使人類的心靈和情感獲得充分自由的表現與發揮，給人以電光石火般的印象和突然的頓悟，產生了一種在美學上稱之為「驚奇」的美感效應。

　　一般學者在論及超現實主義對臺灣現代詩的影響時，大多注意其負面性，而對其正面價值和積極作用鮮少論及。超現實主義作為 20 世紀範圍內最重要的文藝思潮，自有其產生的歷史背景、社會條件、思想根源、科學依據和存在的合理性。對其全盤肯定或全盤否定，都不是科學的態度。洛夫對此曾有過頗為中肯的論述：「超現實主義極終的目的也許在求取絕對的自由，因而自動性（automatism）成為一個超現實主義者的重要手段，最後的效果或在：『使無情世界化為有情世界』，『使有限經驗化為無限經驗』，『使不可能化為可能』，希望一切能在夢幻中得以證果。但不幸超現實主義者犯了一個嚴重的錯誤，即過於依賴潛意識，過於依賴『自我』的絕對

性,致形成有我無物的乖謬。」[9]如果我們在創作中摒棄超現實主義的「自動寫作」和「記述夢境」的極端因素,而合理地吸取其「類似聯想法」、「直覺暗示法」、「時空觀念之消滅」等技巧,並將其嫁接在民族優秀詩歌傳統的大樹上,經過吸收、整合、兼容、消化,勢必開出鮮艷奪目的花朵,結出新型的豐碩果實。臺灣詩人在這方面作了大量艱苦探索,並取得了相當可觀的成果。張默回歸後的佳作,如〈楓葉〉、〈驚晤〉、〈尋〉、〈風飄飄而吹衣〉、〈那些枝椏〉、〈燈〉、〈黃昏訪寒山寺〉等等,都有出色的表現,呈現出一種東方古典主義和西方超現實主義熔鑄而成的詩美。

總之,作為一個「為永恆服役」的探險者,張默在橫的移植和縱的繼承方面,都作出了艱苦的努力和不可磨滅的貢獻。他的成功的和不成功的創作實踐,他的漫長曲折的詩路歷程,都為中國現代詩回歸民族傳統、實現對西方現代派和東方古典詩學的雙重超越,提供了值得借鑑的寶貴經驗。

——本文為「第五屆臺港澳華文文學國際學術研討會」交流論文
——初刊《廣東教育學院學報》,1991 年 6 月
——再刊《創世紀》第 85、86 期合刊,1991 年 10 月

——選自蕭蕭主編《詩痴的刻痕:張默詩作評論集》
臺北:文史哲出版社,1994 年 9 月

---

[9]洛夫,《詩魔之歌》(廣州:花城出版社,1990 年版),頁 152。

無調的歌者

張默其人其詩

◎洛夫[*]

　　在中國現代詩人中，張默是屬於行動派的，這是我二十餘年來研讀他的詩，觀察他的人所獲得的結論。他的詩是他全生命的輻射，表現於詩的語言上，則如層層波濤，湧動不息。作為一個詩運的推動者，張默更是傾其一生，作忘我的投入，同時他似乎有著他一動，整個詩壇也跟著動的魔力。

　　詩人中像張默那樣燃燒著生命，向四周投射著光與熱，與詩壇發生密切關係的人，實為數不多，或許早年的紀弦屬之，但為追求一個文學理想而擇善固執達數十年之久，則尤有過之。不論行動或說話，張默像是一座輕機鎗，快速而密集。而且即說即做，劍及履及，工作效率極高。他有名士派的瀟灑，而無名士派的矜持，凡有關詩的事或詩壇的事，他甚麼都幹，辦詩刊，編詩選，舉辦詩朗誦會，座談會，無不悉心策畫，全力以赴，故有人戲以「詩壇總管」呼之而不名。時下某些人，那怕只寫過一兩首詩，便自命不凡，飛揚跋扈起來，張默則永遠平易近人，自然率真。做事向前衝，做人往後退，這是他一貫的人生哲學，也是一種了不起的德行。譬如他主編《創世紀》詩刊達二十餘年，舉凡編輯，跑印刷廠，校對，發行，以及籌措經費，都由他一手包辦，卻從不利用編者職權作自我宣揚，他永遠站在幕後默默地奉獻自己。

　　詩人吳望堯在西貢辦工廠，積蓄頗豐，民國 62 年回國參加第二屆世界

---

[*]本名莫洛夫，詩人，《創世紀》的創辦人之一。發表文章時為《創世紀》總編輯，現旅居加拿大溫哥華。

詩人大會時，投資設置「中國現代詩獎」，曾頒獎兩次，第一次由新月派老將葉公超先生主持，第二次由旅美學人施友忠先生主持，張默受聘當任執行祕書，從收件，初審，到頒獎典禮，一切瑣碎事務性的工作都由他辦理。民國 65 年 11 月，中國現代詩人訪問團一行十人應韓國筆會之邀訪問漢城，行前的一切連絡與準備工作，也都由張默一身肩負。他那種任勞任怨，認真負責，不計個人名利的精神，已贏得詩壇普遍的讚許和感佩。

除了寫詩之外，張默平生最迷醉的一件事就是編刊物。他在一篇訪問記中說：「每個人對詩的經驗都不一樣，我的經驗是，當我一開始迷上它，我就準備無條件的付出……。其次是辦詩刊，編詩選，這樣一方面做詩的推廣工作，一方面也逼迫自己細讀每一位詩人的作品，間接培養自己鑑別詩的價值的能力……」張默編詩刊成癖，幾乎不能無一日無詩刊可編。民國 58 年至 61 年，《創世紀》詩刊因經費困難而暫告休刊，這期間，我與羊令野，辛鬱，羅行等在北部創辦了《詩宗》詩刊，而張默則與管管在南部創辦了《水星》詩刊。《詩宗》仍以中年一代詩人為骨幹，《水星》則以年輕詩人為班底，像當年籍籍無名而現在知名度漸高的渡也，汪啟疆，陳寧貴，朱陵，季野，許丕昌等是。一時南北互唱，新老對峙，詩壇一片盎然生氣，及到民國 61 年 9 月《創世紀》復刊，我被推為總編輯，由張默當任實際編務，這兩個詩刊無形中也就相繼停刊了。

《創世紀》詩刊是由張默於民國 43 年創辦於左營，我與瘂弦先後加盟，迄今已維持了 24 年。一個詩刊能生存如此之久，在世界文學史上恐怕也是罕見的，而這漫長坎坷的歲月中，卻溶入了張默大半生的青春，血汗，和敬業的熱情。在詩壇上，編輯經驗之豐富，很少人能與張默相比。自主持《創世紀》編務以來，除自己的詩集外，他主編過的詩刊詩選叢書等，共 15 種之多。計有《六十年代詩選》，《中國現代詩選》，《七十年代詩選》，《中國現代詩論選》，「大業現代文學叢書」一輯六冊，《現代詩人書簡集》，《水星》詩刊，「普天文學叢書」一輯七冊，《心靈札記》，《世界文學家側影》，《中華文藝》月刊（現任編輯），《新銳的聲音》，「中國當代十大

詩人，小說家，散文家選集」，《八十年代詩選》，及《現代詩人散文選集》
等。這些刊物或選集名義上雖由他與人合編，實際上大多由他一手策畫和
執行。

　　一般人認為辦詩刊，編詩選是傻子所做的事，張默卻當作類似革命的
事業，注入了全部的熱情與信念，種下了麥子，卻讓別人去收穫。去年，
張默 46 歲，他摹擬 66 歲的心情寫了一首〈當我年老時〉的詩。其中有一
節說：

　　　　還有什麼可以重新塑造的呢？
　　　　曾經做過的傻事，猶之身上的瘡口
　　　　閑來無事時
　　　　如此一件件一椿椿地數過去
　　　　也會幌動一下平靜的心湖

　　這幾行極其酸楚，且具嘲弄意味的詩句，可印證於當年張默，瘂弦和
我三人篳路襤褸創辦《創世紀》詩刊的情形。那時我們在左營，正值青鋒
出鞘般的年齡，意氣飛揚，豪情萬丈。張默一拍桌子：「辦詩刊！」我們同
聲響應。可是辦一個定期性的刊物非比寫詩，不是一張紙一支筆就可解
決，籌措經費乃成為我們最尷尬的事。詩刊印好了，卻無錢從印刷廠取出
來。在半屏山的夕照中，在啟明堂湖畔的燈光下，我們談的不是風和月，
而是合計這次我們該拿什麼進當鋪。張默的腳踏車，瘂弦的西裝，我的手
錶，每三個月便要失蹤一次。第一次進當鋪，我們的臉一個比一個紅，次
數多了，卻一個比一個青，因為我們已無物可當了。那時我們活得很艱
苦，但也很充實。我們寫詩如賽百米，在衝刺中我們獲得了生存的力量，
幾乎每天一兩首，從不認為這是一種浪費。

　　詩刊出版後，發行卻成了問題，但任何困難阻礙不了張默的決心和衝
勁。烈日下，風雨中，他汗流浹背地把詩刊一包一包從印刷廠往郵局扛，

然後分寄各地書店。左營和高雄地區,則由我和張默親自一家一家地送往書店寄售,有的勉強接受,有的當面拒絕,經常弄得我們面紅耳赤,尷尬而返。民國 48 年,我們軍官外語學校畢業後奉調金門服務,一年後轉調臺北,繼而瘂弦於 50 年 12 月也調往臺北幹校,任晨光廣播電臺臺長,自此我們三人分道揚鑣,由張默獨力苦撐《創世紀》這條破船。民國 61 年,張默亦調至臺北海軍總部服務,次年八月退役,結束了他 22 年的軍人生涯。不久後即應聘至華欣文化事業中心,主編《中華文藝》月刊。這時他比在左營期間更為活躍,不僅熱心推動臺灣的詩運,且大力培植青年詩人作家,提攜後進。然而他只是為工作而工作,為奉獻而奉獻,從來就不計較個人的私利,譬如他主編「中國當代十大詩人,小說家,散文家選集」時,他就自動放棄入選,這種忘我的謙遜美德,並不是一般人都具有的。

以上這些為文學理想而苦鬥的舊事,真如張默詩中所說,是「身上的瘡口」嗎?英國浪漫派詩人華茲華斯和柯勒雷奇也生過這種瘡,法國超現實派詩人布洛東和法賽不但生過這種瘡,而且後者以自殺殉詩,竟然以結束自己的生命來使他的哲學獲致一個合理的結論。不管歷史怎麼說,我們確已豐豐富富地活過,而活得更充實更閃亮的是張默。

最近余光中來信說:「我輩詩人仍能創作不輟而有進境者,只剩下不到半打了。」言下不勝感慨,感於當年《現代詩》,《藍星》,《創世紀》三分詩壇天下,群雄揮筆如揮劍的盛況,已難以復現於今日了。在這剩下的不到半打詩人中,我認為張默是應有他一把椅子的。張默是一位風格獨具的詩人,幹練的編者,積極的詩運推廣者,他也寫詩評;除了出版詩集《紫的邊陲》,《上昇的風景》,《無調之歌》三種外,還有兩個詩論集《現代詩的投影》與《飛騰的象徵》問世。從最近由黎明公司出版的《張默自選集》中,我們對張默詩的思想和風格可以得到一個總的印象。

大致說來,他早期的詩有著豐富的想像,經常把物和我作認同的處理,如〈陽光頌〉,〈蜂〉等;對藝術有著宗教的虔誠,如〈神祕之在〉,〈貝多芬〉等;有些則傾向於哲學的玄思,有些表現出靈與慾的衝突,前

者如〈最後的〉，後者如〈曠漠的峰頂〉。民國 48 年寫的〈最後的〉一詩，顯示出作者對生命和藝術有著極莊嚴的體認：「思想被投入陰森森的夜／聲音迴旋於無限的幽冥／即是憂戚，已不知憂戚／即是焦慮，已不知焦慮／啊，戀愛吧！而且應該忘卻最後的時辰。」詩人通常是「人生不滿百，常懷千歲憂」的，但 28 歲的張默卻在憂戚中而不知憂戚，在焦慮中而不知焦慮，他只知以熱愛生命來鼓舞自己，並且以忘卻老死之將至（最後的時辰），來建立對人生的信心，對藝術的信心。正如第五節所暗示：

> 那會完成的，也許永不完成的
> 不只是訴說
> 對其生命，當作是早現的曇花
> 我已不畏失去，藝術正是一切

這不正是千古以來詩人與哲人共同的感歎？

民國 60 年以前，張默的詩在生命與藝術，情感與理智，靈與慾的多重衝突下，表現了詩人對人生無奈與悲涼的正視。他處理矛盾的方法顯然與瘂弦的不同，瘂弦以甜美而鮮活的語言來調和他胸中的悲苦，以自嘲來化解生命的無奈。在張默的某些詩中，他卻將生之悲苦含蘊於繁複交疊的意象中。由於詩思缺乏焦點，而且語言的比重有時遠超過一首詩所能負荷的能力，以至給讀者的感覺是靈光的閃爍，心象的流動，欲語還休。換言之，他的語言往往與他的詩思詩情失之平衡。

民國 61 年以後，張默詩中的這些缺失已大有改進，尤其是近年來的作品，語言漸趨單純，意象中也加了定影液，較以往準確而明晰，失之於思想的深致，卻得之於詩境的淨化。我認為，他這一期間的作品中，〈露水以及〉是一首很完美的詩，從簡單的意象中透露出強烈的暗示，現略加分析：

> 露水橫過天空
>
> 天空橫過棕梠
>
> 棕梠橫過咱們的眼睫
>
> 咱們的眼睫橫過水鳥的翅膀
>
> 水鳥的翅膀橫過
>
> 一頁正在發獃的大地
>
> 熊熊的焰火究竟能燒掉什麼呢？
>
> 露水還是橫過
>
> 棕梠也是
>
> 天空也是
>
> 水鳥與眼睫也是
>
> 直到歷史一疋一疋地列隊長嘯而去

　　這首詩，在結構上大致與林亨泰的〈風景〉相似，所不同的是兩者的語法和效果。林亨泰在〈風景〉中使用的是一種「有無句法」，以表現自然存在的原始型態，而張默在這首〈露水以及〉中使用的是「表態句法」，以表現詩人心中所欲傳達（或暗示）的一個意念，故前者是無我的客觀寫法，後者是有我的主觀寫法。

　　在中國詩詞裡，作者特別重視動詞的處理，所謂畫龍點睛，動詞往往構成「詩眼」，例如王安石的「春風又綠江南岸」，宋子京的「紅杏枝頭春意鬧」，杜甫的「織女機絲虛夜月，石鯨鱗甲動秋風」等名句，無不因動詞而達到化腐朽為神奇的功效。張默這首詩中主要的動詞是「橫過」，單純地作用於兩個名詞之間，或兩件事物之間。按照習俗的語意，「橫過」有著漫無目的或漫不經心地飄過，掃過，和從眼中瞟過的意味，由於連續使用，使得這一動作成為一種機械無聊的暗示。這首詩另一特徵，是除了「發獃的」和「熊熊的」外，全部名詞都沒有形容詞，「露水」，「天空」，「咱們的

眼睫」,「水鳥的翅膀」,這些都是亙古以來自然中的原始存在物,代表著一片茫茫的空間,「橫過」則象徵著短暫的時間。作者似乎有意以「咱們的眼睫」為焦點,讓茫茫的空間與一閃而過的時間在此交會,而構成一個空曠寂寥宇宙,因而詩人在此為我們解說了一個哲學上的原始類型:宇宙無極,人生有涯,生命如朝露,不變的只是天空與發獸的大地。

張默在這首詩中安置了一個獨立句,驟看似乎與前後兩節缺乏結構上的關聯,顯得有點晦澀而唐突,但我認為這個獨立句正是這首詩暗示性的關鍵,支持了整首詩的意義。「熊熊的焰火」有時可暗示生命的燃燒,有時也可暗示生命的焚燬——燬於天災,燬於兵燹。由於整句出之於一個疑問句法,故不論作何解釋,它都表現出作者對「生命過程」的質疑。第二節只是第一節意象的重現,雖在修辭上作了精簡的處理,卻予人一種更為無奈的感覺。最後一句正是詩人心中所欲傳達的一個意念的結論:在廣漠悠長的時空中,人生無奈,但瞬間即過,一切都將成為歷史,而歷史正悲壯地長嘯而去,永不回頭。

此外,〈素描六題〉也是張默晚期的精緻小品,常為讀者所稱道,其中〈駝鳥〉一詩表現得恰到好處,曾為多人所評。作者採用的是一種白描手法,如將「一把張開的黑雨傘」此一明喻轉為暗喻,而能衍生多層意義,也許更具意味。至於〈蘆葦花〉一詩,最後一行:「鏗然,把十一月的黃昏愈漂愈白」,本是神來之筆,但「鏗然」二字用在此處實無必要,反而破壞了整句的神韻。其次,去年發表的「旅韓詩鈔五首」中,也有不少佳作,在意象的經營上頗見功力,如〈旅韓詩鈔之五——我歌我唱,那中國的雪〉中第三節:

我讀那些枯枯的垂柳

每一段枝椏都燦然閃出

一些早熟酩酊的詩句

我用樹樁一般的腳趾,狠狠踩在你的胸脯上

　　一步一個烙印

　　一把雪究竟能寫出幾許蒼茫

　　這些詩句不但語言精練，意象鮮活，尤其第六句更能使人讀出無限的幽思，達到「言有盡而意無窮」的效果。這首詩的最後兩句，作者運用的矛盾語法非常成功：「哦，那一天可以真正啃你親你舐你／那綿延萬里火焰一般中國的雪啊」，不僅在結構上產生了張力，而且由於火的熱與雪的冷所構成的矛盾，加強了詩的歧義，也豐富了詩的內含。

　　張默詩的語言具有他特殊的風格，富於「動」感，與其他詩人均有不同。我發現，詩的語言和節奏，與作者平時說話的表情和節奏大有關係。余光中的機敏明快，葉維廉的簡潔徐緩，瘂弦的甜美幽默，羊令野的輕聲細語，商禽的條理分明，管管的粗曠豪爽，菩提的宏亮激昂，以及周夢蝶的幽幽，羅門的喋喋，梅新的唧唧，無不詩如其語，而張默說起話來極快，其聲噴噴，有些口齒不清，但能透露出一股豐沛的生命力，這或許就是他喜歡在詩中使用疊句和句型重複的原因。這種技巧運用得宜，頗有助於節奏的進行，否則就會顯得拖沓累贅。張默運用這種技巧大致上是成功的，例如他贈管管的詩〈菊花之癖〉第一節：

　　青青的草原青青的簾子映著青青的四月

　　青青的羽翼青青的流水舉著青青的天空

　　青青的象徵青青的神話壓著青青的碑石

　　青青的愛情青青的古典踩著青青的枝椏

讀來令人產生一種渾成而連綿不絕的感覺。但從另外的例子中，我們又可以看到張默語言輕巧俏皮但並不虛浮的一面，如〈三月，我們的默想是澄明的〉中的第三節：

三月　而又

細數看。三月

孩提，而又

跳躍著。孩提

朗誦起來，其聲叮噹，猶如風中的環珮，鋼琴中黑白雙鍵的交互起落。

　　關於《張默自選集》我還有幾點意見，不吐不快。該選集共分四卷，卷一：「紫的邊陲」，收詩 24 首；卷二：「無調之歌」，收詩 22 首；卷三：「靈之雕刻」，收詩 15 首；卷四：「五官體操」，收詩六首，共 67 首。如此分卷，看似各成體系，實際上編得很亂，其中除「靈之雕刻」是寫給 19 位詩友的贈詩，風格、性質與發表時間均較為統一外，其餘似乎並無如此分卷另加標題的必要。

　　這個選集另有兩大特色：一是卷三的「靈之雕刻」。這是由 15 首分贈詩友的詩所輯成，贈詩的對象依序為洛夫，瘂弦，管管，碧果，沈臨彬，季紅，葉維廉，大荒，辛鬱和商禽，沈甸，紀弦，周夢蝶，羅門和蓉子，林亨泰和葉泥，沉冬和錦淑等。我國古詩中酬贈之作頗多，主題無非是傾慕與懷念，我們最熟知的如杜甫的「天末懷李白」。時李白因事叛將永王璘而遭放逐夜郎，杜甫惟恐李白忿而投江自盡，故詩中有「應共冤魂語，投詩贈汨羅」之句。故這類詩中的事件和情景，應盡可能吻合或呼應被贈者的遭遇，作者不宜自說自話。張默這一卷詩正犯了這個毛病，除了贈瘂弦，管管，碧果等少數幾位的詩尚能把握他們人格或作品風格的特徵外，其餘只能算是張默一般性的抒情詩，贈給甲的似可適用於乙，贈給乙的亦可適用於丙，甚至贈給丙的，可適用於甲或乙，不論事件或情景，與被贈者多無關係。如作者能善用其判斷力和選擇力，針對每一被贈者的獨特性，或懷其舊情，或詠其風格，或寫其思想，或塑其精神，都會具有更為明確的身分，富有藝術與紀念的雙重價值。

　　其次一項特色是卷四的「五官體操」。這是一輯作者自稱的「實驗詩

劇」，但嚴格說來，除〈板門板初記〉尚具詩劇的規模外，其餘五篇只能稱之為散文詩。詩劇是文學中一項特殊的體裁，其寫作雖不一定要嚴格地遵守戲劇的原理，但仍應具有戲劇的本質，並且須有詩的意味。其中的人物，情節，對話的處理，仍須在相當的理性控制下進行。不論是即興的，荒謬的，或超現實的，詩劇自有其獨特的結構。張默是一位極富感性的詩人，擅於經營抒情短詩，對生命與藝術的認知多出之於直感，他的詩具有無比的震撼心靈的力量，他自己卻不知來自何處，擊向何方，故一涉及需要知性處理的作品時，便不免捉襟見肘，難以施展，譬如他的〈機槍與蜜蜂〉，就因為未能為讀者提供一個思索或靈視的焦點，而在結構上流於散漫，在題旨上陷於晦澀。

但，無論如何，張默的詩有他的獨創性，而他對於現代詩運動的貢獻，中國文學史上必然有他應得的地位。

——選自《幼獅文藝》第 304 期，1979 年 4 月

聲韻學在新詩上的一項試驗
〈無調之歌〉的節奏

◎陳啟佑*

　　歷來討論新詩節奏的文章不少，但是以本文所使用的方法從事分析新詩節奏者，筆者則尚未見及。本文之主要目的，即在於提供一項實驗，冀盼對新詩之韻律能有真確、深入、詳細的掌握，並與方家商量。實驗品是張默的〈無調之歌〉。

月在樹梢漏下點點烟火
點點烟火漏下細草的兩岸
細草的兩岸漏下浮雕的雲層
浮雕的雲層漏下未被甦醒的大地
未被甦醒的大地漏下一幅未完成的潑墨
一幅未完成的潑墨漏下
急速地漏下
空虛而沒有腳的地平線
我是千萬遍千萬遍唱不盡的陽關

---

*筆名渡也。發表文章時為嘉義農業專科學校講師，1987 年任彰化師範大學國文學系教授，2006 年退休，現為中興大學中國文學系兼任教授。

　　本文使用國際音標來忠實記錄〈無調之歌〉語音的音值，絕非企圖標新立異。以語音分析中最小且最基本的單位：「音素」連合拼成的音節標注此詩的主要目的，無非為了利於較縝密的研究，進而與節奏接觸並給予綦詳的討論。在討論之前，必須說明三個特殊標音現象。詩中「點」、「烟」、「線」、「千」、「遍」等字共同韻母（final）在理論上的音值應該為 ian，但實際發音時則是從舌面前、高、展唇元音 i，滑到舌面前、半低、展唇元音 ɛ，最後滑到舌尖鼻音 n 的位置：iɛn，因為聲隨韻母「ㄢ」的音值原來是 an，其主要元音 a 的舌位極低，與 i 攜手結合，往往受到 i 的影響而形成元音的同化作用（assimilation），迫令 a 也跟著向高位移動，終於變成半低元音 ɛ。第二個特殊現象是節縮作用（Syncopation），「雲」與「盡」的韻母「ㄩㄣ」、「一ㄣ」的理論音值應為 yən 與 iən，然而實際國語發音時，則變為 yn 與 in，發生音素 ə 減少現象，主要緣故乃是發音之際舌尖移動次數多，相當麻煩不便，索性將 ə 省略，使之趨於簡單，極有益於順口發音。第三個現象是變調（tone sandhi），這裡所指的變調屬於連音（liaison）變調，而非變調的另一類型：口氣語調。口氣語調是指通常人類說話，往往因口氣或者感情不同，而造成聲調調值變化，懷疑的口氣總是上升的語調即是極佳的實例。連音變調則是指在絲毫不夾雜口氣和感情的成分下，唸一個詞或句子，因為前後音節環境迥異而促使詞或句子的字音聲調起種種蛻變，例如此詩中「點點」兩個上聲音節相連時，前一個上聲必須唸成陽平，亦即第二聲（2nd tone）。針對這三種不尋常現象加以闡釋，一方面可避免讀者對筆者所標注的音值引起誤會；另方面，肯定正確的音值，尚足以消除下面從聲韻學出發而進行的音素次數統計的偏差，這便是以上不憚其煩地解釋三個特殊現象的居心所在。為了避免零星散漫的不良現象，充斥於討論中起見，此章釐定三小節：類疊、元音、停頓，準備依序分別檢視它們的功能。

一、類疊

　　筆者嘗在〈新詩形式設計的美學基礎：類疊篇〉一文裡根據心理學理

論，推知適當的「類疊」修辭格足夠令讀者印象烙深，感應力增強，進而催促一首詩頭尾相呼應，臻及完美統一的境界。非特如此，「類疊」尚具有一項重要功能：依賴反複與重疊兩種方式來謀求生動活潑的節奏。張默這首詩的「類疊」可以釐分文字的類疊和聲韻的類疊。必須釐清的是，文字的類疊一定同時具有聲韻的類疊的個性，在此詩中隔不定的距離分別出現的類字：「的」，共有十字之多，它們非但隸屬文字上的類，而且亦屬於聲韻上的類，即是現成的例子。又如兩度出現的疊字：「點點」，這兩個不隔一段距離出現的單字，非獨屬於文字的疊，尚且屬於聲韻的疊，其理甚明。但是聲韻的類疊，並不一定同時皆屬於文字的類疊，譬如「大地」一詞，聲母都是清不送氣舌尖塞聲，屬於標準的聲母的疊，亦即雙聲，但兩字意義及表面構造迥然不同；再如一些同音字，例如夏、下、嚇等，絕對可以造成聲韻的類疊現象，卻無法形成文字的類疊，英文的 intension 和 intention 也有這種情況存在。

　　〈無調之歌〉中文字的類疊，俯拾皆是，順手拈來，類字「的」凡十見，「未」字四見，「地」亦四見；類詞「漏下」凡七見。而疊字「點點」共二見，疊詞「千萬遍千萬遍」出現一次。而「點點烟火」、「細草的兩岸」、「浮雕的雲層」、「未被甦醒的大地」、「一幅未完成的潑墨」，似類句又非類句，將它們歸入疊句範疇，它們皆各出現一次。誠如前所述，這群類疊字、詞、句在完成文字類疊的使命的同時，也輕而易舉地收到聲韻類疊的效果，由於它們的並置呈現或交錯配置，引起此起彼落的音樂感，給讀者非常良好的印象。

　　而聲韻上的類疊，應該可以釐分八個項目：

　　　1.雙聲：樹梢、下細、雕的、的大、大地、未完、的地等。
　　　2.疊韻：點烟、未被、潑墨、遍千等。
　　　3.近雙聲：甦醒、潑墨、盡的等。
　　　4.近疊韻：樹梢、梢漏、兩岸、浮雕、雲層、的大、完成、有腳、平線、千萬、萬遍、遍唱、陽關等。

5. 類雙聲：月、雲為一組，漏、兩為一組，細、下、醒、虛、線為一
　　組等。

6. 類疊韻：點、烟、線、千、遍為一組，梢、草為一組，樹、甦、
　　速、浮、幅為一組等。

7. 類近雙聲：空、關為一組，醒、急、脚、千、盡、線等為一組，
　　被、潑、平、遍為一組等。

8. 類近疊韻：雕、幅、有、草為一組等。

　　「甦醒」一詞，「甦」的發音部位屬舌尖前音，「醒」則隸屬舌面音，
稍有區別，但異中有同，即是兩字的發音方法皆為清送氣擦音，由於兩字
起音性質相近，名之為「近雙聲」應該無可厚非；「潑墨」兩字也不例外，
在發音方法上，「潑」為塞聲，而「墨」則是鼻音，於發音部位而言，無疑
皆為雙唇音。「近疊韻」也是基於這種因素而給予的稱呼，相連兩字韻尾性
質相近或相同，換言之，韻母相近者，皆可由「近疊韻」這名稱來管轄。
如「兩岸」的主要元音皆為舌面低、前元音 a，而且前者韻尾為 ŋ，後者為
n，都是陽聲鼻音，但同中有異，「兩」屬於舌根鼻音，「岸」屬於舌尖鼻
音。「樹梢」一詞，韻尾皆由舌面高、後、圓唇元音 u，歧異處在於主要元
音 a 的有無。唐鉞在〈音韻之隱微的文學功用〉[1]一文稱這兩種他所發現的
現象為「半雙聲」、「半疊韻」，郭紹虞在〈中國文字可能構成音節的因素〉[2]
裡，也極力贊同這種說法的可靠性以及其音樂效果。

　　「類」這一個修辭格，尤其是乖隔一大段距離而出現的「類」，自然遠
不及「疊」的效果優良，遠隔七行距離的類雙聲：「樹」與「是」，比起雙
聲：「樹梢」兩字，呼應作用顯得十分薄弱即為實例。這種說法並無一口否
定「類」所帶來的節奏感的居心，例如類雙聲：細、下、醒、虛、線的頻
頻出現，由於彼此相距不遠，頗能達到密切的呼應的目的，使讀者產生一
種類似於「重逢」的喜悅，並且引發順暢無阻的節奏。職是之故，「類」必

[1] 此文收入唐鉞著《國故新探》（臺北：臺灣商務印書館）。
[2] 參見《語文通論》（臺北：華聯出版社）一書，頁 204。

須在距離上，更確切地說，在空間以及時間距離上，作適當的理性約束，才有接近「疊」的效果的可能。

　　總括而論，文字和聲韻的類疊現象，不論是集中一處，或者均勻分散詩中各個角落，只要調節適度，皆能提供流暢自如、悅耳動聽的旋律，來討好讀者敏銳的耳朵。〈無調之歌〉在這方面技巧的運用，業已熟練，可以獲得優越的成績，則是無庸諱言的。

二、元音

　　唐鉞於〈音韻之隱微的文學功用〉中指出：

　　凡兩個字所含的韻元（vowel）有相同的，若接連用他，可以叫做應響。

　　他臚舉一些實例：「長老（同含 a）」、「別離（同含 i）」等以及杜甫五言詩來加以說明，更進一步，體認「應響」有一種特殊的，比雙聲、疊韻還要深微的音樂性質，誠為卓見。郭紹虞十分肯定這種發人所未發的獨到見解：

　　此說於音首音尾之外再注意到音腹部分，亦極有見地，古人音節之妙，於這一方面也不能無關係。[3]

　　此節的調查範圍，希望擴大至韻尾、韻頭部分，不僅局限於唐鉞所鑽研的韻腹部分。之所以只對元音（亦即唐鉞所謂的韻元）從事調查工作，而毫不考慮輔音（consonat），理由無非是在所有音素之中，元音的響度勢必較輔音更為強猛，這是聲韻學家一致公認的，其實，輔音只具備發音情況，實際上並沒有聲音可言。從調查結果，可以追究張默刻意遣用含有某些元音字眼的主要用意，以及由元音帶來的音樂效果程度的高低深淺。在

---

[3]同前註，頁205。

此詩中紛紛湧現的 a、ε、ə、e、o、u、i、y 等八個元音，經過細心調查，得到下列的統計數目：

i：46

u：35

o：15

ə：19

e：8

ε：11

a：27

y：4

根據聲韻學家研究成果：低元音比高元音響亮，而後元音比前元音響亮，可以直接肯定極端元音 i 和 y 響度最低微，而 u 比 i、y 響度大一點，o 又較 u 響亮一點。極端元音 a 響度最為宏大。ε、ə、o 與 e 四個元音響度彼此相差甚微，它們皆介於 u 和 a 之間。這個道理非常淺顯，這裡只舉兩個例子解說，以概其餘。a 屬於展唇元音，從聲門發出時口腔張開度最大，任何元音的口腔張開度無法望其項背，口腔大的自然比小的響亮。i 是前元音，u 是後元音，兩者舌面高度雷同，但後元音勢必比前元音宏大。[4]所謂響度（Sonority）指的是聽覺器官感受各種聲音的敏銳度，又可稱盈耳度。響度最強的 a 出現次數占整首詩字數（103 字）的四分之一強，這項千真萬確的事實顯示張默大量運用含有響度最高的元音的字眼，藉以表達激烈煩惱的情緒。i 和 u 的勢力亦極龐大，數目遠在 a 之上，但基於二者舌位最高，響度皆十分纖微，尤其是 i，實在是所有元音中響度最小者，雖屢見不鮮，但絕對不能消滅充滿於詩中的 a 所製造的一片音響於萬一。自另一角度觀察，半數以上的 i 都以排頭身分聯合一個較其宏亮的元音，排列成先輕後響的「上升複元音」，更無疑迴盪於詩中的音響效果。這些元音泰半以複元音

---

[4]參見羅常培著《漢語音韻學導論》（臺北：九思出版社），頁 37。

（diphthong）的姿勢出現。所謂複元音即是兩個或三個不同元音結合在一起的音韻型式。此詩複元音泰半以上升複元音的身分登場，例如 ia, ua, uo, iə, εi 等，比比皆是，後一個元音響度皆較居前的元音猛強，唸起來有聲音逐漸高升，後來居上的感覺。上升複元音的數量幾乎等於響度愈來愈小的下降複元音（如 ei, ou, au, ai 等）的兩倍，職是之故，此詩洋溢一片強烈而豐饒的聲響，而詩中濃郁得不可壓抑的悲愴情懷，便仰賴這一片聲響而爆發得淋漓盡致。站在另一個立場，出現次數居前五名的 a、ə、o、u、i 等五個元音，接二連三地呈露，拋頭顱，灑熱血，達成以「反複」方式獲取音樂性的任務，委實是造成此詩音樂美感濃厚的不可或缺的主力因素之一，何況這首詩的統一性的促成即得力於它們，豐功偉業，不能磨滅。

三、停頓

這首詩主要而又適當的停頓（caesura）位置如下：

第一行：梢、火

第二行：火、岸

第三行：岸、層

第四行：層、地

第五行：地、墨

第六行：下

第七行：下

第八行：線

第九行：遍、遍、關

根據語音學家實驗的結論：濁音比清音響，擦音比塞音響，邊音比塞音響，而鼻音又比邊音響，足見鼻音在輔音中響度雖未領先，起碼也在前四名之內。而在此詩 16 處停頓中，屬於嘹亮的陽聲鼻音韻尾的共有八字之夥，正好占二分之一，這八字：岸、岸、層、層、線、遍、遍、關，同時又是前面所述的「應響」，押這一類性質相近而又饒有響度的韻腳，充分顯

示張默獨運的匠心。這些在統一中有變化的韻腳的存在，不但能夠暗示廣袤遼闊的空間，尚且將人與巨大時空對比之下而勾起的淒楚心境，全盤托出。善作激情沖擊以震撼讀者心靈，無疑是張默的主要藝術特色，此詩自亦不例外；而具有陽聲鼻音韻尾的韻腳頻仍，無非是形成這種特色的因素之一。更進一層分析，由於停頓與間歇所捎來的節奏，加以這些音色相近的韻不斷地重複所引起的急速律動，頗能協助讀者捕捉美學上的快感。另外不容一筆抹煞的是，除了作為「停頓」的八個陽聲鼻音字，此詩字裡行間尚容納 25 個陽聲鼻音韻尾字。黃永武先生在〈談詩的音響〉[5]一文，舉《詩經‧魏風‧碩鼠》一詩為例，證明「句中有韻」的節奏、氣韻非常迫促，良有以也，實為相當明確的見解。張默〈無調之歌〉正是這項顛撲不破的理論的實踐。這群為數二十五的「句中韻」，十分密集，最能釀造急疾的節奏，不辱使命地配合「急速地漏下」的空間動作和心態。另一個必須附帶言及的優點是，末行 14 字之中，連續遣用尾音為 n, m, ŋ 的陽聲鼻音字，如千、萬、遍、唱、盡、陽、關等，竟然高達十字之多，這些響度頗高的陽聲鼻音韻尾字最適於渲染激昂悲愴的情緒，同時還能表達遼夐的時空，一箭雙鵰，這是「聲象乎情」與「聲義同源」等聲韻學理論的發揮，相信有造詣的聲韻學家皆會舉手贊同。

　　善於口才者，平常談吐之間，基於適可而止的停頓，以及母音、子音的重複，情感的調節，音量的強弱，業已能產生動人心弦的節奏。而此詩愈進一步地，再溶合前面三節所提到的諸種技巧，無疑地，更能臻及高度的審美效果。這首詩雖題為「無調」，實則「有調」，從上述的剖析，足以證明這點。

——選自陳啟佑《渡也論新詩》

臺北：黎明文化公司，1983 年 9 月

---

[5]參見黃永武先生〈談詩的音響〉，此文收入其大著《中國詩學：設計篇》（臺北：巨流圖書公司，1976 年 10 月版）一書。

現實思維後的空間詩學
論《張默小詩帖》的虛實對應與融攝

◎蕭水順[*]

一、前言：在熱與動之中透視張默的靜

　　1994 年我曾編纂張默（張德中，1931～）詩作評論集《詩痴的刻痕》，綜合論述張默詩風：「有如夏日一陣驟雨，突然而來，戛然而止，任其餘韻迴轉不停。復如冬夜一盆爐火，熊熊烈烈，令人也隨著他的語字蹁躚不已。詩如其人，具有強大感染力的張默和他的詩，在日漸冷漠的臺灣社會，實在有他溫熱人生的作用。讀他的詩，見他的人，讓人從內心溫暖起來。」[1]「夏日一陣驟雨」，那是活力無限的行動派、動作派「動」的實踐；「冬夜一盆爐火」，則是對人、對詩的堅持與熱情，燃燒自己，溫熱別人，也溫熱詩壇與時代。張默詩作中有許多酬贈之作、題畫之詩、仿擬之篇，這是大多數現代詩人所不屑為的，但卻更證明張默心中的火熱之情，極欲傳導出去的無限能量。

　　這種熱與動的能量，與張默同為「創世紀鐵三角」的瘂弦（王慶麟，1932～）與洛夫（莫洛夫，1928～），也有相同的觀察所得。瘂弦認為：「一些理性的藝術家，不但創造獨特的藝術，也犧牲奉獻、善盡社會責任；或是捨棄寶貴的創作時間來從事教育工作、培養新人；或是獻身文學藝術運動、播種墾殖。五四以來，第一位典型人物是胡適，近三十年來則

發表文章時為明道大學中國文學系副教授，現為明道大學中國文學系國學研究所講座教授兼人文學院院長。
[1]蕭蕭（蕭水順，1947～），〈編者導言〉，《詩痴的刻痕》（臺北：文史哲出版社，1994 年），頁 1～2。

有俞大綱。」「我也並不想拿歷史名人來為好友建立文學服務的理論；但是，每當我想到張默，就禁不住產生上述的聯想。」因此，瘂弦認為：「張默的重要，除了詩的創作外，還有他為詩壇所做的工作；創作與工作就像車的兩輪、鳥的雙翼，是張默文學世界的兩大範疇。」[2]洛夫也以詩作與詩運的雙向成就肯定張默，說行動派的張默的詩是他全生命的輻射，表現於詩的語言上，則如層層波濤，湧動不息；說張默作為一個詩運的推動者，傾其一生作忘我的投入，有著他一動整個詩壇也跟著動的魔力。[3]洛夫說那是魔力，其實也是不爭的事實：張默一動，詩壇跟著動；張默不張，詩壇跟著沉默。依據這兩位創世紀詩社創辦人的觀點，創世紀詩社之所以能帶動臺灣 20 世紀 60 年代以後的詩壇蓬勃朝氣，甚至於影響海峽對岸文革結束、朦朧詩派興起後的新詩發展，張默才是那股風騷的源頭，不安的種子。

　　對於這種雙軌式的人生走向，中國詩評家沈奇（1951～）有著精闢的分析，他認為超凡而孤弱的、天才型的生命之旅，是可以通過自己的創造物，塑造起自己生命價值的雕像；入世而真誠的、英雄式的生命之旅，是通過歷史所賦予的機遇，加上自身特具的稟賦，經由對創造型人物的支助與扶植、對創造性事業的參與和投入，最終在他人的或群體的紀念碑上刻下自己的名字。前者仰賴天賦，是本能的自覺；後者依賴熱情，是理性的抉擇。詩人張默，正是這樣一位同時樹立起兩種紀念碑的歌者。[4]

　　換言之，在詩作與詩運的雙向成就上，論評者給予張默的掌聲從未失衡，即如白靈（莊祖煌，1951～）有「詩行動」、「行動詩」的區隔、辨識，以「張」、「默」二字加以解讀，說：「詩行動」多年來他是「唯一」

---

[2]瘂弦，〈為永恆服役──張默的詩與人〉，張默《愛詩》序文（臺北：爾雅出版社，1988 年）。此處引自《詩痴的刻痕》，頁 60、61、62。

[3]洛夫，〈無調的歌者──張默其人其詩〉，《孤寂中的迴響》（臺北：東大圖書公司，1981 年）。此處引自《詩痴的刻痕》，頁 9。

[4]沈奇，〈生命・時間・詩──論張默兼評新作〈時間・我讜繞你〉〉，《書評》雙月刊（1993 年 8 月）。此處引自《詩痴的刻痕》，頁 371～372。

的，因此敢於大張旗鼓、不怕為全體詩人吶喊，是顯明可見的「張」的行徑；但在詩創作，張默小心謹慎，含蓄而隱微地在文字上經營「行動詩」，與諸詩友暗地裡較勁，是隱晦的「默」的一面。[5]但白靈這篇論文是在惋惜語氣中肯定張默的「行動詩」，「是將人生的不可逆（被放置某個非出於自願的位置），藉自行調整速度和立體的視域（非地面位置）而獲得短暫的『小小可逆過程』。」[6]是充滿張默個人的「生命動感」和「立體化視野」，是在不確定的生命旅程中，試圖安頓自身的策略。

　　當然，「詩行動」之「張」，對比「行動詩」之「默」，在「動、熱」與「靜、冷」的兩極風格中，白靈顯然還是以「動」看待張默的詩篇。但在張默第一本詩集《紫的邊陲》（1964 年）出版時，香港李英豪（1941～）的序言即依張默的詩題〈拜波之塔〉→〈哲人之海〉→〈神祕之在〉，〈紫的邊陲〉→〈沉層〉→〈期嚮〉，點出張默的世界發展的動向：「詩人由崇慕（高），驚嘆彼德勃如海矗然的建築，而在海中浮泛（廣），由浮泛而尋幽（深），由尋幽而靜思，由靜思而構成，由構成而發現孤獨赤裸的自我。」[7]是由高而廣，由廣而深，指向沉靜之路。因而，「沉靜」的詩人—張默—如何「張」其默，或許是另一種發現張默特質的途徑。本文試圖透過空間詩學的思考，將一般人所偏倚的張默詩作中的熱切詩情，加以冷凝，改用靜止的空間角度凝視張默的哲理詩境；將白靈視為形容詞的「張」、「默」二字，調整為「張」其「默」，「默」是名詞，是本質上的必然，「張」則為動詞，是時代裡的偶然。以動詞「張」而言，更可印證白靈所論：張默詩作的「生命動感」和「立體化視野」，是在呼應不確定時代、不確定生命旅程的一種必要策略。原為「默」的生命，因而有他不得不「張」的苦衷。

---

[5]白靈，〈手印與腳印——試論張默的詩行動與行動詩〉，朱壽桐、傅天虹主編，《張默詩歌的創新意識》（第二屆當代詩學論壇有關論文集）（北京：中國文史出版社，2009 年），頁 51。
[6]同前註，頁 64。
[7]李英豪，〈從〈拜波之塔〉到〈沉層〉——論張默詩集《紫的邊陲》〉，張默，《紫的邊陲》（左營：創世紀詩社，1964 年）。此處引自《詩痴的刻痕》，頁 133。

　　本文以張默最新詩集《張默小詩帖》（2010 年）作為觀察對象，張默說這是他創作一甲子以來的首部小詩集[8]，封面則標記為 1954—2010，跨越年數長達 56 年，涵蓋他創作新詩的完整歲月，據此而論張默，允稱周全。〈編後小記〉中張默強調：詩，一定要在最出神的狀態下完成，小詩尤其是如此。[9]此一出神詩觀正對應著心靈的「靜默」。〈編後小記〉裡詩人還簡約列出 25 種經歷與某些難以說明白的昔日情景以成其詩，諸如：「在桃子園木板屋營區籐窗下……」、「在南臺灣海域搭乘 LVT 行走在洶湧的浪濤間。」、「在澎湖列島十分崎嶇冷僻所綻放的疏朗。」、「在右昌田埂漫步，依稀想捕捉月上柳梢的情景。」……「在十二生肖的馬背上，赫然與郎世寧撞個正著。」[10]列舉的 25 個「在……」的句子，正對應出張默寫詩時自覺的、或實或虛的「靜默」空間感，實的如營區籐窗下、南臺灣海域、右昌田埂，虛的如澎湖列島十分崎嶇冷僻所綻放的「疏朗」、十二生肖的馬背上。所以，本文由此而立論，必有足以揮灑的餘裕空間。

二、在靜之中透視張默的空間感

　　依《張默小詩帖》各詩之後的註記，〈荒徑吟〉（1954 年）應是此詩集寫作最早的一首小詩，這一年張默 24 歲，剛開始寫詩：

　　　披頭散髮，像不羈的浪子
　　　鬍髭已經爬滿兩腮了
　　　它，還要向無垠的闊野，航行

　　　去吧！別再異想天開了
　　　我的腳是重磅的鋤
　　　浪人呀！你還不快修一修臉面

---

[8]張默，〈編後小記〉，《張默小詩帖》（臺北：創世紀詩雜誌社，2010 年），頁 185。
[9]張默，〈編後小記〉，《張默小詩帖》，頁 187。
[10]張默，〈編後小記〉，《張默小詩帖》，頁 185～187。

整一整，衣冠

　　　　　　　　　　——1954 年 9 月 12 日左營[11]

　　此詩一方面隱約呈現：張默在新詩創作之初期，已具有相當成熟的空間感，且已善用人體與天體的互喻效果，將荒徑之荒穢譬喻為浪子的鬍髭、散亂的頭髮，在爬滿兩腮之後，還要向無垠的闊野航行（從人體自然轉換為天體）；另一方面也暗示張默戮力新詩的初志，有著面對荒蕪草萊的開拓宏願，「我的腳是重磅的鋤」，宣示他為新詩開疆闢土的決心與毅力，在其後五、六十年的詩生命中踏實履踐，得到普遍的認可與讚譽，白靈就認為：「『荒徑』是『少人走之路』、是『預告之路』、是『未來之路』、是『存在各種可能之路』，也是『創世紀開疆闢土之路』，乃至張默中壯年後『行旅天涯之路』……『重磅的鋤』就是他生命的動詞，實踐力、劍及履及的保證！」[12]

　　集中最晚近的一首詩是同樣置放在「卷 1：人文燭照」的最後一首〈我的書房〉（2010 年），寫作此詩，張默 80 歲：

之北，是
一眼看不透的無為老家的小池塘

之東，是
一抹啃不完的雪花皚皚的大草原

之南，是
一片幽僻嶙峋若路南石林的雕刻

---

[11] 張默，〈荒徑吟〉，《張默小詩帖》，頁 3。此詩第一次收入張默旅遊詩集《獨釣空濛》（臺北：九歌出版社，2007 年），頁 26，詩末標記寫於「1954 年 9 月 12 日左營桃子園」，註曰：「這首詩是早期寫的，未曾編入個集，它已隱隱預告筆者年輕的心，浪跡天涯的企圖。」所謂浪跡天涯，正是張默「空間感」的敏銳與追尋的證據。

[12] 白靈，〈山的疊彩，水的樂音——張默的旅遊詩〉，《獨釣空濛》，頁 15。

啊！原來吾獨鍾米芾的拓本

早就橫躺在老莊的額角上，打鼾

——2010 年 3 月 28 日內湖[13]

此詩各段「之北」、「之東」、「之南」，仿照樂府詩：「江南可採蓮，蓮葉何田田！魚戲蓮葉間。魚戲蓮葉東，魚戲蓮葉西，魚戲蓮葉南，魚戲蓮葉北。」[14]顯示魚之戲游於蓮葉間的空間感，但並不實指具體的方向。張默書房「之北」、「之東」、「之南」，有著修辭學裡「互文」：「參互見義」、「相備相釋」的作用[15]，因而，書房之北所述，也可能見之於書房其他三個方向，之東、之南所述，其含意相同，也就是說詩人無意實寫書房之北指向安徽無為的家鄉方向，書房之東也不一定是「雪花皚皚的大草原」，所謂「路南石林的雕刻」，只因為詩人旅遊雲南昆明「路南石林」留下深刻印象。[16]因此，〈我的書房〉其意不在刻意表現書房真實的地理方位，而在於拓展書房有限的實有空間，不將自己的思想、視野，侷促在四面牆壁之內，所以，「米芾的拓本」，暗喻著張默對米芾（初名米黻、字元章、號海岳外史、襄陽漫士、鹿門居士，人稱米癲或米痴，1050～1107）之曠達不俗、狂放不拘的嚮往；「老莊的額角」，更將老子「無為」、「自然」的哲理、莊子「逍遙遊」的無盡觀，都跟米芾的拓本一樣，「內化」為書房與張默的一部分。

值得注意的是，〈我的書房〉前三節「之北」、「之東」、「之南」，是以書房空間的開拓（往四方推展的視野），顯示張默從現今的家（內湖的書房）、記憶中的家鄉（無為老家的小池塘），擴及到異地（如草原、石林）

---

[13]張默，〈我的書房〉，《張默小詩帖》，頁22。

[14]古辭〈江南〉，〔宋〕郭茂倩編撰，《樂府詩集（二）》（臺北：里仁書局，1999 年），頁384。

[15]黃永武，《字句鍛鍊法》（臺北：洪範書店，2003 年增訂二版），頁 185～189。原文：「為求節省文字，變化字面，有用參互見義的方法，相備相釋，這種修辭法，叫做『互文』。」

[16]參見張默，〈石林，請聽我說〉，《獨釣空濛》，頁 162～165。張默，〈路南石林〉，《張默小詩帖》，頁 164。

的心靈空間的開拓。法國學者加斯東・巴舍拉（Gaston Bachelard，1884～1962）的《空間詩學》即從家屋（張默的書房、家鄉意象）談起，他說：「從一棟向內凝聚的家屋走向一棟向外擴張的家屋之後，我們察覺到了韻律分析的方法，其振幅四處迴響而且越來越大。」[17]張默的空間詩、甚至於所有的詩，可以從這個方向加以理解。

　　〈我的書房〉的第四節以「拓本」、「額角」之細微空間，含蘊米芾、老、莊等古聖賢，人格、人文之曠達無限的心靈境界，是以小寓大的空間設計。巴舍拉討論角落時，曾有這樣的認識：「角落是這樣的藏身處，它讓我們確認一種存有的初始特質：靜定感（immobilité）。」[18]在如此靜定而可信賴的氛圍裡，張默才能發展出對米芾、老、莊的適意、自在的體會與服貼。

三、在空間感中透視張默的現實思維

　　《張默小詩帖》最早與最晚的兩首詩，分別顯示張默對空間的掌握，實境的「荒徑」與虛擬的「書房」都屬空間，卻又呈現「自然」和「人文」相對舉的殊異景觀。這是創作期極早與極晚的兩首作品，如果以題材相異的作品加以比較，如動物詩與植物詩作為驗證對象，則張默的空間設計，將會顯露如何特殊的特質與意義，值得繼續觀察與論述。

　　以動物詩〈鴕鳥〉（1974 年）來論，此詩只有四行，卻是張默極受重視的作品：

　　　遠遠的

　　　靜悄悄的

　　　閒置在地平線最陰暗的一角

---

[17]加斯東・巴舍拉（Gaston Bachelard，1884～1962）著；龔卓軍、王靜慧譯，《空間詩學》（La poetique de l'espace）（臺北：張老師文化公司，2006 年初版八刷），頁 138。
[18]同前註，《空間詩學》，頁 224。

　　一把張開的黑雨傘[19]

　　陳義芝（1953～）曾分析「遠遠」、「靜悄悄」、「閒置」、「最陰暗」、「一角」、「黑」，同屬於一組陰性字眼，使人的視覺壓入沒有生機的境地，「張開」一出，「正像小草自泥地中掙出，花苞在長夜後舒放，使天機獲得了諧和。」[20]陳義芝在此以冷色系統襯托充滿活力的「張開」，原為「默」的生命因而有他「張」的生機。這種對比性的觀察，陳義芝還曾將「鴕鳥／黑雨傘」視為「自然性」／人文性」的對舉，加上前面所揭示的「遠」、「靜」、「閒置」、「陰暗」，不期然就有「人生旅途」的豐富聯想。[21]中國詩評家李元洛（1937～）也有相同的觀點：「從詠物詩的角度看，這首詩不僅為自然界的鴕鳥寫照傳神，而且由物及人，也可以引發讀者詠物而不僅止於詠物的審美聯想，因為優秀的詩作本來應該所寫為一，所指在萬。」[22]簡單四行詩卻可以有如此豐厚的想像與指涉，是以陳義芝稱張默小詩為「毫芒雕刻」的淬鍊。[23]

　　如以空間設計來看〈鴕鳥〉，李元洛指出：「其構圖設計頗有王維『大漠孤煙直』的意味，人稱王維這句詩的基本構圖是一根水平線加一根垂直線，那麼，〈鴕鳥〉則是水平線加半弧形了。」[24]這首詩更精確的空間設計示意圖，應該是無限延伸的地平線上，在偏遠、無聲、陰暗、不起眼的角落，出現一個小小的半弧形的點：

--⌐

[19]張默，〈鴕鳥〉，《張默小詩帖》，頁 106。

[20]陳義芝，〈從時間巨齒的隙縫中跨出來——論張默詩集《無調之歌》〉，初刊《創世紀》第 44 期（1976 年 9 月）。此處引自《詩痴的刻痕》，頁 161。

[21]陳義芝，〈賞析張默的〈蜂〉及其他〉，初刊《國語日報・古今文選》第 692 期（1988 年 11 月 12 日）。此處引自《詩痴的刻痕》，頁 254～255。

[22]李元洛，〈「為永恆服役」的選手——張默詩作欣賞〉，初刊《創世紀》第 76 期（1989 年 8 月）。此處引自《詩痴的刻痕》，頁 97。

[23]陳義芝，〈毫芒雕刻的淬鍊——讀《張默小詩帖》〉，《張默小詩帖》，頁 13～16。

[24]李元洛，〈「為永恆服役」的選手——張默詩作欣賞〉，《詩痴的刻痕》，頁 97。

地平線無限延伸是空間的擴大，空間越是擴大，而鴕鳥（黑雨傘）越顯渺小，但巴舍拉認為這樣的小角落卻是「回憶的衣櫃」[25]，何況這黑雨傘呈現的還是半弧形，他認為「弧曲的優雅是種召喚駐留的邀約」，「可愛的弧線有著窩巢的力量」，「一個彎曲的『角落』，……我們得到最低限度的庇護」[26]，張默的〈鴕鳥〉或者說張默的詩，所保留的就是廣大空間裡的這一絲溫熱。

至於植物詩，我們引〈削荸薺十行〉（1996 年）為證例：

　一粒粒渾圓而充滿泥土味

　起初，它有點羞澀
　以褐色的外衣
　把自己裹得緊緊的
　當我恣意地
　在它小小的胴體上
　很細緻地剖開第一刀
　我看見一對白色的眸子
　從靜幽幽的傷口孵出

　人類，是你在喊我嗎？[27]

廖咸浩（1955～）認為這首詩將人類比喻為對其他動植物使用暴力的物種，以童趣剖露大自然被人類劃下的傷痕。這樣的發現是詩人在削荸薺時，直視那「傷口」，突然意識到「他者觀點」而有的感受。[28]陳幸蕙則以感性的調子指出：「『一對白色的眸子／從靜幽幽的傷口孵出』是多麼柔軟

---

[25]加斯東・巴舍拉，《空間詩學》，頁 230。
[26]同前註，《空間詩學》，頁 234。
[27]張默，〈削荸薺十行〉，《張默小詩帖》，頁 76。
[28]廖咸浩，〈時間就寢，小詩復活──讀《張默小詩帖》〉，《張默小詩帖》，序頁 6。

的心才寫得出的句子？『人類，是你在喊我嗎？』又是何等無怨無悔之包
容，與天真無垢之童心結合，才湧生的詩想？」[29]瘂弦所主編的《天下詩選
II》選入此詩（列於「生命的觀照」項下），詩末「品賞」欄指出，當削的
動作一起，「傷口」、「驚呼」同時出現，一件簡單的家事，卻寫出植物與人
類之間，生命與生命的感應，生命與生命的同體心。[30]評論家的觀點都集中
在「傷口」這個小空間，這個小空間卻也是連接人與其他生命最重要的關
鍵處。

　　這首詩為十行詩體，洛夫與向陽（林淇瀁，1955～）的十行詩都採
「5+5」的形式，張默此作獨用「1+8+1」的分列法，第一行獨立，是純粹
客觀的審視與描述，中間的八行則用主觀的擬人化寫法，前六行實寫，後
兩行虛擬；最後獨立的一行，詩人突然轉化為荸薺，以荸薺發聲，這就是
廖咸浩所稱的「突然意識到他者觀點」。

　　如果不受作者原形式的拘束，將這十行詩分為兩階段，可以將前七行
視為實寫的「拷貝」（copy），拷貝「荸薺」之實物（第一行），也拷貝「削
荸薺」之實務（二至七行）；後三行則視為虛擬的「模擬」（mimesis），模
擬荸薺的痛，也模擬荸薺的驚，進而達成生命與生命的同體大悲感。「拷
貝」與「模擬」之差異，張小虹（1961～）提出這樣的辨識：「拷貝」是以
文字與圖象「再見」它者，以視覺距離拉開自我與它者；「模擬」則是以身
體「變成」它者，是一種零距離的「碰觸」、一種「貼合」、一種相互的感
應與變化生成。[31]很多人寫詩將自我與客體分離，以「知性」寫詩，那是一
種「有我」的寫作技巧，張默〈削荸薺十行〉最後三行則將自己的身體、
生命，模擬荸薺的疼痛，將我的生命化為「無我」，化入荸薺。

　　〈鴕鳥〉以地平線所呈展的廣大空間，襯托鴕鳥的渺小存在，存留著
廣大空間裡的一絲溫熱；〈削荸薺十行〉則以小小的傷口，轉化、模擬、感

---

[29]陳幸蕙，《小詩森林》（臺北：幼獅文化公司，2003年），頁86～88。
[30]瘂弦編，《天下詩選II》（臺北：天下文化出版公司，1999年），頁97～100。
[31]張小虹，《身體褶學》（臺北：有鹿文化公司，2009年），頁137。

應眾生的苦難，形塑生命裡的廣慈大愛。應用空間感，張默這兩首詩透過現實生活中平凡樸實的鴕鳥、荸薺，思維著生命可能達及的理想高度。

四、在現實思維中透視張默的虛實對應

動物詩〈鴕鳥〉的成功，是將實有的鴕鳥置放在虛擬的「地平線」空間而達致。植物詩〈削荸薺十行〉的傑出，則是以日常削荸薺的家事，透過模仿、擬態、隱形、變身的虛化過程，聚焦於削皮後的「傷口」，而致於物我合一之境。這傳達的過程已隱含虛實對應的策略與成就。

全面掃瞄《張默小詩帖》，此詩集所收集的都屬於十行以內、百字以下的小詩，起自 1954 年，終於 2010 年，可以視為張默一生詩作的濃縮與精華，濃縮是因為小詩用字簡約經濟，精華則是因為這是張默前 15 本詩集，詩選的再精選。張默對小詩的積極運作，在 1954 至 2010 年之間可以定其分水嶺為 1983 年，1983 年之前，張默並未特別重視小詩寫作，隨興隨緣而已，但自 1983 年參與嘉義《商工日報》「小詩選讀」專欄，到《小詩選讀》刊印專書（1987 年），從手抄本《小詩觀止》到單行本《小詩・牀頭書》（2007 年），近三十年來張默彷彿在推動「小詩」的隱形革命，要讓小詩成為詩壇重要的流派[32]，無意之作與有心之詩，各據三十年，使這本小詩帖的出版意義更形特出，因而本節藉由現實思維的視境，釐清《張默小詩帖》意象的虛實對應，其實隱隱約約也透露著張默一生詩作的優異特質。

藝術家會以各種變化的、互動式或即興式的線條、色彩、錄音、影像、機械、科技、塗鴉、拼貼、裝置等不同的媒材，重現、模仿、複製或再造自然，形成虛實、真假、先後、天人相互對應的空間。詩人則以語言直視現實，思維現實，創造不同的思維空間，在虛實對應中，引領讀者進入另一度屬於詩的私密空間。

張默小詩的虛實對應，有時楚河漢界，脈絡清楚，特別是兩兩相依的

---

[32]李瑞騰（1952～），〈張默編詩略述──以小詩為例〉，朱壽桐、傅天虹主編，《張默詩歌的創新意識》（第二屆當代詩學論壇有關論文集）（北京：中國文史出版社，2009 年），頁 16～25。

四行詩，如〈面顏〉（1976 年）：

　　跳動的時間
　　永遠擺不平的時間

　　沿著我的灰濛濛的髮梢而下
　　哎喲，你的皺紋好深啊[33]

　　此詩前兩行描述時間，時間，一般認為是抽象的，但根據辭書上的解釋，時間是「由於空間中各元素的變化，而使人感受到的一種概念性的存有。它的存在需由空間和物體來界定：是一種可變化的存有之持續。」[34]或曰：「物質運動中的一種存在方式，由過去、現在、將來構成的連綿不斷的系統。是物質的運動、變化的持續性、順序性表現。」[35]因此，所謂時間也是一種存有，既然是存有，就可以當作是一種可以連續的物質移動的痕跡，換句話說，時間，可以視為一種可變動的空間。若是，張默這四行詩，首句「跳動的時間」，是可以感受到的空間轉換，跳動二字更使時間落實為真實的存有；次句「永遠擺不平的時間」，則跳入主觀的判定中，可以當作是「虛」；其後「沿著我的灰濛濛的髮梢而下」，介乎虛實之間，鬢髮逐漸灰白可以感覺時間的移動痕跡，但又無法在任一當下親眼目睹；末句「你的皺紋好深啊」，是當下可以判讀的「實」。此詩以「面顏」之實，對應時間之「虛」，以可見的「你的皺紋好深啊」之真，對應自己看不見的「我的灰濛濛髮梢」的時間之變，詩句在虛實之間交錯而行，以成佳構。

　　如果以●作為「實」的符碼，○為虛，☉則是介乎虛實之間的符碼，張默另一首四行詩〈信〉（1976 年），其虛實對應情況一如〈面顏〉，以圖

---

[33]張默，〈面顏〉，《張默小詩帖》，頁 8。
[34]梁實秋總審定，《名揚百科大辭典》（臺北：名揚出版社，1984 年），頁 2396。
[35]中國社會科學院語言研究所詞典編輯室編，《現代漢語詞典》（北京：商務印書館，2005 年第五版）。此處引自龍彼德，〈永遠遨遊在蒼翠裡〉，《張默詩歌的創新意識》，頁 30。

示意如下：

儘管是細細斜斜的幾行……………………●
它也細細斜斜的安坐在我的眼睫裡……○

怎麼撢也撢不走…………………………○
你的細細斜斜的歌唱[36]…………………◉

　　信，細細斜斜的字跡是一種特質，坐在眼睫裡是讀信的暗喻，卻是虛的設計；「撢」是一個落實的動作，此處卻是不真實的畫面，最後的「細細斜斜」是信之真，但「歌唱」卻又是一個暗喻。如果沒有「坐在眼睫裡」的虛擬空間，沒有「歌唱」的暗喻，〈信〉就不是精彩的作品；同樣，沒有「細細斜斜的幾行」的真實性、具體感，〈信〉將失去最基本的依附。

　　這種虛實對應，類近於修辭學家以「對比」辭格造就的「對比意象」，「所謂對比意象就是以對比辭格為言語呈現形式，以建構意象為美學旨歸，把語義上、感情上、及聯想意義上，對立、矛盾的詞、詞組或句子組合在一起，從而使兩種意象產生相互強調、相互對比、相互衝突的作用，以強化詩人的某種寓意、情感、觀念。」[37]這種對比意象包含極廣，諸如語義對比、空間對比、時間對比、時空共現的對比、色彩對比、向度對比、動靜對比等等[38]，但「對比」有強度上的衡量，價值上的評定，不同於「對應」可以相互繫連，相互補足、呼應。張默詩作中的實境與虛擬實境的空間設計，其用意不在對比，而在對應。因此以李翠瑛所提出的「虛擬意象」去理解「虛實對應」，或許更能掌握張默空間運用的靈活度。

　　李翠瑛引述韋勒克（Wellek, René）、華倫（Warren, Austin）二人所著《文學論》中的意象觀：「意象是兼屬於心理學與文學的研究題目。在心理

---

[36]張默，〈信〉，《張默小詩帖》，頁9。
[37]雷淑娟（1957～），《文學語言美學修辭》（上海：學林出版社，2004年），頁159。
[38]同前註，頁159～172。

學方面，『意象』一詞是指過去的感覺或已被知解的經驗在心靈上再生或記憶。」[39]李翠瑛因而認為：「在詩的世界中，虛境的創造比實體的描摹更加貼近想像所創造的世界。」因為「實體的描繪可以是白描的技巧，或是『摹況』修辭法中所說的各種感官的呈現；而虛境的描繪則是透過心靈想像的結果，也許是現實世界中無法實現的意象。」她稱這類只存在於想像世界的意象為「虛擬意象」。[40]

　　不過，這類虛擬意象也不完全只存在於想像世界，試看張默的〈窗〉（1976年）：

四周都是風景
有一個小男孩漫不經心的騎在它的脖子上
東張西望

那裡有風景[41]

　　這首詩中的窗與小男孩，是實有的存在，小男孩可能騎坐在窗沿上東張西望；首句「四周都是風景」是大人之所見，末句「那裡有風景」則是小孩之所疑，這兩句「對」話，在現實世界中未必發生，屬於詩人之所設想，以實際可見可觸的窗與小男孩，對應腦海裡「風景」定義的思考，因此形成虛實對應的空間設計。進一步而論，整首詩四行也可能全為實境，小男孩在室內吵著太無聊，大人說窗口望出去都是好看的風景啊！小男孩到窗口東看看西瞧瞧，卻未發現任何可以引起他興致的東西，脫口而出：哪有風景？這樣的實境，可能觸引詩人想起卞之琳（1910～2000）的〈斷章〉（1935年），「誰是風景？」「哪是風景？」的思辨因之而起。亦即四句

---

[39]韋勒克（René Wellek）、華倫（Austin Warren）著；王夢鷗、許國衡譯，《文學論——文學研究方法論》（Theory of Literature）（臺北：志文出版社，1996年再版），頁303。
[40]李翠瑛，〈飛翔的語言——論臺灣新詩語言之虛擬意象〉，《創世紀》第164期（2010年9月秋季號），頁30。
[41]張默，〈窗〉，《張默小詩帖》，頁26。

詩句均為實境，並無虛擬意象，詩人因〈斷章〉而思索的風景何在，才是另一個虛擬的空間。就詩的「發生論」而言，詩人因窗口之實、風景之思，寫作此詩；就詩的「接受論」而言，讀者讀此詩為現實之真，心中另有大人與小孩對「風景」的來回辯證為虛，使一實一虛，相互對應，才能完成詩的美學的追尋。

　　卞之琳的〈斷章〉也為虛實空間之對舉，提供有力的證例。

　　　你站在橋上看風景，…………●
　　　看風景人在樓上看你。………○

　　　明月裝飾了你的窗子，………●
　　　你裝飾了別人的夢。[42]………○

　　實際可見可聞的空間是「你在橋上」（日或夜）、「窗口有明月」（夜），因而對舉出的想像空間是「高樓有人」、「別人夢中有你」，示意一如上圖。但也可析分為：前段兩行是●，後段兩行是○，依然以虛實對應的空間在鋪排意象。

　　從修辭美學的觀點來看，可以稱之為「雙重文本」：「雙重文本，既可以說是一切文本所共有的特性，也可以視為文化的一種修辭術。文化在建構自身或實施總體戰略的過程中，可能分別敞開和掩蔽某些方面，使其呈現撲朔迷離的局面，這種情形正集中體現為文學文本的雙重文本性。」[43]這裡所說的「敞開和掩蔽」之需要，其實正是詩人何以要用虛實空間加以變化的主因，實境具有「敞開」的作用，虛境確有「掩蔽」的功能，一實一虛，一啟一閉，詩在其中明滅閃爍。

---

[42] 卞之琳，〈斷章〉，張默、蕭蕭編，《新詩三百首（上冊）》（臺北：九歌出版社，2003 年三版六印），頁 200。

[43] 王一川（1959～），《修辭論美學》（長春：東北師大學出版社，1998 年），頁 131。原書「文本」均作「本文」，同為 text 的翻譯。

　　以上所舉均為四行詩，虛實之對舉彷彿有著允稱的比例，實則「對應」非對比或對稱，不必相對等，如〈無調之歌〉（1971 年）以六句、八行詩去點出實有的空間，卻在最後一行跳脫到文化歷史裡的「陽關」、歌聲中的「陽關」：

　　　月在樹梢漏下點點煙火

　　　點點煙火漏下細草的兩岸

　　　細草的兩岸漏下浮雕的雲層

　　　浮雕的雲層漏下未被甦醒的大地

　　　未被甦醒的大地漏下一幅未完成的潑墨

　　　一幅未完成的潑墨漏下

　　　　　　　　急速地漏下

　　　空虛而沒有腳的地平線

　　　我是千萬遍千萬遍唱不盡的陽關[44]

　　這首詩使用「類疊」（漏下、點點、千萬遍千萬遍）、「頂真」（月在樹梢漏下點點煙火／點點煙火漏下細草的兩岸／細草的兩岸漏下……）、「錯綜」（漏下／急速地漏下）等修辭，鋪排出詩的節奏之美，論述者已多。但從虛實的空間對舉來看，實景是潑墨似的、鋪天蓋地式的漏下，落在「空虛而沒有腳的地平線」，幾乎要占滿整個視野，但「我」卻是看不見的「陽關三疊」歌聲，以隱匿形體的歌聲迴盪其中，以不規則的長曲線迴繞其中（千萬遍千萬遍）。示意如下：

---

[44]張默，〈無調之歌〉，《張默小詩帖》，頁 6。

　　這是比例十分懸殊的虛實對應，猶如畫龍者完成百分之九十九的龍體之實，卻需要最後的百分之一的點，才能造就成龍之「神」。

　　萬與一的誇飾落差，一直是張默虛實對應所呈現的驚人力勁，〈碑碣〉（1998 年）形式只有五行，以四行之實（碑碣的存有），對應獨立一行之虛（詩人的擬想），其落差設計一如〈無調之歌〉：

斜斜插入
廢墟的心臟
上半身，一株蕭蕭的枯柳
下半身，一隻土撥鼠

伸長頸子，向大地喊餓[45]

　　這兩首詩還有相類近的空間對比：〈無調之歌〉以「未被甦醒的大地」、「空虛而沒有腳的地平線」對應「我」（唱不盡的陽關），〈碑碣〉則以「大地」之大對應傾圮荒頹的半截碑碣。

　　張默的空間往往在虛實之間呈現出巨大與微渺的懸殊比例，從〈鴕鳥〉到〈碑碣〉，總是以大地之廣、地平線之遠，襯托鴕鳥之小、「我」之無奈、碑碣之衰敗。

　　宏觀碑碣所在的空間，是荒遠的大地；微觀碑碣所處的空間，歪斜的身軀，歪斜在廢墟的中心，唯有枯枝敗柳、瘦餓的土撥鼠相依傍。其中，「上半身，一株蕭蕭的枯柳」，「下半身，一隻土撥鼠」，可以解讀為露出地面的碑碣，唯有枯柳相陪，深埋地下的碑碣只能與土撥鼠為伍；也可用「略喻」解讀，碑碣上半身有如枯柳，下半身更似餓壞了的土撥鼠。不論使用何種解讀途徑，廢墟、碑碣、枯柳、餓鼠的空間關係，揭示出不分族類、種群的衰頹共同體，值得注意的是：碑碣是人類歷史文化的遺跡，立

---

[45]張默，〈碑碣〉，《張默小詩帖》，頁32。

碑或為紀事，題文或為歌德，其內容不外乎崇聖、嘉賢、褒孝、旌忠、頌德、銘功，甚至於還要講究石材、碑座、方位的搭配，何等顯榮、隆重，如今竟衰敗如此！張默有意以碑碣所處的衰敗空間，象徵人文內涵的漏失，此時空間的設計不為現實的存有而存有，為詩人心中的感觸拉大傷感的撞擊面。

五、在虛實對應中透視張默的融攝之功

依此，張默空間設計既以虛實對應，不全然是實存之物，則其虛實之間、大小之辨，當然不可以常理、常態去衡量，詩的奇趣即由此而生，試看〈橫〉（1975 年）這首詩：

世界，天空，曠野
統統都是這麼小
我能到何處去取經呢

野渡無人舟自橫？[46]

〈橫〉這首詩，張默將一般人當作是極大空間的（實）世界、天空、曠野，視之為虛、為小，那麼，那裡才是值得取經、借鏡的所在？因而，「野渡無人」之渡，「舟自橫」之舟，是實是虛、是大是小，當然也不需要加以辨識、釐清、算計，一般人視之為野、為小，卻也可能是意識裡勝之於「世界、天空、曠野」的無限開闊。換言之，虛與實相互對應時，不妨具有對比的力量，但這股對比之力卻自然產生融攝之功，那才是詩的終極之境。

廖咸浩在論述中西神祕經驗的不同所在時，曾應用「出塵」二字點明東方哲思之悟通，依此虛實對應說，「塵」所據有的是實空間，「出」所嚮

---

[46] 張默，〈橫〉，《張默小詩帖》，頁 7。

往的則是虛空間，二者相互對應，進而相互融攝，才有神祕經驗可分享。廖咸浩說：「西方試圖在生活之外逼近神恩；中國（日本）則濯足生活以浣洗生活。西方在百無依憑的剎那抓住最後的浮木；中國（日本）則捨浮木而躍入大化。」[47]這大化之中，其實就是虛實融攝而成，或者，更落實的說法，不妨視之為張默〈橫〉詩中的「野渡無人舟自橫」，〈碑碣〉裡的「大地」，〈無調之歌〉、〈鴕鳥〉中「空虛而沒有腳的地平線」，及其後無限寬廣的想像世界。

〈寒枝〉（1989 年）這首詩也可見其涵攝的能量：

> 眺望灰褐褐的遠方
> 自己的心事彷彿比秤鉈還沉重
> 無意間伸出尖尖細細乾乾的手指
> 突然把西北角的天空
>
> 戳了一個大洞[48]

物體（寒枝）、人體（手指）、天體（天空），在一首五行的小詩中，串連自然，契合無間，是實實在在的冬日樹枝，卻也無妨是心事重重的自我；且古人認為天向西北斜，地往東南傾，因此，把西北角的天空戳一個洞，由虛而實，涵攝其中，將沉重的心事──無人能補的天，泯然合而為一。

〈私章〉（1993 年）這首詩，句句落實，「一方是，無塵居／一方是，往來無白丁／另一方則是，空空如也」[49]，這是三方刻著不同字跡的私章，但「無、無、空」的字意（特別是「空空如也」的一方，可能是尚未鐫刻的石材），卻也使印面的小小空間，有了虛擬的人文意義與歷史。

---

[47]廖咸浩，〈時間就寢，小詩復活──讀《張默小詩帖》〉，《張默小詩帖》，頁 4。
[48]張默，〈寒枝〉，《張默小詩帖》，頁 28。
[49]張默，〈私章〉，《張默小詩帖》，頁 42。

　　〈私章〉是極小的現實空間觸發的思維，〈長安三帖〉（1990 年）則是大空間的文化思維，從具體的、歷史的、文化的兵馬俑、無字碑、大雁塔，文化參訪時已見到虛實之間的相互融攝，當張默寫成為空間詩，更見出現實與思維的糾葛、歷史與當下的糾葛、古蹟實物與文化內涵的糾葛，如〈兵馬俑〉的首行是一行行的「陶俑」，末行卻是一畦畦的「有無中」；如〈大雁塔〉的首行是「波浪型灰濛濛的長安城垛蕶然在我的腳下青苔般地蜿蜒」，末行卻是「歐陽詢顏真卿墨跡未乾的碑帖把我烙得形銷骨立」；〈無字碑〉的最後結語「縱使歷朝歷代諸帝王將相把大地塗得不留一絲空隙／怎奈這一面平平整整光光淨淨的空白瞿然攫走一切」[50]，全是現實思維後的虛實涵融，發揮了小詩特具的鑽石光芒。

　　〈長安三帖〉以「實」起興（古蹟是實），〈未來四姿〉（1995 年）則是以「虛」起興（未來是虛），但所涵融的卻更寬更多：何其龐大的時間（未來）、空間（世界）、人類、歷史，都在不可想像、無可預期的「桑葉、破缸、古剎、棺槨」的小空間裡：

　　　　我看見，世界
　　　　輕輕，搖曳在一片桑葉裡

　　　　我看見，人類
　　　　靜靜，吶喊在一隻破缸裡

　　　　我看見，歷史
　　　　憷憷，閃爍在一座古剎裡

　　　　我看見，未來
　　　　霍霍，安坐在一具棺槨裡[51]

[50] 張默，〈長安三帖〉，《張默小詩帖》，頁 132～133。
[51] 張默，〈未來四姿〉，《張默小詩帖》，頁 19。

世界、人類、歷史、未來，是虛而龐大的存在，桑葉、破缸、古剎、棺槨，則是具體而微的存有，四者之間的關係不是單線的系聯，而是「互文」式的交雜與融攝。〈未來四姿〉彷彿是從〈長安三帖〉的實體參訪中得出的結論，可以作為張默空間詩最後的總體領悟，預言著人類文明最後的歸宿。

六、結語

張默曾言，他的詩是現實與夢想的糾結，抽象與具象的拔河，是難以界說的某些朦朧狀態，不時穿過個人澄明的心境。[52]據此，本文歷經層層透視，聚焦於詩中空間設計的美感效果，初從熱與動之中透視張默的靜，又從靜之中透視張默的空間感，重心放在空間感中張默所呈露的現實思維，以及現實思維中張默的虛實空間如何相互對應，最後歸結於虛實空間的相互融攝，以成就張默小詩的事業。

空間書寫最易顯露詩人的襟懷，特別是虛實對應的考究上。專就現實而寫，未能入虛境以擴大效應，難以提升詩的境界；專寫抽象夢境，那是私人的私密空間，無法博取同情之心，同理之感，失卻詩的傳達本意。張默對應式的虛實空間設計、虛實意象，或大呼小應，或小呼大應，各盡其妙，往往在大化世界中獨見一葉小舟，以聚焦的方式，迅疾渡江，達於彼岸。

參考文獻

張默詩集、詩選（依出版序）

• 張默，《紫的邊陲》（左營：創世紀詩社，1964 年）。
• 張默，《上昇的風景》（臺北：巨人出版社，1970 年）。
• 張默，《無調之歌》（臺北：創世紀詩社，1975 年）。

---

[52] 張默，〈時間水沫小札・附記〉，《張默詩選》（北京：作家出版社，2007 年 10 月），頁 214。

・張默,《張默自選集》（臺北：黎明文化公司,1978 年）。

・張默,《陋室賦》,（臺北：創世紀詩社,1980 年）。

・張默,《愛詩》,（臺北：爾雅出版社,1988 年）。

・張默,《光陰・梯子》（臺北：尚書出版社,1990 年）。

・張默,《落葉滿階》（臺北：九歌出版社,1994 年）。

・張默,《張默精品》（北京：人民文學出版社,1996 年）。

・張默,《遠近高低》（臺北：創世紀詩社,1998 年）。

・張默,《張默・世紀詩選》（臺北：爾雅出版社,2000 年）。

・張默,《無為詩帖》（臺北：創世紀詩社,2005 年）。

・張默,《獨的空濛》（臺北：九歌出版社,2007 年 7 月）。

・張默,《張默詩選》（北京：作家出版社,2007 年 10 月）。

・張默,《張默集》（臺南：國立臺灣文學館,2008 年 12 月）。

・張默,《張默小詩帖》（臺北：創世紀詩社,2010 年）。

中文書目、篇目（依作者姓名筆畫序）

・中國社會科學院語言研究所詞典編輯室編,《現代漢語詞典》（北京：商務印書館,
2005 年第五版）。

・王一川,《修辭論美學》（長春：東北師範大學出版社,1998 年）。

・朱壽桐、傅天虹主編,《張默詩歌的創新意識》（第二屆當代詩學論壇有關論文集）,
（北京：中國文史出版社,2009 年）。

・李翠瑛,〈飛翔的語言──論臺灣新詩語言之虛擬意象〉,《創世紀》第 164 期（2010
年 9 月秋季號）。

・張小虹,《身體褶學》（臺北：有鹿文化公司,2009 年）。

・張默、蕭蕭編,《新詩三百首》（臺北：九歌出版社,2003 年三版六印）。

・梁實秋總審定,《名揚百科大辭典》（臺北：名揚出版社,1984 年）。

・〔宋〕郭茂倩編撰,《樂府詩集（二）》（臺北：里仁書局,1999 年）。

・陳幸蕙,《小詩森林》（臺北：幼獅文化公司,2003 年）。

・黃永武,《字句鍛鍊法》（臺北：洪範書店,2003 年增訂二版）。

· 雷淑娟，《文學語言美學修辭》（上海：學林出版社，2004 年）。

· 蕭蕭編，《詩痴的刻痕》（臺北：文史哲出版社，1994 年）。

· 瘂弦編，《天下詩選 II》（臺北：天下文化出版公司，1999 年）。

中譯書目（依作者姓名字母序）

· Gaston Bachelard（加斯東·巴舍拉，1884～1962）著；龔卓軍、王靜慧譯，《空間詩學》（*La poetique de l'espace*）（臺北：張老師文化公司，2006 年初版八刷）。

· René Wellek（韋勒克）、Austin Warren（華倫）著；王夢鷗、許國衡譯，《文學論——文學研究方法論》（*Theory of Literature*）（臺北：志文出版社，1996 年再版）。

——選自蕭蕭、羅文玲主編《生命意象的霍霍湧動——張默新詩論評集》

臺北：萬卷樓圖書公司，2011 年 5 月

詩為情感的自然流露
析張默〈蒼茫的影像〉

◎張漢良*

我從安徽來

應知安徽事

故鄉啊，您那細碎的步履

是否悄然跨過牛鈴盈耳的昨日

我知道新羅的雪崩會劈開一條路

瘦瘦的白楊的枝柯

紡織著這批異鄉人太多的渴想

自我們微露酡紅的酒意裡

自我們擎起冰凍的水聲裡

自我們絞殺語言的節奏裡

自我們傳遞體溫的凝視裡

時間，還是那麼緩緩的走著

漢城的天空與安慶的天空究竟有什麼差異呢

要不是太平洋的波濤

要不是鴨綠江的易色

我們會在洞庭湖畔

以道地的無為話唸您的詩

*發表文章時為臺灣大學外國語文學系副教授，現為臺灣大學外國語文學系暨研究所名譽教授、復旦大學中國語言文學系特聘教授。

今天，我們把您送的手帕擰了又擰

泉湧的淚水好重啊

故鄉，您的根鬚伸向何處

請輕輕染織我蒼茫的影像

　　張默的〈蒼茫的影像〉為作者一系列旅韓詩鈔的第一首。此詩之作，據張默說，有一段因緣：「民國 65 年 11 月 30 日的中午，韓國女詩人金良植，曾假漢城定食館設宴款待『中國現代詩人訪問團』，席間，金女士朗誦了她在《韓國日報》發表的〈噢，朋友們〉一詩，以示歡迎之忱。該詩大意是：『歡迎你們到韓國來，我知道你們分別來自湖南、浙江、安徽和天津，從我們這裡有一條捷徑，可以直接通你們的家園，但是你們現在回不去，我送給你們每人一條手帕，輕輕擦乾你們的眼淚，相信有一天你們一定會回去的。』金女士唸完了詩，我們十個人無不異常激動，紛紛灌以韓國老酒，回來後特寫此詩，用以回贈金女士。」

　　根據作者這段附記，本詩屬唱酬之作的應景詩（occasional verse），再加上詩中的兩個私人典（personal allusion），它的普遍性應相當有限。實則不然，本詩用意特深，也最感人。作者的用情與作品的感人，本屬文學傳播行為中的兩個範疇。前者涉及媒介放送者與訊息的關係，換成普通話說，即作者對素材的態度；後者涉及媒介接受者（讀者）接受的情況與反應。兩者之間本無必然關係；有時作者用情不盡然為讀者接受，除非媒介本身處理成功，使得訊息充分傳達給讀者。以下的討論針對訊息的處理情形，看它是否具有溝通放送者（作者）與接受者（讀者）的功能。

　　本詩「用情特深」這句話，可分若干層次說明。第一，張默早期寫詩偶喜用典，大多為西洋典故，有時難免「隔」，甚至流入不切己的濫情。如〈默想與沉思〉中：「隱隱地，我微覺著／布羅溫斯在升高，塞爾脫在茁壯」；又如〈沒有軌跡的雲〉中：「這裡栽一朵薛西佛斯的雲／這裡再栽一朵波特萊爾的雲／那邊栽一朵蔣・高克多的雲／那邊再栽一朵昂利・米修

的雲」云云。這兩個例子在作品的文義格局內固然具部分有機功能，亦頗能表現浪漫異國情調（Romantic exoticism），但並非有絕對的必然性。〈蒼茫的影像〉中亦用二典，嚴格說來不是作為暗喻的「據事以類義，援古以證今」（《文心雕龍》事類篇），亦即俗謂的暗喻典（metaphorical allusion），而係具有起情或「興」作用的私人典，它們分別為首句的「我從安徽來」（按：張默為安徽無為人）與四段的「手帕」意象。這兩個私人典說明了本詩的緣起基於令人感傷的真實經驗。

　　第二，全詩的「情」境與主題——鄉愁與垂淚——便建立在這兩個典實上。因此第一段緊接著「我從安徽來」出現的是一個修辭的轉呼法（apostrophe），為浪漫主義的人喜用的擬人法變奏。這個轉呼法有兩個作用：1.把故鄉擬人——由「步履」這部分代全體喻（synecdoche）表示；2.它跨越了空間，把故鄉召喚到敘述者的眼前來。這個今天的故鄉又使敘述者透過聯想把時間切斷，回到昨天的故鄉：「故鄉啊，您那細碎的步履——是否悄然跨過牛鈴盈耳的昨日」。「手帕」這私人典於末段出現，它成為「拭淚」的換喻（metonymy），因為兩者有因果連續關係。垂淚的原因是鄉愁，於是本詩結束時，故鄉的意象再現，再現的方法又是修辭轉呼法：「故鄉，您的根鬚伸向何處／請輕輕染織我蒼茫的影像。」

　　歸納前兩段的討論，本詩使用了兩個私人典，分別在首段與末段。正由於是私人典，才使敘述者神傷，進而在首、末兩段各用一擬人的轉呼法，召喚出故鄉。本詩的起興為私人典，其主題為鄉愁，而主題的呈現竟然正好由典實帶出，使得首尾啣接，完美無缺。

　　以下談感人的效果。或者有人會說：這終究是個人經驗，用情固然深，感人卻未必；換言之，本詩缺乏普遍性。讀者也許注意到，本詩分為四段，剛才僅談到首尾兩段，未涉及二、三段。現在來談談。首先從本詩的地理意象來說。一、四段的地理意象只有故鄉，是個人象徵。但二、三段異國意象出現：二段首句便是「新羅」，三段有「漢城」與「鴨綠江」。這說明了詩人的鄉愁經驗是在異國產生的，而異國的鄉愁正是人類普遍的

情緒。此外，二段第三行更顯示出鄉愁經驗不是個人的，而是共有的：「這批異鄉人太多的渴想」。接下去作者用了一連串原始歌謠的平行句法，其節奏與語調是原始咒語式的（incantatory），一方面表現情緒的強烈與激動，二方面更傳達出一種部族式的感情。至於敘述者的個人經驗已傳達給眾人，正如本段末行所示：「自我們傳遞體溫的凝視裡」。第三段末行「以道地的無為話唸您的詩」，如附記所示，這位詩人即送手帕的異國女詩人。她這個異國意象作為三、四段的過渡，引導出末段的手帕意象與鄉愁主題，正如一段的故鄉轉呼出現後，引導出二段首的異國意象「新羅」。根據上面母題與意象公布的情形看來，本詩嚴謹的結構基於交錯配列法（Chiasmus）：一、四段對位、二、三段對位，這個看法甚至可由詩行的排列方式佐證，不再辭費。

一般說來，唱酬應景詩不易成功，個人經驗更不易討好，但本詩為例外。張默文如其人，詩作最具生命力的自然節奏，本詩之所以成功，正如華滋華綏（William Wordsworth）所謂：「詩是強烈感情的自然流露。」

——初刊《臺灣新聞報》副刊，1979 年 5 月 18 日
——再刊《現代詩導讀》

——選自蕭蕭主編《詩痴的刻痕：張默詩作評論集》
臺北：文史哲出版社，1994 年 9 月

繁英在樹

讀張默詩集《落葉滿階》

◎李元洛*

　　去年地冷天寒的歲末，臺灣名詩人張默近作的結集《落葉滿階》飛過海峽而飄落在我的書桌之上。張默早期有部詩集名為《上昇的風景》，怎麼尚在生命的深秋，在俄羅斯大詩人普希金一再稱頌過的「黃金的季節」，他就以「落葉滿階」為自己的書名呢？難道真是如宋代詩人范成大在〈冬日田園雜興〉中所說的「霜風搗盡千林葉」嗎？在暮春三月的江南，我細細翻讀張默的《落葉滿階》，卻全然不見想像中的那種蕭颯的氣象，只覺滿眼老幹新枝，繁英在樹，詩人迎來的是他的第二度青春。

　　在此之前，張默在詩的馬拉松的長途上，已經跑過了 40 年的里程，出版過包括「自選集」在內的七本詩集，留下過一些傳唱人口的詩篇。前幾年，我曾以〈「為永恆服役」的選手〉為題賞析過他的作品，文章的結尾說：「他有出色的紀錄，有難忘的回憶，但是，作為一位『為永恆服役』的選手，還有漫長的征程和閃光的目標在前面等待著他！」今天，張默的作品正如我過去所祈願的那樣，沒有讓眾多的識與不識的讀者失望。

　　張默以前的作品，大都為抒情短詩和中等篇幅的抒情詩，這是他創作的基本格局，前者如名篇〈駝鳥〉、〈驚晤〉，後者如力作〈夜宴王勃〉、〈長城，長城，我要用閃閃的金屬敲醒你〉。他的近作中，抒情小詩與短詩有了更多的佳篇，給人以庾信文章老更成之感，而在中型抒情詩的基礎上，他又如大匠運斤，推出長達 240 行的組詩形式的長篇巨製〈時間，我繾綣

* 發表文章時為湖南作家協會副主席兼研究員，現為湖南作家協會名譽主席兼研究員。

你〉，讓人驚嘆於他寧知白首之心的老當益壯。如果說他的近作是繁英在樹，那是大花小花一齊開，如果說他的近作是輕攏慢撚，那則是大珠小珠的二重奏了。

在中國新詩發展的七十餘年歷程中，小詩，是詩的家族中別具姿彩的一支。中國新詩中的小詩，起源於中國的古典詩詞特別是其中的絕句與小令，同時又受到日本俳句和印度詩人泰戈爾的作品的深刻影響。冰心的〈繁星〉與〈春水〉是新詩發軔之初的小詩的代表作，稱為「繁星體」或「春水體」，影響及於宗白華的〈流雲〉，徐志摩的〈沙揚娜拉〉和卞之琳的〈斷章〉等詩人詩作。在中國新詩史上，小詩的創作潮起潮落，但仍可稱代不乏人，不時仍有弄潮見向濤頭立而一試他們的身手。張默對抒情小詩可謂情有獨鍾，近十年前他曾編著一本厚達 300 頁的《小詩選讀》一書，選五四以來詩人 68 家，他作〈晶瑩剔透話小詩〉的兩萬餘言長序於前，並撰〈導讀〉之文於每一首詩之後。我曾經說過，「張默的小詩，抒寫的是現代人的生活和現代人的審美體驗，藝術上表現的卻是中西交融的特徵：在句式與章法上有西方詩的自由瀟灑，在字句與意境上卻仍是東方的言短意長，含蓄深遠」，我現在要進一步說明的是，張默的小詩創作不是如同某些作者那樣每況愈下，而是不斷精進，後來居上，同時，他的許多小詩之所以能夠做到「言短意長，含蓄深遠」，就是因為他在獨到的生活體驗和深刻的感情激動的基礎上，熔鑄新鮮獨特而具有高度概括意義的生活片斷和細節，寓豐富於單純，寄深意於一瞬，以個別暗示一般，從片斷表現整體，用局部概括全貌，從而在簡約的意象和意象結構中蘊含深遠的刺激讀者參與創造的藝術天地。

張默的小詩題材廣泛，其優秀之作大都具有如上所述的特色。組詩〈長安三帖〉寫的是歷史題材，包括〈兵馬俑〉、〈無字碑〉、〈大雁塔〉等三首，每首均為四行，每行字數相等。例如〈兵馬俑〉：「從一行行‧面貌相若‧眼睫近視‧的‧陶俑中／從一簇簇‧神情木然‧不由自主‧的‧群雄中／從一缸缸‧披著青山‧端著歲月‧的‧地窖中／從一畦畦‧眺望遠

天‧穿越泥土‧的‧有無中。」寫兵馬俑的詩多矣，這是別出心裁的一首。詩人集中筆力渲染的是「兵馬俑」的意象，前二句工筆描繪，後二句意筆概括，運用的是「從……中」這種激發讀者審美期待的句式，全詩沒有抽象說明，純為意象呈現其深層意蘊引人思索。〈杜甫銅像偶拾〉寫的是歷史人物：「你，閉目養性，站在風風雨雨的茅屋中／無視騷人墨客／無視朝來暮去／儘管裹著一身抖不掉的蕭瑟／而你悵望千秋的詩句／依然熱騰騰地／穿越水檻，穿越寂寂的花徑／好端端地落在，落在／每一位膜拜者／風塵荏苒，不勝唏噓的眼睫裡。」這首詩是雙視角的寫法，一寫銅像的「閉目養性」，一寫膜拜者的「不勝唏噓的眼睫」，詩的意象都集中於雙方的「眼睛」，而全詩的深層結構是半點明半隱藏的，杜甫的兩句名詩：「悵望千秋一灑淚，蕭條異代不同時。」（〈詠懷古跡〉），詩的意象躍然如見，詩的意蘊則於言外可想。順便一提的是，前幾年大陸一些豪傑之士高唱要徹底反傳統，個別尤其新潮者更倡言要「打倒屈原和杜甫」，而海峽彼岸的老詩人卻對杜甫捧上一瓣心香與詩香，也真是令人「不勝唏噓」，在張默的作品中，還有許多寫景的小詩，或寫社會現實生活之景，或寫自然界之景。寫自然之景的佳作有〈黃山四詠〉、〈雪意〉、〈寒枝〉等篇，寫社會之景的佳作則有〈生日卡〉、〈城市風情〉（組詩）等章。如〈黃山四詠〉中的〈晨遊始信峰〉：「恍似跌入曠古無人森然的絕境／巨石如一排排洶湧的波濤／側耳、袒胸、伸腿、舉臂／向我的神經末梢急急地圍攏／驀然一轉身，那顆圓溜溜的旭日／刷地一聲，叫我不得不信／輕輕落在那撇拒絕褪色以及招風的眼睫上。」巨石在地，旭日在天，全詩的架構就是由這兩個意象所構成，它們也分別點醒了題目中的「晨遊」與「始信峰」，全詩具有渾然自如的整體之美。如寥寥五行的〈生日卡〉：「儘管少則一行，兩行／儘管多則七行，八行，以及十數行／它們傳達的不過是／一項訊息／你又向死神靠近一點點了。」生日對個人本來是喜慶之日，許多寫生日之詩也由此落筆，張默此詩卻以「生日卡」為中心意象，以「一行」、「一項」、「一點點」等數量詞串連其間，前後反跌頓挫，表現出短促生命在永恆之

前的無力與無奈，全詩是對生日的逆反，也是今有志者驚醒的反諷。

張默的《落葉滿階》中還有許多俳句，篇目標明〈俳句小集‧四季〉、〈俳句小集‧五行〉、〈俳句小集‧十二生肖〉、〈俳句上八目〉、〈俳句中八目〉以及〈俳句下八目〉，這是一些特殊體式的小詩。俳句最初被稱為「發句」，是日本韻文學一種至今已有四百餘年歷史的形式、音節、韻律和句式都有一定之規，具有單純而凝鍊，明快而和諧的優點，17 世紀的松尾芭蕉由於他創作的成就而被尊為「俳聖」。這種詩歌體式，對現代西方詩歌和中國的新詩都有相當的影響，而張默所作的俳句，已經揚棄了原來的清規戒律，他將日本俳句和中國絕句的優點結合起來，而創作出具有中國特色和他自己的藝術個性的小詩。「守著，小心翼翼的守著／牠家主人晴時多雲偶爾小雨的眼神」（〈狗〉），「緊緊勒住謊言／歷史閉目／靜靜，等待天亮」（〈圖釘〉），「黑的，白的，圓的，方的／它們各就各位／等候呵欠連連的子夜來解開」（〈鈕扣〉），「丈量莊子，丈量李杜／在古文觀止的墨海裡仰泳／秋聲賦的淅瀝，到底有多長」（〈米達尺〉），由以上的引例可以看到，張默的俳句題材多樣，詩人寫來各有會心，晶瑩亮麗如珍珠，引人咀嚼如橄欖。

張默不僅長於短兵相接，也善於揮舞長矛大戟，這說明他不僅有寸鐵短兵進行巷戰的膽力，也有長車怒馬以行野戰的魄力。在他 40 年的創作歷程中，他寫下了一些頗具規模和氣魄的抒情詩，這一態勢在詩集《落葉滿階》中得到持續性的發展。兩岸開放以後，張默得以回來探望令他魂一夕而九逝的故土，鬱積於心數十年的家國滄桑之感和中國詩歌傳統中的人文精神，一齊洶湧在他的心頭和筆下，於是就化為了〈鵝毛大雪落在我家麥稭的屋頂上〉、〈在朔風刷刷中訪太白樓〉、〈在濛濛煙雨中登醉翁亭〉、〈不如歸去，黃鶴樓〉、〈哦……巫峽，請你等一等〉、〈臨風三上岳陽樓〉等篇幅較長的抒情詩，其中不乏可圈可點的篇章和佳句，如說「染白了，我這個雄心猶在六十歲微禿的少年頭／染白了，四十載細細長長的慈母手中線」，如「誰說有亭翼然……偌大一座臨風生姿枕流漱石的亭子／就在瑯玡

山／四面殘葉蕭蕭的煙雨中／逃逸了」，如「在白雲千載的頻催聲中／我們豈能空手而返……／一探，簷角的風鈴，它究竟典出何處／再探，漠漠的鸚鵡洲，它的源頭在那裡／三探，鼎盛的三國，而今雄踞史冊的第幾首」，如此摘句是限於篇幅，但讀者也可由一斑而窺全豹。正是由於詩人有豐富的對於人生和世界的體驗，有中型抒情詩的創作演練，有不知老之將至的日新又新的藝術精神，好像長途跋涉的激湍終於一瀉而為飛流直下的瀑布，如同不遠千里的江河終於一匯而為波瀾浩闊的大湖，張默在年過花甲之後，也終於捧出了他長篇力作〈時間，我纏綣你——獻給同我並肩走過血與火年代的伙伴〉，為自己的藝術生命，更為他生命之所繫的詩神。

　　〈時間，我纏綣你〉兩年前在《創世紀》詩刊發表之後，即廣獲海峽兩岸讀者的好評，大陸詩評家沈奇在評文中稱它有「組詩的結構，史詩的氣韻，大詩的儀式，既保留了短詩簡潔、典雅的品質，又具整體架構所蒸騰的恢宏氣勢」，可見評價之高。在中國，除了少數民族口頭流傳而由後人整理成文的敘事長詩外，漢民族的敘事長篇向來就不發達，長篇抒情詩也不多，自屈原長達三百七十餘句的〈離騷〉之後，兩千多年來似乎難以為繼。在海峽兩岸的新詩作品中，抒情長詩也為數不多，堪稱優秀之作者更為少見，因為詩畢竟不是以長短來論優劣，讀者寧吃鮮桃一口，也不願吃爛杏一筐，一首上選之作的絕句，遠勝過平庸的萬語千言。但是，如果是抒情長詩又堪稱優秀之作，那就當然令人欣然色喜了。張默的這首抒情長詩，是新作而兼力作，它在中國新詩發展歷程中的地位，也許還要等待時間這位嚴明的裁判來界定，但它的出現已經值得我們重視。

　　這首長達 240 行的抒情長詩，沒有探取連排的形式，而是分為 40 節，每節均為六行，並均以相同的句式「時間，我××你」領起。從第一節的「時間，我浮雕你」到第 40 節的「時間，我悲懷你」，其中的「××」二字雖然魚龍變化，但整首長詩以時間為經，以人生、社會、民族、歷史、宇宙為緯，編織成為內蘊頗為豐富深廣的詩的織錦，充分表現了一位流浪海島的嚴肅的現代詩人生命與美學的探求，全詩洋溢的是令心魂飛越的文化

感、歷史感、民族感，以及近乎陳子昂式的前不見古人後不見來者的宇宙滄桑之感。「時間，我彩繪你／一襲飄飄欲仙的緞帶／怎能拴住難以設防的兩岸／猜疑，惦記，敵對，緩緩跨過絕望莫名的四十載／如今恍似豁然開朗／人間的黑暗褪盡，不知沒入歷史的第幾頁」（4），故土之思、鄉愁之感與民族之情三重合奏；「時間，我鯨吞你／一艘升火待發的航空母艦／自紅海來，向黑海去／進大西洋出太平洋，再縱橫南半球與北半球／迴旋，偵察，斥候，監聽／把一個好端端的海，渲染成一副稀奇古怪的大花臉」（5），這是對世界現存秩序和人類生存狀態的憂思；「時間，我滄浪你／一硯咫尺天涯的潑墨／是長江不夠長，青海不夠青，黃河不夠黃／還是滕王閣裡鳴鸞佩玉的盛況早已化為烏有／而一列飛向南浦的雲呢／是否瞿然落在我不知老之將至的雙眼」（16），作為一位中國詩人，其文化承傳和使命意識通過詩的意象而具現：「時間，我悲懷你／一滴流浪天涯的眼淚／怔怔地瞪著一幅滿面愁容的秋海棠／嘉峪關之外是塞北，秦嶺以西是黃河／我遨遊，一遍又一遍，我丈量，一寸又一寸／啊！且讓幾兆億立方的滾滾黃土，寂寂，把八荒吞沒」（40），詩人的神思上天下地，出今入古，周遊四野八方，但最後仍然只能降落在身處其中的此岸和魂飛其地的彼岸，全詩在一種楚騷式的浩然詠嘆中收束，曲終奏雅，洪鐘一記，給讀者留下的是裊裊不絕的餘音。

張默是歷時已 40 年的《創世紀》詩社的創始人和主將之一，但老將也不免失手，《落葉滿階》中也有平平之作，語言平實，意象不夠新鮮警煉，未能使讀者一見動心或一見鍾情，如「實實在在／它讓我們頭頂青天，氣宇軒昂的活著」（〈土〉）：詩中還有一些亟待揚棄的散文句法，如「這是絲絨的，纖細的，這是無比鋒利的／閃著沉鬱的看不透的色澤的／青銅的線條」（〈轟然，這些線條——讀羅丹青銅雕塑〉），一個長句中連用七「的」，未免累贅無力。然而，這些不過是張默詩集中的落葉或敗葉而已，他對我們彈撥的畢竟是頗為悅耳動心的二重奏。青春不老，在草長鶯飛的江南暮春三月，讓我遙祝老樹之上更勃發新的花枝！

——初刊《創世紀》第 100 期，1994 年 9 月

——選自蕭蕭主編《詩痴的刻痕：張默詩作評論集》

臺北：文史哲出版社，1994 年 9 月

表述的視角

張默《獨釣空濛》中「物我」視角的開展

◎劉益州[*]

一、前言：張默的旅遊空間——擬人的主體際性表述

　　身為外省籍軍旅詩人的張默，早年來臺是被迫遷臺所進行「羈旅」的空間活動，是「失其本居，而寄他方」的空間移動，是被迫的放逐，但在張默的旅遊詩中並不會看見透過凝視現實看清自己被放逐的心境[1]，相反地如蕭蕭所說張默有一顆快樂的心靈[2]，從張默《獨釣空濛》的旅遊詩中，我們可以看見張默以積極樂觀的意識去體驗「旅遊」本身，用快樂的情態去感知旅遊中所見的事物，給予意義充實。張默為了凸顯出旅遊中情感意識的喜樂，他擅長使用「我」和「咱們」的表述視角，以「我」的情感意識來詮釋「旅遊空間」藉以澄明自為的主觀快樂情緒，同時張默喜「擬人」的方式來指涉旅遊中所見的物，從「我」的立場與「旅遊中所見物」建立起主體際性的表述[3]，使「物」能為張默所意義充實，給予情感示現。簡政珍說：「詩不在於描述事件本身，而是對事件的感受[4]。」在張默的旅行詩

[*]發表文章時為逢甲大學中國文學系博士生，現為靜宜大學通識教育中心兼任助理教授。

[1]關於「放逐」的心境書寫，可見簡政珍，《放逐詩學：臺灣放逐文學初探》（臺北：聯合文學出版社，2003 年），頁 57。

[2]蕭蕭，〈燦爛的心靈・明亮的調子——導讀「海外詩帖」〉，收錄於張默，《獨釣空濛》（臺北：九歌出版社，2007 年），頁 357。

[3]關於「主體際性」，蔡錚雲簡單解釋：「在這『生活世界』之中，各個『自我』亦結合成一種『主體際性』（intersubjectivity）。這便是『這個』（the）世界的內容之昭示，亦正是整個現象學的內容，全部的透露。」見蔡錚雲，〈現象學總論（上篇）〉，收錄於《鵝湖月刊》第 1 卷第 4 期（1975 年 10 月），頁 47。

[4]簡政珍，《詩心與詩學》（臺北：書林出版公司，1999 年 12 月），頁 24。

中也是以對旅行所見物的感受，獲得情感意識上的充實而表述；具體而
言，張默旅遊詩中透過「擬人」的所建立的主體際性就是由主體對他物的
「移情」，所謂「移情」，可以參考葉太平的說法：「就是主體『向我們周圍
的現實灌注生命』，是主體『把親身經歷的東西』、『力量感覺』、『努力、起
意志、主動或被動的感覺』等，『移置到外在於我們的事物裡去，移置到這
種事物身上發生的或和它一起發生的事件裡去』。這一全過程由主體、對
象、關係三方面構成[5]。」換言之，就是在張默的旅遊詩中，張默以自我的
主體意識對旅遊所見的事物進行通感移識，使旅遊所意向到的視域的構
成、自我意識情志的開展和主體間性的建立，組成詩中所表述的旅遊世界
的構成性經驗[6]，張默對於旅遊空間的表現，主要就是建立在主體、對象的
「移情」關係的構成，創造出「擬人際性」的表述來凸顯個人情識，本文
即以此作為論述的奠基，從詩中「我」、「物」的敘述角度，來看張默如何
在旅遊詩中以「擬主體際性」的表述視角為基礎，對旅遊的視域進行情感
意識的被給予。

二、「我」的視角的空間觀

李明明說：「人對事物的觀察必有其視角，由此而形成的視界是人面向
自然的具體化[7]。」而「我」是存有被拋入「在世」的最基礎的視角，
「我」的位置是主體意識感知空間的基礎，也就是從「我」的身體空間來
感知外在空間，旅遊是「我」的身體空間來感知外在空間，「旅人在旅程中
凝視，也是一種自我主體建構的鏡像階段過程。在旅遊書寫裡，詩人藉由
身體感官上的凝視，在空間的移動中，進行與世界的對話、辯證、物我之
間遂產生相對的位置，於詩人的內在心象之情意活動內，形成緊張、矛盾

---

[5]葉太平，《中國文學之美學精神》（臺北：水牛圖書出版公司，1998 年 7 月），頁 150。
[6]此論點可參考洪漢鼎，《重新回到現象學的原點：現象學十四講》（臺北：世新大學，2008 年），頁 228。
[7]李明明，〈藝術批評的本與末〉，收錄於李明明，《形象與言語：西方現代藝術評論文集》（臺北：三民書局，1992 年 3 月），頁 3。

或是平衡、和諧的關係[8]。」因此所有的旅遊詩本質上都是從「我」出發，從我的視角對旅行中的對象進行意向活動[9]，給予意義詮釋，狄爾泰就曾指出創作說：「個體從對自己的生存、物件世界和自然的關係的體驗出發，把它轉化為詩的創作的內在核心[10]。」創作的表述，是作者意識的呈現，是作者對自我、世界中他者的關係表示，因此詩的創作也不能脫離「我」的視角，然而有些詩人的作品會刻意隱藏「我」的出現[11]，但本質上詩仍然明確地為「我」的視角服務，而成為作者「我」的言談道示[12]。

　　而張默的詩並不會刻意讓旅遊中風景平面化、客觀化，反而以「我」的情感意識凸顯「我」對於旅遊空間所開展的情感意識，使旅遊所見事物「生命化」、「情感化」，為作者張默「我」的意識所充實，所強調的並不是旅遊中的景色空間，而是「我」與旅遊景色空間的關係，如〈我站立在大風裡——追憶澎湖〉這首詩：

> 我站立在風裡，頻頻與飛沙走石對飲
> 頻頻以修長的肢體亂舞
> 唱大風之歌，吐心中之鬱
> 是初度，我從沒有如此之歡愉
>
> 思緒是落在咆哮的浪尖上
> 滿眼的水域令我感知造化的茫然
> 我欲以全生命的逼力去親貼

---

[8] 王浩翔，《臺灣現代詩旅遊書寫研究》（成功大學中國文學研究所碩士論文，2008 年 6 月），頁 33。

[9] 「意向活動」在現象學中指主體對意向對象進行意識活動的行為。見德穆・莫倫（DErmont moram）著；蔡錚雲譯，《現象學導論》（臺北：桂冠圖書公司，2005 年），頁 157。

[10] 狄爾泰，《詩的偉大想像》，轉引自劉小楓，《詩化哲學》（濟南：山東文藝出版社，1987 年），頁 168。

[11] 如柳宗元的名作〈江雪〉：「千山鳥飛絕，萬徑人蹤滅，孤舟簑笠翁，獨釣寒江雪。」全詩沒有「我」的出現，刻意隱藏了感知風景的意向主體。見乾隆編，《全唐詩》351 卷 11 冊（北京：中華書局，1985 年），頁 3948。

[12] 馬丁・海德格著；孫周興譯，《走向語言之途》（臺北：時報文化出版公司，1993 年），頁 221。

去飛逸

去泅泳

舐舐暴躁的海特釀的鹹味

我心中綿密的森林與某些

潮濕的夜晚與某些

星星的爭吵

突然蛻化成無數條彎彎曲曲的游龍

我站立在風裡

滿身的血液如流失

一群一群連續急驟地飛出

讓它噴灑在一片未被鬆軟的荒土上

花跳躍

鳥彈奏

龍柏唱著發育之歌

我燃燒並且鼓舞

這個大風起兮的節令

自然的協奏曲

劈劈拍拍地繾綣於心靈的枝頭

噢,是什麼使它如此的

如此的深澈如此的冷,以及

如此的遼夐與迷離

就是如此的遼夐與迷離

偏偏我是一株攀生千葉的巨樹

伸它粗壯的手臂

豐豐而向上

在風裡,在深深發黏的風裡

我的豪興亦如童稚的真摯[13]

　　此詩的詩題「我站立在大風裡」確立並突出了詩中「我」在旅行風景空間的存有，且張默在此詩詩首和詩中重複「我站立在風裡」揭明了「我」此在的空間性，透過「我」的空間性延展開來，讓所感知到的視角合成一為「我」統一的視域，我們可以以下〈我站立在大風裡〉將此詩有「我」的詩句整理出來：

我站立在風裡，頻頻與飛沙走石對飲
是初度，我從沒有如此之歡愉
我欲以全生命的逼力去親貼
我心中綿密的森林與某些／潮濕的夜晚與某些
我站立在風裡／滿身的血液如流矢
我燃燒並且鼓舞／這個大風起兮的節令
偏偏我是一株攀生千葉的巨樹／伸它粗壯的手臂
我的豪興亦如童稚的真摯

　　在這首詩中，不斷地看見張默以「我」在旅遊空間中作確認，確認「我」處於當下旅遊空間的位置，並且「物我」以生命、歡愉、豪興等情感建立起認知性的結構，在此詩中所強調的不是風景，而是「物我」之間的經驗認識，企圖從「我」出發，以情感的投射與表述，使「我」與旅遊空間的澎湖能達到感通統一的情識，這也是張默旅遊詩的典型表述風格。

　　然而以旅遊空間而言，如「澎湖」這樣一個較廣泛的旅遊空間相較之下，是不容易抓住空間特色予以「擬人化」成為「你」的訴說對象，因此表述這類旅遊空間作品的詩作，張默大多以「我」的意向投射在旅遊空間

---

[13]張默，《獨釣空濛》，頁35～36。

上，從心理與情緒來建立「我」與「物」的體驗[14]，而使表述「物我」的視角與表述結構得以實現，這類以較廣泛難以具體描述的旅遊空間為「物我」表述對象的詩作還有〈鹿港埔頭街小立〉、〈震耳欲裂的水聲——天祥合流露營偶得〉和〈一襲稻香的田埂〉，其中〈一襲稻香的田埂〉還帶出了抽象的時間體驗：

> 一股十分親摯的南風
> 把我懶散醉倒在
> 觸目盡是一襲稻香的田埂上
>
> 我，小心翼翼緩慢的走著
> 深怕驚動右側小池塘的蛙噪
> 草堆不遠處，一隻粗壯的公牛
> 愣愣的，對著青天撒尿
> 三五村姑埋首二稻芽子的阡陌
> 左尋右覓，獨不見
> 去夏打穀機漏下來朵朵白蓮的倩影
>
> 望著對岸表弟新蓋的三層小洋房
> 突然憶起半世紀前的無為老宅
> 連同陰森透亮的天窗、水井，與
> 一具具滿臉皺紋無所事事的犁耙
> 似乎如酒的鄉愁，早就被
> 此起彼落盈耳的蟬嘶

---

[14] 胡塞爾說：「認識在其所有展開的行中都是一個心理的體驗，即都是認識主體的認識。它的對立面是認識的客體。」也就是「我」與「物」的認識的展開，本質上就是心理的體驗，而體驗的結構就是「認識主體」和「認識客體」以心理的體驗聯繫起來。見胡塞爾，〈現象學的觀念〉，收錄於倪梁康編，《胡塞爾選集（上）》（上海：生活・讀書・新知三聯書店，1997年11月），頁37。

解體了[15]

　　此詩第一段即以香味聯結了景色空間的「物」與「我」的體驗關係，並顯明出主題「稻香的田埂」的稻香特色，第二段張默則以身體的移動：「我，小心翼翼緩慢的走著」改變了「我」的表述視角，在王建元〈現象學的時間觀與中國山水詩〉曾引梅洛龐蒂的話說：「『一個畫家的軀體，因為其本身是視野與行動的混合』，故會為了『一個飽和的視野』的目標而『不停止地移動來適應他對事物的透視』……這也是葉維廉所指出的中國畫家以其『視角的移動』來『將空間的各單位時間化』……[16]。」透過身體的移動，使「視角」隨之移動，而達到「飽和的視域」的豐富空間表述，而動作本身具有時間性，「詩，由動作，帶出時間的存在[17]。」〈一襲稻香的田埂〉這首詩的詩中「我」的動作除了表現移動的飽和視野，同時帶出了對過去時間回憶的時間意識表述：「望著對岸表弟新蓋的三層小洋房／突然憶起半世紀前的無為老宅」，整首詩呈現如下圖的表述結構：

「我」與「風景空間」的體驗結構

↓

「我」的活動建立「飽和的視野」

↓

「我」對於同樣的「風景空間」的時間性感知（時間性體驗：回憶）

　　當此詩第三段表述出詩中「我」對於「風景空間」的時間性感知後，張默的企圖仍就是我與當下「風景空間」的意向與表述，而不是沉湎於對過去的回憶，故詩末以「似乎如酒的鄉愁，早就被／此起彼落盈耳的蟬嘶

---

[15] 張默，《獨釣空濛》，頁 213。

[16] 王建元，〈現象學的時間觀與中國山水詩〉，收錄於鄭樹森編，《現象學與文學批評》（臺北：三民書局，1984 年），頁 192。

[17] 游喚，〈時間與動作在詩中的作用〉，收錄於《臺灣詩學季刊》第 9 期（1994 年 12 月），頁 139。

／解體了」切換對於過去時間表述的視角回到當下「物我」的風景空間體
驗，馬大康說：「作家常採用的種種敘述策略，諸如語言時態的運用、具體
時間的標示、具有時代特徵的背景的強調，以及視角的頻繁切換等等，來
抗拒文學時間對所敘對象時間的同化，刻意製造時間間距，使讀者來往搖
擺於現在和過去、未來之間。[18]」張默很明顯地欲意表現「我」對於「風景
空間」的當下感知，但又不欲忽略「風景空間」之於「我」的時間性，故
以動作、感知體驗（蟬聲）頻頻切換視角，使此詩的視域達到相當程度的
「飽和視野」，也充分反映了詩中「我」主體意識的情識感知。

　　我們在〈一襲稻香的田埂〉中看見「風景空間」的時間性，也就是認
識主體對於認識客體的空間之時間意識，當空間被給予了時間性的意義
時，也就是認識主體的時間意識充實了所認識的空間客體，使空間客體生
命化、情感化，在〈龍門石窟〉、〈巴黎街頭小誌〉這兩首詩中，也可以看
見張默以「我」的角度，在「旅遊空間」中意識到空間客體的時間性，其
中「龍門石窟」的歷史性原就有強烈的時間特性，而〈巴黎街頭小誌〉則
是張默以其詩人經歷的文學想像，賦予了「巴黎街頭」文學的時間性：

> 今天，不管它吹的是
> 什麼樣的風
> 我這個東方來的
> 披一肩方塊字的清癯的訪客
> 還是無限迷惘
> 在懶懶散散的巴黎街頭
> 追蹤一個拄著拐杖的
> 名叫阿保里奈爾的人
> 然而，米拉堡橋仍在河左岸淒淒的流著

---

[18] 馬大康，〈文學時間的獨特性〉，收錄於《文學理論研究》第 5 期（1999 年），頁 28。

可是詩人眼中楓紅似火的戀

卻已不翼，而飛[19]

張默的旅遊詩極重視「我」的示現，在這首〈巴黎街頭小誌〉中他首先描述的是「我這個東方來的／披一肩方塊字的清癯的訪客」，用「東方來的」來表述自己的地域與種族、「披一肩方塊字的」明晰自己文化與詩人的身分、「清癯的訪客」表示自己的形軀，當「我」的身分、位置澄明了，張默才書寫到「巴黎街頭」，然而張默並不只是寫「巴黎街頭」本身，而是透過「巴黎街頭」中「米拉堡橋」的空間性，對歷史時間中的詩人阿保里奈爾進行意向活動的表述[20]，〈巴黎街頭小誌〉這首詩由「我」的視角出發，透過我對「米拉堡橋」的空間體驗轉化為對詩人阿保里奈爾的時間感受作為詩的表述，文學的時間性以及詩人生命的時間性在「我」對「旅遊空間」的視角觀察中呈現出來，這是張默以詩中「我」一個相異於阿保里奈爾種族、文化的東方詩人對於「米拉堡橋」以及「阿保里奈爾」所完成的時空觀察的旅遊詩作。

三、「我」的複數視角表述──「咱們」運用

蕭蕭認為讀張默的旅遊詩，尤其是 53 首海外詩帖：「我們彷彿與張默同車旅遊，可以感受到同遊的熱情與興奮，可以聽到他內在的、心的搏動，情不自禁的、血的吶喊[21]。」事實上，張默的詩是熱情的，張默樂於與他人分享自我的視角。在現象學中，胡塞爾用「移情法」來從自我的立場跳躍出來，而投入他人的意識流中，用他人的觀點，立場來觀看事物[22]，然張默在他的旅遊詩則是透過通感的移情，將他人和自我放在同樣的視角來

---

[19]張默，《獨釣空濛》，頁 249。

[20]張默在此詩的註寫道：「阿保里奈爾（G. Apollinaire 1880～1918），法國立體主義時代表詩人，曾寫過一首有名的〈米拉堡橋〉的情詩，老詩人紀弦曾予中譯。」

[21]蕭蕭，〈燦爛的心靈・明亮的調子──導讀「海外詩帖」〉，收錄於張默，《獨釣空濛》，頁 357。

[22]蔡美麗，《胡塞爾》（臺北：東大圖書公司，1980 年），頁 129。

表述對「旅遊空間」進行感知與表述，也就是「我」的複數視角表述，運用「咱們」作為「物我」感知的基礎，這種「我」的複數視角出現較多次數是運用在張默與其詩友共同遊覽的情境中，這類作品有〈再會，左營〉、〈今夜，海在域外嚎叫——香港「星光大道」拾碎〉、〈鐵馬，想開——旅韓詩抄之一〉、〈再見，玉門關〉、〈欣見蒼坡村〉等，其中〈再會，左營〉顯然是描述張默曾服役的左營軍區，詩中寫明了「咱們」是「管管、沈臨彬和我」，比較特別的是〈欣見蒼坡村〉這首詩，這首詩的視角從「我」轉為「咱們」並同時表述感知空間的時間性：

乍見你，我隱約感覺你羞澀的
向八百年前落葉繽紛的史冊，深深滴答
那一尊素樸高聳的寨門
以青瓦為頂，圓木作柱
再佩以長方形土黃的石塊砌成
輕輕，把咱們不規則的視矚，好奇的拎著

一腳踏入村內，氣象瞬即各各不同
垂柳交頭接耳，荷塘閃爍掩映
參差散置一幢幢古拙的民宅
從而石徑、飛簷、漏窗、花牆、水榭……
紛紛展現不凡的氣宇
咱們適時跳進王羲之巨筆生風的靈動裡

安安逸逸，咱們流水般的徜徉著
領略它以文房四寶為造型的奇絕
而一水之隔的望兄亭，送弟閣，悄悄對視
更滋長人性真情流溢穿越一切的奧義
勢將在五湖四海遊子的耳語下燦燦開花結果

嗨！蒼坡，好一朵永不凋謝的宋代木芙蓉[23]

　　這首詩一開始以「我」對「你」物的凝視引發表述，王浩翔指出：「旅遊是同時具有移動與凝視雙重面向的活動，而這兩項同時進行的面向，則與旅人的身體上的感官經驗有很大的關係。意即，旅人透過自身的感官，感知周遭的世界，並進行一連串的經驗過程[24]。」張默以自身的視覺感官意向「蒼坡村」的空間意識，接轉化為「向八百年前落葉繽紛的史冊，深深滴答」的歷史時間意識，而歷史時間意識體現在具體的空間如「寨門」、「青瓦」、「土塊」再回到「咱們不規則的視疇」的凝視，換言之，此詩第一段即是用凝視的空間感知轉化成時間意識表述又回到主體際性凝視的共通視覺感知，「蒼坡村」的時間與空間被交互辯證而澄明。

　　此詩第二段以「我們」的身體移動作為表述[25]，身體空間移動的動作使對「蒼坡村」的體驗得以呈現時間性地為「咱們」所呈現，克羅德・勒佛說：「我的任何移位，原則上都在我的視覺風景中有其具體落腳處，都被移轉到可見物的版圖上。我所看見的一切，都在我所及的範圍內，至少在我視線所及的範圍內，而被標誌在「我能」（je peux）的版圖上[26]。」也就是說，身體空間的移動在原則上都能夠具體地被視覺意向所感知，而「我」所凝視意向到的「他物」，也同樣能夠為「我」所意向、所認知，從「可見的」轉變成「不可見的」，被「我」所給予意義，在這一段當中，從「我」的空間移動，得以感知到「飽滿的視野」，進而在詮釋這些「視野」的同時，「我」所詮釋的時間性意義得以展開，「蒼坡村」成為「王羲之巨筆生風的靈動」的歷史文化意義場域，而「咱們」的身體空間移動即進入了作

[23]張默，《獨釣空濛》，頁 150。

[24]王浩翔，《臺灣現代詩旅遊書寫研究》（成功大學中國文學研究所碩士論文），頁 33。

[25]此段文末言「咱們適時跳進王羲之巨筆生風的靈動裡」即點明了「一腳踏入村內」的身體空間移動的主體是「咱們」。

[26]克羅德・勒佛（Claude Lefort），〈序〉，收錄於梅洛龐蒂（Maurice Merlcau-Ponty）著；龔卓軍譯，《眼與心》（臺北：典藏藝術家庭公司，2007 年 10 月），頁 80。

者張默所意義給予的「旅遊空間」中，此詩在「咱們適時跳進王羲之巨筆
生風的靈動裡」這一句達到了詮釋身體進入「旅遊空間」的高潮，第三段
則延續第二段的餘韻，以「王羲之巨筆生風的靈動」繼續詮釋「旅遊空
間」的蒼坡村並定義為「好一朵永不凋謝的宋代木芙蓉」，凸顯出張默視角
中蒼坡村的歷史時間性與美感。

〈欣見蒼坡村〉是以詩友們的「咱們」身體空間移動感知「旅遊空
間」，但〈溪頭拾碎〉、〈滄浪小立〉、〈初訪美堅利堡〉、〈康橋，垂柳依稀若
緞〉彷彿以生命共同在場的「咱們」來體驗「旅遊空間」的時間性，表述
出生命時間珍貴悵然的視角，例如〈溪頭拾碎〉：

晨起推窗
一群遊哉悠哉的鴿子
把青翠的銀杏踩成一排白色
淒冷的光從簌簌的竹叢中漏下來
恍似殘碎的露滴栽滿我的一臉
哦，黃雀在靜靜的啼泣
安知百年後的某一個清早
我們不在這裡

我們不在這裡
一層層的爭辯蕯然飛上
只剩半截空空如也的神木
兩千八百年的戰國來過
是懷有歷史的惆悵嗎
烽火，不也就是一簇簇的落葉

我們不在這裡
來與去，無與有

　　　　歲月還是無可奈何地把傷感微微的接住[27]

　　這首詩用「淒冷的光從簌簌的竹叢中漏下來／恍似殘碎的露滴栽滿我的一臉」揭示了詩中「我」的在場以及「我」與「旅遊空間」的關聯性，在當下的「旅遊空間」中，「我」和「黃雀」是「共同在場」的存有，張默在體驗「旅遊空間」當下的美感，同時從「生命」的共同視角「我們」體驗到空間的時間性，我們在前文已述及，詩中的動作是有時間性的：「一群遊哉悠哉的鴿子／把青翠的銀杏踩成一排白色」、「黃雀在靜靜的啼泣」，而旅遊的動作本身亦是具有強烈的時間性，張默意識到「我」的旅遊以及「鴿子」、「黃雀」的活動，感受生命中共同在場的「我們」被拋入時間流之中，使得對「旅遊空間」的表述，呈現作者對時間感發的視角，李紫琳說：「在文學的詮釋中，文學中的空間感加入主體（作者）的意識，並內化成為生活的一部分，且空間感挾帶著許多生活類型，有助於一窺主體之生活情境[28]。」在這首〈溪頭拾碎〉的空間感，即顯現了作者張默對於生命時間的意識，看見他不同於平時生活開朗快樂而對時間悵然的生活情境，詩末言：「來與去，無與有／歲月還是無可奈何地把傷感微微的接住」不但說明了旅遊的身體空間移動，也透過身體空間的移動指涉了「我們」共同在場的生命主體在歲月的時間流的「旅遊」，而「我們」的視角即是共同在場的生命主體。

四、「你」──物的移識與移情

　　張默的旅遊詩喜以「擬人」的方式建立起主體意識「我」和「旅遊空間」中的「他物」主體際性的聯繫，透過「移情」、「移識」的方式，是表述對象被給予的意義詮釋，從人格化地示現出來[29]，而「擬人」所形成的人

---

[27]張默，《獨釣空濛》，頁48。

[28]李紫琳，《詩意地棲居：《楚辭》中的空間感與身體感》（東華大學中國語文學系碩士論文，2007年7月），頁2。

[29]「移情作用有人稱為『擬人作用』（Anthropomorphism）。拿我做測人的標準，拿人做測物的標

格化則更加鮮明地凸顯出作者所意識到、詮釋到的「他物」特質，作為旅遊詩中被「擬人」的他物，作者必須能夠確切掌握「他物」的特質，表述其具體形象，才能確切地「移情」、「移識」深刻表述出所要表述的「他物」，而使旅遊中所見的「他物」對表述主體而言具有意義[30]。

　　在《獨釣空濛》這本詩集中，具體以「你」的「擬人化」來表述旅遊中所見的「他物」的詩作可分為三類，以下分點論述之。

（一）熟悉的「旅遊空間」

　　作者能夠確切掌握到「旅遊空間」的特質，才能將「旅遊空間」轉換成具人格的具體形象，而作者熟悉的「空間」或「他物」，才能有深切的情感「移識」與「空間」或者「他物」感通擬構出人際的「主體際性」。而我們在《獨釣空濛》中看見張默敘述大多數他相當熟悉的「旅遊空間」時，都會用「擬人」的方式，將表述客體用「你」的指涉呈現出來，這類詩作有〈謁海軍將士紀念塔〉、〈半屏山，讓我陪你走一段〉、〈我，躑躅在大膽島上〉和〈昂首・燕子磯〉等，以上所舉的前三首詩都是以張默所熟悉的軍事相關的「旅遊空間」，因為張默生平大半都在軍旅中度過，因此這些空間景象讓張默熟悉且充滿情感的指涉，即使是張默初次遊歷的「大膽島」，張默在詩中對大膽島的表述仍充滿親切的熟悉，見〈我，躑躅在大膽島上〉：

踩一踩這裡的泥沙

　　這裡的泥沙，好輕柔

踩一踩這裡的岩石

　　這裡的岩石，好堅硬

準，一切知識、經驗都可以說是如此得來的。」見朱光潛，《文藝心理學》（臺北：建宏出版社，1987 年 6 月），頁 47。

[30] 雷可夫認為擬人化是人類自身動機的延伸，用人類的術語使事物具有意義。見雷可夫（George Lakoff）、詹森（Mark Johnson）著；周世箴譯，《我們賴以生存的譬喻》（臺北：聯經出版公司，2006 年），頁 61。

你們站在這裡，直挺挺的站在這裡

陽光燦爛，狂吻弟兄們古銅的臂膀

海水清冽，拍擊每一座碉堡的胸膛

這裡的一草一木，都在飛躍著

這裡的一山一石，都在呼嘯著

你們站在這裡，熱騰騰的站在這裡

藍天，是溫暖無比的被褥

大地，是取之不竭的糧食

跨過去，輕輕咬著歲月的唇沿

飛起來，靜靜興起無窮的感歎

哦哦！大膽島

你是金門最帥的印記

你是歷史抹不掉的扉頁

你，曠達怫鬱的氣宇，山川雲彩可以見證

你是一首愈陳愈香，陶陶然的高粱之詩[31]

　　相較於前引詩，這首詩看不到「我」的鮮明位置，而是以對「你」的敘述結構起整首詩的視域，如朱光潛說：「移情作用是凝神注視，物我兩忘的結果，叔本華所謂『消失自我』[32]。」在這首詩的「移情作用」中，我被遮蔽起來，而僅剩對「你」的表述，但並不代表「我」的位置視角完全消失，只是因為「移情」的作用使「我」的意識轉移到表述客體「你」的位置上，而成為一個「虛我表述」，也就是說，詩中「我」的意識透過表述客體「你」而詮釋出來。

　　深切的移情而具有「擬人」的效果，張默彷彿向大膽島訴說般地表述

---

[31]張默，《獨釣空濛》，頁42。

[32]朱光潛，《詩論》（臺北：萬卷樓圖書公司，1993年10月），頁74。

出這首〈我，躑躅在大膽島上〉，用「你們」來指涉大膽島上的「一草一木」、「一山一石」，用「你」來指稱「大膽島」，「陽光」、「海水」、「藍天」、「大地」到「大膽島」，張默使用豐富的隱喻建構一個充滿動態和畫面感的大膽島。馮憲光說：「隱喻結構的文本化也是意識形態的文本化[33]。」我們從張默對大膽島及島上事物表述中的隱喻，即可看見張默的主體意識對大膽島這「軍事空間」充滿熱烈、激情的高昂意志，故詩末言：「你是金門最帥的印記」、「你是一首愈陳愈香，陶陶然的高粱之詩」，張默對於具有軍事意義的「旅遊空間」相當推崇而且熱情所呈現出來情感意識，是相當清楚的。

而〈昂首・燕子磯〉則是張默過去中學時常去遊玩的地方，因此對於燕子磯的「旅遊空間」，充滿既熟悉又陌生的呢喃對話，節錄此詩第三段：

> 你還記得，我曾把對岸八卦洲的幾簍包穀
> 狠狠扔進你的懷裡
> 那由金黃顆粒所鋪成的石梯
> 難道情有獨鍾
> 我想低時，你比我更低
> 你想高時，我比你更高
> 且讓時光一寸一寸緩緩地逼近
> 你還遙想當年
> 　　咱們背對背，額對額時的景象嗎[34]

在這段的敘述裡，詩中「我」和「你」的認知結構還包含了時間性的體驗，透過回憶對當下與過去時間進行表述，辯證出「我」與「你」的關係。胡塞爾說：「……談到回憶，它不是一件如此簡單的事情，它提供了各

---

[33]馮憲光，《審美意識形態的文本分析》（成都：四川大學出版社，2001 年 11 月），頁 342。
[34]張默，《獨釣空濛》，頁 135～136。

種相互交織在一起的對象形式和被給予形式。所以人們能夠指出所謂原初的回憶，指出任何知覺必然交織在一起的保留。我們正在體驗著的體驗，在直接的反思中成為我們的對象，並且在這種體驗中所展現的始終是同一對象之物：同一聲音在剛才還是作為真實的現在（Jetzt），眼下仍是這一聲音，但它回到了過去並同時構造著同一個客觀的時間點。」[35]胡塞爾慣以聲音的綿延來比喻時間性，對胡塞爾來說，回憶並不只是純粹對過去時間的重構，而是在「我們正在體驗著的體驗之中，體驗回到了過去並同時構造著同一個客觀的時間點。」換言之，張默在〈昂首‧燕子磯〉從「我」和「你」的視角中體驗到當下的時空同時在「旅遊空間」燕子磯的基礎上，透過回憶構造著過去時間的客觀時空。在回憶中，體驗當下和構造過去是併行的，也就是說在〈昂首‧燕子磯〉的「你」與「我」表述結構中，當下感知視角和過去回憶視角都在當下被表述出來，也只有奠基在眼下的這個「燕子磯」空間性視角才能夠回到過去同事構造著同樣的空間記憶。在這樣的視角中，不但表述出「你」和「我」的物我關係，同時也表述出「物我」當下與過去時間的時間性。

（二）「旅遊空間」中的人物想像

在旅遊空間中，有一部分的地點與「人物」關係相當密切，因此相當容易將「空間」轉化為「擬人」的形象，在這種情況下，詩人所旅遊的是空間，藉著「你」的指涉對話的對象卻是那個旅遊空間所代表的人物，詩人所旅遊的是空間，但詩人所意識到並表述的卻是時間流中的人物對象，在《獨釣空濛》中這類詩作有〈杜甫銅像一瞥〉、〈初訪嚴子陵釣臺〉、〈白居易墓〉、〈致普希金〉、〈致托爾斯泰〉等。張默在這類的詩作亦習慣用「你」建立起強烈的主體際性的感通視角，如〈杜甫銅像一瞥〉：

　　你，閉目養性，站在風風雨雨的茅屋中

---

[35]（德）埃德蒙德‧胡塞爾著；倪梁康譯，《現象學的觀念》（上海：上海譯文出版社，1986 年 9 月），頁56。

無視騷人墨客

無視暮來朝去

儘管裹著一身抖不掉的蕭瑟

而你悵望千秋的詩句

依然，熱騰騰的

穿越水檻，穿越寂寂的花徑

好端端地落在，落在

每一位膜拜者

風塵荏苒，不勝唏噓的歎息裡[36]

　　這類詩作充滿時間意識、歷史意識，本質上可以說是懷古詩[37]，而不是純粹的旅遊詩，而張默在這類旅遊懷古的作品中，仍喜於移情、移識到所懷古的人物身上，建立起超越時間的主體際性的表述視角。如〈杜甫銅像一瞥〉筆下寫的雖然是杜甫銅像的形象，卻擬人具有人的情態：「你，閉目養性」、「而你悵望千秋的詩句……」都彷若透過對「你」的表述視角呈現歷史中杜甫的人物形態。這類旅遊懷古作品多半是對歷史人物的意向詮釋、對話，透過彼此關係的辯證，詮釋出張默對於詩中「旅遊空間」的情識，又如〈初訪嚴子陵釣臺〉：

為何，為何

你不直直垂天而下

把富春江的麗水

一飲而盡[38]

---

[36] 張默，《獨釣空濛》，頁 128。

[37] 關於懷古的定義可見鄭振偉，〈懷古詩的開端結尾研究——李白相關作品的分析〉，收錄於《意識‧神話‧詩學——文本批評的尋索》（北京：中國社會科學出版社，2005 年 3 月），頁 177。

[38] 張默，《獨釣空濛》，頁 146。

　　這首詩寫的並不只是「嚴子陵釣臺」的「旅遊空間」，反而更強調張默對嚴子陵的意向活動，這首短詩從「旅遊空間」為基礎，張默在體驗此空間後，開展出對作者對嚴子陵的意識想像，表述的視角放在對歷史時間中「你」的想像意向活動上，而非純粹的「旅遊空間」，這類作品中「我」的位置被消融在對「你」的意向表述裡，這也是「極端移情」的表述結果。

（三）特殊具體的「旅遊空間」

　　除了作者相當熟悉的空間以及原本就具「人物」特質的旅遊空間外，還有一種「旅遊空間」獨立具體，特殊性顯而易見，因此作者容易理解認知繼而進行「移情」、「移識」的擬人化表述來掌握這個「旅遊空間」，例如〈悠然自若，懸空寺〉、〈雙叟，在冷雨中怦然閃爍〉、〈風車，霍霍如狂草〉、〈釋埃及獅身人面像〉、〈小美人魚──哥本哈根一景〉等，這些詩作中透過「你」的指涉所表述的「旅遊空間」都是具體的事物：「懸空寺」、「雙叟咖啡館」、「風車」、「獅身人面像」、「小美人魚雕塑」等，張默將這些具體顯著的特殊風景擬人化作為「你」的指稱，建立起緊密通感的主體際性結構，而使作者意識能夠貼切生動地認識到「旅遊空間」中具體特殊的「他物」，以〈悠然自若，懸空寺〉為例：

用一層層的泥土，把你抬起來
用一節節的風雨，把你浮起來
用一句句的驚歎，把你圈起來
用一匹匹的眼睛，把你藏起來

每天，多少陌生客對你指指點點
上上下下，企圖把你狠狠掏空
甚或，為你開腸破肚
好讓你全然一絲不掛，面對
眾生，而不感到羞澀

你你你，到底是啥理由

讓一排身子永遠下墜而斜斜生根

乾脆，請你行行好，放下一綑扯不斷的繩子

也好任我熱縮冷脹的靈魂

骨立在上頭

每天，悠悠然，與搖晃自若的青空

對話[39]

這首敘述「懸空寺」風景的詩幾乎是用對話的形式構成，以一個幾乎被遮蔽的意向主體「我」來對意向客體「你」訴說「我」的意向思維，此詩前兩段對於擬人的「懸空寺」作描述，在這裡，描述並非僅限於當下時空的視角，也有對於過去時間想像的表述，例如「用一節節的風雨，把你浮起來」、「每天，多少陌生客對你指指點點／上上下下，企圖把你狠狠掏空」就很明顯地是從當下的感知轉化到對時間的想像認知，而這樣的表述本質上就是確認詩中「我」對於「你」懸空寺的理解與掌握，透過想像與虛構對懸空寺通感建構主體際性，而得以了解、詮釋「旅遊空間」中的懸空寺[40]。在此詩第二段，張默為了凸顯出他所詮釋的懸空寺的神奇，加強了口語的效果而連續用三個「你」，強調欲對「你」懸空寺的理解。張默強調了「懸空寺」的特殊性後，他更表述希望能和懸空寺一樣「骨立在上頭」，也就是極端移情之後，讓主體際性的「你」、「我」的「物我關係」都消融在「物」的特殊性中，藉此凸顯出「旅遊空間」中被表述「物」的特殊性。

---

[39] 張默，《獨釣空濛》，頁 208。

[40] 主體際性的建立本質上就是想像與虛構，倪梁康說：「這個他人的自我與我的之間的同一性只是一種想像的或虛構的同一性，因此他人的實在自我與我的實在自我永遠不會相同一。」但這種想像與虛構無礙於我們對他者的理解。見倪梁康，《現象學及其效應：胡塞爾與當代德國哲學》（北京：生活‧讀書‧新知三聯書店，1994 年，10 月），頁 151。

五、結語：「我」、「咱們」以及「你」的視角表述

　　王曉東說：「以身體為基礎的構建揭示了人與世界的統一。既然世界是為我呈現的現象，則整個世界就是我的知覺場的無限擴張[41]。」也就是說世界是為「我」的知覺意向建構出來的，事實上在旅遊詩的創作時，詩人就是以空間意識來感知「旅遊空間」，並且表述成我們「可見的」作品，王川岳解釋梅洛龐蒂的藝術觀時就指出：「知覺是創造的，知覺是藝術創造的關鍵，因為它將『可見的』轉換為『不可見的』，同時又把不可見的轉換為可見的，它實現了兩個世界的『雙重轉換』[42]。」寫作旅遊詩的過程就是將從「可見的」旅遊空間視野轉化成「不可見」的作者感知意識，再轉換成「可見的」作品，而其中重要的關鍵就是知覺，作者的意向感知，和作者如何去感知空間的意識，決定表述意向的視角；顏忠賢說：「空間意識的形塑決定於個人經驗空間的過程。在空間被經驗的過程，『地點感』進入記憶而在身世中產生意義。然而旅行背離了這些熟悉的空間，甚至是背離了原有感知空間的方式。透過進入異質的地緣與轉換空間感知方式的過程，旅行使人的主體經驗與空間有了更深的對話[43]。」所謂「地點感」就是空間為主體個人所經驗而建構出來的空間經驗，旅遊本身使空間經驗不斷地重新被參照，而讓主體空間意識所建構的世界不斷向外推移[44]。旅遊詩的創作從「可見的」到「不可見的」會牽涉到「旅遊空間」的意向及表述牽涉到主客體的空間性和主體空間意識的時間性，而從「不可見的」轉化成「可見的」作品表述亦牽涉到表述的結構與視角的關聯。本論文從張默《獨釣空濛》旅遊詩集中「我」、「咱們」與「你」的表述視角應用，辯證論述張默的旅遊空間意識是建構在凸顯「我」的空間位置對照出「物我」的旅遊空

---

[41] 王曉東，《論梅洛龐蒂的知覺理論及其超越性》（黑龍江大學外國哲學碩士論文，2007 年），頁 28。

[42] 王川岳，《現象學與解釋學文論》（山東：山東教育出版社，2001 年 7 月），頁 107。

[43] 顏忠賢，《影像地誌學》（臺北：萬象圖書公司，1996 年 10 月），頁 74。

[44] 米・杜夫海納著；韓樹站譯，《審美經驗現象學》（北京：文化藝術出版社，1992 年），頁 204。

間關係，亦會以複數的「咱們」揭示旅遊空間中相對於「物」的共同視角，而張默更喜以「擬人」的方式結構旅行空間中「物我」的主體際性，以移情、移識的主體際性視角來強調詮釋對旅行空間的「他物」，凸顯出「物」的特色，然而除了本論文基本主要的表述視角區分外，張默也會混合運用上述視角，並加上「他」的「擬人」之「擬主體際性」複和表述，使詩作產生豐富的「散點透視」、「時間落差」、「視角易位」等意象呈現[45]，這些較細節的論述則可以另文更深入探究。

──選自蕭蕭、羅文玲主編《生命意象的霍霍湧動──張默新詩論評集》
臺北：萬卷樓圖書公司，2011 年 5 月

---

[45]關於以上三種視角意象表現的詮釋，可見吳晟，《中國意象詩探源》（廣州：中山大學出版社，2000 年 4 月），頁 156。

《張默集》解說

◎丁旭輝[*]

　　張默（1931～），本名張德中，出生於中國安徽。1948 年開始寫詩，陸續出版詩集《紫的邊陲》、《上昇的風景》、《無調之歌》、《張默自選集》、《陋室賦》、《愛詩：張默詩選》、《光陰‧梯子》、《落葉滿階》、《張默精品》；1998 年以手抄本方式出版《遠近高低》，2000 年出版《張默世紀詩選》，2005 年出版紀念版的私房詩集《無為詩帖》，用來贈送少數愛詩的朋友，2007 年收集與旅遊相關的舊作新篇，出版《獨釣空濛》的旅遊詩集。從 1964 年到 2008 年，張默共出版了 13 本詩集，包含九本單行本與四本選集，《無為詩帖》後未結集的詩作已有四十多首。本集的編選，以新作多舊作少，且盡量不與四本詩選集疊見為原則，選出了 82 首詩作（凡組詩中內容獨立者視為一首），按照寫作或發表年代的先後，逐一呈現在讀者面前。不過在「解說」中，將這些詩作的出現順序基於敘述的脈絡而打散，並點出每首詩的主旨大要、關鍵樞紐，希望藉此呈現張默詩作的菁華與風華，鋪陳詩人的生活面貌與詩思軌跡。這是一種近乎「說故事」的呈現方式，對於讀者朋友們要在最少的篇幅與最短的時間內了解張默的詩與人，或許是最簡捷的；而同時，提到入選詩作時，都會在詩作前加上寫作或發表的年代，方便讀者們按圖索驥，對照原詩。

---

[*]發表文章時為高雄應用科技大學文化創意產業系副教授，現為高雄應用科技大學文化創意產業系教授。

一、從海洋出發

　　1949 年，18 歲的張默告別母親，自南京經上海搭乘大洋船，越過壯麗的臺灣海峽抵臺；隔年加入海軍，日日與海浪濤聲為伍。所以一開始，張默的詩裡都是海的呼吸與心跳。在寫於 1963 年的〈給贈十四行〉裡，他感性的說：是何等情誼，他來到從未到過的南方海岸，他說：「那裡有海蚵伴著異鄉人的腳步生長」。就滿溢青蚵風味的南方而言，這初抵之人自是異鄉人，但「生長」一詞也暗示了初步的認同；日後張默為臺灣現代詩不懈而無私的奉獻，則是「生長」一詞的最佳註腳。1968 年的〈髮與檣桅〉，也表露了張默對南方海域的深刻情感：「再一次親撫這裡的島和貝殼／你輕輕的觸手攬住寂寞的水漩／生命在海瀾中閃動呢喃以及鳴響……／環顧小小的四周，竟都是你水綠的眼神」，語言充滿深情的眷戀。至於同年的另一首佳作〈我站立在風裡〉，一樣是充滿海風浪味，但一句「我站立在風裡，頻頻與飛沙走石對飲」的開端。開啟了張默雄渾開闊的新風格，「我站立在風裡／滿身的血液如流矢／一群一群連續急驟地飛出／讓它噴灑在一片未被鬆軟的荒土上／花跳躍／鳥彈奏／龍柏唱著發育之歌」，語言簡潔，意象精準，飽含生命的力度與自信。這種生命的力度與自信，除了來自個人的生命內蘊與獨特氣質外，應與張默對藝術、文學、哲學的浸淫有關，在他早期的詩作，例如在《紫的邊陲》與《上昇的風景》兩本詩集中，我們可以看到他對藝術、文學、哲學的全心頌讚，如〈拜波之塔〉、〈最後的〉、〈神祕之在〉、〈貝多芬〉、〈群讚〉等。而在這樣的頌讚中，我們往往可以見到這些藝術家、文學家、哲學家心中，同時也就是張默心中的一股沉雄蒼茫的力量，透過語言，在詩中傳達了出來。

　　對藝術、文學、哲學的書寫後來成了張默的一大特色，特別是對繪畫、雕塑與其他現代藝術的書寫，在他詩作中占了相當的篇幅，這或許也是他後來一頭栽入水墨世界的因緣之一。

二、自己的聲音

早期的張默，難脫時代的影響，詩歌語言充滿現代主義的實驗精神，而因現代主義、存在主義等時代的影響，詩中也不乏虛無的呼聲；然而在現代主義的外衣下，我們卻可以發現一顆急於探索自我、破殼而出的心靈。而且，年輕的張默，在沉潛的心靈中，其實是充滿雄渾的心靈力量的，如前文所舉的〈我站立在風裡〉、〈貝多芬〉等。所以，他也很快的找到自己應走的路，在《落葉滿階》的序裡，他說：「直到 1969 年以後，個人才勇於超越一切的羈絆，毅然邁開創作的步伐，努力試圖建立自己真正的聲音。」因此，從第三本詩集《無調之歌》開始，我們便可以看到張默筆下的「自己的聲音」。

詩人的聲音總是先從書房發出的。1977 年 5 月與 8 月，張默分別寫了同題的兩首〈陋室賦〉，在第一首裡我們聽到內湖「無塵居」斗室外喧噪的鳥聲（這鳥聲後來在張默很多詩中都出現過），在第二首裡則是蠹魚們「慢條斯理地／在線裝書的脊背上／畫畫」的聲音。在兩首詩裡，我們都看到詩人徹夜不眠、耕耘詩田的動人身影；而蠹魚的唧唧復唧唧與鳥聲的喁喁復啾啾，一個是陪伴詩人度過無眠通宵的唯一良伴，一個則雖然如詩人所說的「充滿調侃」，但伴隨而來的大地即將甦醒的期待，卻也讓牠們的聲音多了幾分可喜。這兩個聲音都是親切的生活之聲，而張默從此所發出的聲音。也多是奠基於生活的親切詩篇，與由此深化的生命詩篇。例如讀小巧的 1978 年〈內湖之晨〉，讓人不禁想起那有著雞啼聲聲的淳樸年代；讀 1979 年〈千手千眼〉，讓人暫時褪脫幾許紅塵物慾；讀 1980 年〈月光曲〉，看著「如風如風／月光朗朗地照在鹽分地帶的田梗上……／／如霜如霜／月光燦燦地照在南鯤鯓大廟的龍骨上……／／如雨如雨／月光閃閃地照在遠方的海的胸脯上……／／如雪如雪／月光淒淒地照在代代子孫的心坎上」，則令人懷想鹽分地帶曾經有過的文學光芒，並掉入粗礪樸拙、朦朧迷離，不辨月光、霜花與鹽雪的南臺歲月。

　　詩人的「聲音」多指無聲的風格，但對張默而言，倒是真有獨特的「自己的聲音」！張默的詩音樂性特別明顯，多數詩作的朗誦效果奇佳，這在詩壇已多為人知，從最早的詩集開始，好用排比、複沓、類疊、頂真等句法一直是張默詩的明顯特色，李英豪曾認為此舉容易造成負面的影響，然而看看張默，這個風格不但一直持續下來，而且「越演越烈」，在《無調之歌》的「代序」裡，他乾脆承認他自己對朗誦的熱中，而且宣稱集中許多作品是為了擴大朗誦的效果而寫的，所以集中諸詩幾乎都因此而有相當明顯強烈的音樂風與朗誦效果。如〈無調之歌〉、〈死亡，再會〉、〈變奏曲〉等，又如接續《上昇的風景》中的系列贈人之詩，在此集中的贈紀弦、周夢蝶、林亨泰、羅門、蓉子、葉珊、蕭蕭等 12 人的九首詩，也都是如此；甚至此下張默多數詩作也都如此。這已不只是個人無意中表露的傾向或單純的喜好了，而是張默有意識的創作與風格的展現了。

　　在這些音樂性相當鮮明的詩作中，除了一般意義下的流暢節奏之外，部分詩作往往還有出奇的神韻，但唯有細讀慢嚼可以得之。如 1983 年的〈夜讀〉，第一行是「夜　漸漸地　　　靜了」，逐漸加大的行中留白帶來沉澱的效果，後面兩行「涼了／深又深了」更直接降格排列，與「靜了」平行，將整首詩的情緒、節奏降到最平靜最舒緩的地步；然後是莊子出現，追問「你要　逍／還是　遙」，用的還是一樣的留白與降格，整首詩便呈現寧靜、清涼、空闊的自得境界與逍遙神韻，顯得簡單而深刻。類似的例子如 1987 年的〈花與講古〉前兩段的行雲流水，1994 年的〈書齋十行〉第一段的頓挫效果，1995 年的〈未來四姿〉慢慢道出世界、歷史的真相並預言未來命運的先知式的口吻與節奏，以及 1996 年〈鑷子〉透過逗號整齊斷開而顯露的決絕的語氣。

三、詩壇素描手

　　素有「現代詩總管」、「詩壇火車頭」、「詩壇活字典」稱呼的張默，在詩壇的交遊自是廣闊，而他的情感真摯豐富，又喜歡以詩贈人，所以在他

的詩作中，描寫詩人的詩作數量之多，恐怕少人可比；而這些詩作出之以他資深編輯的提綱挈領與洞見概括的功力，便如一張張的炭筆素描，三言兩語中，詩人的風神畢現，輪廓盡出。

例如在《上昇的風景》中，他有一系列贈人的詩，包括管管、洛夫、碧果、瘂弦、大荒、葉維廉、梅新等共 14 人，每一首都可以看出張默傾注其中的真心與真情，而都妙肖受贈者之風格、且得其詩之神味；在《無調之歌》中，他又寫了贈紀弦、林亨泰、羅門、葉珊、蕭蕭等 12 人共九首；1981 年，〈誰說我不是內湖派〉一詩也是，他以「一個疤痕纍纍猖狂自得的詩人」說沙牧、以「一個戴著紅呢小帽的老小子／來一段鐵板快書／淋得你滿頭霧水」寫管管、以「喜歡瘦金體的苦行僧」比周夢蝶；1982 年，他又寫了〈戲繪詩友十二則〉的組詩贈給向明、鄭愁予、碧果、辛鬱等 12 人，其中〈致洛夫〉說：「此刻，家鄉的鯽魚瘦了／而你的字跡亦如血脈賁張的怒蠍／是漸漸地／又粗又肥又壯」，〈致管管〉說：「且喃喃念著：／吾那一冊冊七首／現在竟是一頁頁荷花了」，〈致彩羽〉說：「他從長沙唧過來的／一籬筐的脾氣／把它一遍遍浮貼在軍旅零落的歲月上／現在是啥也沒有了／每天左風右雨／輕敲中部一個小報的晨鐘」，不論說的是洛夫的書法、管管的詩法、彩羽的際遇，都可以說是形神俱得，佳作連連。在《落葉滿階》中也可以見到他寫贈覃子豪、商禽的詩；1994 年，在《遠近高低》中，他則以〈面壁十行〉懷羊令野，詩中說：「一張眼，不見孤獨的屋頂之樹／不見光華褪盡的貝葉／是否把自己隱匿於小小晶瑩的舍利之中／／……啊，今生今世，涇縣的朝山暮水／必將繞著你嶙峋的前額，緩緩低飛」，簡單數行，詩人的詩質詩風與生命的無奈悲苦傳神無遺。到了最新的單行本詩集《無為詩帖》，張默甚至以一整輯、超過四分之一本詩集的篇幅來素描彼岸的詩人。

這種贈人之詩，現代詩人較少為之，然而張默卻再三為之，頗有心得。這些詩壇的詩人群像、素描寫真，不但彌足珍貴，同時也是臺灣現代詩的特殊風景，開創了贈答詩的新境。

四、小詩的提倡

張默的詩到了《陋室賦》以後，漸漸有了新的風格傾向，其中之一便是小詩漸多。小詩指的是十行（含）以內的短詩，如果長詩的寫作是一種「漸悟」的過程，則小詩便是一種「頓悟」，一種當下的發現、瞬間的領悟，一種來不及、也不需要用太多語言說明的書寫。例如《陋室賦》中的〈動物詩四帖〉四首、〈五官初繪〉五首、〈四行小集〉四首與〈內湖之晨〉、〈夜與眉睫〉、〈觀碧果的某幅畫〉、〈東瀛小詠〉的前二首等。

而隨著張默對小詩興趣的增強，到了 1987 年，他甚至編輯出版了《小詩選讀》（爾雅）一書，不但為每一首入選的小詩導讀，並在書前寫了一篇兩萬多字的〈晶瑩剔透話小詩〉做為「小詩」文類的導讀，正式的提倡，李瑞騰為此書寫序時，對此書此文頗為讚賞。認真的張默，從來話不空講、言行一致、詩觀與詩作走在同一個軌跡上，提倡小詩後，自己也寫了更多精采的小詩。

例如我們看他寫於 1981 年的〈四短章〉的首尾兩首，〈暮〉反省自己年歲日暮而心不暮，無法心靜下來享受米老鼠般的童言童語；〈碑〉則驀然心驚地比喻自己已是如斜斜靠在時間裡的碑。1987 年的〈狂想四則〉以看似無厘頭的狂想，表露詩人風波洶湧的內心世界，1989 年的〈生日卡〉則逆向思考的「發現」所有親朋好友情人愛妻給你的生日卡無非都在傳達一項訊息：「你又向死神靠近一點點了」！同年的〈寒枝〉，無意間用自己尖尖細細乾乾的手指「突然間把西北角的天空／戳了一個大洞」，短短五行，駭人異常！1990 年的〈城市風情系列〉組詩、1993 年的〈俳句小集〉金木水火土五行組詩、1995 年的〈白千層〉組詩首尾兩首、1998 年的〈小詩三帖〉組詩三首也都是小詩，甚至 2006 年的〈時間水沫小札〉更是由 86 首的三行小詩組成。除此之外，大約在 1994 年以後，張默寫了一首接一首的〈鞦韆十行〉、〈遠近十行〉、〈削薺薺十行〉等十行小詩，收錄在《遠近高低》的第一卷裡，形成相當鮮明的特色。

　　小詩，因為是一種「頓悟」，一種當下的發現、瞬間的領悟，在來不及、也不需要用太多語言說明的情況下，往往三言兩語，明心見性，如其中的〈小詩三帖〉第一首〈破鞋〉：「一隻烤焦的鱸魚頭／蹲在杯盤狼籍巷弄的一隅／呼呼大睡。」乍看之下，詩人的奇想奇趣今人莞爾；但會心一笑之後，詩中卻漸漸透出一種萬物靜觀皆自得的圓融自在。小詩至此，也就不小了。

五、詩學的宏圖

　　寫詩一甲子的張默，雖然因為在詩壇服務、詩運推展上花去大量的時間，而使得作品數量不算太多，但詩學的使命感與詩學的企圖心往往是並蒂而生的，我們可以在一些以組詩為名，但彼此內在緊密牽聯、無法獨立、形同長詩的詩作中窺見張默隱而不宣的詩學宏圖。小詩雖然也可以不小，但必須是長詩，才藏得住詩人的壯麗宏圖。

　　在第二本詩集《上昇的風景》第三輯裡，張默有〈恆寂的峰頂〉、〈曠漠的峰頂〉、〈繆思的峰頂〉、〈峰頂的峰頂〉等四「峰頂」之作，在詩集的〈後記〉裡，張默說：「第三輯實際上是一首長詩，它顯示一種精神境界的提升……」，詩作約寫於 1965 年，發表之時以組詩形式呈現，而以〈恆寂的峰頂〉為總標題。四首詩內文共 295 行，發表五年之後，大荒以〈橫看成嶺側成峰——論張默的四「峰頂」〉一文專論詳析，他說：「顯然地，張默企圖在這首詩裡統攝一切——生命、詩和時代，而造出個人生命上第一座峰頂。」正如同樣在三十出頭時，余光中必須有〈天狼星〉、洛夫必須有〈石室之死亡〉，張默也必須有這四「峰頂」之作；越過這詩生命的第一座個人峰頂，成熟的坦途就此開展。

　　到了 1992 年《落葉滿階》中的〈時間，我繾綣你——獻給同我並肩走過血與火年代的伙伴〉，張默再度展現詩學宏圖。仍然是以組詩的方式呈現，40 首，每首六行，共 240 行，以 1 到 40 編號，且一律以「時間，我○○你」的句式做為開頭第一行，「時間」成了「○○」之動作的共同受

詞，因此，在「時間」的縮結下，40 首詩組成一個無法獨立的整體。整首詩，外在風格鮮明，內在則悲涼壯美，成為張默詩路的第二座高峰。仍然意欲統攝生命、詩和時代，但對象具體、語言成熟，親身經歷的血火年代、並肩走過的坎坷長途，讓這首詩有了真實的生命、沉鬱的內涵。第一首要「浮雕」時間、第二首要「朗誦」時間、第四首要「彩繪」時間、第六首要「調侃」時間、第七首要「搓揉」時間、第八首要「放縱」時間、第九首要「風流」時間、第 12 首要「幽微」時間、第 15 首要「突兀」時間、第 17 首要「攀登」時間、第 18 首要「繾綣」時間、第 21 首要「錘鍊」時間、第 24 首要「逍遙」時間、第 25 首要「守候」時間、第 26 首要「羽化」時間、第 28 首要「敲擊」時間、第 36 首要「渾圓」時間、第 37 首要「穿越」時間⋯⋯。面對抽象如此而卻具體主宰人生的時間，自古以來，詩人們或歌詠讚頌，或無奈神傷，或徘徊感嘆，而張默則把人生的疑惑、迷惘、悲苦、喜樂、慾望、超越等，當成一顆顆的棋子，與時間對弈於峰頂之上。

　　1995 年，張默又有〈野渡無人舟自橫〉、〈遠近高低各不同〉的組詩之作，前者由〈野渡〉、〈無人〉、〈舟〉、〈自〉、〈橫〉五首組成，羅青在錄影詩學的實驗時期曾先有同題之作，不過內容並無關係；後者則由〈遠〉、〈近〉、〈高〉、〈低〉、〈各〉、〈不同〉組成。除了少許的隱題詩趣味、少許的實驗精神之外，詩的總題、分題與內容的搭配相當成功，而內容更有沉雄蒼茫、曠放自得之慨，雖然篇幅分別只有 75 行、99 行，但創格之意隱約躍然，可見宏圖。

六、土地的過往與當下

　　天之生民，足之所履，莫非土地；初生的土地，成長的鄉園，是為故鄉。然而真能終老於初生故鄉的又有幾人？基於種種理由，我們總是不斷遷徙，尋求安身立命之地。於是，我們會有第二故鄉，或者更多；於是，我們便有了鄉愁，遙思那塊長存夢中的土地。然而，離開了的、過往了的

土地是鄉愁，而當下所踩、歌哭其上的土地卻叫生活。於是，人的一生就擺盪於土地的過往與當下，人的情感就擺盪於鄉愁與生活的方寸之間。

18 歲離開故鄉與母親的張默不可能沒有鄉愁，所以在張默的詩中，我們經常可以讀到諸多魂牽夢繫的思念，尤其 1978 年以後，因為輾轉得知闊別 30 年的 80 歲老母親尚在人世，涕泗縱橫之餘、無可如何之際，鄉愁之作、念母之篇便逐日增多。之後，思親情懷與鄉愁題材，便不斷燃燒張默的詩情。兩岸開放探親之後，張默多次回鄉探訪，解除了空想之苦後，鄉愁之作變得開朗而具體，部分轉而成為遊記旅思、寫景弔古之詩，部分則成為童年的回憶，溫馨取代了悲苦。例如在最新的單行本詩集《無為詩帖》裡，整個卷一「鄉情／無為詩帖」裡，12 首寫於 2000 年 7 月的詩作便都是溫馨的童年回憶，在〈老屋，蛙聲四溢〉、〈天窗，莊周的蛺蝶〉、〈磨墨，步履遲遲〉、〈稻草人，吱吱喳喳〉、〈土地廟，矮矮的燈海〉、〈背簍，紅白蓮花〉等詩中，我們看到了童年的張默，也看到了 75 年前的無為小鎮。

在過往的土地裡，張默沉湎於鄉愁的抒發；在當下的土地裡，張默詩中滿滿的是生活的實感。在 1981 年的〈上昇的鷹架〉中，他書寫現實生活的壓力，夾縫中求生存的悲辛；在 1983 年的〈我歌唱，我向一切歌唱〉中，他則對腳下的土地毫不保留的禮贊；在 1990 年的〈地下道〉、〈停車收費員〉裡，他展開一系列的城市風情、市民生活寫真；在 1996 年的〈讀詩三味〉、〈雞毛撢子〉裡，他讀詩寫詩、詠物自嘲，再度展示他的書齋生活；在同年的〈七孔陶笛〉裡，他則藉詠物書懷，抒寫自己 65 歲的心情。這些都是生活的剪影，真實的張默。

在鄉愁之作裡，張默多的是對母親的親情歌吟；在生活寫真裡，張默仍不乏親情歌吟，只是剛開始是《無調之歌》與《陋室賦》中對兩個女兒靈靈、謎謎的一往情深，後來則換成《無為詩帖》裡從 2000 年寫到 2005 年一整卷對小孫女映堤的無法自拔。於是乎詩中到處是〈斜斜弓著的睡姿〉中的小身影與〈偶拾六行〉中的小辮子。在生活裡，張默俯仰自得、

俯拾成詩。

　　從 1949 年來臺，對這安身立命、第二故鄉的海島，半個多世紀的繾綣深情，在張默的筆下不斷浮現。如果早年的海洋詩作中表露的是初戀的含蓄，那麼 1983 年的〈我歌唱，我向一切歌唱〉則已是毫無保留的告白了；其他如 1982 年的〈溪頭三帖〉、1984 年的〈武陵夜宿〉、1995 年的〈澎湖風櫃〉、〈太魯閣之晨〉、1999 年的〈台北的風向那裡吹〉、2003 年的〈白鷳鴒，渾然忘我的唱吧〉、〈淡水紅樓小寐〉、2005 年的〈花蓮縱谷小札〉、2006 年的〈坪林包種微笑〉等，晨霧山林、陽光風物、人物書影、鳥聲溫馨，有崇高的禮讚、有淺淺的小寐、有清幽的山谷、有淡淡的茶香，更是與土地融為一體，真有人生如此，夫復何求之嘆！

　　對過往的土地只是懷想，對當下的土地則是眷念。在土地的過往與當下中，我們看到張默的深情。

——選自丁旭輝編《張默集》

臺南：國立臺灣文學館，2008 年 12 月

永遠遨遊在蒼翠裡

論張默的詩歌藝術

◎龍彼德[*]

　　張默有不少令人羨慕的頭銜：「詩刊的創辦人」、「詩運的推動者」、「傑出的詩編輯」、「睿智的詩評家」、「詩壇的火車頭」……由於他把大部分的時間和精力都傾注在寫詩有關的工作及活動上，人們往往忽視了他的另一個也是最主要的頭銜：「詩人」。其實，他的詩是寫得相當好的，論及臺灣的現代詩乃至中國的現代詩，不能不提及張默。

一

　　在張默的詩學辭典中，有一個詞十分突出，使用頻率也高，那就是「永遠」。如：

　　第一本詩評集《現代詩的投影》（商務印書館 1967 年版）的「代序」這樣寫道：

> 真正的現代詩人，他永遠在講求表現，呈現在他眼前的世界，永遠是依依不捨的，他不僅要真實地表現它們，也要轟轟烈烈地創造它們，他們從不以曾經創造過的作品為滿足。

　　第三本詩集《無調之歌》（創世紀詩社 1975 年版）的〈並非閑話（代

[*]發表文章時為中國詩歌學會理事、北京城市詩歌研究所研究員、上海同濟大學海外華文研究所研究員，現為中國當代藝術協會終身名譽主席、中國文化藝術協會終身名譽會長、中國詩歌學會理事。

序)〉如斯言:

> 對於轉位、對比、張力、節奏等等,一向是我所重視的……所以我願永
> 遠飛翔在不斷的實驗與實驗之中,……

第六本詩集《愛詩》(爾雅出版社 1988 年版)的〈後記〉夫子自道:

> 我自認自己創作的題材,俯拾即是,並無特別的偏好,在我的詩裡,沒
> 有故作驚人之筆的龐大感,沒有特別標榜的永恆與歷史感,更沒有每一
> 首俱屬活蹦亂跳的新鮮感……我只是忠實地虔敬地浮雕出近四十年來我
> 自己所經歷過的一些事事物物,給予它們以純然的、樸素的,甚至也是
> 寧靜的真面目,我喜歡我的詩永遠在自然中來去。

第七本詩集《光陰・梯子》(尚書文化出版社 1990 年版)的〈後記〉
提出卓見:

> 一首好詩,大抵該是「詩想」與「詩情」的緊密結合。一個詩作者必須
> 在醞釀以及創作初期,盡量使想像飛揚,然後通過精確的語言,把深藏
> 於你內心深處的風景,一波一波燦爛地拍出。
> 一首好詩,應是一面熠熠生輝的結晶體。
> 一首好詩,應是一個自身俱足純粹的完成。
> 總之,現代詩的森林是綿延無盡的。那麼就讓我的思想的翅膀,永遠孜
> 孜不卷,遨遊在那一片深深的蒼翠裡。……

「永遠」之於張默,是期許,也是誓言,是見解,也是寫照。正是在
這一關鍵詞的驅動下張默將自己的半生坎坷、一代淒楚全化為詩,並提煉
出時間主題、音樂目標、競妍精神這樣三大詩學元素,為中國現代詩作出

了貢獻。下面，就從這三個方面分別加以論述。

二

　　關於時間，《現代漢語詞典》（商務印書館 2005 年第 5 版）是這樣解釋的：「物質運動中的一種存在方式，由過去、現在、將來構成的連綿不斷的系統。是物質的運動、變化的持續性、順序性的表現。」由於他兼有客觀與主觀、有限與無限、創造與毀滅、平凡與偉大等雙重功能，歷來就不是科學家、哲學家的專利品，而為廣大作家特別是詩人所吟詠，湧現了一大批個性不同、色彩名異、氣象萬千的佳作名篇。

　　張默對時間極為敏感。早在 1970 年 9 月號《幼獅文藝》發表的〈詩的隨想〉一文中，他就寫道：「詩是穿透時空的知性之飛躍。」「在時間的路上，詩是永恆的伴侶。」「『以歷史的眼光去看詩吧』，這不僅是一種觀念而是一種氣概，甚至是一種抱負。」在同年 10 月於巨人出版社出版的第二本詩集《上昇的風景》之〈後記〉中，張默還激情地說：「過去現在和未來，我都在徐徐地行進著，欲之攀升，欲之摘取，那一種即將成為鮮美的果實，那一種快要出現的閃耀的曙光，有時我是十二萬分的沉痛，有時又是滿心喜極欲泣，是的，要掌握那詩的最神聖最甘美的一瞬，實在談何容易。……所以我常在觀望著、守候著以及諦聽著，那遙遠又遙遠的詩的真正的聲音在哪裡？」稱張默的詩為「時間的記錄」，誰曰不宜？

　　張默詩中，標題有「時間」或近似「時間」一詞的，有〈依稀鬢髮，輕輕滑過時間的甬道〉、〈光陰‧梯子〉、〈日曆，時間的蓑衣〉、〈時間，我繾綣你〉（組詩）、〈未來四式〉、〈流逝十四行〉、〈時間水沫小札〉（86 帖）等，內容為寫時間或與時間有關的篇章多不勝數。如〈白髮吟〉（1981 年），在詩人眼裡，「白是最美麗的節目／在時間的帷幕上／踱著」，「何其倥偬／何其飄逸」！他從白髮的細「如水紋」，引伸到「一些逐漸脫落的生命」，「惦著它，捻著它／突然想起／對岸蘆花飛雪的故土／是不是／泥濘得更深了」，同類（同為白色，同樣輕細）聯想，時間主題扇起了略帶憂郁

的家國之情。〈黃昏訪寒山寺〉（1988 年），在三個「莫非」分別抒寫了「修竹」、「鐘聲」、「情懷」（張繼般的）之後，又以第四個「莫非」體現了「生命——時間」的題旨：「莫非，一切俱已熄滅／穿越漏窗上日漸模糊的風景／我突然發現自己／竟是小徑那頭，一尊不言不語的化石」。生命的短暫，時間的嚴酷，可見一斑。

對時間的浮雕最全面、詩化最生動的，當推〈時間，我繾綣你〉。這是每節六行、共分 40 節、總計 240 行的大組詩。張默從 40 個方面或云 40 個角度，將時間的形態意象化。即：浮雕——巨石、朗誦——詩篇、狂飲——美酒、彩繪——緞帶、鯨吞——航空母艦、調侃——落葉、揉搓——藻草、放縱——野馬、風流——活水、怫郁——破瓦缽、燭照——童話、幽微——倒影、宛轉——刺繡、切割——名劍、突兀——春夢、滄浪——潑墨、攀登——遠山、繾綣——長卷、物色——薄暮、膜拜——容顏、錘鍊——石斧、追逐——網、鑑照——謎語、逍遙——漁火、守候——雁陣、羽化——軼事、溫暖——種子、敲擊——身子、剪貼——腳印、審判——日曆、感歎——狂草、淅瀝——鳥鳴、蕭瑟——秋歌、吸吮——臉譜、折疊——扇子、渾圓——巨樹、穿越——泥土、躲避——莊子、遠眺——陶俑、悲歡——眼淚。這些意象，有物也有人，有動也有靜，有巨也有細，有長也有短，有遠也有近，有色也有聲，有古也有今，有實也有虛……把一個抽象的、寬泛的、難以把握的「時間」寫得多姿多彩，富於個性，生動極了！需要指出的是，少數意象用得不夠確切，如：「滄浪」之於「潑墨」、「鑑照」之於「謎語」；有的意象又分出了小意象，如：9「風流」的意象是「活水」，節中小意象是「蓮花」、「如來」不是特別一致，不像 1、6、17、18、21、29、37、39、40 諸節那樣精彩，那樣嚴絲合縫。

張默的時間主題在這個大組詩中，包含了十組關係。時間與空間的關係：「站在視而不見黃沙滾滾的大漠中／向東，是連綿千里的敦煌／向西，邊陲是無極／不論蹲著縮著，日夜相隨的俱是灰褐褐的影子」（1）；時間與故土的關係：「嫩嫩的新綠乘著水車的翅膀參差地上上下下／把滿載喜悅的

五月拍擊得更生氣了／那是鋤草的聲音，犁田的聲音，牛群汲水的聲音／卜達卜達，如一隻久久未被敲打的皮鼓」（37）；時間與政治的關係：「怎能拴住難以設防的兩岸／猜疑，惦記，敵對，緩緩跨過絕望莫名的四十載／如今恍似豁然開朗／人間的黑暗褪盡，不知沒入歷史的第幾頁」（4）；時間與戰爭的關係：「當黯兮慘悴的古戰場，沿著我的案頭急急奔走／唉！河冰夜渡的窘境是否又將降臨／今夕何夕，烽火從貝魯特吹到南斯拉夫／莫非人間的喜劇永遠在連環的悲劇中打轉」（12）；時間與生命的關係：「究竟掩映幾許春秋的生命／花開與夫，萎謝／月陰以及，攀升／我將追索的或許是那朝朝暮暮的撞鐘人」（6）；時間與自我的關係：「從家家戶戶小橋流水的蘇州／到黃土連天據山為寨的關外／那究竟是何等南轅北轍的風景／我將放下，我該放下，我必須立即放下」（13）；還有時間與藝術的關係，如3（書法）、19（繪畫）；時間與詩的關係如 15（嵌入了詩友周夢蝶、瘂弦等人的詩句）；時間與宗教的關係，如9；時間與語言的關係，如32。

　　「人生朝露，藝術千秋，世界上唯一能對抗時間的，對我說來，大概只有詩了。」[1]這是瘂弦的名言，張默也有同樣的思考。在 17 中，他如此寫道：「時間，我攀登你／一座蒼蒼烈烈想飛的遠山／燦然，闖入我的視矚／任輕薄的身軀在虛無縹緲的域外揚升／尖拔高聳，一排排鶴立的岩石挾著松姿的晚雲／令我不得不摘下一肩瘦瘦的巍峨，半節蕭蕭的傲骨」由於志向的超拔與生命的有限，他也有「抵達不到」的困惑（見 26），和「走不出自己設定的方圓」的無奈（見 10），但對「咱們老祖宗傳下來的形音義三絕」的自信（見 32），又堅定了「千斤若鴻毛」、「生命的擔子，沉重如昨」的責任心與使命感（見 21），決心當一根「急欲再生的斷柯」（見 36），將古老文化的涅槃再造，「交給無聲且不倦怠的翅膀去完成」（見 25），這種境界不能不使人感佩！

　　將時間個人化，將個體生命融入家國鄉愁，是張默詩的另一大特色。

---

[1]見瘂弦，《瘂弦詩集》（臺北：洪範書店，1988 年），頁 2。

張默，1931 年農曆 12 月 20 日生於安徽省無為縣，他 18 歲離開大陸，投筆從戎到臺灣，全身心地投入到現代詩的事業中，對母土文化的追慕，對故鄉親物的思念，成為他詩歌創作的主要來源。1978 年 3 月，當他得知大陸 76 歲的老母尚健在人間，「真是驚喜萬狀，涕淚縱橫，不能自己」[2]，於同年 9 月，寫下了〈飲那絡蒼髮〉一詩，時間化為了母愛：「那眼角兩側長而細的魚尾紋／那滿頭的白雪／流溢著幾多的思念和滄桑」歲月激發了鄉愁：「也許五十年後／我們的屍首比嚴冬的霜雪更冷澈／然而，母親。你永遠，永遠是／輕拂我們墳前的蕭蕭的白楊」親情可以戰勝一切：

> 歲月是沒有顏色的
> 歲月是阻擋不了什麼的
> 哦，母親，在您的身畔
> 我願永遠化作一具小小的木乃伊
> 靜靜，靜靜地吸吮您心底的聲音

結束兩岸對峙，實現親人團聚，這不也是億萬中國人的希望嗎？在 1976 年訪問韓國所寫的「旅韓詩抄」中，張默的鄉愁已有一次集中的抒寫，如「時間，還是那麼緩緩地走著／漢城的天空與安慶的天空究竟有什麼差異呢」（〈蒼茫的影像〉）；「難道這新羅的南山／真的就是咱們五柳先生夢中的南山嗎」（〈搖著我們的鄉愁〉）；「只見一個鶴髮的長者巍然佇立／去垂釣異國夢裡的寒江」（〈春川踏雪〉）；「哦，那一天可以真正啃你親你舔你／那綿延萬里火焰一般的中國的雪啊」（〈我歌我唱，那中國的雪〉）……皆是感人肺腑的佳句。此際更是一發而不可收，相繼寫出了〈長城，長城，我要用閃閃的金屬敲醒你〉（1979 年）、〈家信〉（1980 年）、〈尋〉（1980年）、〈包穀上的眼睛〉（1981 年）、〈風飄飄而吹衣〉（1981 年）、〈遠方〉

---

[2] 見張默，《陋室賦》（臺北：創世紀詩社，1980 年），頁 7。

（1982 年）等名篇，使他的創作掀起了一個高潮。然而，隨著返鄉探親，遍遊大陸，在欣慰之餘，又產生了故鄉已為異鄉之感，不覺對國家與世界的關係產生了認同。失根──尋根──疑根，本土──民族──人類，構成了他全部作品的一條紅線。這在大組詩的 40 節也是最後一節中體現得最為充分：

> 時間，我悲懷你
>
> 一滴流浪天涯的眼淚
>
> 怔怔地瞪著一幅滿面愁容的秋海棠
>
> 嘉峪關之外是塞北，秦嶺以西是黃河
>
> 我遨遊，一遍又一遍，我丈量，一寸又一寸
>
> 啊！且讓幾兆億立方的滾滾黃土，寂寂，把八荒吞沒

時間主題化為人生總結、家國寫照、哲學思考，一種濃烈的愛國精神、深切的悲憫情懷、博大的宇宙意識破空而出，使整個組詩達到了頂峰，堪稱這部作品的總綱。

三

關於音樂，華爾特・佩特（Walter Pater，1839～1894）的看法是：「一切藝術都以逼近音樂為指歸。」[3]他的意思是：藝術的最高理想是內容與形式的混化無跡。音樂所具有的暗示性、聯想性、流動性、包容性恰恰是象徵主義詩人，也是現代詩人所追求的目標。

張默專論音樂的文字，見於他和洛夫、瘂弦主編的《七十年代詩選》（大業書店 1967 年版）之〈序〉中。他寫道：「音樂為『時間藝術』一點頗為顯淺，其表達方式係利用『音的歷時』，『音的質量』及『音的表情』

---

[3]引自朱光潛，《朱光潛全集・第三卷》（合肥：安徽教育出版社，1987 年），頁 123。

而引起感盪力。不管在變奏曲，輪旋曲，協奏曲，奏鳴曲，終句（Caderza），賦格等等，無不依賴上述三項構成，或先由一個主題用各種不同的方法奏出，或一個主題反覆數次的出現，或依著呈示，開展，複示的進行，或如賦格和四重奏，數個動向一同進行；這些又由快、慢、強、弱穿梭來表達心象濃度之增減、某種情緒的突轉，某種幻想的流動，某種記憶的出現與消滅，或某種感受的拉緊。」「詩的進度與動向亦具音樂這種構成的意義與特色，亦是一種『流動的』心象的藝術。我們在一首成功的詩中，由於情緒的複雜、強弱與濃淺，往往要活用句法的長短，段落的變化，或字中語音特別的個性，或加插過渡；情緒較弱部分甚至用純粹散文出之反覺適切，一如音樂中的過渡及不和諧音的引用。」

　　二者相較，不難看出張默對音樂的重視，但尚未達到華爾特・佩特的高度，這使他的早期詩作偏重於形式，過多地在轉位、對比、節奏上下功夫。如：「層層地，它們搏擊著我們／俯視，於地心之深處／仰望，於浩瀚之穹蒼／它們有著特異的重量／一些精神的，一些思想的／一些氣宇的／關於這樣的重量」（〈拜波之塔〉）；「對其生命，對其如新生女孩般的生命／她搖擺，她探索，她驚奇／每一本來平淡但卻光輝的事物／每一本來無知但卻喜愛的事物／每一本來異樣但卻多姿的事物」（〈默想與沉思〉）……節奏是鮮明的，音調是悅耳的，但正如李英豪所指出的：「表現上的輕柔，反沖淡了意念」，犯了「節奏甚且重於觀念」的毛病，「也就是說，詩的語字句式本身是有音響節拍了，可是詩的語言卻失去張力和彈性」[4]。

　　〈貝多芬〉（1964 年）是這批詩作中的一個例外。該詩以大樂章的形式展現大音樂家貝多芬的一生，揭示了音樂乃至人類藝術的祕密。第一節六行，三呼貝多芬的名字「露德薇格」，相當於奏鳴曲的引子，「在看不見的不為什麼的時間之序中」牽出了第一主題——時間。第二節六行和第三節 13 行似呈示部，貝多芬於 1770 年 12 月 16 日誕生於德國的波昂（通常

---

[4]引自李英豪，〈從〈拜波之塔〉到〈沉層〉〉，見蕭蕭主編《詩痴的刻痕：張默詩作評論集》（臺北：文史哲出版社，1994 年），頁 140。

譯為波恩），詩中用了第二人稱：「你乘和聲的梯子到達／極薄極薄的心臟地帶／作一次小小的駐足／音符們跳躍著，雪崩似地跳躍著／為著歡迎你，為著親暱一下你的眼眸的美學／為著在你鬍髭的陰影裡採集一些鹹／它們都一窩風地賴著不走了／你能容納下好些個沒有幅度的從前」這是第二主題——音樂暨藝術，詩人不說貝多芬捕捉音符，反說音符們歡迎貝多芬且「賴著不走了」，既新穎又別致，運用了通感、聯覺的手法。第四節18 行和第五節七行如展開部，兩個主題進行了對比：「你的弓弦一擦，你的思維聳起／所有者都將淹沒了，一瞬就是千千個自己」這是瞬間永恆，只有藝術能對抗時間。「為了不要把黑暗，以及不要把虛弱／永永撒滿這宇宙／你推動自己，像茹勒的新生女孩……」這是主觀努力，只有時間能鑒定藝術。「你在敲著門，敲著暴風雨的門／門啊，我們的重量是合成的」此二行表明詩中的兩個主題是並重的，也是合一的，這也是 1960 年代張默他們那一批詩人、藝術家的共同追求。第六節 14 行擬再現部，時間與藝術這兩個分而又合的主題化為了「泥土的主題」：「那時刻，竟是一個沒有年輪的鐘鼓／猛力在捶著，一個豁達的靈魂」生命來源於泥土，時間附著於生命，而生命的重中之重則是靈魂，詩在此達到了高潮。第七節五行屬尾聲，以前蘇聯雕塑家萊蒙柏斯基的貝多芬塑像，傳達了這樣的詩想：「在年年的門縫裡／將為你閂住永恆和不朽」這就是貝多芬的價值，他以音樂留住了永恆；這也是音樂、藝術乃至詩的祕密，趨近永恆。張默一生的格言和主張：「為永恆服役」恐怕肇始於此吧！

這裡特別需要提到的是：「細細描著七種星的線，抖著天體調和的哲理／你的腦後是拖著，一條光芒的海洋」、「而跟在我思想背後的海／我們的夢想是能夠不動聲色地飲著它／飲著它，不就是光輝永不謝落的四重奏」這幾行詩，使筆者極自然地聯想到英國作家蕭伯納對貝多芬的評價：「他一生非常保守地（順便說一句，這也是激進共和主義者的特點）使用著舊式的樂式；但是他加給它們以驚人的活力和激情，包括產生於思想高度的那種最高的激情，使得產生於感覺的激情顯得僅僅是感官上的享受，於是他

不僅打亂了舊樂式的對稱，而且常常使人聽不出在感情的風暴之下竟還有什麼樣式存在著了。」[5]可以說張默對貝多芬的理解與蕭伯納是等高的，這極大地增強了作品的內涵與份量。〈貝多芬〉一詩，堪稱內容與形式的混化無跡，是張默逼近音樂的發軔之作，在他的整個創作中具有里程碑的意義。

1975 年出版的第三本詩集《無調之歌》，是張默詩風轉變的一個標誌。該詩集的「代序」中，他寫道：「早期，我們都寫了不少文縐縐的詩，但是現在的我逐漸在修正過去的我，所以在表現方法上，題材選擇上，自認已有了不小幅度的變奏，那就是我現在的詩作，可能會直接切入事物的核心，切入生命的深處，切入生活的底層……」他同時還表達了「對朗誦的熱衷」，特別指出「這本集子中的絕大部分作品都是可以朗誦的，甚至有不少首是為擴大朗誦的效果而寫的」，這說明張默對內容和形式混合無跡的追求已逐漸成為自覺的行動。如〈夜〉（1969 年），正像瘂弦的評價：「此詩以詩人內在的主觀世界和外在的客觀世界，情人式的思緒（小我）及哲人式的理念（大我）形成兩條平行線，交替進行，反覆推演，而產生音樂獨有的特色——對答、呼應、發展的趣味，詩的抽象思維，與音樂的抽象思維，在這首詩中作了最好的結合。」[6]而重複和疊現，張默最喜歡用的「顯現節奏」的手法，在這首詩中行使得也很充分。僅就句式而言，「我們曾……」用了二次，「我依然……／從您的……」用了三次，「請讓我……」用了三次，均顯示了聲律之美。尤其是後二節：

> 啊，夜，美麗的夜，哭泣的夜，無限奔湧的夜，
>
> 傷心的夜，被射落失去了一隻翅膀的夜，靜默的
>
> 夜，吻聲喋喋的夜，米勒的晚禱的夜，羅丹的沉
>
> 思者的夜，洛夫的劇場天使的夜，瘂弦的深淵的

---

[5]引自蕭伯納，〈貝多芬百年祭〉，《外國百年散文鑒賞》（武漢：長江出版社，2007 年），頁 9～10。
[6]引自瘂弦，〈為永恆服役〉，見張默，《愛詩》（臺北：爾雅出版社，1988 年），頁 7。

夜，夜，夜，於未央中，那是多麼柔麗的

　　　流蘇的夜啊

（我能捉住它嗎，那永遠的夜啊！）

在花香四溢的流水般的五月

我們擁簇著一座光潔的愛的水晶城

互在凝視中凝視著

互在尋覓中尋覓著

互在禱告中禱告著

我們把一切赤裸裸的真情擲出

向著那巨無霸的夜

向著那空渺渺的夜

向著那熱騰騰的夜

向著那可以折疊起來放進小小口袋裡的

　　　喜歡遨遊四方的夜啊

　　有重疊，有排比，又整齊，又變化；有散文，有韻文，又對比，又呼應；有儒雅，有俚俗，又相斥，又相吸；有生活，有文化，又交叉，又融合……極盡了現代詩的形式之美，又深得漢語方塊字「形、音、義」之妙，誰說它不是一支優美的小夜曲呢？

　　在第十本詩集《遠近高低》（創世紀詩社 1998 年版）的〈後記〉中，張默道出了他的理想。他說：「每個人的創作手法，似乎是與生俱來的。童年在故鄉讀私塾，背了不少的古文和古詩，特別對中國方塊字的音色情有獨鍾。是以我的詩無論對仗、重疊、懸疑、虛與實、剛與柔、隱與顯……無不力求弦外之音的突兀表現。」這「弦外之音」，不正是音樂的暗示性、聯想性、流動性、包容性嗎？張默至此，與華爾特·佩特站在了同一個水平線上。如〈尋〉（1980 年）：

從狼煙四起的山海經裡

追蹤跑得老遠老遠駱駝的影子

從雁陣驚寒十一月多皺紋的天空

撲捉那些濕濕黏黏的

北方搖曳而來的秋雨

縱使你在千山千水之外

迢迢亦如望不斷的鄉關

我那耽擱了三十年滿布塵埃的翅膀

還是要鼓起餘勇

一頭闖進你疙疙瘩瘩的丘壑

　　從字面上看，張默尋的是「駱駝的影子」、「秋雨」，還有一個「你」，但這「駱駝的影子」不在地平線上，而在「山海經裡」，且有一個定語「狼煙四起」，可見他尋的是戰亂頻仍的中華歷史；這「秋雨」不起自本島臺灣，而從「北方搖曳而來」，穿過了空間也穿過了時間，有形象（多皺紋），有聲音（雁陣），有溫度（驚寒），有姿態（搖曳），可見他尋的是遠隔多年的祖國大陸；這「你」由於用了一個比喻「亦如望不斷的鄉關」，可以理解為故鄉，「耽擱了三十年」對應作者的自白：「壓抑了三十多年的鄉愁」，可知是對年近八旬尚在人間的老母親的思念，恨不能插上翅膀，飛越關山，撲進母親的懷抱。「丘」既是顯的母親的懷抱，也是隱形的中國的版圖。謂之「疙疙瘩瘩」，既指山川交匯、溝壑縱橫，也指兩岸隔閡、近鄉情怯。詩中對疊字的運用相當成功，除「疙疙瘩瘩」外，尚有「老遠老遠」、「濕濕黏黏」、「千山千水」，加強了時空的遼闊度、情感的複雜度、詩意的包容度。筆者以為這種「弦外之音的突兀表現」，遠勝於形式與音韻的排列組合，才是張詩音樂性的靈魂，可惜這類的傑作不多，尚需張默繼續努力。

四

　　關於「競妍」，見於張默 1958 年 6 月所作的〈拜波之塔〉一詩中：「那筆下，企圖閃現一個緩緩的形成／所以藝術總是輕輕擁抱著我呵／每一寸土地，每一個空間／緊緊與我們的心靈相密接／並且排擠，並且爭論／並且競妍」解昆樺稱其為追求藝術突破的「競妍意識」這是頗有見地的，但筆者以為還可以再提高一步，稱其為貫穿一生、不斷實驗、不停探索的「競妍精神」。

　　試將〈峰頂的峰頂〉（1965 年）與〈觀碧果的某幅畫〉（1978 年）加以比較，一長一短，均與「競妍」有關。前者 76 行，表明了作者的詩觀與態度：儘管挫失連連，「蹌蹌踉踉，悠悠忽忽／淒淒切切，飄飄鬱鬱」，仍決心要寫那「寫不盡飽滿的現實與靈魂的側面」，要用十指「紡織一車車歡笑」，要寫中西結合的作品，「且是八大山人的達達／且是馬蒂斯想念東方的筆」，青年張默壯志可嘉也！後者五行：

> 一隻小小的青蛙，匍伏在一棵巨松的腳下
> 何時才能抵達頂點呢
> 牠皇皇然地探詢著
> 那些奔走相告的水草
> 　　　　無言。

　　青蛙雖小，目標遠大；何時抵達？不懈探尋！燕雀焉知鴻鵠之志？水草們驚訝肅然起敬⋯⋯可見張默的競妍精神是一種不懼挫失勇攀高峰的精神，也是一種生命不息奮鬥不止的精神，幸福不在於目標的達到，而在於為達到目標所做的奮鬥之中！

　　截至 2007 年 10 月，張默已出版詩集 15 本。無論鄉村、城市、歷史、現實、異域、人類，他都涉及到了，而且力求有所發現、有所深入，有個

人色彩；無論抒情、敘事、寫景、詠物、說理、懷人，無不力求新穎妥
帖、灑脫自然、真摯感人。幾乎所有的詩體，他都嘗試過了。如：自傳詩
〈光陰‧梯子〉，從「一九三一‧光著腳丫，站在故居一個柳絲輕拂的池塘
邊」，到「一九八七‧之後之後呢……／依然半袖清風，鄉愁醃日」，相當
於他個人的編年史，堪稱獨創；詩劇〈機槍與蜜蜂〉，時間：「一九九九年
九月九日的一個傍晚／微風輕輕吹著一望無垠的海濱」，劇中人物：「一挺
輕機槍／一只小蜜蜂」，有描述，有對話，還有動作，實驗性極強；散文詩
〈蝴蝶、木仍伊〉等，寄託深遠，感性激越；贈答詩〈戲繪詩友十二則〉，
分別致羊令野、辛鬱等 12 人，抓住每人的特點，以白描出之，最長八行，
最短三行，排列形式竟無一相同，豈不妙哉；仿詩友體詩〈大地，被汝聲
音的翅膀揉碎〉等八首，「以臨摹敦煌的心情」，仿碧果、洛夫等八位詩友
的名作，「可博大家會心一笑」，雖自稱「戲作」，卻戲得有趣而傳神，無功
力者難以為之；題畫詩〈荷〉等，既烘托氣氛，又畫龍點睛，將美術線條
繪入人生線條；詠物詩〈鴕鳥〉、〈豹〉，無主客、無時序，幾近天人合一的
境界；詠景詩「大陸詩帖」，「我不得不把自己的五官／來一次出其不意的
緊急集合」，既重視情的吐露，又傾力於境的造設，力爭景、情、境三者的
水乳交融；花式顯題詩〈吾以夢的翅膀拍擊李賀的箜篌〉等，受洛夫隱題
詩之影響，在「花式」上又有新的形態。張默寫過組詩，如〈黃山四詠〉
等，是對景點的四個選擇；也寫過長詩，如〈恆寂的峰頂〉四首，顯示一
種精神境界的提升。張默特別提倡小詩，編著過《小詩選讀》，認為「一首
上乘的小詩，似乎可以臻至晶瑩亮麗、語近情遙的境界」[7]，並「以十行為
小詩的上限」[8]他自己就寫過一系列十行詩，如〈呢喃十行〉、〈鞦韆十
行〉、〈書齋十行〉等。十行以下的，有〈面壁九行〉、〈四行小集〉、〈三行
小集〉、〈俳句小集‧四季〉二行、〈一行詩（六題）〉，未直接表明行數在
八、七、六、五的也有，但規律性不如表明行數的。小詩易寫難工，要在

---

[7]引自張默，〈晶瑩剔透話小詩〉，《小詩選讀》（臺北：爾雅出版社，1987 年），頁 33～34。
[8]同前註，頁 35。

極短的篇幅中起承轉合，自成一個玲瓏剔透的宇宙，不僅要靠功力，也要靠機遇，即「可遇而不可求」，張默才高也概莫能外。張默還訴諸繪畫、書法，出版過旅遊世界之詩與攝影合集《獨釣空濛》（九歌出版社 2007 年版）……總之張默是中國詩壇詩體實驗最勤、樣式運用最多的詩人。他在句法、句式、標點、排列諸方面也有嘗試，其經驗與教訓也值得我們記取。

在第八本詩集《落葉滿階》（九歌出版社 1994 年版）的〈自序〉中，張默深有感慨地寫道：「回首過往十分崎嶇的來時路，個人歷經歌詠海洋的浪漫時期，擁抱現代主義的實驗時期，回歸傳統的反省時期，抒發鄉愁的惆悵時期，以及追求澄明的晚近時期。」「一個詩作者，應不忘時時刻刻從實驗中怡然走出，從豐富的傳統中汲取礦源，從許多未知的新事物中找尋靈感，尤其最最重要的莫過於要能寫出充滿人性、充滿溫馨、充滿哲思，甚至充滿展現世界宏觀的作品。」他是這樣說的，也是這樣做的，在漫長的詩途跋涉中，他成功地解決了這樣三組矛盾。

東方與西方。張默自小就受中華傳統文化的熏陶，這使他形成了彌久不散的故鄉——故國情結，在 1950 年代便提倡「民族詩型」，但因早年漂泊，孤懸海外，最先最大量接觸的卻是西方異質文化，受到了現代主義，特別是超現實主義的感染，「切斷聯想系統」，著力氣氛的經營，追求詩的獨創性和純粹性，寫下了〈期嚮〉、〈貝多芬〉等一批作品。然而，他畢竟不是一個超現實主義的信徒，只是運用超現實主義的技巧來抒發他胸中的情、志，因而在走向西方之後又回歸東方，於 1970 年代重新提出「現代詩歸宗」的口號，回到中國的人文傳統上來，從而將東方詩藝與西方詩藝融鑄在一起。如〈無調之歌〉（1972 年）：

月在樹梢漏下點點烟火

點點烟火漏下細草的兩岸

細草的兩岸漏下浮雕的雲層

　　　　浮雕的雲層漏下未被甦醒的大地

　　　　未被甦醒的大地漏下一幅未完成的潑墨

　　　　一幅未完成的潑墨漏下

　　　　　　　　急速地漏下

　　　　空虛而沒有腳的地平線

　　　　我是千萬遍千萬遍唱不盡的陽關

　　在這首詩中，連續六個「漏下」的重複，顯示了超現實主義的「非理性」、「反邏輯」與「超現實」，但結句借「陽關」這個中國古典詩詞的意象道出了詩人對故土的思念，則是理性的、邏輯的、現實的。視點由上到下，又由近及遠，運用了電影鏡頭推移的手法，渲染的卻是一種淒清、悲涼的氣氛，使人聯想到八大山人的山水畫。句式上的「頂真格」與「階梯式」（特別是六個「漏下」的排列方式），則得力於中國傳統文化與中國文字。另外〈露水以及〉、〈死亡，再會〉、〈變奏曲〉等也是中西融鑄得較好的作品。

　　感性與理性。正如洛夫所言：「詩人中像張默那樣燃燒著生命，向四周投射著光與熱，與詩壇發生密切關係的人，實為數不多。」[9]他的詩並不缺少感性，有時甚至過剩，如〈我在寬大的方塊字裡奔走〉（1990 年），先後以「林蔭」、「水湄」、「火域」、「草原」作比喻，意象過於豐富，反覺理性不足，缺少思想內涵。他的詩也不缺少理性，早期還好作哲學的玄思，如〈最後的〉（1959 年），寫「死的冥寂」、「靈魂的覺醒」、「空虛就是充實」，感性不足，像牧師布道，枯燥無味。如何使二者水乳交融、不落形跡，是張默必須克服的難題，也是他詩藝飛躍的標誌。如〈三十三間堂〉（1989 年），係作者在「某一時刻所感受到的十分獨立奇特的風景」，他以 33 間房子並置時間與空間、歷史與現實、政治與文化、民族與個人、已知

---

[9]引自洛夫，〈無調的歌者〉，蕭蕭主編《詩痴的刻痕：張默詩作評論集》，頁 9。

與未知，多的是具象，也多的是暗示。通過「它們面面相覷，橫七豎八的／依偎在一起，你猜／怎麼著，實則它們什麼也沒做」、「你問它，幹啥／它們統統統統『莫宰羊』（按：即臺語諧音『不知道』）」、「（黃河，長江，青海，八達嶺，塔克拉馬干，大雁塔，岳陽樓，滄浪亭，杜甫草堂，樂山大佛……／它們全然東倒西歪黏在一塊，說長道短，但／是都不敢問／今年是何年，今夕是何夕？）／民國，二十年代，五十年代，八十年代／還有一些糾纏不清的聊齋／它們，俱黯然神傷／永遠，不會再回頭了」……我們不是分明感覺到傳統與現代的斷裂，文明與人性的乖違、願望與現實的齟齬嗎？詩人以兩個「話說」概括全詩，實乃借「說書人」的口吻評價歷史、憂國憂民，其中的理性完全融於感性之中，真個是言有盡而意無窮。

　　澄明與情趣。這是張默在《落葉滿階》的〈自序〉中提出來的：「詩能澄明可解而又充滿情趣，豈不更令人激賞。」從詩風的演變來看，此一階段的澄明是對他早期的晦澀的糾正。早期之所以晦澀，是因為表現內容（如對現實的不滿，「要回去無法回去、鄉愁等等糾結在一起」）不好明說，迫不得已而為之；也與追求詩質的稠密有關。經過相當一段時間的磨煉，詩質的稠密有了保證，去掉晦澀便提到了議事日程。但澄明不一定有情趣，有情趣不一定澄明，如何化解矛盾實現統一？張默的做法是將詩生活化，「捕捉某些日常器物的浮光掠影」[10]以展現自己的親和與智慧。如「城市風情」（1991 年）六首，寫大家擠在麥當勞裡喝紅茶啃薯條，「而飢渴如故」，「幸好那個大包頭 M／穩穩高掛在金色屋頂的天幕上／否則怕不被孩子們的油嘴滑舌／啃得吱吱大叫／才怪」既平實，又風趣，是對洋快餐解決不了中國問題的反諷；寫交通擁堵，將牢騷發洩在紅綠燈上，以「問題之一」、「問題之二」、「問題之三、之四」出之，不同角色的不同口吻卻表現出同一的浮躁，既俏皮，又深刻；寫挑磚工人，以蝴蝶喻磚，幾

---

[10]見張默，《遠近高低──張默手抄詩集》（臺北：創世紀詩社，1998 年），頁 200。

塊磚幾隻蝴蝶，不言其重反言其輕，上下左右往來前後地飛，「掠過我愈來愈矮／愈來愈窄／愈來愈小的肩膀」這是對勞動者和勞動最別致的歌頌；寫停車收費員，用了四個「關我屁事」，口語入詩，不避俚俗，對稽查員和市長的調侃，顯示了管理的混亂與生存的無奈。相對而言，寫地下道與馬路開挖的二首要差一些。在〈臺灣現代詩流變──初版本導言〉中，張默指出：「詩人把掠取過來的語言之一瞬間（所洞見的一瞬間）擴大到無限，這實在是一樁極其艱困的工作。『確當的語言，緊密的語言，不是裝飾的語言，可以使一首詩步上永恆。』在現代詩的長江大河中，我們期盼詩的語言，今後能不斷的衍生，向至高至真至美的境界挺進。」[11]這是張默對詩壇的期盼，也是筆者對他的希望。

──2008 年 1 月醞釀，3 月 12 日完成於病中

──選自《當代詩壇》第 49、50 期合刊，2008 年 5 月

---

[11]見張默編，《現代百家詩選（新編）》（臺北：爾雅出版社，2003 年），頁 15。

早期創世紀詩人的語境焦慮及開解

以張默為主的討論

◎解昆樺*

一、創世紀詩社的聚集、口號與語境的形成

　　創世紀詩社成立於 1954 年目前依然繼續屹立，誠如「創世紀」的名稱一般，創世紀詩社尋求的是突破舊有局面的精神，它的社群主張從一開始便是開放的，因此其成員組成陣容極為龐大。其社群內的詩人類型早期以軍旅詩人為主，其後漸漸有所謂的學院詩人加入，至於有外僑身分的許世旭、王潤華、葉維廉等詩人皆為年少來臺灣求學，故在背景上則兼具國外與學院兩個特質，創世紀詩社之後亦有大陸與臺灣本土詩人的加入，即使在最近一次 2001 年 3 月的社員重組後，創世紀詩社的陣容依然呈現兼容並蓄的特質。但是不可否認的是「遷移性」實是早期創世紀詩人最主要的特質，並形塑了創世紀早期焦慮語境，「遷移性」可說是 1950、1960 年代政治環境影響文學思考的結果，而如何在遷移的身分中尋找自己與詩的定位便成為一個重要的課題。創世紀詩人在這方面的思慮可見於其 1954 年創刊號（創世紀的路向──代發刊詞）所標誌的：「確立新詩的民族路線，掀起新詩的時代思潮」[1]，若與紀弦的〈現代派宣言〉比較，皆可看出當時政治氣氛對詩歌藝術的影響，那時候的詩人與詩社的詩歌與立論幾乎無不有著

---

*發表文章時為中正大學中國文學系碩士生，現為中興大學中國文學系助理教授兼通識教育中心教學組組長。

[1]創世紀詩社，〈創世紀的路向──代發刊詞〉，《創世紀詩刊》創刊號（1954 年 10 月），頁 2。

政治箝制藝術的刻痕。但在 1959 年《創世紀》詩刊改版之後，整個詩社的
走向也完全轉變，開始全力吸收與推廣西方現代主義及藝術創作。詩社是
由眾多詩人所組成，他們藉著意見的交流、衝突到融合，往往使得他們形
塑出一個團體語境，他們或許不說一模一樣的話，不寫一模一樣的詩，但
是在他們的創作卻都不免表達出一種詩社群共同的思索基調。在此筆者藉
著對創世紀詩人作品裡的語境作觀察，企圖探討創世紀詩人語境的形成與
其中隱含的語境焦慮，以及對於他們後期如何對焦慮語境進行化解。

　　值得注意的是，臺灣的現代詩社中基本上都有一個詩雜誌作為其主要
的機關刊物，詩雜誌可視為該詩社的言論場，通常這個言論場是公開的，
既接受社內詩人的作品，也接受社外創作者的作品，然而這個言論場都必
須透過詩社的主編（通常也是該詩社重要的成員）來進行稿件的篩選與整
合，作品的錄取刊登與否自然涉及該詩社對詩歌，甚至是文學觀的看法，
是以言論場儘管開放，但卻往往會成為一種特定的「典範區域」。詩社的言
論場既代表該詩社對詩歌典範的認知與堅持，是以經營這個言論場也成為
該詩社最重要的工作。創世紀詩社的言論場自然是其機關刊物《創世紀詩
雜誌》，而主編工作長期以來大部分都是由張默負責，張默也一直處在創世
紀詩社發展的第一線，在早期創世紀人群中具有著一定的代表性，故本文
將以張默作為主要的觀察對象。

二、我是一只沒有體積的杯子──張默「時代存在」的語境焦慮

　　張默 1931 年生於安徽省無為縣，中學就讀南京。1949 年 3 月從南京
搭乘中興輪去臺投奔自己的大哥。1950 年起在海軍服役並開始進行現代詩
創作，至 2000 年為止發表的詩集共 11 本[2]，評論集五本[3]，此外亦編有詩選

---

[2]《紫的邊陲》（1964 年）、《上昇的風景》（1970 年）、《無調之歌》（1975 年）、《張默自選集》
（1978 年）、《陋室賦》（1980 年）、《愛詩》（1988 年）、《光陰‧梯子》（1990 年）、《落葉滿階》
（1994 年）、《張默精品》（1996 年）、《遠近高低》（1998 年）、《張默‧世紀詩選》（2000 年）。

[3]《現代詩的投影》（1967 年）、《飛騰的象徵》（1976 年）、《無塵的鏡子》（1981 年）、《臺灣現代詩
概觀》（1997 年）、《夢從樺樹上跌下來──詩壇鉤沉筆記》（1998 年）。

20 本[4]（含詩論與相關資料），散文集二本[5]。以上都屬於張默生平背景帳面上的客觀資料，而張默自己又是如何看待自己的詩歌發展歷程呢？做為表述自己如何蛻變為詩人以及其後的心路歷程，張默〈光陰‧梯子〉一詩實是一個寶貴的資料，張默在詩題下自標為（自傳詩）[6]，從 1931 年到 1987 年進行逐年書寫，每年之下用一至四行以詩語記錄下該年記憶最深刻的事情，妙的是前後連貫下來就算泯去其上標列的年份，各段詩句順著時間鋪述而下，亦是一首頭尾順暢的詩作，當然其中不免有散文語句的出現以求描述事件的完整，例如：

> 一九六一‧大業書店是咱們的新知加油站，有名的《六十年代詩選》就是在陳老闆的慫恿下完成的[7]

〈光陰‧梯子〉除了具有編年性的條列價值外，更重要的是呈現了張默對自我生命歷程的評價與記憶，以及表達他所經歷的時代。張默在表述自己 1931 年到 1940 間兒童時期的詩行，展現了鄉野童趣，例如：「一九三二‧在搖籃裡聞夏季的稻草香／一九三三‧跟隨大人在田埂上看紅通通的落日／一九三四‧初秋某夜，被水蛇咬了一口／一九三五‧好想攀上屋脊，抓一把天井裡的雪花」[8]但是這樣年輕天真的詩語在「一九四一年‧在長江邊掃瞄一排排觸目驚心的浮屍」[9]與「一九四二‧殺千刀的，日本鬼子

---

[4]《六十年代詩選》（1961 年）、《中國現代詩選》（1967 年）、《七十年代詩選》（1967 年）、《中國現代詩論選》（1969 年）、《現代詩人書簡集》（1969 年）、《新銳的聲音——當代青年詩人選集》（1975 年）、《中國當代十大詩人選集》（1977 年）、《剪成碧玉葉層層——現代女詩人選集》（1981 年）、《感月吟風多少事——現代百家詩選》（1982 年）、《七十一年詩選》（1983 年）、《小詩選讀》（1987 年）、《七十七年詩選》（1989 年）、《中華現代文學大系（詩卷‧一九七〇～一九八九‧臺灣》（1989 年）、《臺灣青年詩選》（1991 年）、《臺灣現代詩編目（一九四九—一九九一）》（1992 年）、《八十一年詩選》（1993 年）、《當代臺灣作家編目（爾雅篇）1949～1993》（1994 年）、《創世紀四十年總目》（1994 年）、《新詩三百首》（1995 年）、《八十八年詩選》（2000 年）。
[5]《雪泥與河燈》（1980 年）、《回首故園情》（1984 年）。
[6]張默，《光陰‧梯子》（臺北：尚書文化出版社，1990 年 6 月），頁 23。
[7]張默，《光陰‧梯子》，頁 25～26。
[8]張默，《光陰‧梯子》，頁 23。
[9]張默，《光陰‧梯子》，頁 24。

血淋淋的大刀隊」[10]後明顯開始轉變，與「一九四九年暮春‧河山變色，咱悄悄登陸基隆港」[11]、「一九五〇‧響應知識青年從軍，投效海軍」[12]都反應著張默的民族情緒，使得儘管張默在 1943 年到 1948 年的部分亦穿插寫到「一九四六‧徜徉在紫金山麓的成美校園裡／輕輕唸著冰心體的小詩」[13]、「一九四七‧黃昏，追趕新街口到下關的馬車／一遍又一遍篤篤的蹄聲，灑滿我梧桐葉的身軀」[14]等少年時期的浪漫情懷，但卻令人不禁感受籠罩其上的時代憂患。在 1941～1942 年至 1950～1951 年書寫的自我遷移與政治動盪的部分，在張默的〈光陰‧梯子〉中形塑了一種時代焦慮的緊張氛圍，並且壓抑著張默詩歌中的浪漫美感。這樣的時代背景下，可以說「時代動盪而自我選擇飄移」與「被時代壓抑的藝術生命如何發展？」，一直是張默詩歌創作中的兩個核心主題。

而「一九五四年‧與洛夫相識，作詩人之夢／勒緊褲帶辦《創世紀》」[15]在 1954 年裡與洛夫的相遇，可說是張默詩歌創作生命一個最重要的階段。此時的張默由於自身軍人的身分，由於本身所遭受到軍中制度的限制，使得張默的藝術心靈一直找不到宣洩的出口。因此在軍中張默若非遇到同樣熱愛詩歌的洛夫，那個詩人的「夢」能不能有「開始」的機會，都還大有討論的空間。張默的「詩人之夢」是張默在自己軍人身分的限制下，一種企圖超脫制度而追求藝術的神話，因此儘管與張默有深厚情誼的洛夫在〈從現代到古典，從本土到世界──洛夫 V.S 李瑞騰〉中說：「但有人認為是，當時言論受到相當大的箝制，所以不能自由明確的表達。我覺得這個說法比較勉強，不是絕對。……《石室之死亡》出版後，我還送給

---

[10]張默，《光陰‧梯子》，頁 23。
[11]張默，《光陰‧梯子》，頁 23。
[12]從張默這樣的自述，其乃是以學生身分遷移至臺灣後才從軍，所以一般將其歸於「軍旅詩人」的身分實有待改正。
[13]張默，《光陰‧梯子》，頁 24。
[14]張默，《光陰‧梯子》，頁 24。
[15]張默，《光陰‧梯子》，頁 25。

我的政治部主任一本，他還說寫得很好。」[16]企圖澄清在 1950、1960 年代
的創作氣氛，並非傳統研究 1950、1960 年代的學者所言那般言論遭受嚴重
地封閉，但與張默所寫「一九五九・咱們三個徹夜在紀念塔上談詩，結果
被蚊子咬了一／大堆疙瘩，真他媽的……」[17]及此詩行的註腳：「1959 年夏
天，洛夫奉調金門，筆者和瘂弦在左營小街設宴餞別，深夜咱們三個又攀
上軍區內的海軍忠烈將士紀念塔，暢談往事，不意被衛兵拿下，把咱們關
了一夜，事後瘂弦戲稱：此乃《創世紀》三巨頭蒙難日，一時傳為趣
談。」[18]相對照，可以發現當時的「《創世紀》三巨頭」在那個年代裡軀體
被「制度」限制的事實，當時的政治情勢與張默等人的軍人身分，使他們
的個體心靈也必然有一部分（例如國家認同）遭受到管轄。因此，1950、
1960 年代或許如洛夫所言，言論並非那麼不開放，但是「制度」（特別是
他們軍人的身分）限制住他們的軀體活動，使他們無法完全自由地追尋藝
術創作卻是不爭的事實。

　　在 1950、1960 年代人們對「制度」的約束是有所意識的，無論是深處
在什麼空間當中。張默〈我是一只沒有體積的杯子〉一詩，將自己比喻成
沒有體積的杯子，企圖迴避用身體盛接時代動盪的焦慮，這首詩表達著歷
史時代對當時人沒有彊界的拘禁。時代國家的動盪成為「制度」與「禁
忌」存在的最佳原因，這也是成為 1950、1960 年代臺灣社會中人們思考自
身存在的命題。除卻政治因素，當時的臺灣社會在國民政府的銳意建設下
持續朝現代化的方向前進，同時也產生了西方社會現代化時所遭遇到的社
會問題，例如人性道德的墮落、在制式的工作與生活中喪失自我存在特性
等問題。因此，可以說「時代動盪」與「現代化中自我存在」兩個課題構
成了張默的語境焦慮。

---

[16]創世紀詩社，〈從現代到古典，從本土到世界──洛夫 V.S 李瑞騰〉，《創世紀》第 118 期（1999
　年 3 月），頁 49。
[17]張默，《光陰・梯子》，頁 26。
[18]張默，《光陰・梯子》，頁 28。

三、為了要作繆斯眼裡的一騎士──以藝術創作化解「時代存在」的語境焦慮

　　1950、1960 年代間創世紀詩人面對「時代動盪」與「現代化中自我存在」時，在詩歌表現最大的特點，筆者認為是他們表達自身「所處空間」的意識，他們往往在詩中建構空間，並將自己置放於其中進行生命的探索，例如瘂弦的深淵、洛夫的石室，以及張默的峰頂都是如此。在張默《上昇的風景》詩集裡「峰頂」這個空間，便被建構在〈恆寂的峰頂〉、〈曠漠的峰頂〉、〈繆斯的峰頂〉、〈峰頂的峰頂〉四首詩當中，這四首詩的語言如同瘂弦書寫〈深淵〉和洛夫書寫《石室之死亡》系列作一般都相當的晦澀，例如劉菲在〈五湖煙景有誰爭──試論張默的詩〉一文中便批評〈曠漠的峰頂〉：「我們實在看不出詩人到底要刻畫什麼？我所謂的看不出來，而是我們懂得每一個字每一句話的表面意義，當這些語言組合在一起時，我們不能獲得審美上的完整底『意境』。」[19]事實上據筆者親自訪談張默談及此詩時，張默表示：

> 我寫那首詩主要的動機是因為當時受訓的問題，本來軍方要我去幹校受訓，結果我到幹校去報到的時候，這我在外面沒提，結果被幹校拒絕，結果我只好回去，我的心情就不好，所以我就寫了這首詩。我這首詩想法上是有，但是就是說這首詩還不夠圓潤，不夠⋯⋯怎麼講，不過現在要改，不知道怎麼改。[20]

　　儘管張默刻畫他「峰頂」的技法是晦澀的，也坦承「這首詩還不夠圓潤，不夠⋯⋯怎麼講，不過現在要改，不知道怎麼改。」[21]、「要改的話，

---

[19] 蕭蕭主編，《詩痴的刻痕：張默詩作評論集》（臺北：文史哲出版社，1994 年 9 月），頁 38。
[20] 筆者 2002 年 8 月 22 日於張默住處的訪談紀錄〈創世紀雜誌及詩人的發展──與張默對談錄〉（未發表）。
[21] 同註 20。

我想基本上會朝語言的連結度上處理，希望各詩句間更接近一些，語言可以跳躍，但是那首詩跳躍的太快。」[22]但是就現在來看，峰頂所呈現張默當時生命裡的焦慮沉悶的氣氛卻是讓人印象深刻的，揭示了當時他受到軍中，甚至是那整個時代各種制度強橫的拘束，而被迫「噤聲」的痛苦。〈恆寂的峰頂〉的主題為「寂」，「多雨的眼睫／驚不走憂鬱的巨症」寫出人面對憂鬱時的軟弱，但是這樣的無助卻藉由鋪陳尼采的悲劇性而得到提升，例如「要歌要舞／要把世界扛在頭上／要把存在與虛無一腳踢翻」，已經有希臘酒神那樣在歌舞間狂熱、創造的精神，把世界扛下踢翻虛無與存在，寫的相當具象活潑，展現面對恆寂峰頂的超越。如果說〈恆寂的峰頂〉表達的是一個恆寂的詩境（峰頂），那麼〈曠漠的峰頂〉更加突出「我」的形象，在曠漠的峰頂上漸漸站起了一個人，以一個人與曠漠形象化的對應如「而生之欲，悲劇之欲，極度飢渴之欲以及薄薄默默的／欲中之欲，不經意地被投入／我的清風的雙袖」以「我」空虛的雙袖吞吶生存與慾望的悲劇，這是一種藝術性的承擔。「我在複印你的寬闊的黎明／溫煦攀上睡了一夜的樹梢」一樣以「我」來複印黎明，溫煦爬上樹梢睡眠，這裡個人溫和積極的浪漫情緒展現了與酒神狂亂不一樣的層面，藉吸納黎明而消除存在焦慮的「我」安頓入眠的狀況，可以看出張默已經漸漸開拓出比「超越」焦慮更深一層的「化解」焦慮的境地。

〈繆斯的峰頂〉出現的場景開始具有戲劇性，峰頂上不只有「我」，更出現一個藝術女神，「你的莊嚴的步履踏入春風滿面的觀音之淨土／於是海湧進、　夢湧進、　七七之戀湧進」寫的是藝術女神的降臨，他的降臨也帶動了「我」對藝術女神的眷戀，這裡的七七之戀指的應是牛郎與織女的神話故事，恰巧亦是「我／藝術女神」一般的「凡／神」對應。而原本在曠漠上的我是「我只是我，別有情意的我／在藍色深淵裡浸慣了的／聞不出什麼是寂寞，什麼是短短十九響的微笑／什麼是空空的瓶，什麼是水鳥

---

[22]同註20。

的悸動」藍色深淵、空瓶等意象說明了我自身的憂鬱與虛無，但是遭遇到藝術女神之後「為了要作繆斯眼裡的一騎士／我的歌豔得如炎炎夏午傾瀉的油彩」說明為了追求與藝術的戀愛，「我」浮豔了自己的歌唱，當然這裡的豔不是一種俗豔而是狂亂激情的藝術之豔，所以張默用夏午傾瀉的油彩展現了那豔歌的熱力與流動力度。而與藝術女神同心的狀況是怎樣呢？張默寫到「我是曠漠的弟子，你是繆斯的姊妹／我們同是置身巨大的深處／任心連心手牽手飄泊去吧／思想裡找不到鉛塊／眼眸裡逸失了暗流／最後的終極是會心的歌唱歌唱歌唱」與繆斯的姊妹手連手心連心，除了代表著張默企圖與藝術相結合以面對自身所遭遇到時代存在的焦慮外，更重要的是張默期待自己能以一個與藝術戀愛的心情四處漂泊，這也是軍旅詩人張默在動盪漂泊的時代裡心靈的安頓之道。〈繆斯的峰頂〉中的「戀情」之於「落腳處」，正如〈曠漠的峰頂〉中的「黎明」之於「安眠的樹梢」一般。所以筆者認為〈繆斯的峰頂〉一詩可說是 1950、1960 年代張默最重要的一首詩，這首詩指出張默面對時代存在的語境無慮的幾個重要探索痕跡：第一、張默企圖以藝術創作來超脫時代存在語境焦慮中的「鄉愁」與「虛無」問題。第二、在超脫之中能作為他終極落腳處的是「黎明」與「藝術之戀」，這樣在張默早期詩歌尋索中能找到的落腳處是很少的，但兩者都偏屬精神層次，這意即假如回返到現實世界中這也僅是「鄉愁」的暫代之物，這是否可以解答在《陋室賦》後，張默在企圖追索中國母性時語言開朗的問題，以下筆者將會論及。

然而，「黎明」與「藝術之戀」都非張默所能滿足的落腳處，所以「超越」的情緒一直仍是 1950、1960 年代他的基調，峰頂四首最後一首為〈峰頂的峰頂〉，即展現張默企圖在峰頂上再攀登再超越，這樣的超越情緒深切地反映了張默的焦慮。正如張默自言：

> 那時候沒有辦法，像我的〈峰頂的峰頂〉也好，我的語言很曖昧，但是
> 也是反現實的，對當時的境遇情況，要回去無法回去、鄉愁等等糾結在

　　一起。這樣的情緒無法用很流暢清明的語言來表現，不得不用晦澀的語言來表現，因為你心中有反戰、反暴力的思想沒有辦法直接表現，就是我們那時做為臺灣的青年或中年的那種心境與想法，不是一般人能了解表達出來的。[23]

　　詩語的晦澀與跳脫，使得讀者在閱讀上感到緊迫，張默或許正要藉此傳達給讀者，他自身所背負那樣時代存在的壓力。「我們是懸吊著的慾望之蝶，我們是空谷的回音／看河漢雙峰在細語在升高的疊唱／記憶是冷冷的灰燼，塗抹並不怎麼清明的臉譜」其中「被懸掛懸浮的蝴蝶」的意象不下於陳之藩的「失根蘭花」，空谷回音則代表我們探詢的聲音原封不動的傳遞回來，而沒有答案，記憶成為灰燼而且是冷的灰燼，說明生命個體的往日記憶逐漸地衰竭甚至消失，寫的是在失落歷史中個人形象是如何的模糊，儘管人們還有企圖追索的勇氣，但是整個時代的氛圍使我們被迫失憶，讓我們連追索的目標也不知何處。因此總體來看，張默峰頂的意象是孤絕的，除了在〈曠漠的峰頂〉與〈繆斯的峰頂〉中有著短暫的變調外，峰頂的悲劇性傳達著存在主義式的自我生命剖析，事實上在這個階段當中，創世紀詩人的詩作往往亦以此作為訴求的主題，例如周鼎詩劇〈一具空空的白〉透過詩劇的實驗形式，亦同樣傳達著探索個人在社會時代中的空白與如何存有的問題[24]。

　　峰頂四首若不考量其語言晦澀與有些詩語連結處令人感到錯愕的問題，可說是張默 1950、1960 年代的代表作，因為峰頂四首反映了張默「發現」、「面對」到「超越」自身所面對的時代存在的語境焦慮，並且具有「描寫自身所處時代存在的焦慮空間」→「超越所處時代存在的焦慮空間」→「融化所處時代存在的焦慮空間」的結構。其中又以「超越所處時

---

[23]同註 20。

[24]解昆樺，〈從象徵修辭擴散到類疊修辭——談周鼎現代詩劇《一具空空的白》自我剖析的藝術特色〉，《臺灣詩學季刊》第 38 期（2002 年 3 月），頁 110～123。

代存在的焦慮空間」的特質居多，與「描寫自身所處時代存在的焦慮空間」相對而言，這反映了儘管張默那焦慮的絕境詩意化，但他並不耽溺於此；與「融化所處時代存在的焦慮空間」相對而言，這反映了張默此時雖然能以藝術扼抑焦慮，然而焦慮似乎仍一再出現，他還是無法尋覓到一個安穩落腳之地。「超越所處時代存在的焦慮空間」展現的是一種企圖，也是張默一貫的情緒，除了〈曠漠的峰頂〉外，在〈與夫曠野〉中他這樣寫到：「我是一步一步逼入／一寸一寸走向我內裡／曠野深深，攤開它的毛茸茸的巨掌／且任黑暗一片一片的攏來／然後剝落、剝落、剝落／我不該攬一攬逝去的鄉愁嗎？」其中的逼入絕境展現的便是探索的勇氣，對自己「不該攬一攬逝去的鄉愁嗎？」的設問，除了有詩空間中「獨自一人」的特色外，也有透過詢問自己來肯定自己的價值取向。這首詩亦指出鄉愁是張默時代存在的語境焦慮的一部分，張默也往往將鄉愁主題託付在對時間歷史的生命探索中，在〈死亡，再會〉一詩的副標張默便寫到：「不知誰發明了死亡，你要告發它嗎，阿門」與詩中「從歷史的額上，煩憂一疋疋地／糾結著／從釋迦牟尼的樹上，虛無一縷縷地／飄運著／從離騷的背上，鄉愁一朵朵地／攀升著」可看出死亡命題在虛無與鄉愁間擺盪，強調宗教對死亡的探索卻只能製造更加的虛無境界，無法對此有所解答。「死亡，再會／虛無，再會／呻吟，再會／……我們赤裸裸地／　　　　坐在嬰兒的搖籃裡／我們赤裸裸地坐在死亡的列車上／我們赤裸裸地／　　　　坐在地平線的盡處／我們赤裸裸地／　　　緩緩地／　　　靜靜地／猛力推開這座原始原始的荒原」這裡描寫退返到嬰兒狀態的自己，儘管已預見自己必然死亡，但是仍然勇於推開、挑戰與探索原始的荒原，這都可以發現，張默企圖利用藝術語言書寫出自我如何思考，以及勇於面對時代存在語境的焦慮。

　　讓筆者繼續追問，詩人在語境上的晦澀乃是為了表現自身對自我定位的存在焦慮，但為何晦澀的語境是克服焦慮的方式呢？從創世紀詩社的新民族詩型到超現實主義的過程，可看出從初期創世紀諸子在面對紀弦當時

提出「橫的移植」時，選擇透過推展「新民族詩型」來扭正他的說法，並也傳達著創世紀三巨頭本身的軍人身分與政治抉擇。在 1959 年《創世紀》擴版後，也開始了一般論者所謂的創世紀的「超現實時期」，在這時期洛夫的〈石室之死亡〉、瘂弦的〈深淵〉、張默的〈期嚮〉、〈貝多芬〉所謂的東方美與藝術精神完全被西方的神祇、藝術家等詞彙所掩蓋，並且吸收了西方超現實主義的自動書寫理論，造成了語境上的晦澀。當然，張默等人並非完全接受布勒東〈超現實主義宣言〉，例如超現實主義主張從藝術的「超現實」到社會運動的「反現實」這部分，在創世紀詩人作品中便看不到。反倒是追溯臺灣日據時期水蔭萍（楊熾昌）的作品，因為臺灣人在政治上的被迫噤聲，使他轉向藝術創造領域中透過婉曲發聲的方式來譏刺時政，才看得到社會運動的反現實傾向。因此創世紀詩人們的晦澀語言，主要是用以化解他們語境中的失根情緒與焦慮，誠如亞里斯多德詩學的悲劇淨化，認為悲劇是對於一個嚴肅、完整、有一定長度的行動模仿，它的媒介是語言，具有各種悅耳之音，引起憐憫與恐懼使情感得到淨化（katharsis），而 katharsis 一詞本屬宗教術語，取其「淨罪」的意思，並且又有醫學術語「宣洩」的意思。創世紀詩人以藝術創作克服焦慮，企圖發出他們心中難以吐露說清的聲音，表露出對在時代之下自身生命的徬徨。張默既藉著書寫者的身分吐露自己的悲劇與焦慮得到第一重抒解，又藉著觀視自己作品成為讀者，進而透過悲劇淨化自憫而獲得的第二重抒解。

　　至於張默透過「音感」展現悲劇淨化特質的詩作，莫過於〈夜〉與〈無調之歌〉了。在〈夜〉中他寫到：「請讓我吸吮，那深情的悲劇的夜／請讓我提升，那深情的夜的悲劇／請讓我凝定，那長長的數不盡的／夜的悲劇與悲劇的夜」這在形式上看似繞口令的詩句，其實凝造了一種迴旋的音感，在夜與悲劇的周旋中表達了混亂暈眩的情感，詩人是在悲劇裡，又似乎是在夜裡，但是這裡的「吸吮」、「提升」到「凝定」，反映了詩人並不是徬徨無依的，而是企圖將悲劇與夜合而為一，提煉成生命中的藝術性與積極性格，有尼采存在主義的「永劫回歸」的意味。如果說〈夜〉

展現的是迴旋的音感，那麼〈無調之歌〉傳達了便是音樂的張力，全詩九行，前八行層層描繪了一幕寂寥的風景，最後一句陡然鳴放音樂，劃開寧靜，亟具戲劇性，象徵了詩人面對 1950、1960 年代那噤聲時代的焦慮時，心中渴望高唱的聲音。而陽關三疊，本身為送行邊塞詩歌，張默認為己身如是此歌，即將自己等同了那時代的離愁。此外張默詩歌的音感也透過排比、類疊來營造，事實上無論是張默早期詩歌到近期，張默的詩歌在詩行的推移上最大的特色便是使用排比、類疊，例如：

> 遠離人士的紛囂，萬有與寂靜蜂湧而至
> 它要在我們內裡築起燦爛的花房
> 陽光虛無與影子
> 棕髮步伍與烏鵲
> 從這無人之域，沒有聲響的聲響
> 滑過去。於是河川接住
>   於是旅人冥憶
>   於是花卉稱奇
>
>   ——〈期嚮〉

> 為了啃雪
> 為了那群喧噪的冰風
> 為了韓江的湍流
> 為了故人
>   那個喜歡戴著鴨嘴帽子的老許
>   一口中國話比咱們還中國
> 為了爭辯
>   滔滔不絕的意象
>   自熱坑上一縷縷地竄出
>
>   ——〈搖著我們的鄉愁〉

請讓我躺在你攬星捉月的懷裡

請讓我傾聽你震撼山嶽的語言

請讓我食於斯、樂於斯、視於斯、駐於斯

請讓我擂動你腹中的鼓鈸

　　　狂飲你眼中的噴泉

請讓我述說

你是惟一的逍遙者

依稀鬢髮，急急滑過時間的甬道

　　　　　　　　──〈依稀鬢髮，輕輕滑過時間的甬道〉

　　正如沈謙的《修辭學》中認為，類疊具有「摹聲繪狀，曲盡情態」、「反覆強調，語重心長」，排比具有「抒情寫景，淋漓盡致」、「說理透徹，具體深刻」的特質[25]。張默透過類疊排比的修辭除了使詩語向前推進之外，更藉由反覆的述說，勾勒、具形到深刻了詩人的焦慮，甚至就超現實主義所謂的「自動書寫」的理念看來，更是詩人潛意識裡的焦慮。瘂弦在〈為永恆服役──張默的詩與人〉一文中認為：「《創世紀》11 期以後，張默的詩觀產生重大的變化，最主要的是他受到現代主義、超現實主義的感染。所謂『自動語言』和『切斷聯想系統』，主張知性、反對浪漫的抒情等等的觀念，也在他的詩作中鮮明的表現出來。……對超現實主義技巧的接受，張默認為，他、洛夫和我的不同點是：洛夫華偏重語言的密度，張默偏重氣氛的經營，我則偏重感覺的延伸。」[26]張默的詩語言特色在平列、頂真與推移中，使得他的詩語具有反覆述說的特性，也因此突顯了他詩中的焦慮命題。相對與笠詩社中「失卻語言的一代」的詩人來說，從大陸遷移來臺的創世紀前行代諸子也未嘗沒有失卻語言的焦慮，笠詩社「失卻語言的一

[25]沈謙，《修辭學》（臺北：空中大學，1995 年 1 月），頁 424、480。
[26]初刊於《中華日報‧副刊》，1988 年 7 月 22 日，再刊於張默，《愛詩》（臺北：爾雅出版社，1988 年 7 月）。

代」的詩人狀況是無法以母語書寫，創世紀前行代詩人即使能使用國語（北京話）寫作，但是卻無法明確寫出在他們心中那巨大的游離與自我存在的焦慮。那個焦慮時期的張默詩中的語境，充滿著異國的詞彙，或是異國的詩人或神話等等，在台灣 1950、1960 年代中拼貼出一個畸形異質的世界，這或許也展現了此一時期張默吸收歐美文化資產的實際運用，不過讀者們卻因為在普通經驗上與作者的立足點不同所致，在突兀與被區隔的閱讀中有著痛苦的焦慮。

四、我願永遠化作一具小小的木乃伊──張默「藝術前衛」的語境焦慮與開解

事實上，儘管知道 1950、1960 年代的張默乃是企圖藉由藝術創作來化解其時代存在的語境焦慮，但是正如前面筆者分析〈峰頂的峰頂〉中所認為的，藝術創作的追求「超越」所以使張默無法找到自己永恆落腳地而必須不斷地尋索，乃是因為張默所抱持的是追求「絕對」前進突破的藝術創作觀。在〈泛論存在（代序）〉中他說：「東方藝術往往偏於心靈的低徊與默思，西洋藝術則代之以視覺的好奇心，它不斷引導著藝術在發現新東西，每一新發現孕育於主要的傳統中，擴大它，改變它，偏斜它，但從不曾停頓下來，變成死硬的教條。……，所有具有遠見的藝術工作者，他們是不怕被反叛的，新的紮實的藝術品一定淘汰陳舊的衰弱的贗品，優秀的詩人一定淘汰劣等的詩人，有遠見的評論與博大的詩篇一定淘汰一切微不足道的。這是自然的定律，說起來，藝術就是這樣公平與殘酷。」[27]不可否認，這樣的焦慮形成創世紀詩人另一個藝術焦慮語境，其焦慮的是自我在藝術創造的突破。因此，如果說藝術創作是張默克服時代焦慮語境，以藉此解決所焦慮的個人飄移愁緒與在制度下如何完成詩人之夢的話，那麼尋求藝術創造的不斷超越，實乃是其作為一個詩人的堅持，藉此完滿其詩人

---

[27]張默，《張默自選集》（臺北：黎明文化公司，1978 年 3 月），頁 7～8。

的身分，這也正是在〈繆斯的峰頂〉張默所傳達的「競妍意識」，藉著追求藝術的卓越而獲得與繆斯相戀的可能。

　　藝術焦慮反映在張默諸多贈與詩人的詩作當中，這些文人戲贈之作在古典文學中往往被鄙視，但是深入來看，卻可發現它實是形塑詩人群體情志空間的運動，張默的現代詩儘管現代，但也有著這樣的文學現象。張默後期甚至有仿作詩友代表作的系列詩作，除了呈現文學影響論的問題外，更是另一種其他創世紀詩人的詩歌互動型態。這些詩作有〈大地，被汝聲音的翅膀揉碎──仿碧果體的詩〉、〈面壁九行──仿洛夫詩子夜讀信〉、〈旋──仿管管詩臉〉、〈風雨的變奏──仿瘂弦詩如歌的行板〉、〈看天──仿商禽詩咳嗽〉、〈鵝──仿辛鬱詩豹〉，都是寫於 1989 年 7 月 13 日內湖，並收錄在其《光陰‧梯子》個人詩集當中，在這些詩作後的附記上，張默自言：「近月來，突生奇想，以臨摹敦煌的心情，且仿當代八位詩友的名作，我把這組詩稱為『戲作』，畢竟它們是從原作者借過火，也許可博大家會心一笑，也許一無是處，此類戲作只能偶爾為之，今後不再繼續，是為記。」[28]細析其言，自己對這組詩亦付之一哂，但卻透露其詩歌創作上閱讀吸收的焦慮，在閱讀大量詩創作（特別張默又以編選現代詩歌著稱）後如何在本身的詩歌創作中獨運巧思，必然形成一定程度上的焦慮。

　　尋求藝術創作上的突破，基本上是所有致力於詩創作的詩人基本的焦慮，在超現實主義時期創世紀詩人正是透過大量吸收西方藝術成就，尋求超越自我原有藝術成就的契機。他們詩作透過種種實驗來滿足他們尋求超越的焦慮，例如張默吸收西方繪畫脫化入自己的詩作，例如張默寫於 1958 年 12 月〈拜波之塔〉其核心意象乃借自 Pieter Brueghe（1828～1869）同題畫作〈拜波之塔〉「那筆下／企圖閃現一個緩緩的形成／所以藝術總是輕輕擁抱著我呵／每一寸土地，每一個空間／緊緊與我們的心靈相密接／並且排擠，並且爭論／並且競妍」這段詩相當重要，所謂的土地與空間正是

---

[28]張默，《光陰‧梯子》，頁 243。

在藝術領域內已成功作品，張默在感動之餘仍企圖尋求超越，所以從感動、排擠、爭論到競妍的轉變，可說是一個從接受、抗拒、對辯到企圖超越的藝術感受過程，這樣時時追求藝術突破的「競妍」意識當然成為藝術焦慮。在題畫詩當中如何與畫面空間相處，是在詩創作與繪畫創作的對比中必須觀察的，裡頭自然涉及了比較文學中翻譯與詮釋的問題，而題畫詩的創作者在凝視畫家畫作時，其實也將畫作凝固了，成為自己經驗詮解的一部分，詮解意識問題相當值的得細究。正如張大千臨摹敦煌壁畫一般，有吸收有轉化，要如何取他人之長化為自我風格，題畫詩的作者如何避免落入模仿陷阱而變為畫家畫面的「代聲鸚鵡」，這是藝術創作上一個重要的問題。撇開題畫詩作者與畫家間創作對立的問題，我們來看張默的〈觀碧果的某幅畫〉一詩倒是可以看出創世紀詩人普遍固存的「競妍意識」，其中寫到：「一隻小小的青蛙，匍伏在一棵巨松的腳下／何時才能抵達頂點呢／它皇皇然地探詢著／那些奔走相告的水草／　　　　　　無言。」這首詩藉著詩語「翻譯」了同為創世紀詩人碧果的畫作，把那種藝術創作者以個體微弱短暫的生命，超越原本的藝術傳統的企圖表達出來，長松與青蛙對比出了藝術創造的生命力、勇敢與悲壯，張默的讀畫詩賦予碧果靜態的畫面一個動態的能量。

　　透過以上我們所回顧 1950、1960 年代張默詩歌實際創作的歷程來看，可以發現「詩歌藝術」實在是張默語境焦慮的關鍵，張默企圖透過詩歌藝術化解其時代存在的語境焦慮，但是藝術創作上的競妍意識，又使得他陷入藝術前衛的語境焦慮。從當時創世紀詩人的前衛思考，我們不如逆向來探索他們為何企圖超越所謂的中國傳統。正如碧果所畫的長松不是必須要被打倒的，而只是要被超越的一般，張默對於中國藝術傳統的描述並不是負面的，他批評的是屈服於藝術傳統下的創作者不思突破的「老舊傳統」意識，這是必須辨正的，1959 年〈默想與沉思〉一詩末尾他寫下：「古中國的博大，歷史的艱深／思想如巨人般屹立／所以寧寧靜靜，這一世界／如月光般的，以至哲人／是，或者將是／令我恆需追逐無限默想的未來」

這裡的張默的「巨人」與碧果的「長松」有異曲同工之妙，這類巨大的高聳的物體都被他們託喻為固存的藝術傳統，正如碧果要像隻青蛙一樣跳躍過，張默在此詩則是期望藉由西方超現實主義的種種藝術成就，作為他超越中國古典傳統的動力，這也說明他 1950、1960 年代詩歌中往往處處夾雜西方詞彙，乃是希望藉此來完滿他的藝術前衛的語境焦慮，所以對於一般論者所謂創世紀詩人「反叛」傳統的說法實大有可議之處。時代存在的語境焦慮凸顯了創世紀詩人的放逐身分，他們是被時代放逐的一份子，儘管他們選擇隨國民政府來臺灣，但是鄉愁並沒有罪。在張默心目中「中國」象徵了一種精神上的地域，在〈祈禱〉中他寫下：「我們心中升起一道巨大的河流／把東方掩沒，把中國灌溉／讓奔騰的淚水湧進千千萬萬的心襟／何其憔悴的海棠葉啊」又寫到「在我們的眼裡，清風兩袖般的歷史是搖籃／一陣緊似一陣的鼓盪／殘酷的憂鬱遂盈盈地開裂了」表達了他鄉愁的焦慮，與對中國鄉土的想望。

以此當我們進一步詢問張默為何在《陋室賦》（1980 年）語境開始明朗的問題時，便可以得到滿意的答覆。張默的《陋室賦》中最重要的詩作莫過於〈飲那絡蒼髮──遙念母親〉一詩，書寫對在大陸的母親的懷念，「哦，母親，在您身畔／我願永遠化作一具小小的木乃伊／靜靜，靜靜地吸吮您心底的聲音」與張默藝術狂飆時期，要作繆斯眼中不斷挑戰超越藝術傳統的騎士相比，在《陋室賦》中面對母親的張默卻只要作一個小小的木乃伊以靜默傾聽母親的心跳，這樣的轉變在張默的詩歌歷程上是相當重要的。母性在此完全成為張默的永恆落腳處，而非峰頂時期的「黎明」與「藝術之戀」，這不止化解了早期張默自身所遭蒙到晦澀的問題，更向前解決了「藝術前衛」所欲化解的「時代存在」語境焦慮。《陋室賦》詩語精簡、意象明朗大大迥異於張默早期的詩風，這樣的現象一直延伸到《光陰‧梯子》（1990 年）、《落葉滿階》（1994 年）之中。事實上，早在 1954～1959 年間創世紀便提出了「新民族詩型」的口號，張默回憶這段推展「新民族詩型」的時期時，談到其精神要素有二：「1.藝術的──非純理性

的闡發亦非純情緒的直陳，而是美學意象之表現，我們主張形象第一，意境至上。2.中國風的東方味的──運用中國文字的特異性，以表現東方民族生活之特有情趣」[29]儘管如此，從當時張默所創作的詩歌來看，這似乎僅是張默心中的想法，並沒有落實這個階段創世紀的「詩歌口號」，直到1970年張默、洛夫等共同創立「詩宗」社，提倡現代詩歸宗，以張默的詩路創作的歷程，這依然只是個在理念上的起點，直到這個理念遭遇了鄉愁與母性的主題，化為《陋室賦》中寫於1978年的〈飲那綹蒼髮──遙念母親〉、1980年的〈家信〉時才是張默理論與創作實際結合的時候。例如〈我跪在繁星哈腰的包穀下〉一詩：「仰視夜空，無聲地跨過一萬千多個長長的日子／我們是從密茂富庶的對岸來／雖然也心驚／撲撲如久未騰躍的噴泉／雖然也無奈／喃喃如安坐陶缸的水瓢／畢竟這是生我育我撫我的土地／年年歲歲／日日月月／即使一個假寐，它的古老的影像／也常常十分清晰地坦露在我們的眼前」，也可說明這時期張默的詩歌轉變，張默在詩後附記這樣寫到：「隻身回到闊別40年的大陸故居……返臺後屢次想寫詩寄意，總是無法完成。今夜對著老母的玉照良久，不禁思潮澎湃，輾轉草成此篇，聊表感念那個生我撫我的古老的大地。」[30]在張默這類詩作中對中國大陸的鄉愁等於對母親的眷戀，使得詩中的中國一切都只是母性另一個代名詞。

　　然而，張默書寫歸鄉詩時或許紓解了一定程度的時代焦慮，但卻又形成另一層面上的文化情結。例如〈許久，未曾〉：「許久未曾在屋後的池塘／脫光身子，跳進去／痛痛快快游它個夠／可是今天／我雖然脫了又脫，洗了又洗／就是抹不掉這一身愈積愈厚的灰塵」，詩中那塵埃表明了張默自己的游離身份，〈我跪在繁星哈腰的包穀下〉也寫到「我們是從密茂富庶的對岸來」在張默這行融入故土的詩作中，往往都表露張默對自己游離身分的焦灼，在故土中這個被區隔的自己是不是又會成為張默另一個文化乃至

---

[29]張默，〈「創世紀」的發展路線及其檢討〉，《現代文學》第46期（1972年3月），頁48。
[30]張默，《光陰·梯子》，頁195。

詩歌的焦慮情結呢？這將是張默後續詩作中值得注意的重點。

五、小結

　　本文藉由探索張默的詩歌，發現其與早期創世紀詩人皆深處在兩個語境焦慮當中，其一為時代存在的語境焦慮，其二則為藝術前衛的語境焦慮，誠如前面筆者認為早期創世紀詩人的游離身分，使他們據此認知自我所飄移到的新地域，深處在中國動盪政局下逐漸西化的臺灣工商業社會中，創世紀詩人亦嘗試透過現代詩歌藝術探討自我的存在問題，不只為解決其歷史時代所畫歸給他們的鄉愁，還為解決現代人對自我存在的茫然。如同張默自造「峰頂」，創世紀詩人往往透過自造空間與時間的方式，例如瘂弦的深淵、洛夫的石室，反映了他們在 1950、1960 年代裡的焦慮，但是他們並不自囚於這樣的絕境，而是企圖藉由藝術創作來超越絕境，然而這樣「競妍意識」使得他們又陷入不斷追尋的焦慮當中。因此如果說吸收超現實主義、存在主義等西方世界的藝術思想，是創世紀詩人們企圖解決群體中時代存在的語境焦慮，那麼在 1970 年代以後如何從藝術前衛的語境焦慮中走出來，便成為另一個重要的問題。面對這個問題，張默透過將母性與中國的結合，化解了時代存在焦慮語境，在吐露自己純真的情感的同時，也正化解了早期自身另一個藝術前衛的語境焦慮。

備註

　　本文草稿完成後承蒙張默先生訂正許多誤字與出處的問題，並陳述自己在那個被迫噤聲的時代中，自己詩歌背後心中真實的聲音，在此表示感謝。

——選自解昆樺《心的隱喻：文學場域中知識分子的書寫意識》
苗栗：苗栗縣文化局，2002 年 12 月

為永恆服役

張默的詩與人

◎瘂弦[*]

・楔子

　　張默與我相交 35 年，我們「同營吃糧」，又同在一個詩社裡成長，長年累月窩在一起，太親、太近，反而不容易採取適當的距離為對方做一張畫像；而為他的新書說幾句話，竟也是幾十年來的第一遭。

・詩的張默

　　張默的詩生活起步得很早，遠在 1950 年代初期，他就開始發表他的海洋詩。大陸來的青年忽然到了一個四面環海的島嶼上，對海洋產生一種禮讚和浪漫的想像，這是很自然的。這些海洋作品多半採取一種直接切入的方式，充滿年輕詩人所擁有的浪漫情懷；當時寫海洋詩的詩人還有詩壇前輩覃子豪先生。民國 43 年（1954 年）《創世記》創刊後，他的海洋文學又加入了東方風格與中國意境的思考，並且提倡「新民族詩型」，這個運動，雖然因為他年事尚輕，理論上不夠周延縝密，但在那個西化的時代裡，二十出頭的年輕人如他，能有這種預見性的思考，也是相當難得的。而那些想法一直要到 1970 年代中期鄉土文學運動之後，才蔚為主流思想。因此，張默和洛夫的這個思考，並非全無意義的。

　　《創世記》11 期以後，張默的詩觀產生重大的變化，最主要的是他受

---

[*]本名王慶麟，詩人、評論家、編輯家，《創世紀》的創辦人之一。發表文章時為《聯合報》副總編輯兼副刊組主任，現為加拿大華人文學學會主任委員兼《世界日報》「華章」文學專版主編。

到了現代主義、超現實主義的感染。所謂「自動語言」和「切斷聯想系統」，主張知性、反對浪漫的抒情等等的觀念，也在他的詩作中鮮明的表現出來。不過跟洛夫和我一樣，並不承認自己是超現實主義「在中國的傳人」。我們介紹了法國超現實主義的詩，也熟讀布魯東的「超現實主義宣言」，但也很快的發現了超現實主義的歷史局限和美學上的缺失。洛夫因而提出了「中國的超現實主義」，我也以「制約的超現實主義」來修正法國式超現實主義的偏頗。張默則說：「『創世記』同仁所強調的是『超現實』的精神，而非某種主義。」雖然如此，但創世記「諸子」跟超現實主義關係的密切，確是事實。對超現實主義技巧的接受，張默認為，他、洛夫和我的不同點是：洛夫偏重語言的密度，張默偏重氣氛的經營，我則偏重感覺的延伸。〈石室之死亡〉（洛夫）、〈貝多芬〉（張默）、〈深淵〉（瘂弦）便是那一時期的產物。然而張默的詩仍不同於超現實主義，他比較深沉、厚重、不炫才、不賣弄，常常以含蓄的手法探討詩生命，詮釋生命，以細膩的感受為經，以真誠的表現為緯，逼進事物的內裡，寫出人生的尊貴和莊嚴，不戲謔，也不刻意諧趣，在這方面，他甚至是偏向古典的。

早在鄉土文學論戰之前，張默就提出了「現代詩歸宗」的口號。所謂「歸宗」，就是主張中國現代詩人要歸向中國傳統文學的列祖列宗，「詩宗」社（1970 年）的創立，就是最具體的行動表現，張默是其中的主流人物之一。他之所以力主向傳統文化回歸，一方面說明他自己詩觀的成熟，另一方面，也是因為逐漸邁入中年，對生命自然，都有更深的領悟，人生的得、失、順、逆，也都能夠得到哲學的紓解，而走向東方和中國，是必然的結果。

死亡的主題，也在他的作品中頻頻出現，〈死亡，再會〉（1973 年）一詩，是此一階段的代表。對死亡，他的態度是莊肅的，但卻常常出之以調侃的口吻，與其說是對死亡的抗拒，不如說是對死亡的無奈。

1979 年，張默得知大陸 76 歲老母健在的音訊，這消息像霹靂一樣震撼了他的心靈，他的鄉愁突然擴大，愛恨的糾結，變得犀利而強烈，最後

是帶來另外一次的創作高潮期。對於母親的健在，張默說：「我壓抑了三十多年的鄉愁，一下子全都爆發出來了！」含著熱淚，振筆疾書的張默，好像是用詩在發難，用大量的創作來撲救他這場心靈的火災。一般人到了這個時候，一定會出現憤怒而吶喊式的作品，可是張默在面對思母懷鄉的題材時，卻淒切而冷肅的面對自己的悲劇，不把它們當作抗議的呼號，而把它當作客觀的藝術來處理，多年來日積月累所錘鍊出來的詩藝，就此全部展現出來，寫出了一連串具有藝術高度的作品。本集中的〈長城，長城，我要用閃閃的金屬敲醒你〉（1979 年）、〈家信〉（1980 年）、〈尋〉（1980 年）、〈白髮吟〉（1981 年）、〈包穀上的眼睛〉（1981 年）、〈風飄飄而吹衣〉（1981 年）、〈遠方〉（1982 年）、〈哭泣吧！肖像〉（1983 年）都是這個時期的作品。我甚至認為，此一時期，是他創作的巔峰。

　　經過了人生的大悲痛，張默的詩風變得更為冷凝而玄學，加上他近年醉心繪事和書藝，他的作品表面上看起來規模小了、色彩淡了、遣詞用句也簡化了，但是作品的內在卻更緊密，這與第一期（1950～1956 年）的白描手法（比較浪漫），第二期（1957～1969 年）的意象時期（比較晦澀）和近期的澄明詩風（比較深沉），大不相同。如果說詩境有所謂「抒小我之情，抒大我之情，和抒無我之情」，那麼目前張默的創作可以說已經進入「抒無我之情」的境界。但是不管張默的詩如何變化，張默創作的入世態度，是不會改變的。「無所不容，永恆長青」，是他對詩所持的永恆理念。

　　張默的詩，無論在主題和技法上，都相當的多樣，本集中的五輯作品，可以說是詩人創作三十多年來的自選集，足以顯示出他的多種風貌。關於他創作的技巧、詩藝的成就，自然有文學批評家去詮釋、肯定，這裡我僅就張默詩的音樂性（這個角度，過去比較少人提到），提出我個人的看法，也許可以為喜歡張默作品的讀者，作一點比對的參考。

　　張默詩中的語言操作，乍看好像飄忽游走，捉摸不定，但細細體察，你會發現他在嘗試一種流動的語言風格，一種類似音樂的形式。不同於音符的音樂，張默的音樂乃是用詞語構成的文字的音樂。創作音樂時，作曲

家通常藉曲式的變化、發展完成他的樂想，張默則是藉形式的建構、意象
的聯串，來完成他的詩想。在一首詩整體組織的控制上，具有音樂作曲一
樣的嚴謹和絕對性；有時，甚至是數學的。

　　通常，他的詩自點而線而面並作球狀的擴張，像音樂的賦格一樣採兩
路進行，一路是接近散文的自由形式，另一路是屬於韻文的格律形式，前
者俚俗，後者儒雅，一虛一實，一陰一陽，作者就以這兩種力量的相斥、
相爭、交匯、融合，來控馭他作品的張力，此種運作方式與圍棋中的黑白
子，鋼琴上的黑白鍵，中國書藝的黑白結構，原理是相通的。

　　賦格的進行之外，複疊的句式也是張默喜用的手法。複疊，本是中外
詩歌中一種古老的技巧，但經過他特殊的現代處理，變得生動而具有新
意，成為他獨特的語風。張默說，「讀一首詩，有時如聆聽一闋樂章，尤其
是咱們的方塊字，本身蘊含的『形、音、義』的諸多特色，應是一個詩作
者取之不盡、用之不竭的寶藏，我重視聲律之美，而重複和疊現，正是顯
現節奏的手法之一。」

　　關於張默詩藝的音樂聯想，這裡舉出最富代表性的幾首詩為例，來印
證他「文字音樂」化的觀點。如本集中的〈夜〉（1969 年），此詩以詩人內
在的主觀世界和外在的客觀世界，情人式的思緒（小我）及哲人式的理念
（大我）形成兩條平行線，交替進行，反覆推演，而產生音樂獨有的特色
──對答、呼應、發展的趣味，詩的抽象思維，與音樂的抽象思維，在這
首詩中作了最好的結合。〈夜〉詩分五節，共 41 行，首行「自低低的鳳尾
草般的五月」開始，透過與夜有關的意象的疊現與交感，作漸層的秩序的
發展，最後引出萬象紛陳的夜的大全景，此時好像音樂的高潮出現，鐘鼓
管絃，競奏齊鳴，予人以酣暢淋漓之感，接著全景逐漸變小，碩大無朋的
夜，最後竟小到可以「折疊起來放進小小口袋」，這種大小由之，收放自如
的技法，無疑是來自音樂曲式，而張默把它巧妙地文字化了。

　　〈變奏曲〉（1972 年）從標題到詩行排列都是音樂的構成趣味。第一
節 12 行，用早期新月派「節的勻稱、句的均齊」的詩型加以羅列，而楊

柳、炊煙、蟬聲、桃花等 12 種形象的出現，正好與孩子的額、唇、耳等 12 處身體器官產生美麗的聯想，其中「輕輕飛上」一句，像飄然的緞帶一般，將兩種不同質的對象綰連在一起。這首詩從詩型上看簡直像是一幅美麗工整的圖案，這又合乎音樂的原理了，因為所謂音樂，就是聲音的圖案。此詩末段作者用破格法，以完全不同前面的句式給全詩一個「結語」，形成高潮，而這「被時鐘雕刻著的一座永遠青青的象徵」的孩子頌歌，於焉完成。這，又是音樂的魅力。

類似這樣音樂形式設計的作品，本集中還有很多，如〈關於海喲〉（1959 年）、〈貝多芬〉（1964 年）、〈晚安，水墨〉（1985 年）、〈花與講古〉（1987 年）等。其中〈貝多芬〉是一首力作，全詩意向沉雄，氣氛肅穆，一氣呵成，表現了大樂章一般秩序和諧之美，也充分顯示出作者抽象思維能力的高超。這首詩另一成功的原因是張默對貝多芬曾作過長期的研究，能深刻體悟一代樂聖對音樂的執著精神，詩中「一瞬就是千千個自己」、「閂住永恆和不朽」等詩句，是貝氏音樂內涵的最佳演示，也是一種歷史的感喟。其實這首對作者自己及對當時詩壇都具有里程碑意義的詩，所寫的不只是貝多芬，也是一切藝術家的肖像，甚至也包括作者的自我期許在內。張默多年來最堅持的一句話「詩應該為永恆服役」，也可在〈貝多芬〉詩中找到詮釋。

〈關於海喲〉是張默早期大宗海洋詩的代表作。不同於一般作者浮面歌讚大海的寫法，張默的海，是一個具有生命質感的海，而大量暗示、隱喻、象徵手法的運用，以及海濤聲的摹擬，則又是屬於音樂的特色了。

〈晚安，水墨〉、〈花與講古〉等詩就音樂的觀點來看，也可以把詩中的「儒雅」（知識分子）語言與「俚俗」（市井村野）語言對比進行的趣味，看作音樂中的賦格；一邊是氣韻、骨法、披蔴潑翠、溷濁澀滯一類中國傳統繪畫術語，一邊卻是「俺要……折騰你」、「俺要……消遣你」、「俺要……推拿你」等街頭巷尾的口語，映襯之下，十分有趣。

‧人的張默

我常常覺得藝術家在性格上有兩種「有趣」的類型，讓人印象深刻，有時候，這些藝術家特殊的性格所衍生的故事或帶動的風潮，甚至成為藝術家的獨家標記呢。這兩種藝術家，一時也不容易細分，姑且以非理性與理性來區別。

以非理性的藝術家來說，我們就很難用常情常理來衡量。譬如有些文人，除了寫作，其他的事情如社會責任、家庭生活都與他無關；反倒是社會必須對他另眼看待，給他最大的容忍。還有些文人的行徑，則教人不敢恭維，美國小說家福克納就是個例子。傳說福克納家裡掛著個大電燈泡，一收到信就先映在燈泡下看看是什麼，如果是支票，無論誰寄來的，都拿去用；否則連拆也不拆就丟了，文藝青年熱情的來信自然就更不理會；而初學者向他求教，絕對拒之於千里之外，饗他閉門羹。

本來，作家為了保持心靈的寧靜與孤獨感，保衛他的時間不受侵害，或是為了感覺人生的本然，而不受各種社會規範的制約，原是無可厚非；但是到達前述的無理程度，也近乎荒謬。這類型藝術家，如果能創造出偉大的作品來回饋社會，我們讚美感動之餘，對他的奇形怪狀自然另有諒解與詮釋。然而，從事創作的人何其多，能有幾人是震撼人心的偉大藝術家？

相反的，是一些理性的藝術家，不但創造獨特的藝術，也犧牲奉獻、善盡社會責任：或是捨棄寶貴的創作時間來從事教育工作、培養新人；或是獻身文學藝術運動、播種墾殖。五四以來，第一位典型人物是胡適，近三十年來則有俞大綱。當年俞先生的辦公室，每天座無虛席，全是來訪的年輕人，俞先生和他們談詩論文，從不厭倦，遇到特別值得栽培的，更是提拔呵護，盡心盡力，新一代如史惟亮、楚戈、林懷民、郭小莊都是從他的門下成長的。

對於這兩種藝術家，我比較心儀後者。當然，從純粹文學藝術的立場

來看，作品才是唯一的標準，但就整體的意義來觀察，我更欣賞後者。以詩人為例，我就覺得應該先做好「人」，才能做好「詩人」，因為詩是人格的呈現，是人類良心的代言人，也是人類靈魂最崇高的象徵。特別是中國，自古以來對詩人的要求，就是人格與風格的統一性；如果人格與風格分裂、甚至背道而馳，總是美中不足。因此，對第一種藝術家，只要親近作品就可以了；至於第二種藝術家，除了欣賞作品，更重要的是親炙他的人，從言談、風采中體會更多的精神美質。所謂如沐春風，只有面對本人才可能產生這種境界；而當人的魅力與作品的魅力交相融滙、印證時，那真是讀者作者之間最美妙的經驗了。

我的朋友張默，自然不是胡適或俞大綱，我也並不想拿歷史名人來為好友建立文學服務的理論；但是，每當我想到張默，就禁不住產生上述的聯想。的確，在長達 35 年的寫作歷程中，詩人張默不僅是優秀的創作者，也是詩運的推動者、詩刊的創辦人、文學刊物的編輯人和文學新人的培養者。

1954 年，我有幸和他及洛夫創辦《創世紀》詩刊，三十多年來，我們的詩刊成為文學界的奇蹟，在這漫長的歲月裡，多少官辦、民營的刊物倒下去了，只有這支沒有薪餉的部隊，屹立不搖。白先勇稱讚《創世紀》是有九條命的長命貓，永遠不會死，這句話不是虛譽。《創世紀》為什麼能支持這麼久？最重要的原因就是張默。

「創世紀」同仁給張默取個外號叫「詩壇的火車頭」，的確，他是渾身帶電的人物，每一次當我們灰心喪志、準備洗手不幹的時候，都是他力主堅持下去。以我們三個人來說，洛夫脾氣剛直，但容易動怒；我則是個溫吞吞的懶人，雖然有時候彈性大一點，但常常會洩氣；只有張默任勞任怨，雖然也有脾氣，但發過就算，他最有決心，什麼事情都捲起袖子就做。為了《創世紀》，我們可以說吃盡了苦頭。在我們還是小軍官的時候，用我們一點可憐的薪餉權充印刷費，甚至典當（死當）了腳踏車、手錶和冬天唯一保暖的軍毯；結婚以後，還都瞞著太太，把孩子的奶粉錢交到印

刷廠。真是衣帶漸寬終不悔！為了討論《創世紀》的編輯大綱，我們在海軍紀念塔的石階上傾談整夜，被海軍憲兵誤認為小偷，坐了一夜的牢。我永遠不會忘記，每當《創世紀》出刊的時候，我和張默把刊物放在大籮筐裡，兩個人用一根扁擔擡到郵局投郵的情景。為了讓更多人知道這本刊物，我們登不起廣告，就跑遍左營、高雄的電影院，用五毛錢打尋人字幕，上面只寫六個字：「《創世紀》出版了！」我也永遠忘不了，我們一連半個月在海軍四海一家吃冷饅頭加大蔥，趕編《六十年代詩選》的情形。

　　張默沒學過美術，但他的版面設計卻有專業美工的水準，而且可以在一個晚上趕出一期詩刊的版樣；張默沒學過會計，可是他對發行、帳目，都處理得有條有理；雜誌社的瑣碎事情非常多，張默卻編、校、發行全都包了。《創世紀》35 年的歷史，至少 25 年是他一個人編的，這種耐力、持續力，少有人能及。

　　張默也是個熱心的文藝運動者，辦詩社、擬宣言、發通知、找會場、辦伙食，樣樣都來；掃地、抹桌子是他的事，當主席、坐上席讓給別人。文藝運動雖然不等於創作，但卻可以刺激創作；在我國，一向沒有文藝行政人才，只好作者自己來，為了這些瑣事，不知道占去張默多少寫作的時間。主編《中華文藝》以後，張默更把他的全部精神投注在這份全國性文學雜誌的編輯工作上，他寫信、打電話之勤，是朋輩中少有的，而許多年輕人就在他的鼓勵、培養下，成長為今天文壇上的重要作家……。

　　因此，我覺得張默的重要，除了詩的創作外，還有他為詩壇所做的工作；創作與工作就像車的雙輪、鳥的雙翼，是張默文學世界的兩大範疇。在目前這個工商業社會裡，人人都要保衛自己有限的一點時間。人與人之間都豎著鐵絲網，像張默這樣的熱心人，在我們的詩壇上實在不多。從編輯專業的立場來看，張默寫的詩，當然是他詩的事業中最重要的一部分，但是三十多年來的那一架子的《創世紀》，說它們是張默的另一種作品，誰曰不宜？《創世紀》影響了詩壇和文壇的這段歷史，說它是張默的奮鬥史的一部分，誰曰不宜？

‧餘音

「露水橫過天空」[1]，夜正年輕；在窮困的年代，曾經以彼此的體溫取暖的老友，路正長。當黎明來到之前，讓我們繼續煮那一鍋未熟的夢。且抬頭——

露水橫過天空！

——1988 年 7 月 2 日芳齋

‧校後記

張默的這本詩選，原擬用「露水橫過天空」為書名。校對時，才知道書名已換成「愛詩」，新書名更能烘托張默的志趣，特補記之。

——選自張默《愛詩——張默詩選》
臺北：爾雅出版社，1988 年 7 月

---

[1]「露水橫過天空」為張默詩句。

《張默・世紀詩選》序

◎李瑞騰[*]

一

　　從 1950 年在臺灣開始「學習寫詩」迄今，張默已有近五十年詩齡，出版十本詩集。大略來說，它們可以分成兩組，一組是某一特定時段作品的結集，包括《紫的邊陲》（1964 年）、《上昇的風景》（1970 年）、《無調之歌》（1975 年）、《陋室賦》（1980 年）、《光陰・梯子》（1990 年）、《落葉滿階》（1994 年）、《遠近高低》（1998 年）；一組是跨時段的作品精選，包括《張默自選集》（1978 年）、《愛詩》（1988 年）、《張默精品》（1996 年）。其中，《光陰・梯子》主要是 1980 年代的作品，但也有一卷從舊集選出（主要是《陋室賦》），不過每一次精選，常收入一些尚未結集的近作，偶亦有以前從未編入詩集的「出土」舊作。

　　這一次編輯他的《世紀詩選》，張默以過去出版過的詩集分卷，另加卷 11「集外篇」，收詩 58 首，平均一年才一首有餘，大約是他現存詩作總量的百分之十。比較起前三本選集，稍嫌單薄，重出當然不可避免，但《張默自選集》已逾 20 年，《張默精品》是大陸出版，不必對照，需要注意的是同在爾雅出版社出版的《愛詩》，收 1950 到 1988 年間作品，出版也超過十年了，不過在選擇上張默顯然相當節制，所選作品，《紫的邊陲》三首中只一首相同（〈關於海喲〉），《上昇的風景》三首全異，《無調之歌》六首有四首相同（〈長頸鹿〉、〈駝鳥〉、〈豹〉、〈無調之歌〉），《張默自選集》三首

[*]中央大學中國文學系教授。

只一首相同（〈依稀鬢髮，輕輕滑過時間的甬道〉），《陋室賦》五首中三首相同（〈飲那絡蒼髮〉、〈內湖之晨〉、〈陋室賦〉），從《愛詩》選 1980 年代作品七首，而卷七以後作品的寫作時間皆在《愛詩》之後，當然不會是重出的。這麼看來，新的這本詩選取代不了《愛詩》，二者應可以並行。

二

　　張默自己也寫詩的評論，在詩觀的陳述、詩作的品賞以及詩史的敘述上，亦頗有表現，對於自己的詩路也很能掌握進展軌跡，幾乎每出一本詩集，於他而言都是一次反思，或是坦言創作心理及詩法，或是批評自己的過去，1975 年在為《無調之歌》寫「代序」時說：「現在的我逐漸在修正過去的我。」以前詩寫得「文謅謅」，現在「可能會直接切入事物的核心，切入生命的深處，切入生活的底層」。1994 年在《落葉滿階》的〈自序〉中對於早期某些詩作「晦澀混沌，表現不夠完整」，認為那是對「現代主義」的體驗不深所受的害，要到 1969 年以後，「才勇於超越一切的羈絆，毅然邁開創作的步伐，努力試圖建立自己的聲音」，這等於是以《無調之歌》為界，為自己的詩之寫作史分期，自認從此擺脫實驗，回歸傳統以追求澄明的詩境，但很快（四、五年後）他又自我質疑那種分期，認為那是「機械式的界定」，這主要是把詩還原到創作的本質上思考，「每一首詩，都是一尊引人絕對獨立思考的存在」，這個發現很重要，進一步我們甚至於可以說，那樣的存在自有其價值，擺入詩人的生命史及寫作史，都有可言說的意義。

　　準此以觀張默的早期作品（1950～1970 年），當讀者習慣了直言、淺言，面對寫法表現較曲折的作品，總有些排斥，或者不知所措，但「晦澀」是有程度差別的，輕度晦澀者只要閱讀得法，有細心、耐心，常更有閱讀的樂趣，譬如那首詠名畫之作〈拜波之塔〉，是主體（詩人）面對客體（畫）的審美經驗之表述，我們（讀者）以「詩」為客體的審視，其實是面對著兩種經驗（詩與畫）的交流激盪，即使未能把畫拿來比對，單看詩

作文本，亦應能體會詩人對於美的頌讚，並藉此傳達他的藝術理念。此詩不見錄於《愛詩》及《世紀詩選》，選進的三首，原作為書名的〈紫的邊陲〉改題為〈擲出一把星斗〉，從「春之水」、「夢之海」、「陽光」及自然與女體意象的交相疊映，當可知這是一首有性的情詩；〈關於海喲〉是此階段極重要的代表作，跨海來臺的青年張默，身在海軍，「海洋」是他思索和寫作的重要對象，因此而成詩，在其時另有〈哲人之海〉及首次見於《愛詩》的〈海與星群〉（1954 年），這其中的共同點是以哲人思想之深邃與海之實體相比擬，〈關於海喲〉更有層層譬喻，一是喜愛沐浴的嬰孩之「初生的逸樂的剛剛見過世面的」，其次是赤裸著的少女之「茫茫的飛躍的胸襟充滿無限希望的」，最後才是「沉潛如哲人的」，關於海形海狀海聲海色，以及詩人對於海的感覺，只有以優質人物（嬰兒之「真」，少女之「美」，哲人之「善」）置身其中，人海互動交映，才能彰顯詩人眼中的海及美感層面的海，乃至於更抽象、神祕的體驗。至於〈攀〉，喻指生命向上的一種躍動，所謂「眾生命的企圖」、「我們的願望」、「我將騰升，恆久的騰升」到「你們的願望」，詩思極有秩序的展開，最終落回在「泥土」與現實生活息息相關的「風車」，所以「騰升」，只為了尋找生命的高度，而不是「出塵」，那回返人間，走向生活廣場，才是終極目的。

這樣的詩怎會難解？更進一步來看，青年張默的詩作中存有一種向上的生命動感，除了〈攀〉，嬰孩之「始生」，少女之「飛躍」（〈關於海喲〉），擲出一把星斗之後要「躍上去」（〈擲出一把星斗〉）。更有意思的是，張默的第二本詩集以「上昇的風景」為名，則潛存在文本的內在必具有一種向上的生命動感，開篇第一首〈假面與迴旋〉連續疊用的「飛馳」使整首詩形成一種奔放，一種極快的速度。第二首〈群讚〉，讚美的是各種藝術，仍然以「奔馳」為主調：

　　我以為它們會向上

　　所有努力的不屈辱的心靈會向上

〈門的探險〉最終的體悟是「我還不應推開天空嗎？」而在此之前是「寂寞在內裡鼓起千萬隻千萬隻翔舞的翅膀」，這等於是說「寂寞」成為一種「動力」，「推開」的其實是無形的「門」，是限制、阻隔之破除，追求的是自由自在。

張默不是不了解，孤獨與寂寞常伴隨著美麗而在，飛躍與靜穆雖相互矛盾，卻是並存的，他體認到「我們原只不過散步在滄海裡的一微塵」（〈去吧！美麗的孤獨〉），原題〈髮與檣桅〉，「散步」兩個字很重要，「一微塵」當然極渺小，但「散步」卻彰顯生命的自主性，而且悠遊自在。張默就是以這樣的自我認知為基礎展開他的行為和思維，以及對於詩藝的追求。

這 20 年間的作品只留下薄薄的兩冊詩集，選入世紀詩選的只有六首，其他值得一讀的作品還有不少，譬如看起來比較艱難的四首以「峰頂」為題的連作（〈恆寂的峰頂〉、〈曠漠的峰頂〉、〈繆斯的峰頂〉、〈峰頂的峰頂〉），用心梳理詩行脈絡，亦不難發現詩旨（大荒〈橫看成嶺側成峰——論張默的四「峰頂」〉可以參考）。

三

《無調之歌》收 1969 到 1975 年間作品，《陋室賦》收 1976 到 1979 年間之所作，另外《張默自選集》中亦收有 1970 年後期的十餘首詩，包括〈旅韓詩鈔〉（五首）和實驗詩劇（〈五官體操〉等）等。我們大體可以相信，《無調之歌》是張默詩風轉變的里程碑，較直接、較明朗而且具有可誦性（代序〈並非閒話〉）。於張默本人而言，此期間的人生變化很大，1970 年在澎湖與陸秉川女士結婚（三月），重返澎湖（七月）；1971 年生女靈靈；1972 年北調，舉家遷至內湖，生女謎謎，1973 年退役；1974 年開始主編《中華文藝》月刊。對於一位十七、八歲即離鄉背井來臺，投筆從戎的張默來說，結婚、生女、退役、定居，何其重大的人生轉折，尤其是解甲之後成為一名文學刊物的編輯，生活形態改變，觀物思維必然隨之而

變。當「我」與「自然」之間的關係調節得比較自然，詩中的秩序就會比較穩定，任意跳躍的情況稍微收斂了，看《無調之歌》，可以感受到他所鋪陳的動態空間，在寫景、繪物以抒情、詠志的過程中，那情志是可感的，譬如〈與夫曠野〉最終落在「鄉愁」上面，〈露水以及〉其實是逝者如斯的喟嘆，而〈無調之歌〉表達的是無止境的漂泊人生。單純詠「物」的作品，在模形擬色之際，特徵的掌握就很重要了，像素描，重點一旦突破，才能彰顯題旨，〈詠鳥〉點出鳥之穿飛、鳴叫、凝視的恆常性然後直指「俺」從鳥聲所感受到的「孤單」；〈長頸鹿〉寫「鐵欄杆內」的牠之昂揚與佝僂等，歸結在牠之所望──無限的遼闊與伸長；〈駝鳥〉重點在「閒置」；〈豹〉擬其「內心的風景」，並寫其動作，最終與人類對比，

　　橫在牠的腳下的，是一片

　　無端的空白，寒冷以及顫慄

　　當人類鼎沸著某些淒絕以及毀滅的吶喊

　　只有牠是不言不語的

　　唯一的醒者

當然也是寫物以詠志，把心願寄寓其中，清醒便是詩人的一種自我期待了。

　　除了〈詠鳥〉，另三首都選進「世紀詩選」了。還有一首〈硯〉比較特別，以散文詩寫意，「俺的輕輕飛翔的足跡，俺的忽明忽暗的景象，俺的每個每個清晨的假寐，還有俺的朋友愛倫坡以及杜工部，他們都曾情不自禁的從你水汪汪的微笑中奪眶而出……」第二人稱「你」指硯，「水汪汪的微笑中」指硯上之水，「奪眶而出」指書寫表現，前面四句則指曾寫出的「俺」的生命歷程，觸目所及，生活點滴以及平生所閱讀的古今中外名著，這是以小喻大，以有限暗示無限的寫法。

　　這些都是小品，生活化了，特別值得注意的是〈關於海喲〉中「初生

的逸樂」總算成為一種真實了，當長女靈靈、次女謎謎連續誕生，我們讀
到〈河騰〉、〈變奏曲〉、〈嬰兒車〉、〈腳步〉、〈飛躍之歌〉、〈雪之謎〉、
〈夜〉等七首，初為人父，張默通過愛女表達無限的生之喜樂，「她為俺紡
織了／許多許多的活生生的春天」（〈腳步〉），陋室的歡愉延伸到《陋室
賦》，〈四行小集〉、〈春，肌膚一樣流著〉、〈陋室賦〉、〈黑之誕生〉、〈夜與
眉睫〉等，父女情深是不必多說了，〈黑之誕生〉深刻地觸及生命的嚴肅課
題，〈夜與眉睫〉則在愛女的散髮中感受了「一縷縷／剪不斷理還亂的鄉
愁」，離鄉近三十年的張默，不是不曾抒寫過他的鄉愁，當漂泊的生命在第
二個故鄉獲得安頓，而且成家，而且有了兩個可愛的小女兒，鄉愁會更加
濃郁吧！然後，80 歲老母親健在的消息傳來，糾纏在一起的複雜情感如何
書寫呢？於是我們讀到了〈飲那綹蒼髮〉、〈風雨之書〉兩首遙念母親的作
品。

　　從《無調之歌》開始，張默的小詩漸多，最短的〈鴕鳥〉只有四行；
《陋室賦》中〈五官初繪〉中各題從三行到五行，並首度出現〈四行小集〉
（四首），張默在 1980 年代中葉曾編著《小詩選讀》應與從此以後不斷的
小詩實踐有關，這些作品皆語近情遙，堪稱精品。

　　另一值得注意的是，從《上昇的風景》開始，張默就開始寫詩贈詩友
（管管、沈臨彬、彩羽、碧果、瘂弦、洛夫、季紅、葉維廉、大荒、辛
牧、辛鬱與商禽、梅新、沈甸），《無調之歌》又有贈友人詩（紀弦、蘇
凌、周夢蝶、林亨泰與葉泥、羅門與蓉子、葉珊、沙牧、沉冬與錦淑、蕭
蕭），《陋室賦》中還有一首（贈白浪萍伉儷），到了 1980 年代更有〈戲贈
詩友十二則〉（收入《愛詩》）、八首仿友人體詩作（收入《光陰・梯子》）。
這一類建立在詩友關係及讀詩體會的基礎上的作品，頗值得深入探索。

　　此外，從《張默自選集》起，我們發現另一類作品的出現，那就是旅
行詩，在該集卷二中有五首以〈旅韓詩鈔〉為副題的作品，《陋室賦》中有
四首〈旅韓詩鈔〉，八首〈東瀛小詠〉，有〈溪頭拾碎〉、〈埔頭街上〉、〈金
門詩鈔〉（四首），往後遊中國大陸、東南亞，歐美等地皆有詩，旅行詩幾

成張默的大宗了。

《陋室賦》中有一首五行小詩〈內湖之晨〉，雖不是異地風光，卻有旅行詩的屬性，又能反映張默此時期生活情境，錄下以供賞讀：

一片青翠蜿蜒在我的呼吸裡
今早的山路顯得特別短
伴著拾來的松枝
指點著眷舍盡處偶爾傳來的幾聲雞啼
噢！天是真正的亮了

天沒亮就去爬山，一片青翠、山路、拾來的松枝、幾聲雞啼組成的詩境，不只聲色雙美，路短之感以及「天是真正的亮了」的發現，反映一種澄明的心境，夜盡天明，由彷彿遺世的空山而指向人境，生命的價值、生活的意義便在那一指之中了。

四

《陋室賦》之後的 20 年間，張默維持相當旺盛的創作精力，《愛詩》中第三輯的〈家信〉及〈尋〉以及四、五輯，《光陰‧梯子》中卷一〈月光曲〉等六首及卷二、三之作、《落葉滿階》、《遠近高低》及本詩選的卷 11「集外篇」等，數量龐大，小詩、長詩、組詩都用心經營，詩形主要是分行自由體，也有少數散文詩（如《光陰‧梯子》中的〈走進一片蒼翠〉，《遠近高低》中的〈水箱裡的魚群〉等），至於題材，雖然張默曾說他「無特別的偏好」，但詩取材於生活，既身在臺北這個城市，俯仰其間不可能無所感，因此寫城市風貌及感覺乃是一種必然；既已重返神州故土，且愛旅行異域，足跡所至，自然景象及其歷史文化，當然會從筆尖流瀉出來。此外，年歲一過半百，歷經花甲到從心所欲的 70 高齡，生活安定，思想與情感已臻成熟，俯拾各種題材，除了多一份歲月的滄桑，詩之旨意應更能深

入。

　　本詩選從卷六第二首〈家信〉起三十餘首不外乎上述範疇，旅行之作將近一半，可以專題論述。大陸部分包括寒山寺、網師園、安徽故居、長安、黃山、太白樓、巫峽、嘉峪關等，錄〈獨步，嘉峪關〉來讀：

> 不管它是內城，外城，甕城
> 不管它已走過六百載倉皇的歲月
> 今天，我虎虎的站在你的心臟地帶
> 大口呼吸塞外凜冽的陰風
> 並且安步丈量，從角樓到箭樓之間的距離
> 驀然驚見王昌齡的絕句
> 叮咚掉落滿地
> 於是，我回首俯身，拾起一切
>
> 霍霍，向山海關，竄去

　　1997 年 8 月張默偕妻參加絲路之旅，歸後有〈絲路采風〉組詩七首，〈獨步，嘉峪關〉是其七，既可解成「天下雄關」的獨步天下，又可看成詩人獨步於此，從「虎虎」到「霍霍」，古今之「倉皇」是有天大的差別，在過去當然是敵人寇邊，而今天只是驚見王昌齡的絕句——大概是〈從軍行〉吧（青海長雲暗雪山），我覺得那「回首俯身，拾起一切」的誇張性動作，暗指一種禦敵精神的重建，但最後還是「向山海關，竄去」，可能是因為已經無法抗拒「塞外凜冽的陰風」，或者拾起的一切已經難以重組復元，不管怎麼樣，這裡面有歷史現場的感受和體會，是在大陸旅行寫作的主要內容。

　　就城市寫作來說，《光陰‧梯子》中有〈城市素描〉五首，《落葉滿階》中有〈城市風情〉六首，寫書店街、路邊攤、電話亭、肯德基、摩托

車、麥當勞、停車收費員、挑磚工人、紅綠燈、地下道、馬路開挖等，非
常寫實，有感觸，也有批判。本詩選收前者中的一首〈飛吧！摩托車〉，從
頭到尾都是負面的觀感，不只是交通安全的、環保衛生的，它都是破壞
者，是「萬夫莫敵轟轟烈烈的怪物」。

　　此期最受詩評家重視無疑是作於 1992 年的〈時間，我繾綣你〉（收入
《落葉滿階》）了，這組作品凡 40 章，每章六句，「主要是紀念咱們這一群
並肩走過五、六十年代的坎坷歲月，現在是六十歲左右猶在詩壇打拚的老
伙伴」，大陸詩評家熊國華、沈奇皆有長文評析，已附於該集之後，本詩選
未收，錄最後一首以呼應前述大陸旅遊之作。

　　　時間，我悲懷你
　　　一滴流浪天涯的眼淚
　　　怔怔地瞪著一幅滿面愁容的秋海棠
　　　嘉峪關之外是塞北，秦嶺以西是黃河
　　　我遨遊，一遍又一遍，我丈量，一寸又一寸
　　　啊！且讓幾兆億立方的滾滾黃土，寂寂，把八荒吞沒

用語淺顯，而充滿悲情，流浪天涯的辛酸全都匯集於一滴眼淚之中了。

五

　　張默仍在創作，《張默‧世紀詩選》的「集外篇」主要是域外旅行之
詩，最後一首〈雙叟，在冷雨中怦然閃爍〉已是公元 2000 年的作品，面對
曾在世界文藝思潮上引起重大影響的巴黎文化景點，來自臺灣的詩人「深
深為它神祕的、自在的氣氛所迷醉」（「雙叟」是一間咖啡館之名），這種文
化詩的內在含有認同成分，還有發展的空間。

　　「集外篇」另有一首〈經華陰街憶詩人吳瀛濤〉正好和〈雙叟〉可以
相對解釋，應是張默對於臺灣本土的愛的一種表現，是臺北城市文化反思

的一個角度，在〈內湖之晨〉、〈埔頭街上——鹿港小誌〉、〈澎湖風櫃〉之
後可以經營的一方天地。

——2000 年 3 月 6 日完稿於臺北書房

——選自張默《張默‧世紀詩選》
臺南：爾雅出版社，2000 年 4 月

山的疊彩，水的樂音

張默的旅遊詩

◎白靈[*]

　　張默是這島上的紅塵中極少數能把「詩」當作動詞，而不只是名詞的人。對他而言，「詩」是巨大的引擎，可以裝在任何東西的身後，啟動它、轉動它，將它帶離習慣的位置，因而發現了詩的無數可能。早年他趴在詩的稿紙、詩集、和無數「紮營」式的詩刊、詩選上，帶自己去到那到不了的遠方旅行，是對時代之靜止和束縛的無言抵抗；晚近，旅行，則是張默回家的一種方式，更確切地說，那是他在漂泊中尋找家的一種形式。他的行囊就是他的傷口，他童年的家、他少年的夢，也是他中年的藥、和老來的絆帶，那頻繁的腳程是他將詩和生命動詞化的一帖良方，卻也成了他對時代之亂和痛的一項付諸行動力的抵抗形式。

美的包紮與拆解

　　後幾代的人都很難明白，張默那一世代由大陸來臺的詩人都不約而同陷入相似的行徑中，他們率皆是「拎著家去旅行的一代」，他們的行囊就是家，「旅行」是時髦詞，其底層等同於漂泊、流浪、無常感。因此回頭再看張默所作所為，甚至他五十餘年詩壇火車頭似不停地投注於詩刊、詩選，以及難度極高的書目的編纂，均可看作是他把「心中的方寸之地」填補、包紮、拆解、再填補、再包紮、再拆解的反覆形式，像是心理學中的強迫性行為似的，不斷地以詩以美以各種叛逆、創新行徑去包紮自身，然後又

*本名莊祖煌，詩人、文學評論家。臺北科技大學化學工程與生物科技系副教授。

在完成的末端,再度打開拆解原已存在的完成物,去重新感知審視傷口的那個痛和快感,而那與裹包填實一個行囊,然後再予拆光分散並無不同。

　　說「旅行,是張默回家的一種方式」,跟那世代的詩人是「拎著家去旅行的一代」,這中間並無矛盾,只是各自處理心中漂泊感的形式略有不同而已。因此他們當中的許多人會出門總是背著重物和所有家當在身上;或者長年在兩岸三地的邊緣行走講學;或者出國數十年不回;或者老來才選擇遠走他鄉;或者街頭擺攤數十年如坐禪;或者詩中鑽著無數「逃」和「漂」的意象;以及都能更深刻體認到何謂以沫相濡……,他們的行徑相對於後幾代詩人,是流動的、不定的、充滿著不安的,是不斷向遠方和西方延伸的,他們與東西晉、南北宋因改朝換代而被迫大遷徙的文人心境是極度相似的,因為有個永遠回不去的「家」的「過去」,在時代的遠方擱淺,一擱數十年,末了乃成了永遠靠不近的夢,其中感受之苦只有他們一代人彼此可以理解,「動盪」遂成了他們的宿命和掌紋。加以內外環境的變遷、時空氣氛的轉換,和不理解的人無形無理的指摘又無時無刻不煎迫其心境,卻無可辯白,也不欲辯解,因此內心深陷的苦終其生也始終難以消解。

　　那種感受可以 1967 年張默寫澎湖的〈我站立在大風裡〉的兩句詩比擬之:

　　我站立在風裡
　　滿身的血液如流矢

風是人人感受得到的外在力道,尤其是時代強加在每個人身上的颶風,那是人人都會被吹颳得跑的,但「滿身的血液如流矢」卻無人看得到摸得著,尤其「如流矢」的血是熱血、脹紅臉的血、寒冷顫抖的血、氣壯如山的血,還是憤恨咬牙的血?是準備慷慨激昂還是激動欲泣?綜張默和他同世代人的一生,上述諸種「如流矢的血」可說兼而有之,那該如何說得?

應怎樣說清？

　　1967 年的這同一首詩中張默以幾近預言的方式預告了他一生的行蹤和欲付諸行動的強烈生命驅力，亦即如何「如流矢」的方向：

> 我欲以全生命的逼力去親貼
> 　　　　去飛逸
> 　　　　去泅泳
> 舐舐暴躁的海特釀的鹹味
> 我心中綿密的森林與某些
> 潮濕的夜晚與某些
> 星星的爭吵

「全生命的逼力」是怎樣的力道？是如流矢的血的逼力？還是時代的幫浦抽動血的逼力？意讓張默想「去親貼」、「去飛逸」、「去泅泳」？三個排比句強力表達了一種從現實逃脫的欲望，卻又要去親貼舐舐「暴躁」「綿密」「潮濕」「爭吵」的自然景觀（可能也包含了欲望底層的暗喻），那依然是熱鬧地布滿生命原力的另一所在，兼有動（海）、靜（森林）、視覺、味覺、觸覺、聽覺，是全方位感受的渴求。雖然那時他的行蹤仍未超脫臺灣的範圍，最多在如澎湖金門邊緣的小島上行走，最多是與詩友們在高雄左營「光著屁股／平躺在四海一家空曠的台階上／而第二天一大早，新聞報居然隻字未提」（〈再會，左營〉，1972 年），「光著屁股」像是示威，但未見其他人影，而當時的張默仍任軍職，顯然只是單純叛逆，框框還在，但其行徑已「飛逸」常人行為甚遠。

　　即使到了 1981 年〈西門町三帖〉的〈天橋〉一詩，其實際的行動力仍深受拘束，反映的是全島嶼的人的共同困境：「那是黑鴉鴉的／一群螻蟻／在蠕動嗎／誰擋著誰的軀體／誰踩著誰的去路／發自無數個／群體的／無聲的吶喊／企鵝般地／綣縮在／枕木與鐵軌的高處／且一邊諦聽／而又／

微微的呼吸」，此詩表面上在寫西門町當年人群雜遝過天橋的場面，但底子裡所說「螻蟻」、「群體無聲的吶喊」、「企鵝般地綣縮」不也是群體當下現象的縮影？而且「諦聽」著什麼呢？像有什自鐵軌的遠端要傳來？則「天橋」的「天」字其實是一大諷刺，其高度離「天」極遠，只綣縮在那被整齊排列得中規中矩的枕木與鐵軌的高處，活著，諦聽「遠方」自軌道另端傳來，有什麼事將發生，卻又無可阻擋，此處表現了個人在群體中的高度自覺，想要即早「諦聽」出什麼訊息的強烈渴望。

對遠方的渴望，是張默那一代人一生底層的色澤和痛，遠方的老家由真實落入夢境後，後來便被更遠方的西方所取代，當它們仍是可望而不可及的「天」時（當時僅留學生較易出國，張默遲至 1976 年才去了日、韓兩國，還不是西方），詩的和美的內容或形式乃成了取代物，以之「去親貼」、「去飛逸」、「去泅泳」，不論是去包紮自身或拆解自身，都成了張默在那時空中（來臺的前 30 年）僅存的出路。

遠方是會流逝的鮮脆

但也因而具足了各種因緣際會，他們也就能堂而皇之的站在荒涼的時代前端，開創出一個全新的詩的時代，填補了 1949 年後海峽兩岸詩史的最可怕的空檔，因為他們嚐過的苦和上帝選民似的幸運，是空前絕後的，至少在這一百年之間。於是張默成了創世紀詩社的三巨頭之一（另二人是洛夫和瘂弦），他也是《創世紀》詩雜誌奇蹟似地在詩壇屹立五十餘年仍能如鋼柱般挺著的最大和最直接的原因。而此詩集中寫於 1954 年 9 月 12 日左營桃子園的第一首詩〈荒徑吟〉早就道出了這樣的訊息，雖然表面上看起來還是寫景的：

> 披頭散髮，像不羈的浪子
>
> 鬍髭已經爬滿兩腮了
>
> 它，還要向無垠的闊野，航行

去吧！別再異想天開了

我的腳是重磅的鋤

浪人呀！你還不快修一修臉面

整一整，衣冠

——〈荒徑吟〉

此詩創作日期離 1954 年 10 月「創世紀詩社」於左營的創立時間不足一個月，題目又叫「荒徑吟」，其引發聯想就不足為奇。詩中首段是對現實景象的考察和估量，二段是面對此景擬採取的策略和對策、乃至警告；表層寫荒徑待闢，但面積遼闊，唯有行動才能對應；底層則可能寫人生無窮、前程難料，唯有付諸實踐，則自有綿囊妙方。前二行為一擬人的明喻，顯與「荒徑」的面貌有關，第三行的「它」還原為「荒徑」，但只有浪子才有可能「還要向無垠的闊野，航行」，顯然荒徑亦即前此自我荒廢的、等待收拾整頓的人生，回首望之不短，未來持續將看不到底，不知會延伸到哪裡去，如此浪人、荒徑都成了人生路途的可能卻未可知的去向。二段「去吧！別再異想天開了」表面是對荒徑說，好像也對自己說。「我的腳是重磅的鋤」，此句是關鍵句，「我」的出現是對荒徑、人生、乃至浪子之心（暗喻內在的我）的下定決心似的介入和清理，因此末二句成了對荒徑和浪人所下的最後通牒，說張某人要來了，你們還不自我整肅一番，難道非要我好好收拾你們不可嗎？

　　如此看來，「荒徑」是「浪子之心」、是「過去之我」、是「等待整頓之我」、是「不可心存僥倖之我」，和「即將奮起之我」。這是往回看，如果往前方看、往後來的 50 年看，「荒徑」是「少人走之路」、是「預告之路」、是「未來之路」、是「存在各種可能之路」，也是「創世紀開疆闢土之路」，乃至張默中壯年後「行旅天涯之路」。這首詩等於預告了《創世紀》詩刊後來 50 年的可能性，也預期了這本旅行詩集的誕生。「重磅的鋤」就是他生命的動詞，實踐力、劍及履及的保證！

　　也因此，張默即使後來終於能站在荒涼的青藏高原，他也要深深地吸吮的那種氣息，其實和在〈荒徑吟〉中他欲呼吸的氣息相距不遠，這是與他同齡同世代的大陸詩人所享受不到、體會不著的，那種撥開千層重壓去感受新生式的噓息：

> 把握每一刻流逝的鮮脆
> 它們既冷冽又熱熾的折疊著
> 一種無限延伸的魅力之所在

張默所寫的是即存在又隨時將不存在的感受，「鮮脆」、「魅力」是正面的存在，「流逝」是負面的，「冷冽又熱熾」是反復不定，「流逝」是令人清醒的冷冽，「鮮脆」是叫人沉緬的熱熾，人生即以此「折疊」而成，如此向歲月無限延伸下去，也就成就了遠方「魅力之所在」，雖然是會流逝的鮮脆。他在〈嗨！草原，請席捲我〉一詩中說：「我永遠渴想複製那些綿延不絕的地平線，且一直引頸眺望：那些更洪荒、更拙樸、更澄碧，一片煙波浩渺，永生難以抵達的遠方。」「把握每一刻流逝的鮮脆」即因在前方逗引的恆是綿延不絕的「永生難以抵達的遠方」。遠方，成了無常之物、成了隨時會幻化蒸發之美，而那又是他永生想尋訪的家，隨時包紮又隨時將之拆解的行囊，那是難以明說的一種時代的傷口，不只是張默的。即使他寫於 1993 年這首看似要與「遠方」再見了的詩作都只是暫時對傷口的包紮：

> 第一株，修長而且蒼勁
> 第二株，筆直而且濃蔭齊天
> 第三株，弓著嶙峋如山谷般的身子
> 　　　　向遠方，淡淡的發問
> 第四株，閉目凝神，以及什麼來著
> 第五株，吐納，吸吮對視而且歌唱

第六株，向歲月不斷的哈腰

第七株，一味深情地沐浴沐浴

第八株，每天站著，採一種習慣的樣子

第九株，第十株……

　　仰泳千山萬壑之間

　　談笑自在

　　如

　　風聲

——〈再見，遠方——舊金山紅樹林偶得〉

此詩妙在後幾句的「仰泳」和「談笑自在／如／風聲」，把參天古木的巨大實體自由化為仰泳之人、虛化為飄渺不定的風聲，則插立大自然中就已不必他求，寫的是期待自身有一朝也能如參天紅木林之屹立，就那裡也不必去了，自然可與遠方說再見，當下賞景之人與之同一了，獲得暫時的「家」的深刻感受，有了短暫的解脫和昇華感。但此詩背後卻隱然透露了張默自己要與遠方說再見的困窘，乃至不可能，那仍然是會流逝的鮮脆。

遠方隱藏的奧府

　　遠方隱含的「每一刻流逝的鮮脆」究竟是怎麼樣的內容物，可以終生逗引一個詩人不悔地拎著行囊前往，它總有個人性的根由或奧祕隱藏著。若試著到美學中去尋找緣由，則劉勰《文心雕龍》〈物色篇〉或可略予解疑，劉氏說：

物色之動，心亦搖焉。蓋陽氣萌而玄駒步，陰律凝而丹鳥羞，微蟲猶或入感，四時之動物深矣。

天氣四時之循環，天災地搖之駭人，「『動』物」如此明顯，萬物會因自然

之變化而感動、驚動、或顫動，乃是天經地義的事，但到了現代人反而對自然之變遲鈍、駑鈍而無所感起來，豈非值得警醒？且顯而易見的是，一如葉子入冬時樹樹萎落離枝的方式不一、變色的情形不一，有人一定動搖震顫幅度大且快，有人則必然小且緩。如此對張默而言，「遠方之動」，心豈不搖焉？「遠方」之「『動』物」又豈不深矣？

劉勰在此篇的後段又說：

> 若乃山林皋壤，實文思之奧府，略語則闕，詳說則繁。然屈平所以能洞監風騷之情者，抑亦江山之助乎。

這一段最能說明山水自然對人的重要，「山林皋壤（水澤旁邊平而濕的地方），實文思之奧府」是說自然比人懷有更大的寶藏，人之中不可解的，自然是解答者。《莊子》〈知北遊〉中也說：「山林與？皋壤與？使我欣欣然而樂與？」這其中的寶藏一生豈能窮盡，又向能不時時求此「欣欣然而樂與」的江山的包絮？那麼張默胸中的傷口豈能不大大求於此「江山之助乎」？

此文末了結語是：

> 山沓水匝，樹雜雲合。日既往還，心亦吐納。春日遲遲，秋風颯颯。情往似贈，興來如答。

末兩句最值得深思，是說人與自然的距離，就是生活與創作的距離，一朝距離拉近，甚至合而為一，則一贈即可得一答，若聲響之叩，一敲即得一響。張默多年「情往似贈」於不斷變動的遠方，遠方對他豈能不「興來如答」，對之有所擁抱和回應？

何況「人之中不可解的，自然是解答者」，遠方顯然充塞了無盡的山林皋壤，也就隱藏了「家」的影子，由前舉〈再見，遠方〉一詩即可略知。

在〈峇里島偶拾〉中他說：「我最想做的，還是卸下光禿禿的脊樑／束一塊，西一塊／把它扔在朗朗的沙灘上／什麼，也不想」，那是一種回歸、息去行止的渴望；然則在〈石雕巨柱 134 之歎〉中他卻說：「我總是無法筆直打通前進的去路，我會隨時被鄰座一連串巨大柔軟的陰影，不小心的輾碎或淹沒」，這本來寫的是埃及阿蒙神殿一景的幾句，其實說的是他對周遭事物的敏銳和「大驚小怪」的神經質，這也註定了他無法如人為的 134 根巨柱般安於被時間凝固住，不是不言不語、孤芳自賞，要不即喋喋不休，要不哈欠連連、一事未成：「你瞧，它們都習慣自己是石雕森林的一分子，青苔總是沿著時間的額角，一遍又一遍，兜圈子⋯⋯」，但這不是他的作風，〈再見，遠方〉的「仰泳千山萬壑之間／談笑自在／如／風聲」，比較像他的渴盼。然則「物色之動，心亦搖焉」與「每一刻流逝的鮮脆」的關係不可不深究，比如下舉三例：

　　山的疊彩

　　水的樂音

　　從八方四面不約而同的趕來

　　你能承受得起嗎

　　當眾多眼神正撩撥某一特異的景象

　　那些刻刻變調的風水

　　又向左舷，不勝倉皇的逃走了

　　　　　　　　　　　　　　　　　——〈乍見灘江〉摘錄

　　恍似跌入曠古無人森然的絕境

　　巨石似一排排洶湧的波濤

　　側耳、坦胸、伸腿、舉臂

　　向我的神經末梢急急地圍攏

　　驀然一轉身，那顆圓溜溜的旭日

　　唰的一聲，叫我不得不信

　　輕輕落在那撇拒絕褪色以及招風的眼睫上

　　　　　　　　　──〈晨遊始信峰〉（〈黃山四詠〉之一）

　　在山間，日子像放置在案頭上的桌曆

　　隨你怎麼撥弄

　　它就是一動也不動

　　溪水把鐘錶有節奏的跫音吵醒了

　　　　　　　　　　　　　──〈武陵夜宿〉摘錄

〈乍見灘江〉中說「你能承受得起嗎」，隱藏了令人招架不住的「物色之動」；而〈晨遊始信峰〉中說「輕輕落在那撇拒絕褪色以及招風的眼睫上」說的是不易心動的眼睫都不能招架旭日輕功似的「動」。而這些「動」都那樣快速地變化，稍一不留心，「刻刻變調的風水」和「唰的一聲」可能轉瞬就看不見也聽不著，那種「每一刻流逝的鮮脆」是令人心驚膽跳、目不暇給的。而〈武陵夜宿〉則是有如〈再見，遠方〉一詩一般，再度有讓遠方凝止不動的感覺，雖然溪水在一旁瞎起哄湊熱鬧，這也是張默何以會六訪溪頭的原因，那裡可能也成了在臺灣離他最近的遠方了，一定藏著某些參不透的奧府仍有待持續挖掘吧。

遠方的重組與再造

　　此文一起頭即說張默是這島上的紅塵中少數能把「詩」當作動詞，而不只是名詞的人，除了他對現代詩壇矢志不移、眾所皆知的行動和奉獻外，他在詩篇中營造的「動態式目光」，其實是非常「立體派」、「未來派」的，那是杜象（1887～1968）式「走下樓梯的女人」般的連續閱讀方式，充滿了節奏與運動感，但快慢伸縮自如並無未來派的機械感，比如張默1995年的作品：

在塔的頂端

伸手抓住幾塊懶洋洋的白雲

把它擰乾

天空，就不會那樣的蕭蕭了

接著，隱隱約約的鳥聲

以密不透風的籠子

偷偷運到第六層

牠們音樂的步姿，將和塔緣的風鈴交響

再向下，是第五層

有一赤身露體的托缽僧

閉目靜坐一隅，啊！喃喃的天籟

嘩然，一群從塞外飛來的寒鴉

精神抖擻，並排立在四層的迴旋梯上

一蹦一跳，一跳一蹦

紛紛下墜到

三層

二層，以及

人聲鼎沸的

第一層

俄頃整座七層塔，經不住一陣驟來的風雨

搖搖晃晃，揹著地平線

愴然與黑暗一塊

掉頭而去

──〈搖頭擺尾‧七層塔──大雁塔巡禮〉

這首詩如果改以杜象式的畫面呈現，精彩程度一定更甚於杜象，甚至必須用影片或動漫表現，才足以捕捉其細節，尤其末了還來個超現實情節，杜象根本無從表現。塔有七層，題目已說，詩起頭因此不說，先說天氣和詩人立足點，並為末尾的風雨和黑暗預埋伏筆。第七層和第六層就寫了八行，是蘊勢，「鳥聲」、「籠子」、「偷偷運」等字眼一方面寫了塔的古樸、寧靜、和幽深，一方面也帶出自然和自己對塔和玄奘的敬畏，到第五層仍有此氣氛，但第四層以下是大轉折，詩以快節奏處理，瞬間便到達人間紅塵，表現了塔立於此有交通天上與人間之感。末四行有反諷味道，本有風雨驟來遮去塔影之意，也間接諷刺了宗教在大陸熱鬧的假象，已與當年佛意有別，以超現實畫面處理，增添了譏諷的氣氛。此詩可說是張默將眾所熟悉的遠方重組、並予再造的力作。

　　他在 2001 年的作品則以他的老家景點為題材，動態目光則採與登大雁塔相反的方向：

　　　　一段嶙峋，把咱們的視覺無端的推升

　　　　推升與獅子山一樣高聳

　　　　烈烈的傲骨，推升

　　　　每一棵不寐

　　　　好個逍遙遊的松柏

　　　　每一片斑剝

　　　　被壓得透不過氣來的磚瓦

　　　　推升

　　　　無所謂薄如蟬翼的千疋燈火，以及

　　　　浩瀚如夢的蒼穹，推升

　　　　推升，從六朝喋喋不休

　　　　驚叫到現在的　寒鴉

　　　　　　　　　　　　　　　——〈登金陵閱江樓〉

此詩簡潔有氣勢，起句即震人，末尾出人意表。與上首詩由上而下不同，改由正常的由下而上方式向上推升，景由遠（山）而近（瓦）再推遠（燈火），由視覺而聽覺（鴉叫）。四至七句為跨句，原句是「每一棵不寐好個逍遙遊的松柏／每一片斑剝被壓得透不過氣來的磚瓦」，末五行最是精彩，「無所謂薄如蟬翼的千疋燈火」應是黃昏遠觀的感受，燈火宛如一層薄翅，宛如隨手即可被無所謂地燒毀的尋常萬民百姓，將實景推升至與歷史和當下鴉叫合而為一，而寒鴉歷代以來何曾稍歇，世世傳承而來，把當下情景與六朝以降的登高情境、感懷寫得精當無比，令人拍案驚喜。

　　而歷史是無法重履的遠方，其消逝終究是無可挽回的事實，所有的想要把它客觀重現或重演的努力都無法與真實合一。所以唯有遠離歷史的現場讓它在心裡以藝術手腕短暫介入，使之與自己偶然重逢，或才是最能與之貼近的方法。比如在下舉詩作中的努力，張默即以不凡的時空透視力介入再造他的遠方：

　　穿越空空蕩蕩的大門，緩步入內
　　驀然瞧見千年前
　　一隊金盔銀甲的兵士，正在霍霍磨刀
　　眉宇間，難掩各自的獨孤與無奈
　　那些等待家書七零八落的歲月
　　究竟是怎樣一分一秒挨過的

　　我，徘徊復徘徊，不忍驟然離去
　　連連自側門的洞口，向外張望
　　而鋪天蓋地的沙暴，恰似川劇變臉般傳來
　　同行老麥急急以相機焚燒牆角酣睡已久的積薪
　　我不得不飛快竄出，深深吁一口氣

　　　　　　　　　　　　　　　　──摘自〈再見，玉門關〉

啊，好一隻歷盡滄桑的燕子

你巍巍顫顫地站在長江的下游

想呼叫我這個遲遲歸來的過客

在上游用力拉你一把

　　　還是乖乖跟著你一個鷂子翻身

　　　永遠沉入冷冷無聲的水底

　　　　　　　　　　——摘自〈昂首‧燕子磯〉

站立在一八〇五年拿破崙指揮法軍作戰的平臺，極目四顧，雪原盡處是德俄奧疲憊不堪的軍士，是一團團悶燒的烽火，是僵直的馬群不安的喘息，是戰鼓一陣弱一陣不搭調的敲打，是漫長的忍耐與守候，是一匹匹靜寂召喚著另一匹匹靜寂。

偶爾不遠處三五隻敏捷的野兔，突然在雪地上飛竄、倒立、啄食，甚或推雲捉雨，企圖把藍藍如洗的天空扯下來，當棉被蓋。

由是，我也顧不了雪的暴起暴落的逃亡，逕自張開獨孤的雙臂，向一面陰森，直立如刀的巨大峭壁，衝去。

　　　　　　　　　　——〈雪，暴起暴落的逃亡〉後三段

〈再見，玉門關〉像是誤闖歷史現場的現代旅人，必須「以相機焚燒牆角酣睡已久的積薪」才得脫身；〈昂首‧燕子磯〉是把燕子磯活體化為一隻燕，互憐身世，有欲與之相約沉淪的悲嘆感；〈雪，暴起暴落的逃亡〉再造且並置了歷史、自然，與個人當下的多重時空，顯現了戰場的廣闊無垠及淒涼畫面。這些詩段具體呈現了張默能將現代與過去結合、當下與遠方同一、自身與歷史相互滲透的手腕，是旅行者在其漫長的行腳中穿越不同時空時對遠方的重塑與創新。此項發展顯示了張默的行囊早已有了嶄新的包紮方法、拆解方向，和新形式的重組企圖。

結　語

　　張默那一代人一生所體會到的由低谷到高峰所折疊出的詩的「魅力之所在」，如他所言，是一系列「冷冽又熱熾」、殘酷又冰冷的歷史現實所鍛造出來的，但他們一生所擁有的流逝的「鮮脆」，絕對是少有前例的，包括曾經旅行的長度、高度、和寬度，對歷代詩人而言絕對是空前的。他們朝思夢想的「遠方」，其實是一殘忍的現實所逼迫出來的，尤其是大陸老家的變幻和失落，因此張默不斷地包紮和拆解的行囊其實是「一箱歷史的傷口」，他環繞著地球跑了幾十個國家，但離那箱傷口始終不遠，他不斷地變換、更新、麗美他包紮和拆解的方式，都只為了跟那遠方說再見，但時代和現實的亂、痛、和分割，只使得他對遠方的感受越來越深沉。因此其行旅過的痕跡，特別是這本詩集的斑斑履痕，正好印證了他們那一代人被「時代重磅的鋤」所砍伐過的痕跡，以是，它不只是張默的足印所堆疊出來的一本特殊的詩集，它的上頭也深深踏滿了歷史無情地履過的大腳印。

——選自張默《獨釣空濛》

臺北：九歌出版社，2007 年 7 月

輯五◎
研究評論資料目錄

作家生平、作品評論專書與學位論文

專書

1. 蕭蕭編　詩痴的刻痕：張默詩作評論集　臺北　文史哲出版社　1994 年 9 月　433 頁

本書為評論張默詩作的總集。全書分上中下 3 卷，上卷為綜合專論，共收 18 篇：1.劉登翰〈張默論〉；2.洛夫〈無調的歌者——張默其人其詩〉；3.劉菲〈五湖煙景有誰爭——試論張默的詩〉；4.瘂弦〈為永恆服役——張默的詩與人〉；5.姜穆〈張默的詩天地〉；6.蕭蕭〈張默的愛與詩〉；7.古繼堂〈關於張默〉；8.李元洛〈『為永恆服役』的選手——張默詩作欣賞〉；9.費勇〈張默的赤誠奉獻〉；10.熊國華〈回歸傳統，融匯中西——論張默的詩路歷程〉；11.瘂弦〈一種攸遠的詩之鳴聲——張默小評〉；12.辛鬱〈透明而清冽——張默小評〉；13.瘂弦〈拍攝焚燒的寧靜——張默小評〉；14.洛夫〈豐沛與淨化〉；15.鐘玲〈動感的詩篇〉；16.張漢良〈自然的真性〉；17.淡瑩〈真誠的披瀝〉；18.李瑞騰〈整合與汲取〉。中卷為詩集評介，共收 11 篇：1.李英豪〈從〈拜波之塔〉到〈沉層〉—論張默詩集《紫的邊陲》〉；2.于還素〈讀詩的新方法——評張默詩集《紫的邊陲》〉；3.陳義芝〈從時間巨齒的隙縫中跨出來——論張默詩集《無調之歌》〉；4.劉菲〈在歷史的跳板上——論《無調之歌》詩集〉；5.蕭蕭〈深情不掩，陋室可賦〉；6.辛鬱〈讀《張默自選集》〉；7.碧果〈詩是呼之欲出的真摯——兼介張默及其自選集〉；8.陳義芝〈銅琶鐵板——評張默詩集《愛詩》〉；9.熊國華〈赤子之心——評張默的母愛詩〉；10.蕭蕭〈他鄉與家鄉——讀張默詩集《光陰‧梯子》〉；11.李元洛〈繁英在樹——讀張默詩集《落葉滿階》〉。下卷為詩作賞析，共收 20 篇：1.李仙生〈玲瓏剔透小論張默〉；2.彩羽〈試析張默的「素描六題」〉；3.菩提〈淺談張默的〈楓葉〉與〈信〉〉；4.陳義芝〈賞析張默的〈蜂〉及其他〉；5.大荒〈橫看成峰側成嶺——論張默的四〈峰頂〉〉；6.周伯乃〈詩的外延與內涵——以張默的《期嚮》為例〉；7.李瑞騰〈釋張默的〈無調之歌〉〉；8.陳啟佑〈聲韻學在新詩上的一項試驗——〈無調之歌〉的節奏〉；9.林亨泰〈現實觀的探求——以〈最後的〉一詩為例證〉；10.古遠清〈從〈無調之歌〉到〈變奏曲〉〉；11.蕭蕭〈導讀張默的〈哲人之海〉〉；12.辛鬱〈張默的〈長頸鹿〉——讀詩札記之廿一〉；13.彩羽〈白色的釀製——試析張默的〈飲那絡蒼髮〉〉；14.向明〈至情的孺慕——淺談張默的〈飲那絡蒼髮〉〉；15.張漢良〈詩為情感的自然流露——析張默〈蒼茫的影像〉〉；16.熊國華〈試析張默的〈西門町三帖〉〉；17.汪智〈白色祭——讀張默〈初訪美堅利堡〉〉；18.王宗法〈滿目雪

景映故園──讀張默的〈春川踏雪〉；19.沈奇〈生命‧時間‧詩──論張默兼評新
作〈時間，我纏綣你〉〉；20.熊國華〈在時間上旋舞──評張默長詩〈時間，我纏
綣你〉〉。正文後附錄〈張默作品評論索引〉、〈張默著作、編選書目〉及〈張默
寫作年表〉。

2. **熊國華　　從奔放到澄明──張默詩作研究鑑賞　呼和浩特　內蒙古人民出版
　　社　1994 年 10 月　228 頁**

本書賞析張默先生五十餘首詩作，另附錄李瑞騰、沈奇等人評文，全書共 4 章。正
文後附錄〈張默作品評論索引〉、〈年表〉。

3. **傅天虹編　　狂飲時間的星粒──臺灣著名詩人張默評論集　北京　作家出版
　　社　2007 年 12 月　295 頁**

本書收錄海內外評論張默詩作的文章，內容以形上思維、美學信念、生命情態、意
象鑄造、語言風格等角度切入分析，呈現多元的論述。全書共 4 輯：1.綜合論述：瘂
弦〈為永恆服役──張默的詩與人〉、章亞昕〈鐫刻時間的歌者：張默論〉、陶保
璽〈對西方現代詩和東方古典詩的雙重逼近──論張默詩歌形式建構的妙諦及其音
樂美〉、丁旭輝〈澄明真摯論張默〉；2.談詩小聚：洛夫等〈我是千萬遍千萬遍唱不
盡的陽關〉、解昆樺〈早期創世紀詩人的語境焦慮及開解──以張默為主的討
論〉、陳仲義〈並列層遞：結構中的一種推力──以張默詩作為例〉、李仙生〈玲
瓏剔透小論張默〉；3 詩作賞讀：林亨泰〈現實觀的探求──以張默〈最後的〉一詩
為例〉、辛鬱〈張默的〈長頸鹿〉──讀詩札記之廿一〉、張漢良〈詩為情感的自
然流露──析張默〈蒼茫的影像〉〉、陳啟佑〈聲韻學在新詩上的一項試驗──
〈無調之歌〉的節奏〉、陳義芝〈賞析張默的〈蜂〉及其他〉、熊國華〈獨立奇撥
的風景──賞讀〈三十三間堂〉〉、游喚〈賞析張默〈長安三帖〉〉、沈奇〈生
命‧時間‧詩──論張默兼評新作〈時間，我纏綣你〉〉、向陽〈賞析〈無調之
歌〉、〈鞦韆十行〉〉、陳幸蕙〈賞析〈澎湖風櫃〉、〈削荸薺十行〉〉、琹川
〈獨有松下石──讀張默〈黃昏訪寒山寺〉〉、落蒂〈開窗放入大江來──小論張
默三行詩〈時間水沫小札〉〉；4.詩集介評：蕭蕭〈他鄉與家鄉──讀張默詩集《光
陰‧梯子》〉、李元洛〈繁英在樹──讀張默詩集《落葉滿階》〉、李瑞騰〈由
《世紀詩選》論張默的詩〉、白靈〈山的疊彩，水的樂音──張默的旅遊詩〉、葉
維廉〈五官來一次緊急集合──張默的旅遊詩〉、林俊德〈每一天都是旅途──評
《獨釣空濛》〉。正文後附錄張默〈編後記〉、〈張默作品評論篇目〉、〈張默著
作‧編選書目〉。

4. **朱壽桐，傅天虹編　　張默詩歌的創新意識　北京　中國文史出版社　2009 年**

4 月 416 頁

本書收錄多篇對於張默個人、作品、實際行為等各面向評論。全書收錄屠岸〈張默詩歌的創新意識〉、孫玉石〈讀《張默詩選》片思〉、陸耀東〈讀《張默詩選》〉、李瑞騰〈張默編詩略述——以小詩為例〉、辛鬱〈登上詩的奇峰——略述詩人張默〉、龍彼德〈永遠邀遊在蒼翠裡——論張默的詩歌藝術〉、白靈〈手印與腳印——試論張默的詩行動與行動詩〉、葉櫓〈走向澄澈的生命過程——讀《張默詩選》的感受〉、俞兆平〈現代性視野中《創世紀》前行代詩人之詩學觀〉、吳開晉〈生命感悟與現代詩美——讀張默的詩〉、孫菊玲〈震撼一個「老南京人」的生命律動——讀張默詩歌隨想〉、馮亦同〈在命運的秋千上——一個南京友人讀張默的詩〉、李霞〈張默的詩籤〉、楊四平〈張默：現代中國的浪漫主義歌者〉、程光煒〈另一種境界和另一種詩歌——讀《張默詩選》〉、王劍叢〈層層脫落後的真情流露——評《張默詩選》〉、熊國華〈對放逐命運的悲吟——評張默長詩〈時間，我繾綣你〉〉、姜耕玉〈內心的風景，就是望不盡的天涯——張默早期三首詩〉、石天河〈人生默味與無奈的鄉情——《張默詩選》評介〉、朱先樹〈生命的瞬間與永恆——讀張默的詩〉、王珂〈現代詩人的「新民族詩型」——論張默的小詩創作對新詩詩體建設的意義〉、陳仲義〈真淳溢袖珍・朗健走方寸〉、蔣登科〈洗淨歸人隱匿心壁深處的蒼苔—張默旅遊詩臆讀〉、張武進，鄒建軍〈鄉土意識與田園空間——張默詩歌的空間解讀〉，北塔〈靈魂自鏡中步出——讀張默的詠物詩〉、沈奇〈在遊歷中超越——再論張默兼評其履行詩集《獨釣空濛》〉、梁笑梅〈完整・鏈接・重構——以張默《獨釣空濛》為中心動態考察「文本完成時間」〉、張桃洲〈臺灣現代詩語言策略的一個側面——以張默《野渡無人舟自橫〕為例〉、楊劍龍〈現實與夢想・抽象與具象——讀《張默詩選》〉，陳國恩〈從狂野到澄明的詩路——評《張默詩選》〉、姜達〈永遠的歌者——讀《張默詩選》〉、章亞昕〈以意象鑄冶生命的歌者——閱讀《張默詩選》〉、譚桂林〈永是童年的鄉心——讀《張默詩選》〉、徐潤潤〈通天巨筆賦華章——讀《張默詩選》〉、江少川〈追風戲浪五十年——讀《張默詩選》〉、王浩翔〈我是千萬遍千萬遍唱不盡的陽關——試論張默的旅行詩〉、汪啟疆〈時間映現詩心深處的蒼苔——《第二屆當代詩學論壇暨張默作品研討會》側記〉、張默〈光陰・梯子（代謝辭）——自傳詩切片〉，共 38 篇。正文前有朱壽桐〈由圓通的意象世界作詩性的折返——《張默詩歌的創新意識》序〉；正文後附錄〈張默作品評論篇目〉、〈張默著作・編選書目〉。

5. **蕭蕭，羅文玲主編　生命意象的霍霍湧動——張默新詩論評集　臺北　萬卷樓圖書公司　2011 年 5 月　456 頁**

本書為明道大學主辦的「張默八十壽慶學術研討會」之會議論文集出版，集合港臺

詩歌評論家對張默的學術研究。全書收錄陳啟佑〈論張默新詩節奏〉、陳素英〈論詩的「動」與「感」——以張默《獨釣空濛》為例〉、陳韻琦〈旅遊與美學的書寫——張默旅遊詩論述〉、李翠瑛〈晶瑩剔透的美學——以《張默小詩帖》為例論張默小詩意態之隱喻〉、劉益州〈表述的視角——張默《獨釣空濛》中「物我」視角的開展〉、張之維〈存在的痕跡——論張默〈時間，我繾綣你〉的時間意象〉、蕭水順〈現實思維後的空間詩學——論《張默小詩帖》的虛實對應與融攝〉、余境熹〈張默《創世紀》（Genesis）——「聖經」反照中的「臺灣詩帖」「誤讀」詩學系列之五〉、史言〈論張默詩的男性形象與父神原型〉、徐偉志〈張默以「縱」、「橫」看人生——從巴什拉四元素詩學中水的意象說起〉、解昆樺〈張默詩作中主體空間意象所呈現的語境焦慮及開解〉、陳政彥〈打造現代詩的期待視野——張默詩論、詩選研究〉，共 12 篇。正文後有〈座談會實錄〉。

學位論文

6. 李明輝　張默新詩研究　佛光大學文學系在職專班　碩士論文　簡文志教授指導　2010 年 6 月　183 頁

本論文以張默的詩集、詩評集和詩選為主要研究範圍，探討其新詩特質及成就，並具體呈現出他在詩壇上的重要地位。全文共 6 章：1.序論；2.張默新詩的創作歷程與詩風遞嬗；3.張默的詩批評；4.張默新詩的主題內涵；5.張默新詩的藝術特色；6.結論。正文後附錄〈張默的文學活動〉。

7. 郭　晶　存在的超越——試論張默詩歌中對時空感悟的書寫　吉林大學中國現當代文學所　碩士論文　白楊教授指導　2013 年 4 月　40 頁

本論文在時空意識下考察張默詩作特徵，解析創作詞句體例所建構的時空結構，呈現作家特殊的心路歷程。全文共 3 章：1.生命之痛呈現於詩行；2.時空觀照中的人生思考；3.詩歌藝術形式的探索。

8. 白豐源　張默編選現代詩之研究　嘉義大學中國文學系　碩士論文　陳政彥教授指導　2013 年 5 月　274 頁

本論文以張默出版的詩選為對象，探討張默編輯的詩選對現代詩傳播之影響與編輯研究。全文共 6 章：1.緒論；2.張默詩選的編輯與出版；3.張默對詩作的篩選；4.張默詩選與現代詩典律的建構；5.張默詩選與詩史；6.結論。正文後附錄〈張默訪談逐字稿（一訪、二訪）〉、〈隱地書信訪談稿〉、〈張默詩選相關論爭與評論篇章〉。

作家生平資料篇目

自述

9. 張　　默　自記　紫的邊陲　臺北　創世紀詩社　1964 年 10 月　頁 35

10. 張　　默　泛論存在（代序）　現代詩的投影　臺北　臺灣商務印書館　1967 年 10 月　頁 1—3

11. 張　　默　泛論存在（代序）　張默自選集　臺北　黎明文化公司　1978 年 3 月　頁 7—9

12. 張　　默　後記　現代詩的投影　臺北　臺灣商務印書館　1967 年 10 月　頁 191—192

13. 張　　默　我的創作自述——致李英豪・五十二年八月十八日　現代詩人書簡集　臺中　普天出版社　1969 年 12 月　頁 331—334

14. 張　　默　我的創作自述——致李英豪　現代詩人散文選　臺中　藍燈出版社　1972 年 8 月　頁 196—200

15. 張　　默　後記　上昇的風景　臺北　巨人出版社　1970 年 10 月　頁 133—135

16. 張　　默　《創世紀》的發展路線及其檢討　現代文學　第 46 期　1972 年 3 月　頁 113—134

17. 張　　默　野渡無人舟自橫——我的創作自述　主流　第 10 期　1974 年 3 月　頁 27—31

18. 張　　默　野渡無人舟自橫——我的創作自述　飛騰的象徵　臺北　水芙蓉出版社　1976 年 9 月　頁 44—53

19. 張　　默　並非閑話（代序）　無調之歌　臺北　創世紀詩社　1975 年 6 月　頁 5—6

20. 張　　默　拙集《無調之歌》前記——並非閑話　中華日報　1975 年 7 月 16 日　12 版

21. 張　　默　序　新銳的聲音　高雄　三信出版社　1975 年 3 月　頁 1—22

22. 張　默　　詩是金屬性的拍擊——我的藝術觀　幼獅文藝　第 268 期　1976 年 4 月　頁 106—107

23. 張　默　　詩是金屬性的拍擊　民眾日報　1982 年 7 月 28 日　12 版

24. 張　默　　金屬性的拍擊　心的風景——詩覺季專輯　臺北　時報文化出版公司　1984 年 12 月　頁 42

25. 張　默　　張默詩觀　八十年代詩選　臺北　濂美出版社　1976 年 6 月　頁 310

26. 張　默　　關於詩的批評（代序）　飛騰的象徵　臺北　水芙蓉出版社　1976 年 9 月　頁 1—5

27. 張　默　　編後散記　中國當代十大小說家選集　臺北　源成文化圖書供應社　1977 年 7 月　頁 601—604

28. 張　默　　後記　雪泥與河燈　臺北　中華日報社　1980 年 5 月　頁 222—225

29. 張　默　　迎端午・話詩運　臺灣日報　1980 年 6 月 5 日　12 版

30. 張　默　　從蠹魚嘴邊請出來　青澀歲月　臺北　爾雅出版社　1980 年 7 月　頁 183—186

31. 張　默　　談詠景詩　無塵的鏡子　臺北　東大圖書公司　1981 年 9 月　頁 230—236

32. 張　默　　我怎樣寫詩　無塵的鏡子　臺北　東大圖書公司　1981 年 9 月　頁 237—255

33. 張　默　　《無塵的鏡子》後記　無塵的鏡子　臺北　東大圖書公司　1981 年 9 月　頁 256—258

34. 張　默　　寫詩的過程　現代詩入門　臺北　故鄉出版社　1982 年 2 月　頁 185—190

35. 張　默　　感月吟風多少事——瑣談《現代百家詩選》　聯合報　1982 年 6 月 25 日　8 版

36. 張　默　　三十年的滄和桑——執編《創世紀》卅年小記　創世紀詩選　臺北

爾雅出版社　1984 年 9 月　頁 615—620

37. 張　默　〈初訪「美堅利堡」〉附記　創世紀　第 70 期　1987 年 4 月　頁 41

38. 張　默　後記　小詩選讀　臺北　爾雅出版社　1987 年 5 月　頁 275—276

39. 張　默　後記　愛詩——張默詩選　臺北　爾雅出版社　1988 年 7 月　頁 223—225

40. 張　默　從單人床談起　文訊雜誌　第 40 期　1989 年 2 月　頁 56—57

41. 張　默　從單人床談起　結婚照　臺北　文訊雜誌社　1991 年 5 月　頁 151—156

42. 張　默　四十載家山依舊　四十年來家國　臺北　文訊雜誌社　1989 年 4 月　頁 95—102

43. 張　默　張默詩觀　秋水詩選　臺北　秋水詩刊社　1989 年 7 月　頁 209

44. 張　默　後記　光陰‧梯子　臺北　尚書文化出版社　1990 年 6 月　頁 251—253

45. 張　默　揭開歲月的面紗　聯合文學　第 92 期　1992 年 6 月　頁 112—114

46. 張　默　在墨香的羽翼下　中國時報　1993 年 7 月 5 日　27 版

47. 張　默　攀登時間的峯頂——漫談編輯「詩選」之種種　臺灣詩學季刊　第 6 期　1994 年 3 月　頁 31—41

48. 張　默　自序　落葉滿階　臺北　九歌出版社　1994 年 10 月　頁 1—4

49. 張　默　為新詩寫史記　聯合文學　第 128 期　1995 年 6 月　頁 63—64

50. 張　默　為新詩寫史記（跋）　新詩三百首（1917—1995）（下）　臺北　九歌出版社　1995 年 9 月　頁 1341—1348

51. 張　默　以酒入詩知多少　誠品閱讀　第 23 期　1995 年 8 月　頁 26—29

52. 張　默　《感月吟風多少事》四印小記　爾雅人　第 29 期　1996 年 1 月　1 版

53. 張　默　第二印小記　臺灣現代詩編目——一九四九——一九九五　臺北　爾雅出版社　1996 年 1 月　頁 415—421

54. 張　默　《臺灣現代詩編目》二印小記　爾雅人　第 93 期　1996 年 4 月　1
　　　　　　版

55. 張　默　我的第一首詩——櫛風沐雨話詩緣　中華日報　1996 年 6 月 20 日
　　　　　　14 版

56. 張　默　飛吧！想像的翅膀　魚和蝦的對話　臺北　三民書局　1997 年 4 月
　　　　　　〔2〕頁

57. 張　默　後記　遠近高低——張默手抄詩集　臺北　創世紀詩社　1998 年 5
　　　　　　月　頁 197—202

58. 張　默　卷前的話　夢從樺樹上跌下來：詩壇鉤沉筆記　臺北　爾雅出版社
　　　　　　1998 年 6 月　頁 1—4

59. 張　默　夢從樺樹上跌下來——詩壇鉤沉筆記　爾雅人　第 107 期　1998 年
　　　　　　8 月　1 版

60. 張　默　張默詩話　爾雅詩選　臺北　爾雅出版社　2000 年 4 月　頁 99

61. 張　默　張默小傳、詩話　張默・世紀詩選　臺北　爾雅出版公司　2000 年
　　　　　　9 月　頁 1—5

62. 張　默　詩人近況　八十九年詩選　臺北　臺灣詩學季刊雜誌社　2001 年 4
　　　　　　月　頁 254

63. 張　默　詩人近況　九十年詩選　臺北　臺灣詩學季刊雜誌社　2002 年 5 月
　　　　　　頁 243

64. 張　默　詩人近況　九十一年詩選　臺北　臺灣詩學季刊雜誌社　2003 年 4
　　　　　　月　頁 276

65. 張　默　做一名小小的提燈人　文訊雜誌　第 214 期　2003 年 8 月　頁 44
　　　　　　—46

66. 張　默　雨花楓草馬蹄聲　文訊雜誌　第 224 期　2004 年 6 月　頁 97

67. 張　默　詩人近況　2003 臺灣詩選　臺北　二魚文化公司　2004 年 6 月
　　　　　　頁 303

68. 張　默　雨花楓草馬啼聲　當我們青春年少——作家影像故事展展覽專輯

臺南　國家臺灣文學館　2007 年 2 月　頁 14—15

69. 張　　默　張默詩觀　他們怎麼玩詩？：創世紀五十周年精選　臺北　二魚文
化公司　2004 年 10 月　頁 27

70. 張　　默　關於〈臨摹〉　他們怎麼玩詩？：創世紀五十周年精選　臺北　二
魚文化公司　2004 年 10 月　頁 28

71. 張　　默　本卷小記　無為詩帖　臺北　創世紀詩雜誌社　2005 年 3 月　頁
15

72. 張　　默　本卷小記　無為詩帖　臺北　創世紀詩雜誌社　2005 年 3 月　頁
45

73. 張　　默　本卷小記　無為詩帖　臺北　創世紀詩雜誌社　2005 年 3 月　頁
58

74. 張　　默　卷末小跋　無為詩帖　臺北　創世紀詩雜誌社　2005 年 3 月　頁
59

75. 張　　默　詩人近況　2004 臺灣詩選　臺北　二魚文化公司　2005 年 3 月
頁 279

76. 張　　默　映堤微雕　文訊雜誌　第 237 期　2005 年 7 月　頁 75

77. 張　　默　詩人近況　2005 臺灣詩選　臺北　二魚文化公司　2006 年 2 月
頁 266

78. 張　　默　青春的瞬間——無憂的笑顏——張默　臺灣文學館通訊　第 12 期
2006 年 9 月　頁 21

79. 張　　默　綻放瞬間料峭之美（編序）　小詩・牀頭書　2007 年 3 月　頁 3—
20

80. 張　　默　綻放瞬間料峭之美，《小詩・牀頭書》　爾雅人　第 152、153 期合
刊　2007 年 7 月 20 日　3 版

81. 張　　默　跋　獨釣空濛　臺北　九歌出版社　2007 年 7 月　頁 379—380

82. 張　　默　編後記　狂飲時間的星粒——臺灣著名詩人張默評論集　北京　作
家出版社　2007 年 12 月　頁 276—277

83. 張　默　萬古長青總是詩　第二屆當代詩學論壇暨張默作品研討會　澳門　澳門中國比較文學學會主辦　2008 年 5 月 4—7 日

84. 張　默　個人寫作、編輯祕辛　創世紀　第 158 期　2009 年 3 月　頁 142

85. 張　默　編後小記　張默小詩帖　臺北　唐山出版社　2010 年 5 月　頁 185—188

86. 張　默　精緻、曠達、滄浪——《現代女詩人》選集新編本序　創世紀　第 168 期　2011 年 9 月　頁 34—45

87. 張　默　以毛筆浮刻臺灣現代詩的風景　臺灣現代詩手抄本　臺北　九歌出版社　2014 年 1 月　頁 3

88. 張　默　以毛筆浮雕臺灣現代詩的風景　文訊雜誌　第 339 期　2014 年 1 月　頁 23—25

89. 張　默　以毛筆浮雕臺灣現代詩的風景——《臺灣現代詩手抄本》自序　創世紀　第 178 期　2014 年 3 月　頁 13—16

90. 張　默　後記——延伸名詩突兀虛實之美　戲仿現代名詩百帖　臺北　九歌出版社　2014 年 10 月　頁 299—301

91. 張　默　張默小輯——井然有序，拍拍拍　詩人・論家的一天　臺北　文史哲出版社　2014 年 10 月　頁 128—135

92. 張　默　揮汗浮雕一甲子　文訊雜誌　第 348 期　2014 年 10 月　頁 70—72

93. 張　默　代後記——並非閒話　水汪汪的晚霞　臺北　印刻文學生活雜誌出版公司　2015 年 6 月　頁 227—229

94. 張　默　橫豎皆空非抽象——《水墨無為畫本》的出版因緣　文訊雜誌　第 362 期　2015 年 12 月　頁 31—34

他述

95. 彭邦楨，墨人　張默簡介　中國詩選　高雄　大業書店　1957 年 1 月　頁 63

96. 辛　鬱　張默小評　中國現代詩選　高雄　大業書店　1967 年 2 月　頁 54—55

97. 辛　鬱　　透明而清冽——張默小評　詩痴的刻痕：張默詩作評論集　臺北　文史哲出版社　1994 年 9 月　頁 123—124

98. 瘂　弦　　張默小評　七十年代詩選　高雄　大業書店　1967 年 9 月　頁 309

99. 瘂　弦　　拍攝焚燒的寧靜——張默小評　詩痴的刻痕：張默詩作評論集　臺北　文史哲出版社　1994 年 9 月　頁 125—128

100. 沈臨彬　　十二橡樹——張默側寫　幼獅文藝　第 184 期　1969 年 4 月　頁 28

101. 柳文哲〔趙天儀〕　笠下影——張默　笠　第 31 期　1969 年 6 月　頁 22—24

102. 季　紅　　從「深淵」出發——致瘂弦、張默・四十八年十月十六日　現代詩人書簡集　臺中　普天出版社　1969 年 12 月　頁 16—17

103. 季　紅　　譽之欲——致張默・五十八年八月二日　現代詩人書簡集　臺中　普天出版社　1969 年 12 月　頁 24—26

104. 向　明　　詩人的保姆〔張默部分〕　臺灣日報　1979 年 1 月 16 日　12 版

105. 羅　禾　　文藝長廊——張默　幼獅文藝　第 310 期　1979 年 1 月　頁 179

106. 〔民聲日報〕　張默小傳——詩人專輯——張默欣賞　民聲日報　1979 年 3 月 31 日　11 版

107. 陳義芝　　揚蹄，偏首，闊步——張默印象記——詩人專輯——張默欣賞　民聲日報　1979 年 3 月 31 日　11 版

108. 陳義芝　　張默印象記　陋室賦　臺北　創世紀詩社　1980 年 3 月　頁 9—12

109. 〔聯合報〕　在軍中成長的新文藝作家——張默・軍中新文藝的典範　聯合報　1979 年 9 月 4 日　8 版

110. 蕭　蕭　　詩壇的牧者——張默　中學白話詩選　臺北　故鄉出版社　1980 年 4 月　頁 212—213

111. 辛　鬱　　培養「說幹就幹」的精神　民族晚報　1980 年 7 月 7 日　11 版

112. 古　丁　　詩人張默是何心態？　秋水詩刊　第 27 期　1980 年 7 月　頁 9—15

113. 蕭　蕭　張默　現代詩入門　臺北　故鄉出版社　1982 年 2 月　頁 93—94

114. 辛　鬱　張默，你辛苦了！　臺灣新聞報　1984 年 10 月 25 日　8 版

115. 隱　地　作家與書的故事——張默　新書月刊　第 22 期　1985 年 7 月　頁 65

116. 隱　地　張默　作家與書的故事　臺北　爾雅出版社　1985 年 11 月　頁 171—178

117. 劉洪順　張默——從花園到高原的播種者　文訊雜誌　第 28 期　1987 年 2 月　頁 45—47

118. 丹　扉　青春尚有痕——永遠的鐵三角——張默·洛夫·瘂弦　文訊雜誌 第 34 期　1988 年 2 月　頁 36—37

119. 鐘麗慧　編選詩集最多的詩人——張默　中時晚報　1988 年 3 月 29 日　7 版

120. 洛　夫　豐沛與淨化——張默小評之一　愛詩——張默詩選　臺北　爾雅 出版社　1988 年 7 月　頁 3—4

121. 洛　夫　豐沛與淨化　詩痴的刻痕：張默詩作評論集　臺北　文史哲出版 社　1994 年 9 月　頁 129

122. 張漢良　自然的流露——張默小評之三[1]　愛詩——張默詩選　臺北　爾雅 出版社　1988 年 7 月　頁 93—94

123. 張漢良　自然的真性　詩痴的刻痕：張默詩作評論集　臺北　文史哲出版 社　1994 年 9 月　頁 131

124. 淡　瑩　真誠的披瀝——張默小評之四　愛詩——張默詩選　臺北　爾雅 出版社　1988 年 7 月　頁 125—126

125. 淡　瑩　真誠的披瀝　詩痴的刻痕：張默詩作評論集　臺北　文史哲出版 社　1994 年 9 月　頁 131—132

126. 李瑞騰　整合與汲取——張默小評之五　愛詩——張默詩選　臺北　爾雅 出版社　1988 年 7 月　頁 183—184

127. 李瑞騰　整合與汲取　詩痴的刻痕：張默詩作評論集　臺北　文史哲出版

---

[1] 本文後改篇名為〈自然的真性〉。

社　1994 年 9 月　頁 132

128. 塵　　　張默一心返鄉探母‧不管滿路腥風血雨　民生報　1989 年 6 月 17 日
　　　26 版

129. 〔涂靜怡主編〕　　張默小傳　秋水詩選　臺北　秋水詩刊社　1989 年 7 月
　　　頁 209

130. 張靈靈　挑燈夜讀為那椿——側記我家詩人老爸張默　聯合報　1990 年 5
　　　月 27 日　29 版

131. 徐開塵　張默「無塵居」嶄新生涯很充實　民生報　1990 年 10 月 20 日
　　　31 版

132. 大　荒　夜遊共秉燭——贈張默　臺灣新聞報　1991 年 1 月 22 日　15 版

133. 姜　欣　張默／《創世紀》奉獻半生　臺灣新聞報　1991 年 1 月 22 日　15
　　　版

134. 王晉民　張默小傳　臺灣文學家辭典　南寧　廣西教育出版社　1991 年 7
　　　月　頁 278—279

135. 瘂　弦　現代詩人與酒——飲者點將錄〔張默部分〕　國文天地　第 81 期
　　　1992 年 2 月　頁 45

136. 成明進　海外華文詩人評介——斷不了的一條絲在中間〔張默部分〕　淮
　　　風季刊　1992 年第 2 期　1992 年夏　頁 42—43

137. 應鳳凰　愛詩的人——張默　文訊雜誌　第 91 期　1993 年 5 月　頁 96—
　　　98

138. 王志健　詩墾地的園丁　中國新詩淵藪（下）　臺北　正中書局　1993 年
　　　7 月　頁 2662—2667

139. 吳　浩　詩壇行動派——張默　文訊雜誌　第 110 期　1994 年 2 月　〔1〕
　　　頁

140. 陳紅旭　詩集收藏張默全國第一　中央日報　1994 年 4 月 20 日　15 版

141. 古繼堂　張默小傳　臺港澳暨海外新詩大辭典　瀋陽　瀋陽出版社　1994
　　　年 5 月　頁 86—87

142. 顏艾琳　誰在推動詩運？〔張默部分〕　文訊雜誌　第 104 期　1994 年 6
　　　月　頁 25—26

143. 邱　婷　《創世紀》將屆不惑之年詩人回顧〔張默部分〕　民生報　1994
　　　年 9 月 4 日　15 版

144. 費　勇　張默的赤誠奉獻　詩痴的刻痕：張默詩作評論集　臺北　文史哲
　　　出版社　1994 年 9 月　頁 103—106

145. 瘂　弦　一種悠遠的詩之鳴聲——張默小評　詩痴的刻痕：張默詩作評論
　　　集　臺北　文史哲出版社　1994 年 9 月　頁 121—122

146. 柯　平　秋天的張默　作品　1994 年第 11 期　1994 年 11 月　頁 66—68

147. 陳文芬　熱血詩腸火車頭——張默　中時晚報　1995 年 9 月 9 日　11 版

148. 〔莫文征編〕　張默小傳　張默精品　北京　人民文學出版社　1996 年 10
　　　月　頁 173

149. 〔張默〕　寫詩的人　魚和蝦的對話　臺北　三民書局　1997 年 4 月
　　　〔1〕頁

150. 麥　穗　再接再厲——《當代名詩人選 2》〔張默部分〕　當代名詩人選 2
　　　臺北　絲路出版社　1997 年 9 月　頁 4—5

151. 向　明　遠近高低各不同——讀張默的詩和人　臺灣新聞報　1998 年 2 月
　　　16 日　13 版

152. 向　明　遠近高低各不同——讀張默的詩和人　遠近高低——張默手抄詩
　　　集　臺北　創世紀詩社　1998 年 5 月　頁 7—16

153. 向　明　遠近高低各不同——讀張默的詩和人　大海洋詩雜誌　第 56 期
　　　1998 年 7 月　頁 126—127

154. 江中明　張默書寫保留詩作　聯合報　1998 年 5 月 17 日　14 版

155. 渡也〔陳啟佑〕　近看張默　遠近高低——張默手抄詩集　臺北　創世紀
　　　詩社　1998 年 5 月　頁 17—23

156. 渡　也　近看張默　中華日報　1998 年 7 月 24 日　16 版

157. 陳文芬　張默情鍾手抄詩：自費出書・考驗讀者專心度　中國時報　1998

年 5 月 31 日　11 版

158. 舒　蘭　六○年代詩人詩作——張默　中國新詩史話（四）　臺北　渤海
堂文化公司　1998 年 10 月　頁 143—146

159. 陳　遼　費心盡力為交流——記臺灣詩人張默先生　世界華文文學　第 64
期　1999 年 4 月　頁 72—74

160. 洛　夫　詩癡張默外傳　自由時報　1999 年 11 月 30 日　39 版

161. 洛　夫　詩癡張默外傳　雪樓隨筆　臺北　探索出版公司　2000 年 11 月
頁 183—185

162. 〔姜耕玉選編〕　張默　20 世紀漢語詩選（三）　上海　上海教育出版社
1999 年 12 月　頁 283

163. 林麗如　精編細校的人　中央日報　2000 年 5 月 4 日　22 版

164. 林樂君　我和手抄詩玩遊戲　中央日報　2000 年 5 月 24 日　22 版

165. 林怡翠　旅行中的大地書房——張默和他的書房　中央日報　2002 年 1 月
17 日　18 版

166. 劉福春　張默說文　新詩卷（二十世紀中國文藝圖文誌）　遼寧　瀋陽出
版社　2002 年 8 月　頁 146—147

167. 〔蕭蕭，白靈〕　張默簡介　臺灣現代文學教程：新詩讀本　臺北　二魚
文化公司　2002 年 8 月　頁 195

168. 柳易冰　上海「新天地」初會張默　臺灣新聞報　2002 年 9 月 6 日　13 版

169. 李倍雷　秋聲・雨聲・詩聲——記余光中、蓉子、張默詩歌講演　揚子江
詩刊　2002 年第 2 期　2002 年　頁 49—52

170. 瘂　弦　文藝創作與文藝工作——從作家的社會參與談到詩人張默　揚子
江詩刊　2005 年第 2 期　2005 年　頁 66—67

171. 須文蔚　張默——真正的文學編輯家[2]　臺灣日報　2003 年 7 月 2 日　25 版

172. 須文蔚　真正的文學編輯家張默　文訊雜誌　第 213 期　2003 年 7 月　頁
106—108

---

[2]本文後改篇名為〈真正的文學編輯家張默〉。

173. 〔犁青主編〕　作者簡介　張默短詩選　香港　銀河出版社　2003 年 7 月　頁 8

174. 封德屏　建構詩領域的雄偉建築（序）　臺灣現代詩筆記　臺北　三民書局　2004 年 1 月　頁 1—6

175. 沙　穗　關於張默　臍帶的兩端　屏東　屏東縣文化局　2004 年 10 月　頁 13—16

176. 蘇　林　《創世紀》出刊了！趕快去買〔張默部分〕　吾土吾民：『臺灣文學地圖』報導與『故鄉的文學記憶』徵文合集　臺南　國家臺灣文學館　2004 年 12 月　頁 51—63

177. 夏　行　作家的成績單（下）——張默：旅遊詩大有可為　中央日報　2006 年 1 月 28 日　17 版

178. 〔蕭蕭主編〕　詩人簡介　優游意象世界　臺北　聯合文學出版社　2006 年 6 月　頁 76

179. 編輯部　張默　高雄文學小百科　高雄　高雄市文化局　2006 年 7 月　頁 67

180. 林麗如　前輩作家映象〔張默部分〕　聯合報　2006 年 11 月 13 日　E7 版

181. 李瑞騰　張默獨釣空濛二十年　人間福報　2007 年 7 月 9 日　15 版

182. 古遠清　張默：為現代詩嘔心瀝血的編輯家　第二屆當代詩學論壇暨張默作品研討會　澳門　澳門中國比較文學學會主辦　2008 年 5 月 4—7 日

183. 古遠清　張默：為現代詩嘔心瀝血的編輯家　當代詩壇　第 49、50 期合刊　2008 年 5 月　頁 150—154

184. 古遠清　張默：為現代詩嘔心瀝血的編輯家　閩臺文化交流　2009 年第 4 期　2009 年　頁 97—82

185. 古遠清　張默：為現代詩嘔心瀝血的編輯家　臺灣文壇的「實況轉播」：一位大陸學者眼中的臺灣文壇　臺北　秀威資訊科技公司　2013 年 7 月　頁 235—243

186. 辛　鬱　　我所知道的張默　第二屆當代詩學論壇暨張默作品研討會　澳門　澳門中國比較文學學會主辦　2008 年 5 月 4—7 日

187.〔封德屏主編〕　　張默　2007 臺灣作家作品目錄　臺南　國立臺灣文學館　2008 年 7 月　頁 764

188. 辛　鬱　　登上詩的奇峰——略述詩人張默　張默詩歌的創新意識　北京　中國文史出版社　2009 年 4 月　頁 26—27

189. 辛　鬱　　從時間長河中跨出來——速寫張默　文訊雜誌　第 297 期　2010 年 7 月　頁 40—43

190. 蔡永彬　　150 公尺！張默捐手抄詩卷　聯合報　2011 年 9 月 15 日　A14 版

191. 編輯部　　張默手抄新詩長卷 10 卷・特捐贈國家圖書館典藏　創世紀　第 169 期　2011 年 12 月　頁 6—11

192. 陳宛茜　　催生臺北文學館・詩人張默捐手抄詩　聯合報　2012 年 2 月 22 日　A10 版

193. 林欣誼　　張默手抄詩 200 卷・催生臺北文學館　中國時報　2012 年 2 月 22 日　A16 版

194. 紫　鵑　　詩人張默手抄詩　乾坤詩刊　第 62 期　2012 年 4 月　頁 131—132

195. 辛　鬱　　從時間長河中跨出來——速寫張默　我們這一伙人　臺北　文訊雜誌社　2012 年 7 月　頁 156—162

196. 白豐源　　隱地書信訪談稿　張默編選現代詩之研究　嘉義大學中國文學系碩士論文　陳政彥教授指導　2013 年 5 月　頁 224—226

197. 李宗慈　　張默呼籲捨得，《文訊》三十能立　文訊雜誌　第 333 期　2013 年 7 月　頁 107—109

198.〔創世紀詩雜誌社〕　　創世紀走廊——張默製作《詩與水墨小集》，三岸反應熱烈　創世紀　第 176 期　2013 年 9 月　頁 188

199. 林少雯　　張默牌桌上贏來楚戈的新年開筆　文訊雜誌　第 337 期　2013 年 11 月　頁 164—167

200. 張騰蛟　張默：《雪泥與河燈》　書註　臺北　爾雅出版社　2013 年 11 月　頁 98—100

201. 落　蒂　我所認識的張默先生　落蒂小品集　臺北　文史哲出版社　2013 年 12 月　頁 199—202

202. 林欣誼　揮灑水墨手抄詩‧張默創意不斷　中國時報　2014 年 2 月 27 日　A14 版

203. 李進文　當詩都躲起來，他卻大喊抓到了　中華日報　2014 年 8 月 6 日　B4 版

204. 李進文　當詩都躲起來，他卻大喊抓到了——談張默手抄《臺灣現代詩長卷》及其他　水汪汪的晚霞　臺北　印刻文學生活雜誌出版公司　2015 年 6 月　頁 221—223

205. 〔周易正主編〕　張默　創世紀的創世紀：詩的照耀下　臺北　行人文化實驗室　2014 年 10 月　〔1〕頁

206. 王宗法　以文會友識「三傑」——與洛夫、張默、瘂弦相識記　世界華文文學論壇　2014 年第 4 期　2014 年 12 月　頁 74—75

207. 陳文發　詩壇的火車頭／張默　書寫者，看見　臺北　允晨文化公司　2015 年 9 月　頁 196—201

訪談、對談

208. 金　風　熱情、忘我的播種者——詩人張默訪問記　幼獅文藝　第 264 期　1975 年 12 月　頁 154—166

209. 金　風　詩人張默訪問記　張默自選集　臺北　黎明文化公司　1978 年 3 月　頁 285—300

210. 張淑媛，李天養　巴山夜雨翦燭時——訪林煥彰、段彩華、張默、張曉風、辛鬱、司馬中原　興大法商　第 36 期　1977 年 6 月　頁 59 —83

211. 張默等[3]　八方風雲會中州——現代詩座談會　中華文藝　第 80 期　1977

---

[3]主持人：李仙生；與會者：洪醒夫、丁零、趙天儀、周伯乃、陳義芝、張默、管管、楊昌年、洛

年 10 月　頁 123—133

212. 陳義芝，楊亭　　水流般的牧者——詩人張默專訪　明道文藝　第 27 期　1978 年 6 月　頁 32—40

213. 張默等[4]　我是千萬遍千萬遍唱不盡的陽關——剖析張默作品　創世紀　第 48 期　1978 年 8 月　頁 63—75

214. 張默等　我是千萬遍千萬遍唱不盡的陽關——剖析張默作品　現代名詩品賞集　臺北　聯亞出版社　1979 年 5 月　頁 27—59

215. 張默等　我是千萬遍千萬遍唱不盡的陽關　狂飲時間的星粒——臺灣著名詩人張默評論集　北京　作家出版社　2007 年 12 月　頁 81—104

216. 張默等[5]　中國詩人的道路　現代名詩品賞集　臺北　聯亞出版社　1979 年 5 月　頁 3—26

217. 張默等[6]　中國現代詩談話會　文訊雜誌　第 12 期　1984 年 6 月　頁 96—139

218. 陳慧玲　由詩入畫，山水無盡——張默專訪　商工日報　1985 年 3 月 24 日　12 版

219. 辛鬱　畫界初旅訪張默　臺灣新聞報　1986 年 1 月 1 日　8 版

220. 王保雲　恆極峰頂的禮讚者——訪現代詩人張默　天地含情　臺北　采風出版社　1987 年 10 月　頁 143—150

221. 張默等[7]　《藍星》·《創世紀》·《笠》三角討論會　臺灣精神的崛起——《笠》詩論選集　高雄　文學界雜誌　1989 年 12 月　頁 350—375

222. 柯慶昌　感月吟風多少事——訪張默談詩創作、《創世紀》與詩運　心臟詩

夫、羅門、蔡源煌、林煥彰、李魁賢；記錄：楊亭。
[4]與會者：洛夫、張默、羅門、大荒、羊令野、辛鬱、管管、梅新、岩上、李瑞騰、渡也、蕭蕭；記錄：蕭蕭。
[5]主持人：羊令野；與會者：商禽、向明、張默、蓉子、高大鵬、蘇紹連、桓夫、管管、吳望堯、羅行、羅門、辛鬱、岩上、碧果、陳家帶、梅新、向陽、彭邦楨；記錄：蕭蕭。
[6]與會者：羅門、白萩、上官予、胡品清、張默、林亨泰、瘂弦、張健、張法鶴、邱燮友。
[7]主持人：白萩；與會者：羅門、向明、張健、張默、辛鬱、管管、張漢良、張堃、林亨泰、白萩、李魁賢、李敏勇、郭成義、陳明台、季紅、喬林、羅青、向陽；記錄：陳明台。

刊　第 3 期　1990 年 9 月　頁 7—20

223. 朱恩伶　張默——從寫詩、收藏詩集到編現代詩編目[8]　中國時報　1992 年 5 月 8 日　47 版

224. 朱恩伶　詩壇痴人——張默　爾雅人　第 71 期　1992 年 7 月 20 日　4 版

225. 張默等[9]　「詩歌文學的再發揚」座談會　文訊雜誌　第 81 期　1992 年 7 月　頁 9—16

226. 黃鳳鈴　朝朝暮暮的撞鐘人——張默談編書與寫詩　明道文藝　第 258 期　1997 年 9 月　頁 94—99

227. 孫梓評　詩田農夫——張默的閱讀世界　聯合報　1997 年 11 月 18 日　41 版

228. 孫梓評　詩田農夫——張默的閱讀世界　閱讀之旅（下）　臺北　聯經出版公司　1998 年 7 月　頁 204—215

229. 王偉明　從桃子園到無塵居——與張默對談[10]　詩雙月刊　第 37 期　1997 年 12 月　頁 40—51

230. 王偉明　從桃子園到無塵居——張默筆訪錄　詩人詩事　香港　詩雙月刊出版社　1999 年 8 月　頁 253—262

231. 林麗如　詩壇火車頭——專訪詩人張默[11]　文訊雜誌　第 157 期　1998 年 11 月　頁 75—78

232. 林麗如　詩壇火車頭——從小我出發的張默　走訪文學僧：資深作家訪問錄　臺北　文訊雜誌社　2004 年 10 月　頁 43—50

233. 解昆樺　創世紀雜誌及詩人的發展——與張默對談錄　心的隱喻：文學場域中知識分子的書寫意識　苗栗　苗栗縣文化局　2002 年 12 月　頁 237—261

234. 林麗如　一起走遍千山萬水——資深作家談書寫與閱讀——張默：詩壇火

---

[8] 本文後改篇名為〈詩壇痴人——張默〉。
[9] 與會者：瘂弦、李瑞騰、余光中、向陽、簡政珍、文曉村、趙淑敏、李逸中、劉菲、張默、管管、周鼎、林繼生、趙天福；記錄：黃淑貞。
[10] 本文後改篇名為〈從桃子園到無塵居——張默筆訪錄〉。
[11] 本文後改篇名為〈詩壇火車頭——從小我出發的張默〉。

車頭四處遊　文訊雜誌　第 264 期　2007 年 10 月　頁 85

235. 紫　鵑　開著動力火戰車的詩人──專訪詩人張默　文學人　第 15 期　2008 年 8 月　頁 38─45

236. 紫　鵑　擺渡船上的擺渡人──訪前輩詩人張默先生　乾坤詩刊　第 48 期　2008 年 10 月　頁 6─14

237. 張默等[12]　座談會實錄　生命意象的霍霍湧動──張默新詩論評集　臺北　萬卷樓圖書公司　2011 年 5 月　頁 439─456

238. 白豐源　張默訪談逐字稿（一訪、二訪）　張默編選現代詩之研究　嘉義大學中國文學系　碩士論文　陳政彥教授指導　2013 年 5 月　頁 204─223

239. 林欣誼　張默毛筆抄詩・為時代留下典雅紀錄　中國時報　2014 年 1 月 13 日　A12 版

240. 陳文發　承先啟後，再「創世紀」──記寫一段張默先生　創世紀　第 180 期　2014 年 9 月　頁 234─242

241. 〔蕭仁豪主編〕　對話──張默╳楊渡　鄉愁與流浪的行板　臺北　中華文化總會　2014 年 11 月　頁 145─158

242. 洪漢明　新詩文壇之光──張默　奮鬥　第 747 期　2016 年 1 月　頁 35─37

年表

243. 張　默　本集創作年表　無調之歌　臺北　創世紀詩雜誌社　1975 年 6 月　頁 87─89

244. 張　默　年譜　張默自選集　臺北　黎明文化公司　1978 年 3 月　頁 1─6

245. 張　默　張默寫作年表　剪成碧玉葉層層　臺北　爾雅出版社　1981 年 6 月　頁 303─308

246. 張　默　張默寫作年表　小詩選讀　臺北　爾雅出版社　1987 年 5 月　頁 277─279

---

[12]與會者：張默、辛鬱、落蒂、陳素英、白靈、陳義芝。

247. 張　默　　張默寫作年表　愛詩——張默詩選　臺北　爾雅出版社　1988 年
　　　　7 月　頁 227—232

248. 蕭蕭編　　張默寫作年表　詩痴的刻痕：張默詩作評論集　臺北　文史哲出
　　　　版社　1994 年 9 月　頁 419—426

249. 張　默　　張默寫作年表　張默精品　北京　人民文學出版社　1996 年 10 月
　　　　頁 174—180

250. 張　默　　張默近年詩生活之旅小記　遠近高低——張默手抄詩集　臺北
　　　　創世紀詩社　1998 年 5 月　頁 213—217

251. 張　默　　張默旅遊繫年（簡編）　獨釣空濛　臺北　九歌出版社　2007 年
　　　　7 月　頁 371—377

252. 〔編輯部編〕　　張默寫作年表　張默詩選　北京　作家出版社　2007 年 10
　　　　月　頁 215—227

253. 〔趙天儀編〕　　張默寫作生平簡表　張默集　臺南　國立臺灣文學館
　　　　2008 年 12 月　頁 131—133

254. 張　默　　張默小詩有關評論選目　張默小詩帖　臺北　唐山出版社　2010
　　　　年 5 月　頁 189—190

255. 李明輝　　張默的文學活動　張默新詩研究　佛光大學文學系在職專班　碩
　　　　士論文　簡文志教授指導　2010 年 6 月　頁 168—183

256. 〔周易正編〕　　生平　創世紀的創世紀：詩的照耀下　臺北　行人文化實
　　　　驗室　2014 年 10 月　〔4〕頁

其他

257. 江中明　　張默等六人獲五四獎　聯合報　2000 年 4 月 25 日　14 版

258. 曾意芳　　五四文藝雅集・六人戴桂冠——張默、林文寶、柯慶明、林水
　　　　福、張香華、須文蔚得獎・林澄枝獲特別紀念獎　中央日報
　　　　2000 年 5 月 5 日　17 版

259. 雷顯威　　尹雪曼・張默・辛鬱——捐贈作品文物給文資保存中心　聯合報
　　　　2000 年 10 月 5 日　14 版

260. 趙家麟　尹雪曼、張默、辛鬱：　捐文學文物二千冊件　中國時報　2000 年
　　　10 月 8 日　11 版

261. 雷顯威　尹雪曼、張默及辛鬱捐出作品‧臺灣文學館辦文物展　聯合報
　　　2000 年 10 月 8 日　14 版

262. 洪士惠　詩人張默榮獲「國軍新文藝」特別貢獻獎　文訊雜誌　第 229 期
　　　2004 年 11 月　頁 108

263. 汪啟疆　時間映現詩心深處的蒼苔──「第二屆當代詩學論壇暨張默作品
　　　研討會」側記　張默詩歌的創新意識　北京　中國文史出版社
　　　2009 年 4 月　頁 380─384

264. 詹宇霈　張默、鴻鴻獲頒 2008 年度詩獎　文訊雜誌　第 285 期　2009 年 7
　　　月　頁 140─141

265. 落　蒂　詩人的精采人生──張默「八十壽慶學術研討會」側記　創世紀
　　　第 165 期　2010 年 12 月　頁 109─113

266. 落　蒂　詩人的精采人生──張默「八十壽慶學術研討會」側記　落蒂小
　　　品集　臺北　文史哲出版社　2013 年 12 月　頁 209─213

267. 游文宓　詩人張默捐贈手稿　文訊雜誌　第 312 期　2011 年 10 月　頁 149
　　　─150

268. 朱雙一　詩人張默捐贈兩百卷手抄現代詩　文訊雜誌　第 318 期　2012 年
　　　4 月　頁 162

269. 林奴霜　「84 歲的張默‧60 歲的創世紀」系列活動　文訊雜誌　第 342 期
　　　2014 年 4 月　頁 191

270. 李怡芸　臺灣創世紀一甲子‧影響陸 20 年　旺報　2014 年 10 月 12 日
　　　C10 版

271. 李怡芸　創世紀一甲子‧動盪中屹立不搖　旺報　2014 年 10 月 19 日　C7
　　　版

272. 悟　廣　詩人張默明道大學詩畫展　文訊雜誌　第 349 期　2014 年 11 月
　　　頁 129─130

273. 張瓊文　「創世紀」三詩人作品於大陸出版[13]　文訊雜誌　第 357 期　2015年 7 月　頁 225

作品評論篇目

綜論

274.〔張默，瘂弦〕　張默　六十年代詩選　高雄　大業書店　1961 年 1 月　頁 168

275. 瘂　弦　閃爍的星群──《創世紀》的建造者：張默　新文藝　第 99 期　1964 年 6 月　頁 35─36

276. 劉　菲　五湖煙景有誰爭──試論張默的詩　創世紀　第 39 期　1975 年 1月　頁 71─81

277. 劉　菲　五湖煙景有誰爭──試論張默的詩　張默自選集　臺北　黎明文化公司　1978 年 3 月　頁 254─284

278. 劉　菲　五湖煙景有誰爭──試論張默的詩　長耳朵的窗　臺北　創世紀詩雜誌社　1980 年 12 月　70─100 頁

279. 劉　菲　五湖煙景有誰爭──試論張默的詩　詩心詩鏡　臺北　傳燈出版社　1989 年 6 月　頁 73─111

280. 劉　菲　五湖煙景有誰爭──試論張默的詩　詩痴的刻痕：張默詩作評論集　臺北　文史哲出版社　1994 年 9 月　頁 23─52

281. 李仙生　玲瓏剔透小論張默　詩人季刊　第 7 期　1977 年 1 月　頁 26─28

282. 李仙生　玲瓏剔透小論張默　詩痴的刻痕：張默詩作評論集　臺北　文史哲出版社　1994 年 9 月　頁 227─234

283. 李仙生　玲瓏剔透小論張默　狂飲時間的星粒──臺灣著名詩人張默評論集　北京　作家出版社　2007 年 12 月　頁 133─138

284. 旅　人　中國新詩論史（七）──瘂弦與張默　笠　第 77 期　1977 年 2 月　頁 38─39

---

[13] 三位詩人為：碧果、張默、管管。

285. 旅　人　　新詩論第三期——移植說延續期——瘂弦與張默　中國新詩論史
　　　　　　臺中　臺中縣立文化中心　1991 年 12 月　頁 160—161

286. 洛　夫　　無調的歌者——張默其人其詩（上、下）　臺灣新生報　1978 年
　　　　　　6 月 24—25 日　12 版

287. 洛　夫　　無調的歌者——張默其人其詩　幼獅文藝　第 304 期　1979 年 4
　　　　　　月　頁 129—139

288. 洛　夫　　無調的歌者——張默其人其詩　孤寂中的迴響　臺北　東大圖書
　　　　　　公司　1981 年 7 月　頁 198—210

289. 洛　夫　　無調的歌者——張默其人其詩　詩痴的刻痕：張默詩作評論集
　　　　　　臺北　文史哲出版社　1994 年 9 月　頁 9—22

290. 碧　果　　詩是呼之欲出的真摯——兼介詩人張默及其自選集　臺灣新聞報
　　　　　　1978 年 9 月 10 日　12 版

291. 碧　果　　詩是呼之欲出的真摯——兼介詩人張默及其自選集　詩痴的刻
　　　　　　痕：張默詩作評論集　臺北　文史哲出版社　1994 年 9 月　頁
　　　　　　195—198

292. 姜　穆　　張默的詩天地　文藝月刊　第 114 期　1978 年 12 月　頁 12—24

293. 姜　穆　　張默的詩天地　解析文學　臺北　黎明文化公司　1987 年 10 月
　　　　　　頁 326—341

294. 姜　穆　　張默的詩天地　詩痴的刻痕：張默詩作評論集　臺北　文史哲出
　　　　　　版社　1994 年 9 月　頁 65—80

295. 洛　夫　　飲我以醉人的鄉愁（序之一）[14]　雪泥與河燈　臺北　中華日報社
　　　　　　1980 年 5 月　頁 1—6

296. 洛　夫　　飲我以醉人的鄉愁（序之一）　回首故園情　臺北　黎明文化公
　　　　　　司　1984 年 8 月　頁 1—7

297. 洛　夫　　談張默的散文　詩的邊緣　臺北　漢光文化公司　1986 年 8 月
　　　　　　頁 165—169

---

[14] 本文後改篇名為〈談張默的散文〉。

298. 姜　穆　　詩之餘（序之四）[15]　雪泥與河燈　臺北　中華日報社　1980 年 5 月　頁 13—16

299. 姜　穆　　詩之餘——序張默散文集《雪泥與河燈》　臺灣日報　1980 年 6 月 11 日　12 版

300. 姜　穆　　詩之餘（序之二）　回首故園情　臺北　黎明文化公司　1984 年 8 月　頁 9—13

301. 蕭　蕭　　詩人與詩風——張默　臺灣日報　1982 年 6 月 24 日　8 版

302. 瘂　弦　　為永恆服役——張默的詩與人　中華日報　1988 年 7 月 22 日　14 版

303. 瘂　弦　　為永恆服役——張默的詩與人　愛詩——張默詩選　臺北　爾雅出版社　1988 年 7 月　頁 1—15

304. 瘂　弦　　為永恆服役——張默的詩與人　詩痴的刻痕：張默詩作評論集　臺北　文史哲出版社　1994 年 9 月　頁 53—64

305. 瘂　弦　　為永恆服役——關於張默的詩　新詩界 4　北京　新世界出版社　2003 年 9 月　頁 298—301

306. 瘂　弦　　為永恆服役——張默的詩與人　聚繖花序 1　臺北　洪範書店　2004 年 6 月　頁 81—92

307. 瘂　弦　　為永恆服役——張默的詩與人　狂飲時間的星粒——臺灣著名詩人張默評論集　北京　作家出版社　2007 年 12 月　頁 3—12

308. 鍾　玲　　動感的詩篇——張默小評之二　愛詩——張默詩選　臺北　爾雅出版社　1988 年 7 月　頁 49—50

309. 鍾　玲　　動感的詩篇　詩痴的刻痕：張默詩作評論集　臺北　文史哲出版社　1994 年 9 月　頁 130

310. 古繼堂　張默[16]　臺灣新詩發展史　北京　人民文學出版社　1989 年 5 月　頁 260—264

---

[15]本文後改篇名為〈詩之餘——序張默散文集《雪泥與河燈》〉。
[16]本文後改篇名為〈關於張默〉。

311. 古繼堂　　　張默　臺灣新詩發展史　臺北　文史哲出版社　1989 年 7 月　頁
295—300

312. 古繼堂　　　關於張默　詩痴的刻痕：張默詩作評論集　臺北　文史哲出版社
1994 年 9 月　頁 89—94

313. 李元洛　　　為永恆服役的選手——張默詩作欣賞　創世紀　第 76 期　1989 年
8 月　頁 88—90

314. 李元洛　　　為永恆服役的選手——張默詩作欣賞（1—2）　臺灣日報　1989
年 12 月 10—11 日　15 版

315. 李元洛　　　為永恆服役的選手——臺灣詩人張默詩作欣賞　名作欣賞　1990
年第 3 期　1990 年 3 月　頁 24—26

316. 李元洛　　　為永恆服役的選手——張默詩作欣賞　創世紀四十年評論選：一
九五四——一九九四・臺灣　臺北　創世紀詩雜誌社　1994 年 9 月
頁 193—198

317. 李元洛　　　為永恆服役的選手——張默詩作欣賞　詩痴的刻痕：張默詩作評
論集　臺北　文史哲出版社　1994 年 9 月　頁 95—102

318. 古遠清　　　從奔放到冷凝——張默詩作賞析　臺灣新聞報　1990 年 9 月 23 日
10 版

319. 熊國華　　　回歸傳統，融合中西——論臺灣詩人張默的詩路歷程　廣東教育
師範學報　1991 年第 2 期　1991 年 2 月　頁 47—52

320. 熊國華　　　回歸傳統，融匯中西——論張默的詩路歷程（摘錄）　臺港與海
外華文文學評論和研究　1991 年第 2 期　1991 年 9 月　頁 54

321. 熊國華　　　回歸傳統，融匯中西——論張默的詩路歷程　創世紀　第 85、86
期合刊　1991 年 10 月　頁 87—92

322. 熊國華　　　回歸傳統，融匯中西——論張默的詩路歷程　詩痴的刻痕：張默
詩作評論集　臺北　文史哲出版社　1994 年 9 月　頁 107—120

323. 朱雙一　　　現代主義詩歌運動的第二次高潮〔張默部分〕　臺灣新文學概觀
（下）　廈門　鷺江出版社　1991 年 6 月　頁 134

324. 劉登翰　臺灣詩人札論（二）——張默論　創世紀　第 84 期　1991 年 7 月
頁 71—73

325. 劉登翰　張默論　詩痴的刻痕：張默詩作評論集　臺北　文史哲出版社
1994 年 9 月　頁 1—8

326. 劉登翰　臺灣詩人 18 家論札——張默論　臺灣文學隔海觀：文學香火的傳
承與變異　臺北　風雲時代出版公司　1995 年 3 月　頁 294—299

327. 海夢主編　張默（1930 年—）　中國當代詩人傳略（三）　成都　四川文
藝出版社　1992 年 3 月　頁 249

328. 成明進　那些輕輕淺淺的飛愁　安徽詩風季刊　1992 年夏　1992 年 6 月
頁 48—49

329. 劉登翰　洛夫、瘂弦與《創世紀》詩人群　臺灣文學史（下）　福州　海
峽文藝出版社　1993 年 1 月　頁 181—185

330. 古遠清　讀張默的詩評　明道文藝　第 204 期　1993 年 3 月　頁 138—141

331. 古繼堂　追求「現代」和「超現實」詩人的詩歌理論批評——中庸溫和的
現代派詩評家——張默　臺灣新文學理論批評史　瀋陽　春風文
藝出版社　1993 年 6 月　頁 393—396

332. 古繼堂　追求「現代」和「超現實」詩人的詩歌理論批評——中庸溫和的
現代派詩評家——張默　臺灣新文學理論批評史　臺北　秀威資
訊科技公司　2009 年 3 月　頁 391—393

333. 蕭　蕭　張默的愛與詩　現代詩廊廡　彰化　彰化縣立文化中心　1993 年
6 月　頁 16—22

334. 蕭　蕭　張默的愛與詩　詩痴的刻痕：張默詩作評論集　臺北　文史哲出
版社　1994 年 9 月　頁 81—88

335. 古遠清　張默——直覺還原型的批評代表　昭通師專學報　1994 年第 1 期
1994 年 1 月　頁 67—68，77

336. 古遠清　張默——直覺還原型的批評代表　臺灣當代文學理論批評史　武
漢　武漢出版社　1994 年 8 月　頁 232—236

337. 熊國華　　張默論　中外詩歌研究　1994 年第 3 期　1994 年 3 月　頁 37—39

338. 蕭　蕭　　《詩痴的刻痕》導言　創世紀　第 100 期　1994 年 9 月　頁 233

339. 蕭　蕭　　編者導言　詩痴的刻痕：張默詩作評論集　臺北　文史哲出版社　1994 年 9 月　頁 1—2

340. 張超主編　　張默　臺港澳及海外華人作家辭典　江蘇　南京大學出版社　1994 年 12 月　頁 664—665

341. 〔中華民國新詩學會〕　　張默詩創作觀　中華新詩選　臺北　文史哲出版社　1996 年 3 月　頁 211

342. 章亞昕　　面對時間的歌者——詩人張默的情思[17]　臺灣新聞報　1996 年 8 月 6 日　19 版

343. 章亞昕　　鐫刻時間的歌者——張默論　情繫伊甸園：創世紀詩人論　臺北　文史哲出版社　2004 年 10 月　頁 129—148

344. 章亞昕　　鐫刻時間的歌者：張默論　狂飲時間的星粒——臺灣著名詩人張默評論集　北京　作家出版社　2007 年 12 月　頁 13—29

345. 蕭　蕭　　回首，日月在我的眉睫間舞蹈——張默的詩生活探微[18]　聯合文學　第 155 期　1997 年 9 月　頁 152—158

346. 蕭　蕭　　回首，日月在我的眉睫間舞蹈——張默的詩生活　夢從樺樹上跌下來：詩壇鉤沉筆記　臺北　爾雅出版社　1998 年 6 月　頁 315—334

347. 陳仲義　　並列層遞：結構中的一種推力　臺灣詩歌藝術 60 種　桂林　漓江出版社　1997 年 12 月　頁 261—267

348. 陳仲義　　並列層遞：結構中的一種推力——以張默詩作為例　現代詩技藝透析　臺北　文史哲出版社　2003 年 12 月　頁 231—236

349. 陳仲義　　並列層遞：結構中的一種推力——以張默詩作為例　狂飲時間的星粒——臺灣著名詩人張默評論集　北京　作家出版社　2007 年

---

[17]本文後改篇名為〈鐫刻時間的歌者——張默論〉。
[18]本文後改篇名為〈回首，日月在我的眉睫間舞蹈——張默的詩生活〉。

12 月　頁 128—132

350. 藍海文　為新詩淨化運動而戰〔張默部分〕　葡萄園　第 138 期　1998 年
5 月　頁 69—76

351. 劉家齊　張默——猶記當年詩的熱度　中國時報　1998 年 8 月 6 日　43 版

352. 簡政珍　《創世紀》詩刊八、九○年代詩風的改變〔張默部分〕　創世紀
第 116 期　1998 年 9 月　頁 111—112

353. 陶保璽　對西方現代詩和東方古典詩的雙重逼近——論張默詩歌形式建構
的妙諦及其音樂美　淮南師專學院學報　1998 年第 1 期　1998 年
頁 39—57

354. 陶保璽　對西方現代詩和東方古典詩的雙重逼近——論張默詩歌形式建構
的妙諦及其音樂美　創世紀　第 127 期　2001 年 6 月　頁 106—
132

355. 陶保璽　對西方現代詩和東方古典詩的雙重逼近——論張默詩歌形式建構
的妙諦及其音樂美　臺灣新詩十家論　臺北　二魚文化公司
2003 年 8 月　頁 50—89

356. 陶保璽　對西方現代詩和東方古典詩的雙重逼近——論張默詩歌形式建構
的妙諦及其音樂美　狂飲時間的星粒——臺灣著名詩人張默評論
集　北京　作家出版社　2007 年 12 月　頁 30—68

357. 潘麗珠　張默　臺灣現代詩教學研究　臺北　五南圖書公司　1999 年 3 月
頁 137—139

358. 謝輝煌　張默的詩「爛」嗎？　臺灣詩學季刊　第 31 期　2000 年 6 月　頁
217—220

359. 簡素琤　捕獵冥思默想——張默詩中對生命之謎的追尋與中國情結　水筆
仔　第 9、10 期合刊　2000 年 6 月　頁 21—30

360. 簡素琤　捕獵冥思默想——張默詩中對生命之謎的追尋與中國情結　明倫
學報　第 5 期　2001 年 4 月　頁 35—41

361. 古繼堂　臺灣的創世紀詩社——張默、商禽　簡明臺灣文學史　北京　時

事出版社　2002 年 6 月　頁 312—314

362. 孟　樊　臺灣後現代詩時期——前行代詩人切片〔張默部分〕　海鷗詩刊
　　　第 28 期　2002 年 12 月　頁 81—82

363. 解昆樺　早期創世紀詩人的語境焦慮及開解——以張默為主的討論[19]　心的
　　　隱喻：文學場域中知識分子的書寫意識　苗栗　苗栗縣文化局
　　　2002 年 12 月　頁 200—236

364. 解昆樺　早期創世紀詩人的語境焦慮及開解——以張默為主的討論　狂飲
　　　時間的星粒——臺灣著名詩人張默評論集　北京　作家出版社
　　　2007 年 12 月　頁 105—126

365. 解昆樺　張默詩作中主體空間意象所呈現的語境焦慮及開解　生命意象的
　　　霍霍湧動——張默新詩論評集　臺北　萬卷樓圖書公司　2011 年
　　　5 月　頁 375—406

366. 孟　樊　臺灣後現代詩史——舊世代詩人的繼承〔張默部分〕　臺灣後現
　　　代詩的理論與實際　臺北　揚智文化出版公司　2003 年 1 月　頁
　　　27—29

367. 趙小琪　張默詩歌的生命宇宙化傾向　華文文學　2003 年第 2 期　2003 年
　　　4 月　頁 55—63

368. 丁旭輝　澄明真摯論張默　臺灣時報　2003 年 7 月 14 日　23 版

369. 丁旭輝　澄明真摯論張默　淺出深入話新詩　臺北　爾雅出版社　2006 年
　　　9 月　頁 77—90

370. 丁旭輝　澄明真摯論張默　狂飲時間的星粒——臺灣著名詩人張默評論集
　　　北京　作家出版社　2007 年 12 月　頁 69—78

371. 朱雙一　臺灣新世代和舊世代詩論之比較〔張默部分〕　兩岸現代詩學國
　　　際學術研討會　臺北　佛光人文社會學院文學研究所，當代詩學

---

[19]本文鎖定張默詩作中對「主體」與「空間」的隱喻，進一步了解其焦慮在不同階段的紓解策略。
全文共 5 小節：1.創世紀社群語境的形成；2.張默詩作中死／存在的主體焦慮；3.張默以藝術創
作為化解「時代存在」語境焦慮的策略；4.張默「前衛藝術」的語境焦慮與開解；5.小結。本文
後改寫為〈張默詩作中主體空間意象所呈現的語境焦慮及開解〉。

研究中心主辦　2003 年 12 月 6—7 日　頁 4—5

372. 吳開晉　生命感悟與現代詩美——讀張默的詩　創世紀　第 137 期　2003
年 12 月　頁 137—141

373. 吳開晉　生命感悟與現代詩美——讀張默的詩　當代詩壇　第 49、50 期合
刊　2008 年 5 月　頁 114—117

374. 吳開晉　生命感悟與現代詩美——讀張默的詩　張默詩歌的創新意識　北
京　中國文史出版社　2009 年 4 月　頁 108—115

375. 丁旭輝　詩痴的歌吟軌跡：縱論張默詩作　創世紀　第 140、141 期合刊
2004 年 10 月　頁 358—367

376. 洪子誠，劉登翰　現代主義詩潮及詩人——「創世紀」詩人群〔張默部
分〕　中國當代新詩史（修訂版）　北京　北京大學出版社
2005 年 4 月　頁 331—332

377. 黃萬華　臺灣文學——詩歌（下）〔張默部分〕　中國現當代文學·第 1
卷（五四—1960 年代）　濟南　山東文藝出版社　2006 年 3 月
頁 451—452

378. 古恆綺等編[20]　張默　高雄文學小百科　高雄　高雄市文化局　2006 年 7
月　頁 66

379. 白　靈　山的疊彩，水的樂音——張默的旅遊詩　獨釣空濛　臺北　九歌
出版社　2007 年 7 月　頁 11—24

380. 白　靈　山的疊彩，水的樂音——張默的旅遊詩　狂飲時間的星粒——臺
灣著名詩人張默評論集　北京　作家出版社　2007 年 12 月　頁
238—251

381. 葉維廉　五官來一次緊急集合——略談張默的旅遊詩　獨釣空濛　臺北
九歌出版社　2007 年 7 月　頁 361—365

382. 葉維廉　五官來一次緊急集合——張默的旅遊詩　創世紀　第 152 期
2007 年 9 月　頁 181—192

---

[20]編者：古恆綺、汪軍籲、彭瓊儀、許昱裕。

383. 葉維廉　　　五官來一次緊急集合——張默的旅遊詩　狂飲時間的星粒——臺
　　　　　　　　灣著名詩人張默評論集　北京　作家出版社　2007 年 12 月　頁
　　　　　　　　254—273

384. 王浩翔　　　我是千萬遍千萬遍唱不盡的陽關——試論張默的旅行詩[21]　創世紀
　　　　　　　　第 154 期　2008 年 3 月　頁 204—214

385. 王浩翔　　　我是千萬遍千萬遍唱不盡的陽關——試論張默的旅行詩　張默詩
　　　　　　　　歌的創新意識　北京　中國文史出版社　2009 年 4 月　頁 362—
　　　　　　　　379

386. 白　靈　　　手印與腳印——試論張默的詩行動與行動詩　第二屆當代詩學論
　　　　　　　　壇暨張默作品研討會　澳門　澳門中國比較文學學會主辦　2008
　　　　　　　　年 5 月 4—7 日

387. 白　靈　　　手印與腳印——試論張默的詩行動與行動詩　創世紀　第 155 期
　　　　　　　　2008 年 6 月　頁 170—183

388. 白　靈　　　手印與腳印——試論張默的詩行動與行動詩[22]　張默詩歌的創新意
　　　　　　　　識　北京　中國文史出版社　2009 年 4 月　頁 49—71

389. 沈　奇　　　在遊歷中超越——再論張默兼評其旅行詩集《獨釣空濛》　第二
　　　　　　　　屆當代詩學論壇暨張默作品研討會　澳門　澳門中國比較文學學
　　　　　　　　會主辦　2008 年 5 月 4—7 日

390. 沈　奇　　　在遊歷中超越——再論張默兼評其旅行詩集《獨釣空濛》　當代
　　　　　　　　詩壇　第 49、50 期合刊　2008 年 5 月　頁 209—214

391. 沈　奇　　　在遊歷中超越——再論張默兼評其旅行詩集《獨釣空濛》　張默
　　　　　　　　詩歌的創新意識　北京　中國文史出版社　2009 年 4 月　頁 260
　　　　　　　　—272

392. 沈　奇　　　在遊歷中超越——再論張默兼評其旅行詩集《獨釣空濛》　海南

---

[21]本文探討張默多首旅行詩於各時期的詩作風格及技巧。全文共 5 小節：1.前言：拎著家去旅行；2.
　抽象的山海；3.尋找自我縱橫的定點；4.願意上鉤的風景；5.結語：刻刻移近自己的旅程。
[22]本文探討張默實際行動、詩作概念及其個人特質。全文共 6 小節：1.摘要；2.引言；3.實質行動、鮮
　明的當下、身體感；4.無家／家、手印／腳印的同一化；5.不確定、立體化視域、行動詩；6.結語。

師範大學學報　第 22 卷第 5 期　2009 年　頁 94—98

393. 沈　奇　在遊歷中超越——再論張默兼評其旅行詩集《獨釣空濛》　華文
　　　文學　2015 年第 1 期　2015 年 2 月　頁 44—48

394. 李瑞騰　張默編詩之研究——以小詩為例[23]　第二屆當代詩學論壇暨張默作
　　　品研討會　澳門　澳門中國比較文學學會主辦　2008 年 5 月 4—7
　　　日

395. 李瑞騰　張默編詩略述——以小詩為例　臺灣詩學吹鼓吹詩論壇　第 8 期
　　　2009 年 3 月　頁 118—124

396. 李瑞騰　張默編詩略述——以小詩為例　張默詩歌的創新意識　北京　中
　　　國文史出版社　2009 年 4 月　頁 16—25

397. 俞兆平　現代視野中《創世紀》前行代詩人之詩學觀〔張默部分〕　第二
　　　屆當代詩學論壇暨張默作品研討會　澳門　澳門中國比較文學學
　　　會主辦　2008 年 5 月 4—7 日

398. 俞兆平　現代性視野中《創世紀》前行詩人之詩學觀〔張默部分〕[24]　張默詩
　　　歌的創新意識　北京　中國文史出版社　2009 年 4 月　頁 90—107

399. 孫玉石　張默詩歌的學術意義　第二屆當代詩學論壇暨張默作品研討會
　　　澳門　澳門中國比較文學學會主辦　2008 年 5 月 4—7 日

400. 孫基林　張默和他同時代詩人　第二屆當代詩學論壇暨張默作品研討會
　　　澳門　澳門中國比較文學學會主辦　2008 年 5 月 4—7 日

401. 梁笑梅　張默的詩歌作品　第二屆當代詩學論壇暨張默作品研討會　澳門
　　　澳門中國比較文學學會主辦　2008 年 5 月 4—7 日

402. 楊振林　自然的回歸——張默的詩及漢語新詩學的思考　第二屆當代詩學
　　　論壇暨張默作品研討會　澳門　澳門中國比較文學學會主辦
　　　2008 年 5 月 4—7 日

403. 楊劍龍　論張默詩歌精神　第二屆當代詩學論壇暨張默作品研討會　澳門

---

[23] 本文後改篇名為〈張默編詩略述——以小詩為例〉。
[24] 本文為探討及分析「創世紀」詩社中重要人物：洛夫、瘂弦、張默詩作及風格對現代詩所造成的
　　影響和實現。全文共 3 小節：1.以詩性抗衡物性；2.以超越提升生存；3.以語言敞明存在。

澳門中國比較文學學會主辦　2008 年 5 月 4—7 日

404. 劉登翰　《創世紀》・張默・中國的新詩譜系　第二屆當代詩學論壇暨張默作品研討會　澳門　澳門中國比較文學學會主辦　2008 年 5 月 4 —7 日

405. 蔣登科　論張默的作品　第二屆當代詩學論壇暨張默作品研討會　澳門　澳門中國比較文學學會主辦　2008 年 5 月 4—7 日

406. 彭瑞金　戰後高雄市文學的融合、衝突與蛻變——國民政府遷臺後的高雄新移民作家〔張默部分〕　高雄市文學史——現代篇　高雄　高雄市立圖書館　2008 年 5 月　頁 135—136

407. 龍彼德　永遠遨游在蒼翠裡——論張默的詩歌藝術[25]　當代詩壇　第 49、50 期合刊　2008 年 5 月　頁 79—89

408. 龍彼德　永遠遨遊在蒼翠裡——論張默的詩歌藝術　張默詩歌的創新意識　北京　中國文史出版社　2009 年 4 月　頁 28—48

409. 北　塔　靈魂自鏡中步出——讀張默的詠物詩　當代詩壇　第 49、50 期合刊　2008 年 5 月　頁 97—100

410. 北　塔　靈魂自鏡中步出——讀張默的詠物詩　張默詩歌的創新意識　北京　中國文史出版社　2009 年 4 月　頁 253—259

411. 朱先樹　生命的瞬間與永恆——讀張默的詩　當代詩壇　第 49、50 期合刊　2008 年 5 月　頁 112—113

412. 朱先樹　生命的瞬間與永恆——談張默的詩　張默詩歌的創新意識　北京　中國文史出版社　2009 年 4 月　頁 178—181

413. 王　珂　現代詩人的「新民族詩型」——論張默的小詩創作對新詩詩體建設的意義　當代詩壇　第 49、50 期合刊　2008 年 5 月　頁 124—133

414. 王　珂　現代詩人的「新民族詩型」——論張默的小詩創作對新詩詩體建

---

[25]本文整理及分析張默詩作中的用字遣詞。

設的意義[26]　張默詩歌的創新意識　北京　中國文史出版社　2009
年4月　頁182—202

415. 馮亦同　在命運的鞦韆上——一個南京友人讀張默的詩　當代詩壇　第
49、50期合刊　2008年5月　頁146—149

416. 馮亦同　在命運的鞦韆上——一個南京友人讀張默的詩　張默詩歌的創新
意識　北京　中國文史出版社　2009年4月　頁124—131

417. 張武進，鄒建軍　鄉土意識與田園世界——張默詩歌的空間解讀[27]　當代詩
壇　第49、50期合刊　2008年5月　頁176—181

418. 張武進，鄒建軍　鄉土意識與田園世界——張默詩歌的空間解讀　張默詩
歌的創新意識　北京　中國文史出版社　2009年4月　頁242—
252

419. 陳仲義　真淳溢袖珍，朗健走方寸——張默小詩探析[28]　當代詩壇　第
49、50期合刊　2008年5月　頁198—208

420. 陳仲義　真淳溢袖珍・朗健走方寸——張默小詩探析　張默詩歌的創新意
識　北京　中國文史出版社　2009年4月　頁203—220

421. 丁威仁　都市書寫的趨向（上）：九〇年代臺灣現代詩都市主題的多向變奏
〔張默部分〕　戰後臺灣現代詩論　臺中　印書小舖　2008年9
月　頁192—237

422. 張菊玲　震撼一個「老南京人」的生命律動——讀張默詩歌隨想　創世紀
第156期　2008年9月　頁192—196

423.〔丁旭輝〕　解說　張默集　臺南　國立臺灣文學館　2008年12月　頁
115—130

424. 朱壽桐　由圓通的意象世界作詩性的折返——《張默詩歌的創新意識》序[29]
張默詩歌的創新意識　北京　中國文史出版社　2009年4月　頁

---

[26]本文評析張默詩作中的意象、形式結構、用字方式。
[27]本文分析張默於詩作中投射的懷鄉情緒。全文共4小節：1.引論；2.解構古典詩句：重構鄉土空
間；3.結構農家意象：建構田園空間；4.空間的主體性和同質性：漂泊者的精神烏托邦。
[28]本文探討張默小詩及評析作家想法和風格。
[29]本文評析張默個人行事及其作品風格。

1—18

425. 屠　岸　　張默詩歌的創新意識　張默詩歌的創新意識　北京　中國文史出版社　2009 年 4 月　頁 1—4

426. 楊四平　　張默——現代中國的浪漫主義歌者　張默詩歌的創新意識　北京　中國文史出版社　2009 年 4 月　頁 136—143

427. 蔣登科　　「洗淨歸人隱匿心壁深處的蒼苔」——張默旅遊詩臆讀[30]　張默詩歌的創新意識　北京　中國文史出版社　2009 年 4 月　頁 221—241

428. 蔣登科　　「洗淨歸人隱匿心壁深處的蒼苔」——張默旅遊詩臆讀　臺灣詩學學刊　第 17 期　2011 年 7 月　頁 133—151

429. 丁旭輝　　默然長鳴：傾聽張默詩中的聲音[31]　現代詩的風景與路徑　高雄　春暉出版社　2009 年 7 月　頁 155—173

430. 洪子誠，劉登翰　　現代主義詩潮及詩人——「創世紀」詩人群〔張默部分〕　中國當代新詩史　北京　北京大學出版社　2010 年 5 月　頁 402—404

431. 林明理　　高曠清逸的詩境——張默　全國新書資訊月刊　第 140 期　2010 年 8 月　頁 39—42

432. 史　言　　論張默詩的男性形象與父神原型　張默八十壽慶學術研討會　彰化　明道大學主辦；明道大學中文系暨通識教育中心承辦　2010 年 10 月 1 日

433. 史　言　　論張默詩的男性形象與父神原型[32]　生命意象的霍霍湧動——張默新詩論評集　臺北　萬卷樓圖書公司　2011 年 5 月　頁 281—341

---

[30]本文透過對張默旅遊詩的解讀，探索詩人在詩藝索求與心路歷程。全文共 4 小節：1.超越分期的旅遊詩；2.游走中有文化亦有生命；3.「在路上」的歸來者；4.幾句題外話。

[31]本文探討張默詩作與其生命歷程的關聯。全文共 6 小節：1.從海洋出發；2.自己的聲音；3.詩壇素描手；4.小詩的提倡；5.詩學的宏圖；6.土地的過往與當下。

[32]本文以男性形象為焦點，討論「天父」、「地父」二者在張默詩中的原型顯現。全文共 6 小節：1.引言；2.關於張默的「以人名入詩」；3.從「坎伯疑問」到「父親意象」；4.張默筆下的「天父」形象：作為創世紀／滅世父神的宇宙之父；5.張默筆下的「地父」形象：作為撫養者的生育之父；6.結語。

434. 史　言　　論張默詩的男性形象與父神原型　臺灣詩學學刊　第 17 期　2011
　　　　　　　　年 7 月　頁 153—200

435. 余境熹　　欲回天地與永憶江湖：張默詩歌主題研究　張默八十壽慶學術研
　　　　　　　　討會　彰化　明道大學主辦；明道大學中文系暨通識教育中心承
　　　　　　　　辦　2010 年 10 月 1 日

436. 余境熹　　張默《創世紀》（Genesis）——「聖經」反照中的「臺灣詩帖」
　　　　　　　　「誤讀」詩學系列之五[33]　生命意象的霍霍湧動——張默新詩論評
　　　　　　　　集　臺北　萬卷樓圖書公司　2011 年 5 月　頁 245—279

437. 徐偉志　　以巴什拉的詩學理論分析張默的旅遊詩　張默八十壽慶學術研討
　　　　　　　　會　彰化　明道大學主辦；明道大學中文系暨通識教育中心承辦
　　　　　　　　2010 年 10 月 1 日

438. 徐偉志　　張默以「縱」、「橫」看人生——從巴什拉四元素詩學中水的意象
　　　　　　　　說起[34]　生命意象的霍霍湧動——張默新詩論評集　臺北　萬卷樓
　　　　　　　　圖書公司　2011 年 5 月　頁 343—374

439. 陳韻琦　　旅遊與美學的書寫——張默旅遊詩論述　張默八十壽慶學術研討
　　　　　　　　會　彰化　明道大學主辦；明道大學中文系暨通識教育中心承辦
　　　　　　　　2010 年 10 月 1 日

440. 陳韻琦　　旅遊與美學的書寫——張默旅遊詩論述[35]　生命意象的霍霍湧動—
　　　　　　　　—張默新詩論評集　臺北　萬卷樓圖書公司　2011 年 5 月　頁 77
　　　　　　　　—112

441. 解昆樺　　想像現代藝術的共同體：張默現代繪畫配詩的互文性研究　張默
　　　　　　　　八十壽慶學術研討會　彰化　明道大學主辦；明道大學中文系暨

---

[33] 本文從張默的「先見」為開端重新閱讀其詩作，給予新穎的詮釋。全文共 3 小節：1.引信；2.
「臺灣詩帖」與「聖經」；3.結語。

[34] 本文以巴什拉四元素詩學為基礎，探討張默詩歌對生命中水的想像與思考。全文共 5 小節：1.引
言；2.張默看人生與巴什拉水的詩學論；3.一道道橫的海浪的沉思；4.從縱向觀照生命的軌跡；5.
結語。

[35] 本文剖析張默旅遊詩的美學特質，歸納知性與感性相互融合的呈現。全文共 3 小節：1.前言；2.
張默旅遊詩與美學的交融；3.結論。

通識教育中心承辦　2010 年 10 月 1 日

442. 陳政彥　打造現代詩的期待視野——張默詩選、詩論研究　張默八十壽慶
學術研討會　彰化　明道大學主辦；明道大學中文系暨通識教育
中心承辦　2010 年 10 月 1 日

443. 陳政彥　打造現代詩的期待視野——張默詩論、詩選研究[36]　生命意象的霍
霍湧動——張默新詩論評集　臺北　萬卷樓圖書公司　2011 年 5
月　頁 407—437

444. 陳政彥　打造現代詩的期待視野——張默詩論、詩選研究　臺灣詩學學刊
第 17 期　2011 年 7 月　頁 201—224

445. 陳啟佑　論張默新詩節奏　張默八十壽慶學術研討會　彰化　明道大學主
辦；明道大學中文系暨通識教育中心承辦　2010 年 10 月 1 日
〔26〕頁

446. 陳啟佑　論張默新詩節奏[37]　生命意象的霍霍湧動——張默新詩論評集　臺
北　萬卷樓圖書公司　2011 年 5 月　頁 1—27

447. 孫基林　一種時間、空間視界中的當代詩學——以張默詩歌為例　中國海
洋大學學報　2010 年第 5 期　2010 年　頁 95—98

448. 林明理　高曠清逸的詩境——張默　藝術與自然的融合——當代詩文評論
集　臺北　文史哲出版社　2011 年 5 月　頁 105—110

449. 落　蒂　野渡無人舟自橫——張默論　靜觀詩海拍天落　臺北　文史哲出
版社　2012 年 9 月　頁 281—301

450. 楊顯榮〔落蒂〕　野渡無人舟自橫——張默論　文學人　第 24 期　2013 年
5 月　頁 50—59

451. 陳政彥　現代詩運動成熟期（1959—1964）——詩人群像——張默　跨越
時代的青春之歌——五、六〇年代臺灣現代詩運動　臺南　國立

---

[36]本文整理張默的詩學主張，檢視作家如何透過詩選實踐其詩學理念。全文共 4 小結：1.前言；2.
張默詩選行動之考察；3.張默詩學體系析論；4.結語。

[37]本文總論張默新詩之節奏及其成因。全文共 5 小節：1.口語；2.修辭技巧；3.視覺美及視覺節奏；
4.押韻；5.結語。

臺灣文學館　2012 年 10 月　頁 159—163

452. 白　楊　臺灣現代派作家的創作（一）——張默——「為永恆服役」的詩
人　臺港澳文學教程新編　上海　復旦大學出版社　2013 年 1 月
頁 59—60

453. 向　陽　臺灣現代詩壇的「行動派」——張默與年度詩選　文訊雜誌　第
328 期　2013 年 2 月　頁 12—16

454. 向　陽　臺灣現代詩壇的「行動派」——張默與年度詩選　寫字年代——
臺灣作家手稿故事　臺北　九歌出版社　2013 年 7 月　頁 235—
246

455. 葉維廉　臺灣五十年代末到七十年代初兩種文化錯位的現代詩——雙重的
文化錯位：五六十年代的臺灣〔張默部分〕　中國詩學臺北　臺
大出版中心　2014 年 1 月　頁 314—332

456. 陳素英　創世紀詩的美學天涯——以三位創辦人為例〔張默部分〕　藝文
論壇　第 10 期　2014 年 6 月　頁 158—169

457. 姜耕玉　原創力之於《創世紀》「三駕馬車」〔張默部分〕　創世紀 60 社慶
論文集　臺北　萬卷樓圖書公司　2014 年 10 月　頁 131—150

458. 陳仲義　張默小詩的藝術特色兼及詩人天性與文體規約的矛盾衝突　南京
理工大學學報　第 27 卷第 6 期　2014 年 11 月　頁 1—7

459. 馬　森　臺灣的現代詩〔張默部分〕　世界華文新文學史——中國現代文
學的兩度西潮（下編）・分流後的再生：第二度西潮與現代／後現
代主義　臺北　印刻文學生活雜誌出版公司　2015 年 2 月　頁
933—934

分論

◆單行本作品

論述

《現代詩的投影》

460. 方方〔陳芳明〕　關於張默《現代詩的投影》　笠　第 29 期　1969 年 2 月

頁 53—56

461. 陳芳明　　關於張默《現代詩的投影》　鏡子與影子：現代詩評論　臺北
　　　　　　　志文出版社　1974 年 3 月　頁 193—200

《飛騰的象徵》

462. 陳義芝　　這是詩的批評時代——張默《飛騰的象徵》讀後　中華日報
　　　　　　　1977 年 1 月 14 日　11 版

《無塵的鏡子》

463. 向　明　　臨鏡淺見——張默新著《無塵的鏡子》讀後　臺灣日報　1981 年
　　　　　　　10 月 13 日　8 版

464. 應鳳凰　　看盡洛城花——為東大圖書加油〔《無塵的鏡子》部分〕　臺灣
　　　　　　　時報　1981 年 10 月 21 日　12 版

465. 畢　加　　張默和他《無塵的鏡子》　臺灣時報　1982 年 8 月 26 日　12 版

《臺灣現代詩概觀》

466. 張　默　　關於《臺灣現代詩概觀》　爾雅人　第 100 期　1997 年 6 月　1 版

467. 古遠清　　作為個人聲音的詩評——讀張默的《臺灣現代詩概觀》[38]　臺灣新
　　　　　　　聞報　1997 年 7 月 16 日　13 版

468. 古遠清　　《臺灣現代詩概觀》　海外來風　南京　東南大學出版社　2004
　　　　　　　年 8 月　頁 6—10

《夢從樺樹上跌下來：詩壇鈎沉筆記》

469. 李瑞騰　　生活的趣味，歷史的視野　聯合報　1998 年 7 月 20 日　41 版

《臺灣現代詩筆記》

470. 張騰蛟　　簡介《臺灣現代詩筆記》　國語日報　2004 年 1 月 18 日　5 版

471. 侯延卿　　《臺灣現代詩筆記》　中央日報　2004 年 2 月 7 日　17 版

472. 古遠清　　穿越在史料與評論之間——讀張默《臺灣現代詩筆記》　文訊雜
　　　　　　　誌　第 224 期　2004 年 6 月　頁 14—15

473. 白　靈　　為詩史開路　在閱讀與書寫之間：評好書 300 種　臺北　三民書

---

[38] 本文後改篇名為〈《臺灣現代詩概觀》〉。

局　2005 年 2 月　頁 260

474. 龍彼德　誦明月之詩，歌窈窕之章——評《臺灣現代詩筆記》　創世紀第 141、142 期合刊　2005 年 3 月　頁 159—164

詩

《紫的邊陲》

475. 李英豪　從〈拜波之塔〉到〈沉層〉——張默的詩　紫的邊陲　臺北　創世紀詩社　1964 年 10 月　頁 2—8

476. 李英豪　從〈拜波之塔〉到〈沉層〉——論張默的詩　批評的視覺　臺北文星書店　1966 年 1 月　頁 165—177

477. 李英豪　從〈拜波之塔〉到〈沉層〉　張默自選集　臺北　黎明文化公司1978 年 3 月　頁 241—253

478. 李英豪　從〈拜波之塔〉到〈沉層〉——論張默詩集《紫的邊陲》　詩痴的刻痕：張默詩作評論集　臺北　文史哲出版社　1994 年 9 月頁 133—144

479. 柳文哲〔趙天儀〕　詩壇散步——《紫的邊陲》　笠　第 4 期　1964 年 12月　頁 27—28

480. 趙天儀　詩壇散步——《評介《紫的邊陲》　裸體的國王　臺北　香草山出版公司　1976 年 6 月　頁 102—103

481. 瘂　弦　《紫的邊陲》　新文藝　第 113 期　1965 年 8 月　頁 43—45

482. 瘂　弦　關於《紫的邊陲》　心靈札記　臺中　藍燈文化出版公司　1980年 4 月　頁 39—44

483. 于還素　讀詩的新方法——評張默詩集《紫的邊陲》　詩痴的刻痕：張默詩作評論集　臺北　文史哲出版社　1994 年 9 月　頁 145—149

484. 許定銘　從聞捷到張默——《紫的邊錘》無處不在　詩網絡〔香港〕　第17 期　2004 年 10 月　頁 56—59

《上昇的風景》

485.〔編輯部〕　關於本書　上昇的風景　臺北　巨人出版社　1970 年 10 月

〔2〕頁

《無調之歌》

486. 陳義芝　《無調之歌》論張默[39]　創世紀　第 44 期　1976 年 9 月　頁 50—
54

487. 陳義芝　從時間巨齒的隙縫中跨出來——論張默詩集《無調之歌》　青衫
高雄　德馨室出版社　1978 年 8 月　頁 66—80

488. 陳義芝　從時間巨齒的隙縫中跨出來——論張默詩集《無調之歌》　現代
詩導讀（批評篇）　臺北　故鄉出版社　1979 年 11 月　頁 315—
327

489. 陳義芝　從時間巨齒的隙縫中跨出來——論張默詩集《無調之歌》　詩痴
的刻痕：張默詩作評論集　臺北　文史哲出版社　1994 年 9 月
頁 149—161

490. 劉　菲　論《無調之歌》[40]　創世紀　第 44 期　1976 年 9 月　頁 55—62

491. 劉　菲　論《無調之歌》　詩心詩鏡　臺北　傳燈出版社　1989 年 6 月
頁 112—137

492. 劉　菲　在歷史的跳板上——論《無調之歌》詩集　詩痴的刻痕：張默詩
作評論集　臺北　文史哲出版社　1994 年 9 月　頁 163—184

《張默自選集》

493. 辛　鬱　讀《張默自選集》　民族晚報　1979 年 4 月 8 日　12 版

494. 辛　鬱　讀《張默自選集》　詩痴的刻痕：張默詩作評論集　臺北　文史
哲出版社　1994 年 9 月　頁 193—194

《陋室賦》

495. 蕭　蕭　深情不掩，陋室可賦——論張默的《陋室賦》　愛書人　第 140
期　1980 年 4 月　3 版

496. 蕭　蕭　深藏不露，陋室可賦——小論張默的《陋室賦》　民眾日報

---

[39]本文後改篇名為〈從時間巨齒的隙縫中跨出來——論張默詩集《無調之歌》〉。
[40]本文後改篇名為〈在歷史的跳板上——論《無調之歌》詩集〉。

1982 年 7 月 18 日　12 版

497. 蕭　蕭　深情不掩，陋室可賦　現代詩縱橫觀　臺北　文史哲出版社
1991 年 6 月　頁 181—187

498. 蕭　蕭　深情不掩，陋室可賦　詩癡的刻痕：張默詩作評論集　臺北　文
史哲出版社　1994 年 9 月　頁 185—192

499. 劉　菲　靜觀張默的回歸——張著《陋室賦》讀後感　創世紀　第 53 期
1980 年 9 月　頁 67—70

500. 劉　菲　靜觀張默的回歸　詩心詩鏡　臺北　傳燈出版社　1989 年 6 月
頁 138—147

501. 徐望雲　生活詩人——致張默　臺灣日報　1982 年 7 月 28 日　8 版

《愛詩——張默詩選》

502. 陳義芝　銅琶鐵板——評張默《愛詩》　聯合文學　第 52 期　1989 年 2 月
頁 195—196

503. 陳義芝　銅琶銅板——評張默詩集《愛詩》　詩癡的刻痕：張默詩作評論
集　臺北　文史哲出版社　1994 年 9 月　頁 199—200

504. 阿　紅　詩路夜記　青海湖　1990 年第 1 期　1990 年 1 月　頁 76—78

505. 王林書　鄉愁、詩化的張默——讀《愛詩》　臺港與海外華文文學評論和
研究　1991 年第 1 期　1991 年 4 月　頁 20—21

《光陰‧梯子》

506. 蕭　蕭　他鄉與家鄉——我讀張默的《光陰‧梯子》　中央日報　1990 年
2 月 27 日　18 版

507. 蕭　蕭　他鄉與家鄉——序張默詩集《光陰‧梯子》　光陰‧梯子　臺北
尚書文化出版社　1990 年 6 月　頁 5—13

508. 蕭　蕭　他鄉與家鄉——讀張默詩集《光陰‧梯子》　現代詩廊廡　彰化
彰化縣立文化中心　1993 年 6 月　頁 24—30

509. 蕭　蕭　他鄉與家鄉——讀張默詩集《光陰‧梯子》　詩癡的刻痕：張默
詩作評論集　臺北　文史哲出版社　1994 年 9 月　頁 211—218

510. 蕭　　蕭　　他鄉與家鄉——讀張默詩集《光陰‧梯子》　狂飲時間的星粒——
　　　　　　　　　—臺灣著名詩人張默評論集　北京　作家出版社　2007 年 12 月
　　　　　　　　　頁 213—218

《落葉滿階》

511. 李元洛　　繁英在樹——讀臺灣詩人張默《落葉滿階》　理論與創作　1994
　　　　　　　　　年第 4 期　1994 年 4 月　頁 64—66，63

512. 李元洛　　繁英在樹——讀臺灣詩人張默《落葉滿階》　創世紀　第 100 期
　　　　　　　　　1994 年 9 月　頁 228—231

513. 李元洛　　繁英在樹——讀張默詩集《落葉滿階》　詩痴的刻痕：張默詩作
　　　　　　　　　評論集　臺北　文史哲出版社　1994 年 9 月　頁 219—226

514. 李元洛　　繁英在樹——讀張默詩集《落葉滿階》　狂飲時間的星粒——臺
　　　　　　　　　灣著名詩人張默評論集　北京　作家出版社　2007 年 12 月　頁
　　　　　　　　　219—225

515. 王常新　　《落葉滿階》詩藝管窺　青年日報　1995 年 11 月 3 日　15 版

516. 章亞昕　　張默的神韻——從《落葉滿階》談起　中華日報　1996 年 6 月 29
　　　　　　　　　日　14 版

517. 吳　　當　　生命的觸發——試析張默《落葉滿階》　新詩的智慧　臺北　爾
　　　　　　　　　雅出版社　1997 年 2 月　頁 69—70

《遠近高低——張默手抄詩集》

518. 林積萍　　張默出版手抄詩集《遠近高低》　文訊雜誌　第 153 期　1998 年
　　　　　　　　　7 月　頁 55

519. 沈　　奇　　認領與再生——從張默手抄本詩集《遠近高低》出版說起　臺灣
　　　　　　　　　新聞報　1998 年 9 月 1 日　13 版

520. 沈　　奇　　認領與再生——從張默手抄本詩集《遠近高低》出版說起　拒絕
　　　　　　　　　與再造：兩岸現代漢詩論評　臺北　三民書局　2001 年 2 月　頁
　　　　　　　　　179—184

521. 沈　　奇　　認領與再生——從張默手抄本《遠近高低》出版說起　沈奇詩學

論集 3　北京　中國社會科學出版社　2005 年 8 月　頁 95—99

522. 吳開晉　燦秋詩語——讀張默手抄體詩集《遠近高低》　詩潮　1999 年第 3、4 期合刊　1999 年 8 月　頁 40

《張默·世紀詩選》

523. 李瑞騰　序[41]　張默·世紀詩選　臺北　爾雅出版社　2000 年 4 月　頁 6—20

524. 李瑞騰　《張默·世紀詩選》序　臺灣詩學季刊　第 31 期　2000 年 6 月　頁 190—197

525. 李瑞騰　由《世紀詩選》論張默的詩　沿波討源，雖幽必顯——認識臺灣作家的十二堂課　桃園　中央大學　2005 年 8 月　頁 83—101

526. 李瑞騰　由《世紀詩選》論張默的詩　狂飲時間的星粒——臺灣著名詩人張默評論集　北京　作家出版社　2007 年 12 月　頁 226—236

527. 吳　當　熱情的生命，細緻的情思　臺灣詩學季刊　第 32 期　2000 年 9 月　頁 134—137

528. 吳　當　熱情的生命，細緻的情思——讀張默《世紀詩選》　明道文藝　第 294 期　2000 年 9 月　頁 24—27

529. 吳　當　熱情的生命，細緻的情思——讀《張默·世紀詩選》　兩棵詩樹　臺北　爾雅出版社　2001 年 12 月　頁 57—65

530. 落　蒂　詩壇的老師傅——從《張默·世紀詩選》為詩人做歷史定位　兩棵詩樹　臺北　爾雅出版社　2001 年 12 月　頁 37—41

531. 落　蒂　詩壇的老師傅——從《張默·世紀詩選》為詩人做歷史定位　臺灣詩學季刊　第 38 期　2002 年 3 月　頁 57—60

《獨釣空濛》

532. 林德俊　每一天都是旅途——評《獨釣空濛》　聯合報　2007 年 7 月 8 日 E5 版

533. 林德俊　每一天都是旅途——評《獨釣空濛》　狂飲時間的星粒——臺灣著名詩人張默評論集　北京　作家出版社　2007 年 12 月　頁 274

---

[41]本文後改篇名為〈由《世紀詩選》論張默的詩〉。

—275

534. 向　陽　　融時空於一心——導讀「臺灣詩帖」[42]　獨釣空濛　臺北　九歌出版社　2007 年 7 月　頁 103—108

535. 須文蔚　　從憂國懷鄉到超時空漫遊——導讀「大陸詩帖」　獨釣空濛　臺北　九歌出版社　2007 年 7 月　頁 229—233

536. 蕭　蕭　　燦亮的心靈，明亮的調子——導讀「海外詩帖」　獨釣空濛　臺北　九歌出版社　2007 年 7 月　頁 357—360

537. 辛　鬱　　破格局，開新境——談張默《獨釣空濛》旅遊詩集　文訊雜誌　第 262 期　2007 年 8 月　頁 90—91

538. 林于弘　　異域書寫的匯集與離散——以張默與孟樊的旅遊詩集為例　籠天地於形內，化山水於筆端——記遊文學學術研討會　基隆　經國管理暨健康管理學院通識教育中心，臺灣徐霞客研究會籌備處主辦　2008 年 5 月 22—23 日

539. 林于弘　　異域書寫的匯聚和與離散——以張默與孟樊的旅遊詩集為例　臺北教育大學語文集刊　第 14 期　2008 年 7 月　頁 57—87

540. 林于弘　　故鄉？他鄉？——張默與孟樊旅遊詩集的中國印象書寫　當代詩學　第 4 期　2008 年 12 月　頁 105—133

541. 王劍叢　　審美客體的詩化——論張默的《獨釣空濛》　和而不同　南寧　廣西人民出版社　2008 年 10 月　頁 541—545

542. 梁笑梅　　完整・鏈接・重構——以張默《獨釣空濛》為中心動態考察「文本完成時間」　張默詩歌的創新意識　北京　中國文史出版社　2009 年 4 月　頁 273—286

543. 陳素英　　論詩的「動」與「感」——以張默《獨釣空濛》為例　張默八十壽慶學術研討會　彰化　明道大學主辦；明道大學中文系暨通識教育中心承辦　2010 年 10 月 1 日

544. 陳素英　　論詩的「動」與「感」——以張默《獨釣空濛》為例　生命意象

---

[42] 《獨釣空濛》一書共 3 卷：1.「臺灣詩帖」；2.「大陸詩帖」；3.「海外詩帖」。

的霍霍湧動——張默新詩論評集　臺北　萬卷樓圖書公司　2011
年 5 月　頁 29—75

545. 劉益州　　表述的視角：張默《獨釣空濛》中「物我」視角的開展　張默八
十壽慶學術研討會　彰化　明道大學主辦；明道大學中文系暨通
識教育中心承辦　2010 年 10 月 1 日

546. 劉益州　　表述的視角——張默《獨釣空濛》中「物我」視角的開展　生命
意象的霍霍湧動——張默新詩論評集　臺北　萬卷樓圖書公司
2011 年 5 月　頁 149—177

547. 劉益州　　表述的視角：張默旅遊詩中「物我」視角的開展——以《獨釣空
濛》為討論中心　意識的現形：新詩中的現象學　臺北　秀威資
訊科技公司　2013 年 9 月　頁 273—305

《張默詩選》

548. 孫玉石　　讀《張默詩選》片思　當代詩壇　第 49、50 期合刊　2008 年 5 月
頁 75—78

549. 孫玉石　　讀《張默詩選》片思　張默詩歌的創新意識　北京　中國文史出
版社　2009 年 4 月　頁 5—11

550. 陸耀東　　讀《張默詩選》　當代詩壇　第 49、50 期合刊　2008 年 5 月　頁
90—91

551. 陸耀東　　讀《張默詩選》　張默詩歌的創新意識　北京　中國文史出版社
2009 年 4 月　頁 12—15

552. 陳國恩　　從狂野到澄明的詩路——評《張默詩選》　當代詩壇　第 49、50
期合刊　2008 年 5 月　頁 92—96

553. 陳國恩　　《張默詩選》：從狂野回歸澄明　華文文學　2008 年第 2 期　2008
年　頁 89—92

554. 陳國恩　　從狂野到澄明的詩路——評《張默詩選》　張默詩歌的創新意識
北京　中國文史出版社　2009 年 4 月　頁 307—315

555. 程光煒　　另一種境界和另一種詩歌——讀《張默詩選》　當代詩壇　第

49、50 期合刊　2008 年 5 月　頁 101

556. 程光煒　另一種境界和另一種詩歌——讀《張默詩選》　張默詩歌的創新
　　　意識　北京　中國文史出版社　2009 年 4 月　頁 144—146

557. 石天河　人生默味與無奈的鄉情——《張默詩選》評介　當代詩壇　第
　　　49、50 期合刊　2008 年 5 月　頁 104—111

558. 石天河　人生默味與無奈的鄉情——《張默詩選》評價　張默詩歌的創新
　　　意識　北京　中國文史出版社　2009 年 4 月　頁 163—177

559. 徐潤潤　通天巨筆賦華章——讀《張默詩選》　當代詩壇　第 49、50 期合
　　　刊　2008 年 5 月　頁 118—123

560. 徐潤潤　通天巨筆賦華章——讀《張默詩選》　張默詩歌的創新意識　北
　　　京　中國文史出版社　2009 年 4 月　頁 337—349

561. 楊劍龍　現實與夢想・抽象與具象——讀《張默詩選》　當代詩壇　第
　　　49、50 期合刊　2008 年 5 月　頁 134—138

562. 楊劍龍　現實與夢想・抽象與具象——讀《張默詩選》　張默詩歌的創新
　　　意識　北京　中國文史出版社　2009 年 4 月　頁 298—306

563. 章亞昕　以意象鑄冶生命的歌者——閱讀《張默詩選》　當代詩壇　第
　　　49、50 期合刊　2008 年 5 月　頁 139—142

564. 章亞昕　以意象鑄冶生命的歌者——閱讀《張默詩選》　張默詩歌的創新
　　　意識　北京　中國文史出版社　2009 年 4 月　頁 325—331

565. 譚桂林　永是童年的鄉心——讀《張默詩選》　當代詩壇　第 49、50 期合
　　　刊　2008 年 5 月　頁 143—145

566. 譚桂林　永是童年的鄉心——讀《張默詩選》　張默詩歌的創新意識　北
　　　京　中國文史出版社　2009 年 4 月　頁 332—336

567. 江少川　追風戲浪五十年——讀《張默詩選》　當代詩壇　第 49、50 期合
　　　刊　2008 年 5 月　頁 155—160

568. 江少川　追風戲浪五十年——讀《張默詩選》　張默詩歌的創新意識　北
　　　京　中國文史出版社　2009 年 4 月　頁 350—361

569. 葉　櫓　　　走向澄澈的生命過程——讀《張默詩選》的感受　當代詩壇　第
　　　　　　　　49、50 期合刊　2008 年 5 月　頁 161—169

570. 葉　櫓　　　走向澄澈的生命過程——讀《張默詩選》的感受　張默詩歌的創
　　　　　　　　新意識　北京　中國文史出版社　2009 年 4 月　頁 72—89

571. 李　霞　　　張默的詩籤　當代詩壇　第 49、50 期合刊　2008 年 5 月　頁 173
　　　　　　　　—175

572. 李　霞　　　張默的詩籤　張默詩歌的創新意識　北京　中國文史出版社
　　　　　　　　2009 年 4 月　頁 132—135

573. 王劍叢　　　層層脫落後的真情流露——評《張默詩選》　當代詩壇　第 49、
　　　　　　　　50 期合刊　2008 年 5 月　頁 182—184

574. 王劍叢　　　層層脫落後的真情流露——評《張默詩選》　張默詩歌的創新意
　　　　　　　　識　北京　中國文史出版社　2009 年 4 月　頁 147—151

575. 顧子欣　　　閃光的珠貝，紛飛的蝴蝶——讀《張默詩選》之一得　當代詩壇
　　　　　　　　第 49、50 期合刊　2008 年 5 月　頁 185—186

576. 唐德亮　　　多維多彩的詩歌藝術文本——讀《張默詩選》　當代詩壇　第
　　　　　　　　49、50 期合刊　2008 年 5 月　頁 195—197

577. 姜　建　　　永遠的歌者——讀《張默詩選》　張默詩歌的創新意識　北京
　　　　　　　　中國文史出版社　2009 年 4 月　頁 316—324

578. 姜　建　　　永遠的歌者——《張默詩選》閱讀札記　閩江學刊　2009 年第 1
　　　　　　　　期　2009 年 6 月　頁 122—125

《張默小詩帖（1954—2010）》

579. 廖咸浩　　　時間就寢，小詩復活——讀《張默小詩帖》　張默小詩帖　臺北
　　　　　　　　唐山出版社　2010 年 5 月　頁 1—12

580. 廖咸浩　　　時間就寢，小詩復活——讀張默《張默小詩帖》　文訊雜誌　第
　　　　　　　　296 期　2010 年 6 月　頁 20—23

581. 陳義芝　　　毫芒雕刻的焠鍊——讀《張默小詩帖》　張默小詩帖　臺北　唐
　　　　　　　　山出版社　2010 年 5 月　頁 13—16

582. 李翠瑛　　晶瑩剔透的美學——論張默詩中的意態的隱喻　張默八十壽慶學
　　　　　　　　術研討會　彰化　明道大學主辦；明道大學中文系暨通識教育中
　　　　　　　　心承辦　2010 年 10 月 1 日

583. 李翠瑛　　晶瑩剔透的美學——以《張默小詩帖》為例論張默小詩意態之隱
　　　　　　　　喻　生命意象的霍霍湧動——張默新詩論評集　臺北　萬卷樓圖
　　　　　　　　書公司　2011 年 5 月　頁 113—148

584. 蕭水順　　現實思維後的空間詩學——論《張默小詩帖》裡的虛實對應與融
　　　　　　　　合　張默八十壽慶學術研討會　彰化　明道大學主辦；明道大學
　　　　　　　　中文系暨通識教育中心承辦　2010 年 10 月 1 日

585. 蕭水順　　現實思維後的空間詩學——論《張默小詩帖》的虛實對應與融攝
　　　　　　　　生命意象的霍霍湧動——張默新詩論評集　臺北　萬卷樓圖書公
　　　　　　　　司　2011 年 5 月　頁 215—244

586. 蕭水順　　現實思維後的空間詩學——論《張默小詩帖》的虛實對應與融攝
　　　　　　　　臺灣詩學學刊　第 17 期　2011 年 7 月　頁 225—249

587. 老　叟　　《張默小詩帖》　文學人　第 22 期　2010 年 12 月　頁 182

588. 康　杉　　中國式的詩歌寫作——《張默小詩帖》分析　創世紀　第 169 期
　　　　　　　　2011 年 12 月　頁 179—182

《戲仿現代名詩百帖》

589. 張　堃　　攀登戲仿詩的高峰——讀張默編著《戲仿現代名詩百帖》並略談
　　　　　　　　戲仿詩的創作　戲仿現代名詩百帖　臺北　九歌出版社　2014 年
　　　　　　　　10 月　頁 289—297

590. 魯　蛟　　詩的海埔新生地——讀張默新著《戲仿現代名詩百帖》　戲仿現
　　　　　　　　代名詩百帖　臺北　九歌出版社　2014 年 10 月　頁 13—16

591. 羅任玲　　挑戰之必要，妙趣之必要　戲仿現代名詩百帖　臺北　九歌出版
　　　　　　　　社　2014 年 10 月　頁 17—19

592. 孟　樊　　在旁邊唱歌——推薦書：張默詩集《戲仿現代名詩百帖》（九歌出
　　　　　　　　版）　聯合報　2014 年 12 月 6 日　D3 版

《水汪汪的晚霞》

593. 蕭　蕭　　張默，水汪汪的晚霞水汪汪的晨曦——序　水汪汪的晚霞　臺北
　　　　　　　印刻文學生活雜誌出版公司　2015 年 6 月　頁 3—12

594. 蕭　蕭　　張默，水汪汪的晚霞・水汪汪的晨曦　文訊雜誌　第 356 期
　　　　　　　2015 年 6 月　頁 32—35

595. 蕭　蕭　　張默，水汪汪的晚霞水汪汪的晨曦　創世紀　第 183 期　2015 年
　　　　　　　6 月　頁 100—102

散文

《雪泥與河燈》

596. 張拓蕪　　觸鼻的泥香（序之二）　雪泥與河燈　臺北　中華日報社　1980
　　　　　　　年 5 月　頁 7—8

597. 張拓蕪　　觸鼻的泥香——讀張默散文集《雪泥與河燈》　臺灣新聞報
　　　　　　　1980 年 7 月 3 日　12 版

598. 菩　提　　純鄉土的獨白（序之三）　雪泥與河燈　臺北　中華日報社
　　　　　　　1980 年 5 月　頁 9—12

599. 菩　提　　純鄉土的獨白——我看張默的《雪泥與河燈》　臺灣時報　1980
　　　　　　　年 6 月 17 日　12 版

600. 韻　茹　　濃郁的鄉息——讀張默：《雪泥與河燈》　臺灣日報　1980 年 6 月
　　　　　　　21 日　12 版

601. 洛　夫　　夾敘夾抒・亦詩亦文——讀張默散文集《雪泥與河燈》　中華日
　　　　　　　報　1980 年 7 月 10 日　10 版

602. 陳　煌　　雪泥中看河燈——淺評張默的《雪泥與河燈》　臺北一週　第 48
　　　　　　　期　1980 年 8 月 23 日　15 版

603. 高　岱　　詩人的散文　臺灣新聞報　1980 年 8 月 29 日　12 版

604. 大　荒　　帶我臥遊故土——讀張默《雪泥與河燈》　中國時報　1980 年 9
　　　　　　　月 9 日　11 版

605. 向　陽　　愛心的傳遞——讀張默著《雪泥與河燈》　中華日報　1980 年 10

月 13 日　10 版

606. 向　陽　　愛心的傳遞──讀張默散文集《雪泥與河燈》　康莊有待　臺北
　　　　　　東大圖書公司　1985 年 5 月　頁 183─186

607. 向　明　　續談詩人的散文　民族晚報　1980 年 10 月 23 日　11 版

608. 宋　瑞　　我看《雪泥與河燈》　幼獅文藝　第 322 期　1980 年 10 月　頁
　　　　　　90─93

609. 沙　穗　　用詩寫的散文──談《雪泥與河燈》中的詩境　民眾日報　1981
　　　　　　年 5 月 5 日　12 版

610. 沙　穗　　用詩寫的散文──談《雪泥與河燈》中的詩境　文藝月刊　第 144
　　　　　　期　1981 年 6 月　頁 25─30

書畫集

《臺灣現代詩手抄本》

611. 李瑞騰　　《臺灣現代詩手抄本》卷前小語　印刻文學生活誌　第 124 期
　　　　　　2013 年 12 月　頁 73

612. 李瑞騰　　張默抄詩──《臺灣現代詩手抄本》卷前小語　臺灣現代詩手抄
　　　　　　本　臺北　九歌出版社　2014 年 1 月　頁 5─9

613. 吳卡密　　為了保留心中一處美好園地──推薦書：張默《臺灣現代詩手抄
　　　　　　本》（九歌出版）　聯合報　2014 年 4 月 5 日　D3 版

◆多部作品

《紫的邊陲》、《上昇的風景》、《無調之歌》

614. 涂靜怡　　從《無調之歌》談起[43]　秋水詩刊　第 8 期　1975 年 10 月　頁 15
　　　　　　─19

615. 涂靜怡　　無調之歌　怡園詩話　臺北　康橋書店　1982 年 10 月　頁 73─
　　　　　　82

單篇作品

616. 周伯乃　　論詩的外延與內涵──以張默的〈期嚮〉為例　新文藝　第 137

---

[43] 本文後改篇名為〈無調之歌〉。

期　1967 年 8 月　頁 24—33

617. 周伯乃　詩的外延與內涵　現代詩的欣賞　臺北　三民書局　1970 年 4 月
　　　　頁 247—257

618. 周伯乃　論詩的外延與內涵——以張默的〈期響〉為例　詩痴的刻痕：張
　　　　默詩作評論集　臺北　文史哲出版社　1994 年 9 月　頁 273—284

619. 鄭烱明　〈聽海的人〉　笠　第 32 期　1969 年 8 月　頁 71

620. 辛　鬱　張默的〈長頸鹿〉　青年戰士報　1976 年 6 月 14 日　8 版

621. 辛　鬱　張默的〈長頸鹿〉——張默專頁　民眾日報　1982 年 7 月 18 日
　　　　12 版

622. 辛　鬱　張默的〈長頸鹿〉　詩痴的刻痕：張默詩作評論集　臺北　文史
　　　　哲出版社　1994 年 9 月　頁 327—330

623. 辛　鬱　張默的〈長頸鹿〉——讀詩札記之廿一　狂飲時間的星粒——臺
　　　　灣著名詩人張默評論集　北京　作家出版社　2007 年 12 月　頁
　　　　144—146

624. 李瑞騰　詮釋張默的一首詩——〈無調之歌〉　詩脈季刊　第 4 期　1977
　　　　年 4 月　頁 42—45

625. 李瑞騰　釋張默的〈無調之歌〉　詩的詮釋　臺北　時報文化出版公司
　　　　1982 年 6 月　頁 79—90

626. 李瑞騰　釋張默的〈無調之歌〉　詩痴的刻痕：張默詩作評論集　臺北
　　　　文史哲出版社　1994 年 9 月　頁 285—294

627. 李瑞騰　釋張默的〈無調之歌〉　新詩學　臺北　駱駝出版社　1997 年 3
　　　　月　頁 194—203

628. 陳啟佑　〈無調之歌〉中音韻和鏡頭的探討　創世紀　第 49 期　1978 年
　　　　12 月　頁 52—62

629. 陳啟佑　聲韻學在新詩上的一項試驗——〈無調之歌〉的節奏　文學與時
　　　　代　臺北　中國文化大學出版部　1980 年 11 月　頁 72—81

630. 陳啟佑　聲韻學在新詩上的一項試驗——〈無調之歌〉的節奏　渡也論新

詩　臺北　黎明文化出版公司　1983 年 9 月　頁 101—112

631. 陳啟佑　聲韻學在新詩上的一項試驗——〈無調之歌〉的節奏　當代臺灣文學評論大系・新詩批評卷　臺北　正中書局　1993 年 5 月　頁 453—467

632. 陳啟佑　聲韻學在新詩上的一項試驗——〈無調之歌〉的節奏　詩痴的刻痕：張默詩作評論集　臺北　文史哲出版社　1994 年 9 月　頁 295—306

633. 陳啟佑　聲韻學在新詩上的一項試驗——〈無調之歌〉的節奏　狂飲時間的星粒——臺灣著名詩人張默評論集　北京　作家出版社　2007 年 12 月　頁 152—160

634. 畢　加　談談現代詩〔〈無調之歌〉部分〕　臺灣時報　1982 年 11 月 22 日　12 版

635. 章亞昕　詩歌——充滿創造性的藝術〔〈無調之歌〉部分〕　笠　第 178 期　1993 年 12 月　頁 142—144

636. 古繼堂　〈無調之歌〉賞析　臺港澳暨海外新詩大辭典　瀋陽　瀋陽出版社　1994 年 5 月　頁 488

637. 吳　當　漂泊的生命之歌——賞析張默〈無調之歌〉　中央日報　2000 年 8 月 2 日　20 版

638. 吳　當　漂泊的生命之歌——賞析張默〈無調之歌〉　拜訪新詩　臺北　爾雅出版社　2001 年 2 月　頁 41—44

639. 羅美溱　張默〈無調之歌〉　大專國文選　臺北　新文京開發公司　2001 年 7 月　頁 231—233

640. 李翠瑛　以「重複」為基礎的修辭技巧論新詩的節奏變化〔〈無調之歌〉部分〕　國文天地　第 230 期　2004 年 7 月　頁 72

641. 向　陽　〈無調之歌〉作品導讀　青少年臺灣文庫 2——新詩讀本 1：春天在我的血管裡歌唱　臺北　國立編譯館　2008 年 12 月　頁 99

642. 張漢良　論詩中夢的結構〔〈鴕鳥〉部分〕　現代詩論衡　臺北　幼獅文

化公司　1977 年 6 月　頁 47—48

643. 徐望雲　筆記 19〔〈鴕鳥〉〕　帶詩翹課去　臺北　三民書局　1991 年 12
月　頁 23—24

644. 蕭　蕭　略論現代詩人自我生命的鑑照與顯影〔〈鴕鳥〉部分〕　臺灣詩
學季刊　第 1 期　1992 年 12 月　頁 73—74

645. 蕭　蕭　略論現代詩人自我生命的鑑照與顯影〔〈鴕鳥〉部分〕　評論十
家　臺北　爾雅出版社　1993 年 12 月　頁 189—190

646. 仇小屏　從主謂句的角度看以句構篇的幾首新詩〔〈鴕鳥〉部分〕　國文
天地　第 213 期　2003 年 1 月　頁 89—90

647. 仇小屏　張默〈鴕鳥〉　世紀新詩選讀　臺北　萬卷樓圖書公司　2003 年
8 月　頁 101—103

648. 喬　林　張默的〈鴕鳥〉　人間福報　2011 年 8 月 8 日　15 版

649. 彩　羽　試析張默〈素描六題〉　臺灣時報　1978 年 12 月 15 日　9 版

650. 彩　羽　試析張默的〈素描六題〉　詩痴的刻痕：張默詩作評論集　臺北
文史哲出版社　1994 年 9 月　頁 235—242

651. 彩　羽　白色的釀製——析張默〈飲那絡蒼髮〉　臺灣新聞報　1979 年 1
月 22 日　12 版

652. 彩　羽　白色的釀製——析張默〈飲那絡蒼髮〉　詩痴的刻痕：張默詩作
評論集　臺北　文史哲出版社　1994 年 9 月　頁 331—338

653. 蕭　蕭　〈飲那絡蒼髮——遙念母親之一〉解說　中學白話詩選　臺北
故鄉出版社　1980 年 4 月　頁 219—223

654. 落　蒂　張默〈飲那絡蒼髮〉解析　青青草原　雲林　青草地雜誌出版社
1981 年 4 月　頁 60

655. 落　蒂　〈飲那絡蒼髮〉賞析　中學新詩選讀　雲林　青草地雜誌社
1982 年 2 月　頁 58—60

656. 向　明　至情的孺慕——淺談張默的〈飲那絡蒼髮〉　臺灣新聞報　1983
年 9 月 1 日　12 版

657. 向　明　　至情的孺慕——淺談張默的〈飲那絡蒼髮〉　詩痴的刻痕：張默
　　　　詩作評論集　臺北　文史哲出版社　1994 年 9 月　頁 339—344

658. 向　明　　〈飲那絡蒼髮〉　中國新詩鑑賞大辭典　南京　江蘇文藝出版社
　　　　1988 年 12 月　頁 1064—1065

659. 張漢良　　詩為情感的自然流露——析張默〈蒼茫的影像〉[44]　臺灣時報
　　　　1979 年 5 月 18 日　12 版

660. 張漢良　　〈蒼茫的影像〉賞析　現代詩導讀（導讀篇一）　臺北　故鄉出
　　　　版社　1979 年 11 月　頁 183—186

661. 張漢良　　詩為情感的自然流露——析張默〈蒼茫的影像〉——張默專頁
　　　　民眾日報　1982 年 7 月 18 日　12 版

662. 張漢良　　詩為情感的自然流露——析張默〈蒼茫的影像〉　詩痴的刻痕：
　　　　張默詩作評論集　臺北　文史哲出版社　1994 年 9 月　頁 345—
　　　　349

663. 張漢良　　詩為情感的自然流露——析張默〈蒼茫的影像〉　狂飲時間的星
　　　　粒——臺灣著名詩人張默評論集　北京　作家出版社　2007 年 12
　　　　月　頁 147—151

664. 蕭　蕭　　〈蒼茫的影像〉解說　中學白話詩選　臺北　故鄉出版社　1980
　　　　年 4 月　頁 214—219

665. 楊顯榮〔落蒂〕　　請輕輕染織我蒼茫的影像　臺灣日報　1987 年 9 月 21 日
　　　　12 版

666. 落　蒂　　輕輕染織我蒼茫的影像——談張默的詩〈蒼茫的影像〉　大家來
　　　　讀詩——臺灣新詩品賞　臺北　文史哲出版社　2012 年 2 月　頁
　　　　197—199

667. 蕭　蕭　　愛國詩選註——張默的〈鐵馬‧想開〉　幼獅文藝　第 308 期
　　　　1979 年 8 月　頁 16—18

668. 蕭　蕭　　〈哲人之海〉　現代詩導讀（導讀篇一）　臺北　故鄉出版社

---

[44] 本文後改篇名為〈〈蒼茫的影像〉賞析〉。

1979 年 11 月　頁 177—182

669. 蕭　蕭　　導讀張默的〈哲人之海〉　詩痴的刻痕：張默詩作評論集　臺北　文史哲出版社　1994 年 9 月　頁 321—326

670. 林亨泰　　現實觀的探求〔〈最後的〉部分〕　詩學（第三輯）　臺北　成文出版社　1980 年 6 月　頁 31—34

671. 林亨泰　　現實觀的探求〔〈最後的〉部分〕　創世紀　第 65 期　1984 年 10 月　頁 212—213

672. 林亨泰　　現實觀的探求〔〈最後的〉部分〕　林亨泰全集・文學論述卷 1　彰化　彰化縣立文化中心　1998 年 9 月　頁 218—222

673. 林亨泰　　現實觀的探求——引〈最後的〉一詩為例證　詩痴的刻痕：張默詩作評論集　臺北　文史哲出版社　1994 年 9 月　頁 307—310

674. 林亨泰　　現實觀的探求——以張默〈最後的〉一詩為例　狂飲時間的星粒——臺灣著名詩人張默評論集　北京　作家出版社　2007 年 12 月　頁 141—143

675. 〔文曉村〕　〈溪頭拾碎〉評析　寫給青少年的新詩評析一百首（下）　臺北　布穀出版社　1980 年 8 月　頁 309

676. 〔文曉村〕　〈溪頭拾碎〉評析　新詩評析一百首（下）　臺北　黎明文化公司　1981 年 3 月　頁 351—352

677. 朱星鶴　　淺析張默的〈舞蹈與梆聲〉　中華文藝　第 122 期　1981 年 4 月　頁 92—100

678. 徐望雲　　詩的欣賞與再創——並以張默的〈晨〉為例　漢廣詩刊　第 10 期　1982 年 3 月　頁 52—58

679. 許　逖　　文學的語言外一章〔〈請勿淹沒藝術的良知——評所謂「關於文學的語言問題」〉〕　奔流　臺北　雙喜圖書出版社　1983 年 1 月　頁 53—80

680. 向　明　　〈深圳・在打盹〉編者按語　七十三年詩選　臺北　爾雅出版社　1985 年 3 月　頁 30

681. 洪淑苓　現代詩中「家國」經驗的轉變——以一九八七年以後的「返鄉詩」集相關作品為例——返鄉之前：邊界望鄉與渴盼家書〔〈深圳‧在打鼾〉部分〕　創世紀　第 146 期　2006 年 3 月　頁 167

682. 落　蒂　體內怎樣奔騰的血液——談張默的詩〈深圳，在打鼾〉　大家來讀詩——臺灣新詩品賞　臺北　文史哲出版社　2012 年 2 月　頁 213—215

683. 蕭　蕭　〈短詩雜鈔〉編者按語　七十二年詩選　臺北　爾雅出版社　1985 年 6 月　頁 83

684. 李瑞騰　〈在水墨裡遨遊〉編者按語　七十四年詩選　臺北　爾雅出版社　1986 年 4 月　頁 9—10

685. 向　陽　〈潑墨篇〉編者按語　七十五年詩選　臺北　爾雅出版社　1987 年 3 月　頁 165—166

686. 落　蒂　眾神的廟宇——讀《爾雅詩選》〔〈潑墨篇〉部分〕　兩棵詩樹　臺北　爾雅出版社　2001 年 12 月　頁 89—91

687. 落　蒂　眾神的廟宇——讀《爾雅詩選》〔〈潑墨篇〉部分〕　書香滿懷　臺北　文史哲出版社　2015 年 2 月　頁 319—320

688. 落　蒂　畫我心中山水——析張默〈潑墨篇〉　詩的播種者　臺北　爾雅出版社　2003 年 2 月　頁 66—70

689. 〔沈花末〕　〈美麗的結局〉賞析　鏡頭中的新詩　臺北　漢光文化公司　1987 年 7 月　頁 47

690. 李瑞騰　〈故事〉編者按語　七十六年詩選　臺北　爾雅出版社　1988 年 3 月　頁 136—137

691. 任洪淵　〈孟宗竹的天空〉賞析　中外現代抒情名詩鑑賞辭典　北京　學苑出版社　1989 年 8 月　頁 695—696

692. 高　巍　〈孟宗竹的天空〉賞析　世界華人詩歌鑑賞大辭典　太原　書海出版社　1993 年 3 月　頁 267—269

693. 向　明　評〈我跪在繁星哈腰的包穀下〉　七十八年詩選　臺北　爾雅出

版社　1990 年 3 月　頁 66—67

694.〔鄭明娳，林燿德選註〕　　〈納涼與玩雪〉　人生五題——童年　臺北　正中書局　1990 年 8 月　頁 26

695. 向　陽　評〈城市風情〉　七十九年詩選　臺北　爾雅出版社　1991 年 2 月　頁 187

696. 汪　智　白色祭——讀張默〈初訪美堅利堡〉　世界論壇報　1991 年 10 月 20 日　10 版

697. 汪　智　白色祭——讀張默〈初訪美堅利堡〉　詩痴的刻痕：張默詩作評論集　臺北　文史哲出版社　1994 年 9 月　頁 359—362

698. 李瑞騰　評〈悼念母親〉　八十年詩選　臺北　爾雅出版社　1992 年 4 月　頁 253—254

699. 熊國華　在時間之上旋舞——評張默長詩〈時間，我繾綣你〉[45]　創世紀　第 92 期　1993 年 1 月　頁 121—124

700. 熊國華　放逐者的回眸——評張默長詩〈時間，我繾綣你〉　臺灣新聞報　1993 年 2 月 2 日　13 版

701. 熊國華　在時間之上旋舞——評臺灣詩人張默的長詩〈時間，我繾綣你〉　廣東社會科學　1993 年第 6 期　1993 年 12 月　頁 97—99

702. 熊國華　在時間之上旋舞——評張默組詩〈時間，我繾綣你〉　詩痴的刻痕：張默詩作評論集　臺北　文史哲出版社　1994 年 9 月　頁 393—400

703. 熊國華　在時間之上旋舞——評臺灣詩人張默的長詩〈時間，我繾綣你〉　落葉滿階　臺北　九歌出版社　1994 年 10 月　頁 179—188

704. 熊國華　賞析〈時間，我繾綣你〉　從奔放到澄明——張默詩作研究鑑賞　呼和浩特　內蒙古人民出版社　1994 年 10 月　頁 89—108

705. 熊國華　對放逐命運的悲吟——評張默的長詩〈時間，我繾綣你〉　第二

---

[45] 本文後改篇名為〈放逐者的回眸——評張默長詩〈時間，我繾綣你〉〉、〈賞析〈時間，我繾綣你〉〉、〈對放逐命運的悲吟——評張默的長詩〈時間，我繾綣你〉〉。

屆當代詩學論壇暨張默作品研討會　澳門　澳門中國比較文學學
會主辦　2008 年 5 月 4—7 日

706. 熊國華　對放逐命運的悲吟——評張默長詩〈時間，我繾綣你〉　張默詩
歌的創新意識　北京　中國文史出版社　2009 年 4 月　頁 152—
158

707. 梅　新　〈時間，我繾綣你——獻給同我並肩走過血與火年代的伙伴〉編
者按語　八十一年詩選　臺北　現代詩季刊社　1993 年 6 月　頁
139—140

708. 沈　奇　生命·時間·詩——論張默兼評其新作組詩〈時間，我繾綣你〉
書評　第 5 期　1993 年 8 月　頁 3—16

709. 沈　奇　生命·時間·詩——論張默兼評其新作組詩〈時間，我繾綣你〉
詩痴的刻痕：張默詩作評論集　臺北　文史哲出版社　1994 年 9
月　頁 371—392

710. 沈　奇　生命·時間·詩——論張默兼評其新作〈時間，我繾綣你〉　落
葉滿階　臺北　九歌出版社　1994 年 10 月　頁 189—217

711. 沈　奇　生命·時間·詩——論張默兼評其組詩〈時間，我繾綣你〉　臺
灣詩人散論　臺北　爾雅出版社　1996 年 11 月　頁 22—49

712. 沈　奇　評〈時間，我繾綣你〉　九十年代臺灣詩選　瀋陽　春風文藝出
版社　1998 年 5 月　頁 153—168

713. 沈　奇　生命·時間·詩——論張默兼評其組詩〈時間，我繾綣你〉　沈
奇詩學論集 3　北京　中國社會科學出版社　2005 年 8 月　頁 78
—94

714. 沈　奇　生命·時間·詩——論張默兼評新作〈時間，我繾綣你〉　狂飲
時間的星粒——臺灣著名詩人張默評論集　北京　作家出版社
2007 年 12 月　頁 179—196

715. 張之維　細讀張默的時間詩〔〈時間，我繾綣你〉〕　張默八十壽慶學術
研討會　彰化　明道大學主辦；明道大學中文系暨通識教育中心

承辦　2010 年 10 月 1 日

716. 張之維　存在的痕跡——論張默〈時間，我繾綣你〉的時間意象　生命意象的霍霍湧動——張默新詩論評集　臺北　萬卷樓圖書公司　2011 年 5 月　頁 179—213

717. 張之維　存在的痕跡——論張默〈時間，我繾綣你〉的時間意象　臺灣詩學學刊　第 17 期　2011 年 7 月　頁 251—278

718. 介子平　〈尋〉賞析　世界華人詩歌鑑賞大辭典　太原　書海出版社　1993 年 3 月　頁 269—270

719. 杜天生　〈死亡，再會〉賞析　世界華人詩歌鑑賞大辭典　太原　書海出版社　1993 年 3 月　頁 270—272

720. 羅丹青　〈關於海喲〉賞析　世界華人詩歌鑑賞大辭典　太原　書海出版社　1993 年 3 月　頁 272—280

721. 鄭明娳　張默〈噴嚏‧手杖‧狗尾草〉　活水詩粹　臺北　活水文化雙周報社　1993 年 10 月　頁 27—28

722. 熊國華　閂住永恆和不朽——重讀張默的名詩〈貝多芬〉　幼獅文藝　第 488 期　1994 年 8 月　頁 88—92

723. 熊國華　閂住永恆和不朽——重讀張默的名詩〈貝多芬〉　臺灣與海外華文文學評論和研究　1995 年第 1 期　1995 年 3 月　頁 40—42

724. 熊國華　試析張默〈西門町三帖〉　詩痴的刻痕：張默詩作評論集　臺北　文史哲出版社　1994 年 9 月　頁 351—358

725. 王宗法　滿目雪景映故園——讀〈春川踏雪〉　詩痴的刻痕：張默詩作評論集　臺北　文史哲出版社　1994 年 9 月　頁 363—370

726. 王宗法　滿目雪景映故園——讀〈春川踏雪〉　臺港文學觀察　合肥　安徽教育出版社　1994 年 11 月　頁 109—114

727. 熊國華　賞析〈鵝毛大雪落在我家麥稭的屋頂上〉　從奔放到澄明——張默詩作研究鑑賞　呼和浩特　內蒙古人民出版社　1994 年 10 月　頁 85—88

728. 熊國華　賞析〈吾以夢的翅膀拍擊李賀的箜篌〉　從奔放到澄明——張默
　　　詩作研究鑑賞　呼和浩特　內蒙古人民出版社　1994 年 10 月　頁
　　　176—178

729. 熊國華　獨立奇撥的風景——賞讀〈三十三間堂〉　從奔放到澄明——張
　　　默詩作研究鑑賞　呼和浩特　內蒙古人民出版社　1994 年 10 月
　　　頁 179—183

730. 熊國華　獨立奇撥的風景——賞讀〈三十三間堂〉　狂飲時間的星粒——
　　　臺灣著名詩人張默評論集　北京　作家出版社　2007 年 12 月　頁
　　　169—173

731.〔張默，蕭蕭〕　〈三十三間堂〉鑑評　新詩三百首（一九一七—一九九
　　　五）（上）　臺北　九歌出版社　1995 年 9 月　頁 449—454

732. 熊國華　賞析〈不如歸去，黃鶴樓〉　從奔放到澄明——張默詩作研究鑑
　　　賞　呼和浩特　內蒙古人民出版社　1994 年 10 月　頁 184—187

733. 蕭　蕭　現代詩的情色美學與性愛描寫〔〈擊鼓咚咚〉部分〕　臺灣詩學
　　　季刊　第 9 期　1994 年 12 月　頁 20

734. 蕭　蕭　現代詩的情色美學與性愛描寫〔〈擊鼓咚咚〉部分〕　雲端之
　　　美・人間之真　臺北　駱駝出版社　1997 年 3 月　頁 235—236

735. 蕭　蕭　現代詩的情色美學與性愛描寫〔〈擊鼓咚咚〉部分〕　臺灣文學
　　　二十年集 1978—1998：評論二十家　臺北　九歌出版社　1998 年
　　　3 月　頁 69—70

736. 向　明　〈稻穗十行〉小評　八十三年詩選　臺北　現代詩季刊社　1995
　　　年 5 月　頁 197

737. 郁　葱　〈一把椅子〉　河北詩神月刊　1995 年第 9 期　1995 年 9 月　頁
　　　15—16

738. 碧　果　〈一把椅子〉小評　遠近高低——張默手抄詩集　臺北　創世紀
　　　詩社　1998 年 5 月　頁 194—196

739. 吳健福　張默的詩——〈追尋〉的詮釋　創世紀　第 105 期　1995 年 12 月

頁 112—116

740. 張雙英　高雅的獨白——談現代詩未能普及的原因〔〈遠近高低各不同〉部分〕　國文天地　第 127 期　1995 年 12 月　頁 82—83

741. 蕭　蕭　〈遠近高低各不同〉小評　遠近高低——張默手抄詩集　臺北　創世紀詩社　1998 年 5 月　頁 189

742. 張百棟　既有歌讚，也有感悟——讀張默的〈噢！那秋〉　臺灣散文名篇欣賞（2）　廣州　暨南大學出版社　1995 年 12 月　頁 60—65

743. 辛　鬱　〈白千層之旅〉小評　八十四年詩選　臺北　現代詩季刊社　1996 年 5 月　頁 196

744. 辛　鬱　〈白千層之旅〉小評　遠近高低——張默手抄詩集　臺北　創世紀詩社　1998 年 5 月　頁 191

745. 黃　梁　再見，遠方——舊金山「紅木林」偶得　國文天地　第 141 期　1997 年 2 月　頁 90—91

746. 吳　當　生命的沉潛與飛揚——試析張默〈寒枝〉　新詩的智慧　臺北　爾雅出版社　1997 年 2 月　頁 71—74

747. 吳　當　生命的沉潛與飛揚——試析張默〈寒枝〉　創世紀　第 110 期　1997 年 3 月　頁 103—104

748. 瘂　弦　〈豁然，歷史的銅門——香港，一九九七〉小評　八十五年詩選　臺北　現代詩季刊社　1997 年 6 月　頁 141

749. 瘂　弦　〈豁然，歷史的銅門〉小評　遠近高低——張默手抄詩集　臺北　創世紀詩社　1998 年 5 月　頁 192—193

750. 余光中　〈天葬之驚〉賞析　八十六年詩選　臺北　現代詩季刊社　1998 年 5 月　頁 22

751. 朵　思　〈臥佛小記〉小評　遠近高低——張默手抄詩集　臺北　創世紀詩社　1998 年 5 月　頁 193—194

752. 〔游喚，徐華中，張鴻聲〕　〈長安三帖〉賞析　現代詩精讀　臺北　五南圖書出版公司　1998 年 9 月　頁 149—151

753. 游　喚　　賞析張默〈長安三帖〉　狂飲時間的星粒——臺灣著名詩人張默
評論集　北京　作家出版社　2007 年 12 月　頁 174—178

754. 蕭　蕭　　〈中秋翌日登巴黎鐵塔〉鑑賞與寫作指導　中學生現代詩手冊
臺南　翰林出版公司　1999 年 9 月　頁 153—156

755. 蕭　蕭　　〈削莩薺十行〉解析　天下詩選 2：1923—1999 臺灣　臺北　天
下遠見出版公司　1999 年 9 月　頁 97—100

756. 吳　當　　與莩薺相遇——賞析張默〈削莩薺十行〉　中央日報　2000 年 8
月 10 日　20 版

757. 吳　當　　與莩薺相遇——賞析張默〈削莩薺十行〉　拜訪新詩　臺北　爾
雅出版社　2001 年 2 月　頁 221—224

758. 〔文鵬，姜凌〕　　張默〈家信〉　中國現代名詩三百首　北京　北京出版
社　2000 年 1 月　頁 531—532

759. 陳大為　　胃的殖民史——現代詩裡的速食文化〔〈麥當勞速寫〉部分〕
中國現代文學理論季刊　第 19 期　2000 年 9 月　頁 433—435

760. 陳大為　　胃的殖民史——現代詩裡的速食文化〔〈麥當勞速寫〉部分〕
中華現代文學大系（貳）・臺灣一九八九—二〇〇三評論卷（二）
臺北　九歌出版社　2003 年 10 月　頁 1282—1287

761. 吳　當　　夜讀的夢——賞析張默〈夜讀〉　中央日報　2000 年 10 月 6 日
23 版

762. 吳　當　　夜讀的夢——賞析張默〈夜讀〉　拜訪新詩　臺北　爾雅出版社
2001 年 2 月　頁 133—136

763. 蕭　蕭　　〈金鎖關〉編者按語　八十九年詩選　臺北　臺灣詩學季刊雜誌
社　2001 年 4 月　頁 161—162

764. 陳巍仁　　臺灣現代散文詩主題論〔〈黑之誕生——追記小女靈初生之頃
刻〉部分〕　臺灣現代散文詩新論　臺北　萬卷樓圖書公司
2001 年 11 月　頁 215—217

765. 白　靈　　〈紅樓獨語〉編者案語　九十年詩選　臺北　臺灣詩學季刊雜誌

社　2002 年 5 月　頁 70

766. 音　木　因為忿澀傷痛的緣故〔〈爬過古芝地道〉部分〕　臺灣日報
2002 年 6 月 10 日　19 版

767. 白　靈　〈老子，一勺勺清淚——訪「老君石像」偶得〉編者案語　九十
一年詩選　臺北　臺灣詩學季刊雜誌社　2003 年 4 月　頁 130—
131

768.〔孟樊〕　今文篇／紀遊詩〔〈黃山四詠〉部分〕　旅行文學讀本　臺北
揚智文化公司　2004 年 3 月　頁 142

769. 陳幸蕙　小詩悅讀（二）——〈鞦韆十行〉　明道文藝　第 336 期　2004
年 3 月　頁 35—36

770. 簡政珍　詩化的現實——八〇年代以來詩的現實美學〔〈地下道〉部分〕
臺灣現代詩美學　臺北　揚智出版社　2004 年 7 月　頁 122

771. 白　靈　〈焚寄大荒二式〉賞析　2004 臺灣詩選　臺北　二魚文化公司
2005 年 3 月　頁 189

772. 蕭　蕭　〈石雕巨柱 134 之嘆——埃及「阿蒙神殿」一景〉賞析　2005 臺
灣詩選　臺北　二魚文化公司　2006 年 2 月　頁 223

773.〔蕭蕭〕　張默〈五官體操〉賞析　揮動想像翅膀　臺北　聯合文學出版
社　2006 年 6 月　頁 56—60

774.〔蕭蕭〕　〈在濛濛煙雨中登醉翁亭〉詩作賞析　優游意象世界　臺北
聯合文學出版社　2006 年 6 月　頁 77

775. 許俊雅　新詩教學——談新詩的標點符號與分行〔〈挑磚工人〉部分〕
我心中的歌：現代文學星空　臺北　文史哲出版社　2006 年 6 月
頁 388—389

776. 焦　桐　〈震耳欲裂的水聲——天祥合流露營偶得〉作品賞析　2006 臺灣
詩選　臺北　二魚文化公司　2007 年 7 月　頁 134

777. 陳素英　滄浪巍峨——讀張默〈震耳欲裂的水聲〉　創世紀　第 177 期
2013 年 12 月　頁 53—57

778. 栞　川　　獨有松下石──讀張默〈黃昏訪寒山寺〉　秋水　第 135 期
　　　　　　　　2007 年 10 月　頁 10─11

779. 栞　川　　獨有松下石──讀張默〈黃昏訪寒山寺〉　狂飲時間的星粒──
　　　　　　　　臺灣著名詩人張默評論集　北京　作家出版社　2007 年 12 月　頁
　　　　　　　　203─205

780. 落　蒂　　開窗放入大江來──小論張默三行詩〈時間水沫小札〉　狂飲時
　　　　　　　　間的星粒──臺灣著名詩人張默評論集　北京　作家出版社
　　　　　　　　2007 年 12 月　頁 206─210

781. 白　靈　　〈時間水沫小札〉編案　2007 年臺灣詩選　臺北　二魚文化公司
　　　　　　　　2008 年 3 月　頁 212─213

782. 楊　虛　　意象高蹈現代，融通中外古今──評張默先生的一組俳句〔〈俳
　　　　　　　　句小集（16 則）〉〕　當代詩壇　第 49、50 期合刊　2008 年 5 月
　　　　　　　　頁 170─172

783. 李敏勇　　〈未來四式〉作品導讀　青少年臺灣文庫 2──新詩讀本 3：天門
　　　　　　　　開的時候　臺北　國立編譯館　2008 年 12 月　頁 9

784. 張桃洲　　臺灣現代詩語言策略的一個側面──以張默〈野渡無人舟自橫〉
　　　　　　　　為例　張默詩歌的創新意識　北京　中國文史出版社　2009 年 4
　　　　　　　　月　頁 287─297

785. 洛　夫　　試為張默小詩〈剪刀〉解惑　創世紀　第 165 期　2010 年 12 月
　　　　　　　　頁 78─80

786. 傅家琛　　一首小詩的賞析──張默的〈海之臉〉讀後　葡萄園　第 202 期
　　　　　　　　2014 年 5 月　頁 34─35

多篇作品

787. 季　紅　　詩人書簡──給瘂弦和張默〔〈攀〉、〈最後的〉〕　創世紀　第
　　　　　　　　13 期　1959 年 10 月　頁 35─36

788. 大　荒　　橫看成嶺側成峰──論張默的四「峰頂」〔〈恆寂的峰頂〉、〈曠
　　　　　　　　漠的峰頂〉、〈繆斯的峰頂〉、〈峰頂的峰頂〉〕　青年戰士報

1970 年 8 月 1 日　8 版

789. 大　荒　橫看成嶺側成峰——論張默的四「峰頂」〔〈恆寂的峰頂〉、〈曠漠的峰頂〉、〈繆斯的峰頂〉、〈峰頂的峰頂〉〕　上昇的風景　臺北　巨人出版社　1970 年 10 月　頁 121—132

790. 大　荒　橫看成嶺側成峰——論張默的四「峰頂」〔〈恆寂的峰頂〉、〈曠漠的峰頂〉、〈繆斯的峰頂〉、〈峰頂的峰頂〉〕　從變調出發　臺中　普天出版社　1972 年 1 月　頁 172—184

791. 大　荒　橫看成嶺側成峰——論張默的四「峰頂」〔〈恆寂的峰頂〉、〈曠漠的峰頂〉、〈繆斯的峰頂〉、〈峰頂的峰頂〉〕　詩痴的刻痕：張默詩作評論集　臺北　文史哲出版社　1994 年 9 月　頁 259—272

792. 楊昌年　現代名家名作抽象析介——張默〔〈死亡，再會〉、〈與夫曠野〉、〈無調之歌〉、〈鴕鳥〉〕　新詩品賞　臺北　牧童出版社　1978 年 9 月　頁 306—311

793. 〔民聲日報〕　〈依稀鬢髮，輕輕滑過時間的甬道〉、〈素描六題〉、〈飲那絡蒼髮——遙念母親〉、〈鐵馬，想開〉欣賞——詩人專輯——張默欣賞　民聲日報　1979 年 3 月 31 日　11 版

794. 菩　提　淺談張默的詩〔〈楓葉〉、〈信〉〕　中華文藝　第 111 期　1980 年 5 月　頁 196—203

795. 菩　提　淺談張默的〈楓葉〉與〈信〉　詩痴的刻痕：張默詩作評論集　臺北　文史哲出版社　1994 年 9 月　頁 243—246

796. 蕭　蕭　〈夜〉、〈銀杏林〉、〈晨〉編者按語　七十一年詩選　臺北　爾雅出版社　1985 年 6 月　頁 81—82

797. 蕭　蕭　現代詩註——張默的〈家信〉、〈夜與眉睫〉　文藝月刊　第 231 期　1988 年 9 月　頁 62—68

798. 陳義芝　張默詩選〔〈蜂〉、〈我站立在大風裡〉、〈鴕鳥〉、〈豹〉〕　國語日報　1988 年 11 月 12 日　16 版

799. 陳義芝　五十年代名家詩選注——張默詩選〔〈蜂〉、〈我站立在大風裡〉、

〈鴕鳥〉、〈豹〉〕　不盡長江滾滾來：中國新詩選注　臺北　幼

獅文化公司　1993 年 6 月　頁 196—207

800. 陳義芝　賞析張默的〈蜂〉及其他〔〈蜂〉、〈我站立在大風裡〉、〈鴕鳥〉、

〈豹〉〕　詩痴的刻痕：張默詩作評論集　臺北　文史哲出版社

1994 年 9 月　頁 247—258

801. 陳義芝　賞析張默的〈蜂〉及其他〔〈蜂〉、〈我站立在大風裡〉、〈鴕鳥〉、

〈豹〉〕　狂飲時間的星粒——臺灣著名詩人張默評論集　北京

作家出版社　2007 年 12 月　頁 161—168

802. 向　陽　〈麥當勞一瞥〉、〈停車收費員〉、〈挑磚工人〉編者按語　七十九

年詩選　臺北　爾雅出版社　1991 年 2 月　頁 187

803. 熊國華　赤子之心——評張默的母愛詩〔〈飲那綹蒼髮——遙念母親之

一〉、〈家信〉〕　臺灣新聞報　1991 年 5 月 13 日　15 版

804. 熊國華　赤子之心——評張默的母愛詩〔〈飲那綹蒼髮——遙念母親之

一〉、〈家信〉〕　詩痴的刻痕：張默詩作評論集　臺北　文史哲

出版社　1994 年 9 月　頁 201—210

805. 古遠清　從〈無調之歌〉到〈變奏曲〉　詩痴的刻痕：張默詩作評論集

臺北　文史哲出版社　1994 年 9 月　頁 311—320

806. 熊國華　賞析〈藍色之謎〉、〈關於海吆〉、〈哲人之海〉　從奔放到澄明—

—張默詩作研究鑑賞　呼和浩特　內蒙古人民出版社　1994 年 10

月　頁 10—21

807. 熊國華　賞析〈貝多芬〉、〈我站立在風裡〉、〈戰爭，偶然〉　從奔放到澄

明——張默詩作研究鑑賞　呼和浩特　內蒙古人民出版社　1994

年 10 月　頁 22—36

808. 熊國華　賞析〈連續的方程式〉、〈露水以及〉、〈死亡，再會〉　從奔放到

澄明——張默詩作研究鑑賞　呼和浩特　內蒙古人民出版社

1994 年 10 月　頁 37—46

809. 熊國華　賞析〈無調之歌〉、〈與夫曠野〉、〈杯子〉　從奔放到澄明——張

默詩作研究鑑賞　呼和浩特　內蒙古人民出版社　1994 年 10 月
頁 48—56

810. 熊國華　賞析〈日曆，時間的簑衣〉、〈葫蘆瓢〉、〈春川踏雪〉　從奔放到
澄明——張默詩作研究鑑賞　呼和浩特　內蒙古人民出版社
1994 年 10 月　頁 57—64

811. 熊國華　賞析〈尋〉、〈白髮吟〉、〈遠方〉、〈然則望鄉〉　從奔放到澄明—
—張默詩作研究鑑賞　呼和浩特　內蒙古人民出版社　1994 年 10
月　頁 65—77

812. 熊國華　賞析〈我跪在繁星哈腰的包穀下〉、〈好一幅無垠的平疇〉　從奔
放到澄明——張默詩作研究鑑賞　呼和浩特　內蒙古人民出版社
1994 年 10 月　頁 78—84

813. 熊國華　賞析〈飲那絡蒼髮〉、〈家信〉、〈包穀上的眼睛〉　從奔放到澄明
——張默詩作研究鑑賞　呼和浩特　內蒙古人民出版社　1994 年
10 月　頁 110—117

814. 熊國華　賞析〈風飄飄而吹衣〉、〈哭泣吧！肖像〉　從奔放到澄明——張
默詩作研究鑑賞　呼和浩特　內蒙古人民出版社　1994 年 10 月
頁 118—124

815. 熊國華　賞析〈驚晤〉、〈三壠頭，老掉牙的舊屋〉　從奔放到澄明——張
默詩作研究鑑賞　呼和浩特　內蒙古人民出版社　1994 年 10 月
頁 125—129

816. 熊國華　賞析〈悼念母親〉、〈榆樹上的蟬聲〉　從奔放到澄明——張默詩
作研究鑑賞　呼和浩特　內蒙古人民出版社　1994 年 10 月　頁
130—138

817. 熊國華　賞析〈變奏曲〉、〈鴕鳥〉、〈豹〉、〈楓葉〉　從奔放到澄明——張
默詩作研究鑑賞　呼和浩特　內蒙古人民出版社　1994 年 10 月
頁 139—151

818. 熊國華　賞析〈誰是紅鬃烈馬〉、〈西門町三帖〉　從奔放到澄明——張默

詩作研究鑑賞　呼和浩特　內蒙古人民出版社　1994 年 10 月　頁
152—160

819. 熊國華　賞析〈陋室賦〉、〈夜讀〉、〈在水墨裡遨遊〉　從奔放到澄明——
張默詩作研究鑑賞　呼和浩特　內蒙古人民出版社　1994 年 10 月
頁 161—168

820. 熊國華　賞析〈黃昏訪寒山寺〉、〈蘇堤蘇堤〉、〈網師園四句〉　從奔放到
澄明——張默詩作研究鑑賞　呼和浩特　內蒙古人民出版社
1994 年 10 月　頁 169—175

821. 向　明　評〈轆轤十行〉、〈稻穗十行〉　八十三年詩選　臺北　現代詩季
刊社　1995 年 5 月　頁 197

822. 向　明　〈轆轤十行〉、〈稻穗十行〉小評　遠近高低——張默手抄詩集
臺北　創世紀詩社　1998 年 5 月　頁 189—190

823. 簡政珍　八〇年代詩美學——詩和現實的辯證——時間和自我〔〈俳句小
集・四季〉、〈落葉滿階〉、〈在濛濛煙雨中登醉翁亭〉部分〕　臺
灣現代詩史論：臺灣現代詩史研討會實錄　臺北　文訊雜誌社
1996 年 3 月　頁 490—493

824. 司徒杰　〈信〉、〈楓葉〉賞析　臺港抒情短詩精品鑑賞　河南　河南文藝
出版社　1996 年 11 月　頁 11—12

825. 辛　鬱　「小詩三帖」賞析〔〈破鞋〉、〈旗幟〉、〈碑碣〉〕　八十七年詩
選　臺北　創世紀詩雜誌社　1999 年 6 月　頁 182

826. 蕭　蕭　臺灣海洋詩的美學特質——以海為生活經驗之拓本〔〈海之臉十
行〉、〈礁石〉部分〕　臺灣詩學季刊　第 22 期　1999 年 12 月
頁 37—38

827. 陳大為　評析〈肯德基〉、〈麥當勞速寫〉　亞洲中文現代詩的都市書寫
臺北　萬卷樓圖書公司　2001 年 1 月　頁 109—113

828. 王　泉　行雲流水般的獨特魅力——張默〈關於海喲〉、〈海之臉〉賞析
中國海洋文學大系：二十世紀海洋詩精品賞析選集　臺北　詩藝

文出版社　2002 年 4 月　頁 262

829. 陳幸蕙　〈澎湖風櫃〉、〈削荸薺十行〉芬多精小棧　小詩森林：現代小詩
選 1　臺北　幼獅文化公司　2003 年 11 月　頁 87—88

830. 陳幸蕙　賞析〈澎湖風櫃〉‧〈削荸薺十行〉　狂飲時間的星粒——臺灣著
名詩人張默評論集　北京　作家出版社　2007 年 12 月　頁 201—
202

831. 蕭　蕭　創世紀——超現實主義的化合性美學——以瘂弦、張默、洛夫為
例〔〈窗之嬉〉、〈失題〉、〈無調之歌〉部分〕　臺灣新詩美學
臺北　爾雅出版社　2004 年 2 月　頁 384—387

832. 陳素英　壯遊大西北情懷——群體旅遊詩探析〔〈金鎖關〉、〈再見，玉門
關〉部分〕　創世紀　第 140、141 期合刊　2004 年 10 月　頁
121—122，124

833. 林瑞明　〈時間，我繾綣你——獻給同我並肩走過血與火年代的伙伴〉、
〈轟然，這些線條——讀羅丹青銅雕塑〉賞析　國民文選‧現代
詩卷 2　臺北　玉山社出版公司　2005 年 2 月　頁 41

834. 向　陽　〈無調之歌〉、〈鞦韆十行〉賞析　臺灣現代文選‧新詩卷　臺北
三民書局　2005 年 6 月　頁 95—96

835. 向　陽　〈無調之歌〉、〈鞦韆十行〉賞析　狂飲時間的星粒——臺灣著名詩
人張默評論集　北京　作家出版社　2007 年 12 月　頁 197—200

836. 李敏勇　〈鞦韆十行〉、〈澎湖風櫃〉、〈鴕鳥〉作品導讀　青少年臺灣文庫
——新詩讀本 3：花與果實　臺北　五南圖書出版公司　2006 年 1
月　頁 22

837. 曾琮琇　遊戲，不只是遊戲〔〈戲繪詩友十二則‧管管〉、〈戲繪詩友十二
則‧致瘂弦〉部分〕　嬉遊記：八○年代以降臺灣「遊戲」詩論
成功大學中國文學系　碩士論文　陳昌明教授指導　2006 年 7 月
頁 189—188

838. 曾琮琇　遊戲，不只是遊戲〔〈戲繪詩友十二則‧管管〉、〈戲繪詩友十二

則・致瘂弦〉部分〕　臺灣當代遊戲詩論　臺北　爾雅出版社
2009 年 1 月　頁 217—219

839. 陳幸蕙　〈貓〉、〈鞦韆十行〉向星輝斑斕處漫溯　小詩星河：現代小詩選 2
臺北　幼獅文化公司　2007 年 1 月　頁 90

840. 姜耕玉　內心的風景，就是望不盡的天涯——張默早期三首詩〔〈豹〉、
〈關於海喲〉、〈囚我的眼睛〉〕　當代詩壇　第 49、50 期合刊
2008 年 5 月　頁 102—103

841. 姜耕玉　內心的風景，就是望不盡的天涯——張默早期三首詩〔〈豹〉、
〈關於海喲〉、〈囚我的眼睛〉〕　張默詩歌的創新意識　北京
中國文史出版社　2009 年 4 月　頁 159—162

842. 錢志富　簡論張默的幾首詩〔〈天葬之驚〉、〈國會議員〉、〈肯德基〉、〈飛
吧！摩托車〉、〈用腳眉批喀納斯〉、〈爬過古芝地道〉〕　當代詩
壇　第 49、50 期合刊　2008 年 5 月　頁 187—194

843. 林明理　林明理詩評二章——溪山清遠——張默詩三首的淺釋〔〈詩的坡
度〉、〈鞦韆十行〉、〈舊金山「紅木林」偶得〉〕　新世紀文學選
刊　2009 年第 8 期　2009 年　頁 58—60

844. 林明理　溪山清遠——張默詩三首的淺釋〔〈詩的坡度〉、〈鞦韆十行〉、
〈舊金山「紅木林」偶得〉〕　文訊雜誌　第 293 期　2010 年 3
月　頁 22—24

作品評論目錄、索引

845. 張　默　作品評論引得　張默自選集　臺北　黎明文化公司　1978 年 3 月
〔2〕頁

846. 〔張默〕　　有關本書作者批評及專訪索引　陋室賦　臺北　創世紀詩社
1980 年 3 月　頁 95—96

847. 創世紀詩社資料室　　張默作品評論索引　創世紀　第 94 期　1993 年 7 月
頁 94—100

848. 蕭蕭編　　張默作品評論索引　詩痴的刻痕：張默詩作評論集　臺北　文史

哲出版社　1994 年 9 月　頁 401—413

849. 張　默　張默詩作評論書目　張默‧世紀詩選　臺北　爾雅出版社　2000
年 4 月　頁 141

850.〔張默編〕　作品評論引得　現代百家詩選　臺北　爾雅出版社　2003 年
6 月　頁 162

851. 張　默　張默旅遊詩作相關評論篇目　獨釣空濛　臺北　九歌出版社
2007 年 7 月　頁 367—370

852.〔傅天虹編〕　張默作品評論篇目　狂飲時間的星粒——臺灣著名詩人張
默評論集　北京　作家出版社　2007 年 12 月　頁 278—292

853.〔趙天儀編〕　閱讀進階指引　張默集　臺南　國立臺灣文學館　2008 年
12 月　頁 134—135

854.〔朱壽桐，傅天虹編〕　張默作品評論篇目　張默詩歌的創新意識　北京
中國文史出版社　2009 年 4 月　頁 389—409

855.〔封德屏主編〕　張默　臺灣現當代作家評論資料目錄（四）　臺南　國
立臺灣文學館　2010 年 11 月　頁 2616—2653

856. 白豐源　張默詩選相關論爭與評論篇章　張默編選現代詩之研究　嘉義大
學中國文學系　碩士論文　陳政彥教授指導　2013 年 5 月　頁
268—270

857. 王為萱，陳姵穎，陳恬逸　「《文訊》300 期資料庫」作家學者群像——張
默　文訊雜誌　第 334 期　2013 年 8 月　頁 68

其他

858. 徐　澂　《六十年代詩選》　聯合報　1961 年 1 月 24 日　7 版

859. 高　準　張默等主編《七十年代詩選》批判　大學雜誌　第 68 期　1973 年
9 月　頁 59—62

860. 亞　汀　品《現代詩人散文選集》　青年戰士報　1977 年 5 月 25 日　11 版

861. 鄧榮坤　想說的一些話——讀張默編《現代詩人散文選》　自立晚報
1979 年 6 月 17 日　3 版

862. 觀哲〔高準〕　　《八十年代詩選》的「奧祕」　詩潮　第 1 期　1977 年 5
　　　　月　頁 40—45

863. 高　準　　《八十年代詩選》的奧祕（一九七七）　異議的聲音：文學與政
　　　　治社會評論　臺北　問津堂書局　2007 年 8 月　頁 243—250

864. 辛　鬱　　一本甜美的書——《剪成碧玉葉層層》　民族晚報　1981 年 6 月
　　　　9 日　11 版

865. 辛　鬱　　一本甜美的書——《剪成碧玉葉層層》　爾雅　臺北　爾雅出版
　　　　社　1981 年 7 月　頁 259—260

866. 張　堃　　飄散著清幽的芳香〔《剪成碧玉葉層層》〕　臺灣新聞報　1981
　　　　年 6 月 19 日　12 版

867. 季　紅　　從《現代女詩人選集》說起〔《剪成碧玉葉層層》〕[46]　中華文藝
　　　　第 124 期　1981 年 6 月　頁 27—37

868. 季　紅　　《剪成碧玉葉層層》讀後感　剪成碧玉葉層層　臺北　爾雅出版
　　　　社　1981 年 6 月　頁 291—302

869. 汪亞清　　心弦鳴奏曲——談《現代女詩人選集》[47]　臺灣新聞報　1981 年 7
　　　　月 12 日　12 版

870. 向　明　　今昔的女詩人——《剪成碧玉葉層層》讀後　民眾日報　1981 年
　　　　7 月 27 日　12 版

871. 沙　穗　　剪成碧玉葉層層——我讀《現代女詩人選集》　臺灣時報　1981
　　　　年 8 月 8 日　12 版

872. 采　羽　　論評——試品《現代女詩人選集》　中華文藝　第 128 期　1981
　　　　年 10 月　頁 162—184

873. 喬　城　　《剪成碧玉葉層層》封面榮獲金鼎獎　風景　臺北　爾雅出版社
　　　　1983 年 2 月　頁 49—50

---

[46] 本文後改篇名為〈《剪成碧玉葉層層》讀後感〉。
[47] 《剪成碧玉葉層層》一書的副標為「現代女詩人選集」。

874. 蕭　蕭　導讀《剪成碧玉葉層層》[48]　好書書目　臺北　明道文藝社　1984
年 12 月　頁 54

875. 蕭　蕭　在清涼的綠葉底下沉思〔《剪成碧玉葉層層》〕　現代詩縱橫觀
臺北　文史哲出版社　1991 年 6 月　頁 189—197

876. 文曉村　從《剪成碧玉葉層層》到《柔美的愛情》　大華晚報　1987 年 12
月 27 日　11 版

877. 文曉村　從《剪成碧玉葉層層》到《柔美的愛情》　橫看成嶺側成峰　臺
北　東大圖書公司　1988 年 5 月　頁 269—271

878. 鍾　玲　名家為女詩人序詩及其評論角度〔《剪成碧玉葉層層》部分〕
詩歌天保：余光中教授八十壽慶專集　臺北　九歌出版社　2008
年 10 月　頁 13—14

879. 蕭　蕭　《創世紀》風雲——為文學史作證，為現代詩傳燈　臺灣時報
1981 年 8 月 19 日　12 版

880. 姜　穆　卅年歲月‧一貫精神〔《創世紀》〕　臺灣新聞報　1984 年 10 月
6 日　8 版

881. 夏　楚　為詩路更創歷史〔《創世紀》〕　臺灣新聞報　1984 年 10 月 6 日
8 版

882. 郭　楓　詩刊編輯與詩歌創作並聯騰飛——論張默詩業兼及《創世紀》春
秋（上、下）　鹽分地帶文學　第 9—10 期　2007 年 4，6 月　頁
205—217，181—197

883. 陳政彥　現代詩運動醞釀期（1950—1956）——三大詩社的次第成立〔《創
世紀》部分〕　跨越時代的青春之歌——五、六〇年代臺灣現代詩
運動　臺南　國立臺灣文學館　2012 年 10 月　頁 45—47

884. 陳政彥　現代詩運動成熟期（1959—1964）——創世紀詩社轉向提倡超現
實主義　跨越時代的青春之歌——五、六〇年代臺灣現代詩運動
臺南　國立臺灣文學館　2012 年 10 月　頁 124—132

---

[48]本文後改篇名為〈在清涼的綠葉底下沉思〉。

885. 應鳳凰　　《感月吟風多少事》　中央日報　1982 年 9 月 8 日　10 版

886. 李瑞騰　　關於現代百家詩選〔《感月吟風多少事》〕　中央日報　1982 年
　　　　　　　9 月 4 日　10 版

887. 李瑞騰　　關於現代百家詩選〔《感月吟風多少事》〕　創世紀　第 59 期
　　　　　　　1982 年 10 月　頁 144—145

888. 向　明　　瑣談百家詩選〔《感月吟風多少事》〕　中華日報　1982 年 10 月
　　　　　　　4 日　10 版

889. 黃恆秋　　風屋談詩〔《七十一年詩選》〕　笠　第 132 期　1986 年 4 月
　　　　　　　頁 66—70

890. 李瑞騰　　序　小詩選讀　臺北　爾雅出版社　1987 年 5 月　頁 1—5

891. 向　明　　明珠和匕首〔《小詩選讀》〕[49]　中央日報　1987 年 6 月 24 日
　　　　　　　10 版

892. 向　明　　迎接小詩時代的來臨——讀張默編著的《小詩選讀》　藍星詩刊
　　　　　　　第 12 期　1987 年 7 月　頁 16—18

893. 白　靈　　小詩時代的來臨——張默《小詩選讀》讀後[50]　文訊雜誌　第 32
　　　　　　　期　1987 年 10 月　頁 225—228

894. 白　靈　　小詩是新詩未來主流？——我看張默的《小詩選讀》　幼獅文藝
　　　　　　　第 508 期　1996 年 4 月　頁 88—89

895. 孟　樊　　夏日炎炎書解悶——好書推薦——現代詩書單——張默《小詩選
　　　　　　　讀》　國文天地　第 39 期　1988 年 8 月　頁 29

896. 古遠清　　探討小詩的創作規模——評張默的《小詩選讀》　爾雅人　第
　　　　　　　60、61 期　1990 年 11 月 15 日　3 版

897. 文藝作品調查研究小組　　《小詩選讀》　心靈饗宴　臺北　國家文藝基金
　　　　　　　管理委員會　1992 年 6 月　頁 24—25

898. 文藝作品調查研究小組　　《小詩選讀》　書林風采　臺北　國家文藝基金

---

[49]本文後改篇名為〈迎接小詩時代的來臨——讀張默編著的《小詩選讀》〉。
[50]本文後改篇名為〈小詩是新詩未來主流？——我看張默的《小詩選讀》〉。

管理委員會　1992 年 6 月　頁 31—32

899. 鄭慧如　小而冷，小而省？——三部小詩選讀後〔《小詩選讀》部分〕
臺灣詩學季刊　第 18 期　1997 年 3 月　頁 90—100

900. 瘂　弦　詩人的歷史感——寫在張默編《臺灣現代詩編目》卷前　文訊雜
誌　第 79 期　1992 年 5 月　頁 97—99

901. 瘂　弦　詩人的歷史感——寫在張默編《臺灣現代詩編目》卷前　臺灣現
代詩編目　臺北　爾雅出版社　1992 年 5 月　頁 7—12

902. 瘂　弦　詩人的歷史感——寫在張默編《臺灣現代詩編目》卷前　臺灣現
代詩編目——1949—1995　臺北　爾雅出版社　1996 年 1 月　頁
7—12

903. 瘂　弦　詩人的歷史感——寫在張默編《臺灣現代詩編目》卷前　聚繖花
序 1　臺北　洪範書店　2004 年 6 月　頁 129—134

904. 何淑津　《臺灣現代詩編目》　書評　第 2 期　1993 年 2 月　頁 48—49

905. 熊國華　臺灣現代詩成果大展——評張默編《臺灣現代詩編目》　爾雅人
第 76 期　1993 年 5 月 20 日　1 版

906. 許秀美　《臺灣現代詩編目》一書探析　三重商工學報　2011 年 12 月　頁
117—127

907. 李瑞騰　臺灣現代新詩發展的趨勢——考察之二：《八十一年詩選》　「海
峽兩岸文學創作與研究新趨勢」研討會　南京　南京大學　1993
年 7 月 11—12 日

908. 李瑞騰　臺灣現代新詩發展的趨勢——考察之二：《八十一年詩選》　文學
的出路　臺北　九歌出版社　1994 年 9 月　頁 83—87

909. 歐宗智　我看《當代臺灣作家編目》　文訊雜誌　第 103 期　1994 年 5 月
頁 8—9

910. 余光中　跨海跨代的《新詩三百首》，當繆思清點她的孩子（1—5）　中國
時報　1995 年 9 月 8—12 日　39 版

911. 陳芳英　青鳥鼓翼之聲〔《新詩三百首（1917—1995）》〕　中國時報

1995 年 10 月 19 日　42 版

912. 張雙英　世紀之選？——略評《新詩三百首》　文訊雜誌　第 121 期
1995 年 11 月　頁 14—15

913. 孫立川　努力建造新的「傳後之門，不朽之階」〔《新詩三百首（1917—
1995）》〕　明報月刊　第 30 卷第 11 期　1995 年 12 月　頁 105

914. 周炎錚　繁花盛開——試談《新詩三百首》　臺灣新聞報　1996 年 1 月 6
日　18 版

915. 古添洪　評《新詩三百首》　中外文學　第 24 卷第 10 期　1996 年 3 月
頁 147—154

916. 鄭慧如　偷窺人體詩——以《新詩三百首》為例　臺灣詩學季刊　第 19 期
1997 年 6 月　頁 10—22

917. 鄭慧如　偷窺人體詩——以《新詩三百首》為例　中華現代文學大系
（貳）・臺灣一九八九—二○○三評論卷（二）　臺北　九歌出版
社　2003 年 10 月　頁 1240—1259

918. 汪淑珍　出版品特色——總結文學經驗的選集套書——《新詩三百首》　九
歌繞樑三十年　臺北　九歌出版社　2008 年 10 月　頁 145—152

919. 陳鵬翔　舊座標？新圖表？〔《八十八年詩選》〕　中央日報　2000 年 5
月 22 日　12 版

920. 怪　手　《小詩・牀頭書》　自由時報　2007 年 4 月 18 日　E5 版

921. 陳芳明　創世紀的半世紀與跨世紀——評《創世紀・創世紀：1954—2008
圖像冊》　文訊雜誌　第 280 期　2009 年 2 月　頁 92—93

922. 陳芳明　創世紀的半世紀與跨世紀——評《創世紀・創世紀：1954—2008
圖像冊》　創世紀　第 158 期　2009 年 3 月　頁 29—30

國家圖書館出版品預行編目資料

臺灣現當代作家研究資料彙編. 76, 張默 /渡也編選. --
初版. -- 臺南市：臺灣文學館, 2015.12
　　面；　公分
　　ISBN 978-986-04-6399-6 (平裝)

1.張默 2.傳記 3.文學評論

863.4　　　　　　　　　　　　　　　104022668

【臺灣現當代作家研究資料彙編】76

張默

發 行 人　陳益源
指導單位　文化部
出版單位　國立臺灣文學館
　　　　　地　　　址／70041 臺南市中西區中正路 1 號
　　　　　電　　　話／06-2217201　　　　　傳　真／06-2218952
　　　　　網　　　址／www.nmtl.gov.tw　　　電子信箱／pba@nmtl.gov.tw

總 策 畫　封德屏
顧　　問　林淇瀁　張恆豪　許俊雅　陳信元　陳義芝　須文蔚　應鳳凰
工作小組　白心瀞　呂欣茹　郭汶伶　陳欣怡　陳映潔　陳鈺翔　張傳欣　莊淑婉
編　　選　渡也
責任編輯　陳欣怡
校　　對　王文君　郭汶伶　陳欣怡　蔡筱柔
計畫團隊　財團法人台灣文學發展基金會
美術設計　翁國鈞・不倒翁視覺創意
印　　刷　松霖彩色印刷事業有限公司

著作財產權人　國立臺灣文學館
　　　　　本書保留所有權利。欲利用本書全部或部分內容者，須徵求著作財產權人
　　　　　同意或書面授權。請洽國立臺灣文學館研究典藏組（電話：06-2217201）

經銷展售　國家書店松江門市（02-25180207）
　　　　　國立臺灣文學館—雪芙瑞文學咖啡坊（全面 85 折優惠，06-2214632）
　　　　　國立臺灣文學館藝文商店（全面 85 折優惠，06-2216206）
　　　　　三民書局（02-23617511、02-2500-6600）
　　　　　台灣的店（02-23625799）　　　　　府城舊冊店（06-2763093）
　　　　　南天書局（02-23620190）　　　　　唐山出版社（02-23633072）
　　　　　草祭二手書店（06-2216872）　　　五南文化廣場（04-22260330）

初版一刷　2016 年 3 月
定　　價　新臺幣 390 元整
　　　　　第一階段 15 冊新臺幣 5500 元整　　第二階段 12 冊新臺幣 4500 元整
　　　　　第三階段 23 冊新臺幣 8500 元整　　第四階段 14 冊新臺幣 5000 元整
　　　　　第五階段 16 冊新臺幣 6000 元整
　　　　　全套 80 冊新臺幣 24000 元整

GPN　1010500059（單本）　　ISBN　978-986-04-6399-6（單本）
　　　1010000407（套）　　　　　　　978-986-02-7266-6（套）

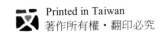